오장환 전집

– 『오장환 전집』은 1권 '시'와 2권 '산문' 편으로 구성되었다. 단행본으로 출간된 작품집을 앞에 배치하고 미출간된 작품들은 발표순을 따라 뒤에 배치하였다. 작품의 존재는 확인하였으나 원문을 확보하지 못한 경우는 작품연보에 따로 밝혔다.

산문 편

– 전집 2권의 산문 편에서도 시 편과 같은 체제를 따랐다. 오장환이 생전에 단행본으로 출간한 『남조선의 문학예술』(조선인민출판사)을 산문집 편으로 먼저 배치하고 '작가론·시론詩論'에 해당하는 것을 그다음으로 묶었다. 미술평과 시평時評, 수필 및 기타 잡문들을 묶어 '수필·시론時論 및 기타'로 그다음 순서에 배치하였다. 오장환이 장르를 직접 표기하여 발표한 소설과 동화를 말미에 부록으로 배치하고 좌담도 부록으로 처리했다.

– 산문 편도 가독성을 중시하여 현대어표기를 원칙으로 하였다. 원발표면을 기준으로 작업하되 기존에 출간된 최두석의 『오장환 전집』(창작과비평사, 1989), 김재용의 『오장환 전집』(실천문학사, 2002), 김학동의 『오장환 전집』(국학자료원, 2003)을 참조하였으며, 기존 전집본끼리 표기가 일치하지 않는 곳이나 의미의 와전이 있는 곳은 각주를 통해 그 내용을 밝혔다.

– 오장환이 시론 등에서 시를 인용할 때 해당 시인의 발표시 원문과 그 내용이 상이한 경우가 많다. 본 전집에서는 원문의 의미를 훼손하지 않는 차원에서 인용시를 현대어 표기로 바꾸되 비평가로서의 오장환 시인의 인용 의도와 분석 내용을 존중하여 가급적 오장환이 원발표면에 인용한 방식을 따르고자 하였다. 경우에 따라 인용된 시의 실제 원문 형태를 각주를 통해 밝힌 곳도 있다.

오장환 전집
전집
2

박수연 · 노지영 · 손택수 편

산문

솔

차례

1. 산문집 편

2. 작가론 · 시론詩論

3. 수필 · 시론時論 및 기타

부록

소설

동화

좌담

연보

화보

1. 산문집 편

남조선의 문학예술

남조선의 문학예술

1. 서두

'남조선!' 현재 세계 반동제국주의의 아성인 미국이 그 군정을 펴고 있는 남조선은 민주 과업 발전에 찬란한 이곳 북조선에 비하면 그 너무나 생지옥과 같은 데에 분격한 마음을 그칠 수 없다. 일황 히로히토裕仁가 무조건 항복을 방송한 그다음 날 서울에서는 소련군대가 입경한다는 소문이 커져 모든 시민이 환호에 넘치며 소련군을 맞으려고 역으로 나갔다. 며칠을 오늘인가 오늘인가 하고 나갔다. 그때 남조선 일대에는 미국 비행기가 상공에 나타나 남조선 주둔 미군사령관 하지중장의 성명서를 뿌렸다. 미군이 상륙하기 전까지는 조선의 치안이 일본인에게 있으며 일본인은 이것을 잘 맡아서 하고 또 조선인민은 미군이 올 때까지는 경거망동하지 말고 일본인에게 복종하라는 것이 그 성명의 요지였다. 이같이 어처구니 없는 쪽지를 줍는 남조선 우리 인민들은 이때까지 그들이 생각지도 못한 삼팔선이라는 것을 알았다. 그들 미 군대는 이러한 쪽지를 뿌리고도 근 한 달이나 지나서야 우리 땅에 상륙하였다.

미국인들은 일본이 항복한 후 3주일 만에야 조선으로 와서 일본 관헌들게 행정기구를 인계받았으나 이전 행정기관의 거의 전부를 그대로 남겨두었다. 해방 직후 조선 방방곡곡에서는 인민위원회가 발생하였고 또 얼마 후에는 중앙인민위원회까지 설립되었다. 남조선에서 미국인들은 이 인민위원회를 무시하였을 뿐만 아니라 탄압하였다고 그들의 나라의 문사인 루이스 스트롱 여사도 남조선 실상을 이와 같이 말하였다. 여기에서 급한 숨을 돌린 것은 우리와 같은 하늘 아래에서는 살 수 없는 친일파 민족반역자였고 또 북조선에서 목숨만 달고 도망쳐온 이 간악한 친일파 민족반역자들은 남조선을 저희들의 성지로 알았다. 사실 새로 온 미군정은 이것들이 일본 놈들에게서 얻어 찼던 개패를 다시 자기네의 패로 갈아채우기에 서슴지 않았다. 그리고 그들의 오늘 남조선에 있어서의 프로그램을 볼 때 그들이 우리 인민의 창발력에 의하여 만들어진 인민위원회에 얼굴을 찌푸리고 이것을 저희들이 점령하고 있는 남조선에서 강력히 탄압한 본의도 지나치게 알 수 있는 일이다.

우리들은 어저께 남조선에서 가장 쓰라린 날을 보냈다. 우리들은 서울서 어떤 섬유공장(이것은 김성수 일문에서 경영하는 경성방직이다)을 방문하였을 때 파시스트의 참악한 행동을 보았다. 우리들 앞에서 우리들의 바로 목전에서 국제직련이 온다는 삐라를 뿌리는 어떤 노동자 동무에게 경관은 포악하게도 함부로 때린 후 그들을 체포하였다. 그 순간에 우리들은 자유스럽고 안전한 지대에 있지 않다는 것과 우리 자신의 생명도 위험하다는 것을 느꼈다.

고 불국인 루이 사이앙 씨는 1946년도 국제 직맹에서 조선의 노동 실정을 조사하러 왔을 때 서울을 떠나면서 신문기자들에게 이렇게 말하였다. 그때의 동행이던 윌 씨도 전 세계에서 남조선과 같이 자유가 없는 나라는 오직 희랍이 있을 뿐이라고 하였다. 그리고 이것은 미군정이 남조선에 군정을 펼쳐 얼마 안 되어 될 수 있으면 조선 인민의 감정을 사지 않고 어물어물하려던 초기의 일이다. 하물며 그들이 식민지적인 모든 현안을 노골적으로 내놓고 덤비는 오늘의 남조선 사정이야 어떻다는 것은 두말할 필요도 없다. 잠시 이 땅을 지나간 외국인들도 이와 같이 남조선 실상을 말한다. 이러한 고난과 시련 속에서 남조선의 문학예술인들은 우리 민주 진영의 다른 부면과 함께 자기네의 위치에서 과감히 투쟁하며 나날이 성장하고 있다.

남조선의 문학예술인들은 조선문화단체총연맹(이곳에는 문학예술 부면 이외에도 교육 체육 산업 의학 과학 자연과학 급 사회과학 법률 신문 등에 종사하는 문화인들이 개별적인 동맹이 있어 이 산하에는 전부 24개의 동맹이 있다) 산하에 굳게 뭉치어 활발한 보조를 띠우고 있다. 모든 문화를 인민에게! 모든 문화는 인민에 복무하는 문화라야 한다! 이것은 남조선 문학예술인들이 내걸고 싸우는 슬로건이다. 남조선의 문학예술인들은 정치적 경제적 모든 악조건을 무릅쓰고 언론의 최전선에서 일간 신문의 기관지 주간 월간의 각종 잡지와 여러 단행본 출판물을 통하여 꾸준히 활동하였다. 1947년 5월 현재의 남조선 문화단체총연맹 산하 각 동맹의 총 맹원수는 무려 15만 8천여 명이었다. 처음 각 동맹이 창립할 때에는 한낱 전문가들만의 그룹이 이제에 와서는 반동 미군정의 갖은 탄압에도 불구하고, 밑으로부터 올라오는 문화에 대한 인민대중의 절실한 욕구와 또 문화를 모든 인민 속에 가져가겠다는 그들의 열망과 활동은 이와 같이 문화를 애호하고 또 그 지도 부면에 종사하겠다는 결의를 가진 수많은 동지들을 규합한 것이다.

그러나 필자는 지금 이 수기를 적으려 하면서도 이곳 북조선과는 판이한 남조선의 정세를 말하지 않으면 안 되는 것을 크게 유감으로 생각한다. 돌아보건대 현재의 남조선 문학예술이 오늘을 가져오게 된 것은 우리 민족해방 투쟁사상에 큰 금을 그은 먼젓번 10월 항쟁에서 오는 성과이다. 인민을 기초로 한 우리의 새로운 문화를 남조선에서는 '10월'을 통하여 더욱 절실히 처음으로 체득한 것이기 때문에 남조선 문학예술의 투쟁기는 여기에서 시작하여도 그 전모를 이해함에 크게 어긋남이 없을 것이다.

이하의 수기는 필자가 과거에 남조선에서 조선문화단체연맹 산하 남조선문학가동맹의 맹원으로서 남조선문화운동에 실제 가담하고 견문한 바를 기록하는 것이다.(1947년 12월)

끝으로 이 수기를 1947년 5·1절이 지난 며칠 후 남산 미군 사격장 부근에서 알 수 없는 죽음을 한 시인 배인철 동지에게 주노라.

2. 인민항쟁을 통하여

1946년 9월 23일 남조선 전 철도 노동자의 파업에서 발단한 전 남조선인민의 항쟁은 우리 민족해방투쟁사에서 커다란 의미를 가지는 것이다. 이에 크나큰 충격을 받은 남조선 문화 부면에서는

'예술은 인민에게 복무하는 예술이어야 한다'는 강령은 세우면서도 미처 서재나 화실을 나오지 못한 예술인까지 우리의 당면한 임무와 그 구체적인 방향을 깨달은 것은 참으로 의의 깊은 일이었다.

이때 남조선문학가동맹에서는 용산 기관구에서 농성 중에 있는 3천 종업원들에게 격려하는 성명서와 시작품을 들고 가 직접 현지에서 낭독을 하고 다시 여러 맹원들의 따뜻한 성원인 구원 기금을 놓고 왔다. 연극동맹과 음악동맹 미술동맹 영화동맹 사진동맹에서도 각각 우리와 같은 일을 하였다. 이 중에도 특기한 것은 미술동맹의 박문원 동지가 용산 기관구 안에서 철도노조의 동무들과 함께 농성 중에 체포된 일이며 건강치 못한 그의 몸으로 경찰에서 2개월 가까운 심고를 당하고 자유의 몸이 되어서는 곧 〈감방〉이라는 해방 이후 남조선 화단에서 그 예를 볼 수 없는 걸작을 낳은 것이다.

이 그림은 쇠창살 안에서 갇혀 있는 투사를 주제로 한 것인데 화면은 남조선의 실상을 그대로 말하듯 억누르는 공기 속에 쇠창살이 둘러 있고 이 안에서 세 사람의 젊은 투사들은 서로서로 무엇을 논의하고 계획을 한다. 질식할 것 같은 억압 속에서도 자신과 희망에 넘치며 능히 명일을 계획하는 이 면모는 확실히 새로운 창조를 가져온 것이며 크나큰 자랑을 보태인 것이다. 이 시기에 있어서 스스로 항쟁을 구가謳歌한 시인만도 그 수효가 50명이 넘었다. 이 중에도 유진오의 시 「10월」은 발군의 것으로 우리의 가슴에 크나큰 흥분과 감동의 파문을 던졌다. 유진오 동지는 이때 옥중에 있었다. 1946년 9월 1일 국제청년데이 훈련원 대회장에서 「누구를 위한 벅차는 우리의 젊음이냐」라는 시를 읽어 수만의 군중을 열광시킨 것이 그의 죄명이었다. 미군정 재판에서는 그를 오직 시 한 편 읽은 것만으로 10개월 징역이라는 세계에서도 진무류珍無類한 판결을 내렸다. 옥중에서도 강렬한 옥내 투쟁을 전개하며 간혹 출옥 동지의 편으로 보내는 그의 시는 한 편 한 편이 우리의 폐부를 찌르는 것이었다. 그의 시 「10월」은 마디마다 인민의 원수들에게 가슴이 서늘한 표현을 주며,

> 앙칼스런 눈깔처럼 반짝이는
> 총부리에 앙가슴을 디밀어라
>
> 기름 발라 곱게 빗은 하이칼라 뒤통수에
> 돌팔매로 보석을 박아주마
>
> 피 피 선지피가 엉이가 졌다
> 피를 밟고 미끄러지며
> 시체를 둘러메고 앞을 달린다

하고 남조선 인민들의 북받치는 감정과 또 10월항쟁이 일어난 직접 동기인 반동경찰의 대구학살사건을 여실히 그려 우리 인민의 굳센 투쟁의식을 잘 보여준다.

> 철창을 열고 오래비를 꺼내라
> 놈들을 몰아넣고 철창문을 닫아라
> 철창은 너의 것이다. 저승까지 너의 것이다.

불꽃이 인다

유리창이 터진다

도망치는 정강이에 삽자루가 날은다

쌀을 내라!

땅을 내라!

아니 목숨을 내라!

피묻은 10월은 앞날을 본다

피에 젖은 10월은 비약을 한다

이와 같이 격월激越한 해조諧調와 웅건한 투지 그리고 대상의 포착이 직접적인 이 수법으로 그는 조선 시에서 건전한 면만을 들고 나온 시인이었다. 이 같은 박문원 유진오 두 동지는 모두가 20대의 청년이요 해방 직후는 학병동맹을 거쳐온 전사이며 그전에는 학창에 있던 몸으로 일제의 강제 징병을 완강히 거부하여 징용에까지 끌려갔던 굳세인 동무들이다.

전 남조선 인민의 항쟁이 날로 성할 때 서울의 번화한 길목 종로 구리개 진고개 등의 마구리 국제극장(전 명치좌) 앞 정거장 이러한 요소요소에는 각 지방 반동경찰의 주구들이 그물을 치고 있을 때 우리는 듣기에도 가장 시원하고 가슴이 터지며 용기가 저절로 샘솟는 노래를 부르기 시작하였다.

원수와 더불어 싸워서 죽는

우리네 죽음을 슬퍼 말아라

깃발을 덮어다오 붉은 깃발을

그 밑에 전사를 맹서한 깃발

이렇게 시작되는 노래는 임화 씨의 노래를 김순남 동지가 작곡한 것으로 이것은 며칠을 가지 않아 남조선에 퍼지고 세 살 먹은 아이까지도 부르게 되었다. 일찍이 〈해방의 노래〉를 작곡하여 남조선 인민으로 하여금 〈애국가〉보다 더 사랑하여 부르게 하고 모든 민주 진영의 대열에서 그들의 노래를 만들어주며 많은 공헌을 한 이 동지는 다시 우리 인민에게 잊을 수 없는 곡조와 투지를 심어주었다. 어느 예술보다도 그 양식의 잔재를 청산하기 힘드는 음악 부면에서 내용과 형식을 통하여 제일 먼저 왜후倭嗅를 몰아내인 훌륭한 공로자이다. 비근한 예지만 미군정에서 육성시키는 반동적인 국방경비대 해안경비대 또는 경찰원들이 행군을 할 때면 그들이 먼 곳에서 부르며 오는 노랫소리가 반드시 일본 군가같이 들린다. 그러다가 가까워지면 노래는 조선 노래인데 웬일인지 일본 것으로 들린다. 이것은 순전히 리듬과 멜로디의 작용이다. 그런 것을 우리 민주 진영에서는 김순남 기차 음악동맹 여러 동지의 힘으로 완전히 구축하였을 뿐 아니라 그 곡조가 우리의 생활감정 호흡에 일치하여 스스로 우리의 기쁨 우리의 희망 우리의 용기로 되어진 것은 참으로 이들에게 감사하고도 남음이 있다.

모든 사람은 동맹의 결정과 성명에서보다 이러한 실천에서 더 큰 위명威名과 분기奮氣를 얻은 것이나 그 시時 그 시時 동맹의 성명과 결정은 시의를 얻은 것으로 여러 맹원들을 옳은 노선과 옳은 방향으로 인도하는 데에 어긋남이 없었다. 예술인 인민과 굳게 결부되고 또 '모든 문화는 인민에게'라는 구호가 이 때서부터처럼 절실하게 요구된 것은 무엇보다도 영웅적인 인민의 항쟁이 쥐어준 피의 대가였다. 이러한 기운 속에서 11월 8일 문학가동맹이 '문학운동의 대중화와 창조적 활동의 전개에 관한 결정서'를 내었다. 뒤이어 12월 초에는 동맹 안에 농민문학위원회가 새로이 생기었다. 11월 8일의 결정서는 그때 정세의 필연적 요구이며 또 문학인들이 조직의 거점을 통하여 대중을 육성시키며 문학활동의 실천적 전개를 하려는 남조선 문학예술인들 자신의 구체적인 표현이었고 농민문학위원회의 성립도 여상如上의 기운에서 이루어진 것이며 농민을 노동자계급과의 공고한 동맹의 정신 아래서 계몽 육성하기 위하여 특별한 관심을 기울이자는 것이 여기서 근본적인 의도였다.

조선문화단체총연맹이 산하의 각 예술단체를 총동원시켜 그 역량을 집체적으로 표현한 것은 1947년 1월 8일서부터 동 15일까지에 가지려한 종합예술제부터이다. 처음부터 한 사람의 변변한 예술가도 갖지 못한 반동 진영에서는 문련의 이러한 계획이 발표되자 그들은 비열하게도 이 행사의 파괴공작을 도모하였다. 테러단을 동원하여 우선 시내의 각 극장 관리인을 위협한다. 별에 별짓을 다 하였으나 연극동맹 영화동맹 음악동맹 무용예술협회 문학가동맹이 통합하여 하는 이 행사는 예정의 날짜인 1월 8일부터 시내 중앙극장에서 개최를 보게 되었다. 이 첫 축전은 공연 시간상의 제약으로 많은 인원을 등장시킬 수는 없었다. 그럼에도 불구하고 각계의 예술가들이 총망라된 것은 성사였고 또 이것은 이 땅의 우수한 예술가들이 어떤 정치적 노선을 열정적으로 지지하는가를 인민대중 앞에 표시하는 산 증거이기도 하였다. 대한민청의 김두한(이 자는 일제시대부터 서울에 이름난 쌈패로 왜경의 끄나풀이었으며 해방 후에는 테러의 중진으로 현재는 살인범으로 옥중에 있다)과 그의 도당들이 저희들 상사의 사주를 받고 몸이 달아 뻔질나게 무대 뒤 분장실에까지 와서는 개인 위협을 하였다. 그들은 이 모든 방해공작이 실패에 돌아가자 초만원을 이룬 관객석으로 나가서 미리부터 준비하였던 수류탄을 무대 위에 던졌다. 세인이 다 아는 이 흉한이 무대 위에 수류탄을 던지며 "폭탄이다! 모두들 달아나거라" 소리를 지르고 앞서 달아나니 장내는 발칵 뒤집히었다. 폭탄이 터지던 무대가 날아갈 것은 물론 또 사람이 얼마가 상할지 예측할 수도 없다. 배우들은 뛰어 달아났다. 이 순간에 무대로 달려나와 수류탄을 맨손으로 집어들어 가슴 안에 묻으며 소리를 지른 사람이 있었다. "동무들 조용합시다, 폭탄은 아무 일 없다!" 하고 외친 동무는 음악동맹의 성악가 강장일 동지였다. 해방 이래로 언제나 인민의 선두에서 노래 부르고 또 그 노래를 힘차게 지도한 이 동지의 영웅적인 행동은 이 예술제를 압도적인 승리로 이끌었다. 이 동지의 생명을 걸고 집은 폭탄은 다행히도 불발물이었다. 그러나 영화동맹의 문예봉 여사는 임화 씨의 시를 낭독하고 경찰에 불려갔다.

둘째 날도 김두한의 도당들이 왔다. 그들은 또 공연 도중에 무대를 향하여 연습용 소이탄을 던졌다. 그들의 음모는 시민들을 놀래키어 다시는 이 공연에 오지 않도록 함이었으나 효과는 그들의 생각과는 반대방향으로 났다. 작지 않은 이 극장은 쇄도殺到한 군중으로 인하여 겹겹이 싸였다. 경찰은 이러한 대성황에 눈살을 찌푸리었다. 군중에게 위험한 행동을 감행한 무리가 번연히 어떤 자인 것을 알면서도 그냥 시침을 떼던 경찰은 이 예술의 축전을 중지시키려 함에는 손이 빨랐다. 그들은 이 예술제를 보려고 운집한 군중을 멸시하는 눈으로 보며 그들 앞에서 경찰은 공안을 소란케 하는 이 축전을 중지시킨다는 선언을 하였다. 이것은 예술제가 열린 지 바로 그다음 날인 1월 9일이었다. 공안을 소란케 하는 중요한 내용의 하나는 연극동맹 함세덕 동지의 희곡 「하곡」 전 1막이 문제가 되었다. 「하곡」은 일정시대 공출이 심할 때의 농촌 참경을 그린 작품이다. 그러나 어쩌면 현 미군정하의 남조선 현실과 틀림이 없는지 말단 관료에 이르기까지 뇌물에 칙갈맞은 장면은 임석한 경관까지도 부끄러움을 참지 못하여 밖으로 나가버리게 하였다. 부당한 중지를 당한 이 예술제는 가혹한 조건 밑에서도 굽힐 줄 모르는 그들의 의지와 투쟁의 보람으로 장소를 바꾸어 이번에는 거리가 도심 지대에서 좀 떨어진 제일극장에서 1월 14일부터 동 18일까지 시민들의 절대적인 성원 가운데 대체로는 무사히 끝을 맺었다. 그러나 여기서도 음악동맹의 김순남 동지는 애국가를 지휘하였다는 이유로 경찰에까지 갔다.

1월 30일 장택상의 악법령이란 이러한 속에서 나왔다. 그 내용이란 연극이 하나의 오락인 줄 알았더니 요새에는 이것을 정치 선전에 이용하는 자들이 많다. 내(장택상)가 일찍이 톨스토이의 예술도 보아왔지만 그런 일은 없다. 이러므로 앞으로의 연극에서는 절대로 그 내용 속에서 정치나 사상이 들어서는 용서없이 탄압을 가할 것이며 또 이것을 미연에 방지하기 위해서는 원고의 단호한 검열이 있어야겠다는 것이 그 주지였다. 이 무도하고 뻔뻔한 간섭은 새로이 싹트려는 우리의 민족문화를 직접 잘라버리려는 매족적 행위임은 틀림없다. 정치와 사상이 없는 흥행을 하라. 즉 아무런 내용이 없는 연극을 하라. 이것은 있을 수 없는 일이지만 이러한 주문은 나날이 성장하는 우리 민주문화의 역량에 대한 적측의 숨길 수 없는 발악이다. 그러나 그 언사의 유치하고 치졸함은 저희 진영의 식자들에게도 웃음을 사고 남음이 있었던 것이다.

조선문화단체총연맹에서는 그때 임박한 3·1캄파[1]를 향하여 더 큰 준비를 하고 있다가 난데없는 포고문에 분연히 일어섰다. 전 남조선의 문화인들은 언론 지상을 통하여 성명서를 발표한 것은 물론 개개인이 여기에 대한 부당함을 지적하는 논평을 하고 또 각 단체에서는 항의문을 작성하여 장택상에게 수교를 하고 나아가서는 소위 민정장관 안재홍 미군정 사령관 하지에게까지 담판을 하였으나 그들은 이 포고문을 취소시키기는커녕 더욱 강화시킬 목적으로 서로 책임만을 밀 뿐이었다.

2월 8일 남조선 문화옹호총궐기대회는 시청 당국의 방해 공작에도 불구하고 견지동 시천교당에서 개회를 하였다. 시청에서는 시장이 부재라는 명목으로 그의 사인을 안 해주려 하고 경찰에서는 정보과장이 아직 출근하지 않았다는 구실로 계출서届出書를 접수하지 않아 어떻게든지 시일과 시간을 연장시키고 이날도 군중들에게는 불허가가 된 듯한 인상을 주어 군중이 일단 흩어졌을 듯한 시간을 기다린 다음 허가한다. 이러고도 그들은 군중이 많으면 집회 계출시의 정원(이것은 회장의 좌석 수용 인원이다) 이상이 입장하지 못하도록 무장 경관을 동원하여 간섭을 시킨다. 그러나 이날의 대회는 어느 때보다도 문화를 사랑하는 사람들로 초만원을 이루었다. 대회는 개회를 하자 선열에 대한 묵상이 있을 때 남궁요설

1　캄파Kampa. 러시아어 캄파니아Kampaniya의 약칭. 정치단체가 그 단체원과 일반대중을 대상으로 일정한 정치 목적을 위하여 행하는 정치운동형태의 조직활동을 말한다.

南宮堯卨의 장중한 베이스로 〈남조선 형제를 잊지 말라〉 하는 노래가 흘러 나왔다. 장내는 모두 다 숙연한 속에서 흐느껴 울었다. 이 노래는 인민항쟁에서 피 흘린 동무들에게 드리는 조가였다. 회의 순서는 남조선 현실 문화 정세에 대한 보고에서 시작하여 각 동맹과 단체에서 문화 파괴자와 이것을 방조하는 반동경찰에 대한 개별적인 폭로와 호소를 하였다. 각계의 대의원들은 눈물을 머금고 마룻장을 구르며 호소하였다. 이 중에도 더욱 애처로운 것은 부당히 학원을 쫓겨나온 나이 어린 생도들이 학원의 민주화와 학생의 자유를 달라는 제의를 한 것이다. 회의는 끝으로 북조선의 혁혁한 건설도상에 있는 문화정세의 보고를 하고 남조선도 하루바삐 이와 같이 되기 위하여서는 어떠한 시련이나 악랄한 적측의 음모라도 이것을 단호히 분쇄하기 위하여 끝까지 싸움을 사양할 수 없다는 결의를 하였다.

이날의 회의는 다섯 시간에 걸쳐 진행되고 경찰 측에서는 여덟 명의 속기생들을 동원시켜 하나도 빠짐없이 우리들의 언사를 기록해 갔다. 회의 도중에는 격하여 연사들이 자기들도 모르는 사이에 적진에게 도전적인 언사와 통렬한 공격을 던졌다. 그러나 이날은 회의 도중에 연사를 체포하거나 또는 폐회 후에도 경찰에 연행시킨 일은 없었다. 벌써 그들도 전법이 좀 진보한 것이다. 대회에는 많은 문화인들이 모였으나 여기에 참석한 사람들은 이러한 폭로와 공격이 없더라도 이미 경찰의 비행은 잘 아는 사람들이다. 오히려 여기서 섣불리 손을 내어 말썽 많은 이들에게 문제를 더 일으키는 것보다는 차라리 그냥 내버려두어 소문이나 더 나지 않게 하자는 것이 그들의 전술의 착안점이다. 반동경찰이 제 집 안굿으로 돌린 이 대회는 그러나 남조선 문화예술인에게는 오랫동안 울적하였던 가슴을 풀고 또 새로운 예기銳氣를 돋우는 좋은 결과를 가져왔다. 그리하여 3월 1일 기념행사에는 연극동맹만도 두 극장을 차지하여 공연하는 성사를 이루었다.

3·1행사에는 여덟 개의 극단이 둘로 합하여 하나는 함세덕 작「태백산맥」5막과 또 하나는 조영출 작「위대한 사랑」4막 5장을 각기 상연하였다. 1월 30일 장택상의 포고는 여기서도 발동하여 상연 극본은 만신창을 입었다. 예를 들면 사또가 무고無辜한 농민을 잡아다 놓고 때리는 장면인데,

> 사또: 허 그놈 그놈 그저 황소마냥 농사나 지어먹고 사는 놈으로 알았더러니 그놈.
> 농민: 흥 황소도 뿔이 있다 뿔이 있어.
>
> ―「위대한 사랑」

이처럼 농민이 견디다 못하여 대꾸하는 말까지도 삭제를 시키는 것이다. 더욱이 악질 관헌에게 반항하는 말은 말할 것도 없다. 이 작품은 동학란을 배경으로 하고 탐관오리를 묘사한 작품인데도 그들은 신경을 날카롭게 하여 현재의 저희들의 죄상과 결부한다. 그리고는 저희들의 모든 비행을 숨기기 위하여서는 이러한 사람들에게 군정을 방해하는 것이라고 둘러씌우려 한다. 그러므로 지금 남조선에서는 연극작품 속에 현대가 배경으로 나올 수 없다.「위대한 사랑」과「태백산맥」도 그들의 검열망을 빠지기 위하여 시대를 동학민란과 일제 말기로 하였으나 이것도 그들에게는 비수

를 목구멍에 받는 것만큼 아픈 모양이다.

미술동맹 사진동맹에서는 각각 전람회를 가졌다. 회화나 사진의 내용은 점차 지난날의 소시민적 감정과 개인 도취의 경지에서 멀어지고 씩씩한 표현으로 나와 모든 것이 인민과 굳게 결부되어지는 것이 역력하였다. 문학가동맹 이것이야말로 반동경찰이 체머리를 흔드는 단체이다. 문학가동맹에서는 기회 있는 대로 강연회나 시의 밤을 위하여 집회계集會屆를 내었다. 그러나 그들은 문학가동맹의 집회에 한하여서는 각 연사들의 사진과 주소성명을 명기해 오너라 그렇지 않으면 책임자 한 명을 내세워 가지고 그 사람주소는 정회町會의 주거증명까지 첨부하여 어떠한 불상사가 있을때에는 그 사람이 전적인 책임을 지라는 등의 별별 어거지 트집을 꾸미어 방해를 놓는다. 이것은 어떠한 단체와 어떠한 집회에도 그 유례가 없는 일이다. 3월 1일 시민대회를 앞두고 인쇄 중에 있던 문학가동맹의 『인민항쟁시집』은 종로경찰서의 불의 습격을 받아 제본 도중에 있던 것을 모조리 빼앗겨버렸다. 모든 출판물은 공보부에서 관할하는 것인데 경찰이 이 시집의 압수를 한 것은 언론 자유에 대한 부당한 간섭이라고 항의를 하니까 그들은 이것을 출판물이 아니라 3·1기념 시민대회를 기회로 폭동을 일으키려는 폭동인쇄물로 취급한다는 것이다. 번번이 꽁무니를 빼는 자들이기는 하지만 다시 군정의 각 기관으로 항의를 하러 갔다. 소위 민정장관 안재홍과의 면담은 김영건 동지와 필자여서 그의 말은 필자도 직접 면담하여 들었다. 그는 말하기를 다른 것은 다 좋으나 인민항쟁의 인민이란 말이 가장 경찰의 귀에 거슬리는 점인데 당신네들은 어쩌다가 이 '인민'이란 말을 썼느냐는 것이 그의 비난이었다. 민정장관의 말로는 분반噴飯할 진담이지만 그의 말은 확실히 스스로의 입을 통하여 군정청과 경찰들이 얼마나 인민을 떠나 있으며 또 싫어하고 있는가를 표시한 것이다. 시집『인민항쟁』은 끝끝내 나오지 못하였다. 그러나 이 반항은 컸다. 동맹에서는 매일같이 각 지방에서 온 동무들로 찼으며 그 동무들은 입을 같이하여 시집을 찾았다. 반동경찰이 신경을 날카롭게 하여 문화 부면을 간섭하면 할수록 역효과를 내어 인민들은 저마다 여기에 관심을 갖고 또 자기네의 문화를 열화와 같이 희구하였다. 민주 역량의 모든 조직이 밑에서부터 올라오는 힘인 거와 같이 문화 부면에도 각 분야에서 이러한 기운이 농숙하게 되었다. 이것도 오히려 늦은 감이 있으나 조선문화단체총연맹의 각 도 연맹은 이러한 요구와 중앙의 기민한 활동으로 전 남조선에 걸치어 조직되지 않은 곳이 없게 되었다. 여기에 호응하여 매일 12~13시간의 노동을 강제당하는 각 직장의 노동자 동무들이 반동 고용주의 악랄한 관리인의 의혹하는 눈을 무릅쓰고 동무들의 얼마 없는 귀중한 시간을 문화 부면 각 서클에 가담한 것은 특기할 일이고 또 모든 학원에서 옳은 선생을 잃어버린 민주학생과 생도들이 그들의 불타오르는 진리에의 욕구와 향상심을 모든 문화예술인들의 문화지도에서 직접 찾으려 한 것도 의의 깊은 일이었다.

문화예술인들은 여기서 비로소 진실로 무거운 책임을 자진하여 갖게 되었다. "모든 문화는 인민에게"라는 슬로건은 단지 구호가 아니었다. 광범하게 눈뜨기 시작하는 인민들은 서투른 우리의 문화활동에도 뜨거운 애정을 기울이는 것이다. 모든 정력을 기울여 진정한 우리 민족문화의 수립에 매진하자! 모든 예술은 인민의 복지와 그 생활 향상에 전력을 기울이자! 이것은 구호가 아니다. 문화 부면에 종사하는 우리 예술인의 한 사람 한 사람이 폐부에서 우러나오는 감정을 그대로 기록하는 것이다. 소위 경무부장 조병옥이는 10월 인민항쟁을 3·1폭동 이후에 처음 보는 불상사라 하였다. 이들 반동 매족자의 눈에는 우리 근대사의 위대한 3·1운동까지도 일정식으로밖에 보이지 않는 모양이었다. 그러나 남조선에 주둔한 미국 군대 중에서도 진보적인 인사들은 고급장교와 사졸에 이르기까지 4백 명이나 모이어 미군의 조선주둔을 반대하여 전군의 즉시 귀환을 요구하고 남조선의 인민항쟁을 동정하는 데모를 한 일이다. 이 행렬은 1946년 10월 서울에서 일어났다. 그들은 훈련원 앞에서 을지로(구 황금정)로 행진하는 도중 같은 미군의 무장한 헌병대에게 저지되었다. 여기에 관련한 현준섭 소좌(씨는 뉴욕 극계에서 연극연출을 보는 예술인으로 조선계 미국인이다)와 그 매씨(현역 중좌)는 미군정에 의하여 즉시로 남조선에서 본국 추방을 당하였다. 모든 반동배들이 경악하고 저주하는 10월 인민항쟁은 그러나 남조선 인민에게 처음으로 자신의 힘을 깨닫게 하였고 또 우리 민족문화에는 이 정신에서 새로운 원천을 길러내도록 하였다.

3. 문화공작단에서

총원 2백여 명의 예술가를 동원하여 전 남조선의 방방곡곡을 찾아다니며 문화에 굶주린 우리 인민대중에게 그들이 목마르게 기다리는 문화란 무엇인가를 깨닫게 한 남조선문화단체총연맹의 문화공작단 파견 운동의 실현은 우리 문화운동사상에 처음 보는 큰 사업이었다. 2백 명의 예술가는 4대로 나뉘어 각각 자기의 맡은 지역을 분담하고 1947년 6월 하순에서부터 동년 7월 하순의 기간에 그 공작활동을 하였다.

남자와도 달라 여자 동무 중에는 젖먹이 어린애를 떼어놓고 우천雨天에도 노숙할지 모르는 이 공작대에 흔연히 참가한 동지도 있었다. 옥에서 나온 지 며칠이 안 되어 아직 건강이 염려되는 동지, 가족 부양의 전 책임이 있는 여러 동지, 그중에는 직장을 떼어놓고도 참가한 인원이 문화공작단의 대부분의 성원이었다. 여기에 참가한 단체는 연극동맹 음악동맹 영화동맹 무용예술협회 문학가동맹 미술동맹 사진동맹 등의 여덟 단체였다. 다행히 필자도 여기에 참가하여 일생을 두고도 영영 잊을 수 없는 행복된 기억을 얻었고 또 예술가 됨이 얼마나 영예스러운 일이라는 것도 절실히 느꼈다. 이 공작을 통하여 대다수의 문화인들은 그들의 미숙한 문화공작에도 불구하고 우리의 인민대중은 얼마나 따뜻한 애정과 뜨거운 공감으로 자기네의 문화에 대한 갈망을 표시하였으며 또 우리 문화인들은 각 지방을 두루 찾아다니며 우리의 인민대중이 반동과 얼마나 피투성이로 싸우고 있는가를 그 눈으로 역력히 볼 수 있는 좋은 기회를 가졌다.

제1대는 그 공작 지대가 경남 일원으로 대원의 부서는 대장 유현柳玄 부대장 문예봉文藝峰 오장환吳章煥 기록 및 연락 유진오兪鎭五로 전원이 50명이 넘었다. 연예의 프로는 무용에 장추화長秋華 박용호朴勇虎, 시낭독에 오장환 유진오 문예봉, 음악은 테너에 강장일姜長一 이경팔李璟八 소프라노에 한평숙韓平淑 반주에 정종길鄭鐘吉(작곡가), 연극은 조영출趙靈出 작의 「위대한 사랑」 전 3막 - 본시 4막 5장 이것을 시간 관계상 3막으로 줄였다 - 을 이서향李曙鄕 연출로 예술극단 전원이 출연하는 성사를 이루었다.

1947년 6월 30일 우리의 제1대가 경성역을 출발할 때는 서울에 있는 예술가들의 거의 전부가 다 역 안의 홈에까지 나와서 우리를 전송하였다. 이날 밤 부산역에 닿았을 때는 문련 산하의 예술가들과 맹원은 물론 민주여성동맹원과 민전의 의장단이 일제히 환영을 하여 천여 명 동무들의 우레와 같은 박수의 환영 속으로 공작대의 전원은 첫날을 축복받았다. 지방 민전에서는 대원들의 숙박에까지 심려를 하여 일일이 알선을 하였으며 민애청 동무들은 자진하여 밤을 새워가며 경호의 임무를 담당하여 주었다. 부산에서 발간되는 7, 8개의 일간신문은 단지 2개의 반동신문을 제외하고는 일제히 신문의 전면을 차지하는 환영과 소개의 기사를 게재하였다. 그러나 이것은 우리들 인민대중과 또 인민대중의 이익을 옹호하는 측의 일이고 그 반면에 이럴수록 독아를 내밀어 가지고 공작대를 노리는 것은 미군정하의 행정관청과 반동경찰들이요 테러단의 준동이다.

제2차 소미공동위원회의 속개에서 더욱이 비등된 민주 역량과 이를 축하하는 명의하에 움직이는 우리 공작대를 이자들은 정면으로 누르지는 못하였으나 7월 1일 동 2일 부산에서 동 3일 동래 울산에서 이처럼 신속하게 그리고 가는 곳마다 적지 않은 반향을 일으키게 되니 마음이 편할 리 없다. 공작대는 가는 곳마다 주야 공연을 위하여 그 어려운 교통 속에서 기차를 오전 3시 혹은 4시에 타기도 하고 취침을 일상 거진 11시가 넘어야 하는 단련을 받으며 왔다. 이 공작대에 참가한 사진동맹의 동지는 도중의 중요한 사실을 촬영하는 것은 물론 서울서 가지고 온 남산 메이데이의 사진, 속개된 소미공동위원회의 그리고 우리 민주진영 지도자들의 여러 가지 귀중한 사진을 가는 곳 민전회관에마다 진열하여 모든 일에 궁금한 지방 동지들의 마음을 풀게 하였고 미술동맹에서는 이에 호응하여 부산 마산 진주 같은 대도시에서 장시간 이동 전람회를 개최하였다. 전평 부산평의회에서는 각 직장의 노동자 동무들과 그의 가족들을 위하여 하루에 한 공연씩을 더 하라는 요청이 왔다. 우리 대원은 이리하여 아침 10시부터 시작하여 밤 10시가 넘을 때까지 계속 공연을 갖게 됨으로써 눈코 뜰 사이도 없었다.

이러면서도 우리 공작대의 임무는 각자의 출연이 끝나는 틈새 틈새에 자기들의 소속한 동맹지부 동무들과 회합을 갖는 것이요 서클원들과 공작을 하는 일이 있다. 그리하여 대원들은 명실공히 자유 시간이란 잠시도 있을 수 없는 활동을 가졌다. 아침 10시 공연은 순전히 노동자 동무들과 그의 가족만은 받기로 되어 우리는 하나의 통일된 군중의 분위기를 느꼈다. 나는 시간이 남을 때면 틈틈이 무대의 막 뒤에서 그들의 움직임을 놓치지 않으려고 노력하였다. 그들은 오후와 밤 공연에 오는 유한분자 소시민들과 달리 극을 보는 감성도 다르다. 예를 들면 도시상인 소시민층은 관극 대상이 위로와 향락인데 이들은 전연 그러한 적이 없다. 그리하여 박수치는 장면도 다른 것이다. 노동자 동무들과 그의 가족들은 확실히 자기의 생활과 합치되고 부닥치며 여기에서 반발하는 장면이 있을 때에야 아우성을 치며 좋아한다. 막 뒤에서 구멍 뚫어진 사이로 객석을 내려다보던 필자는 이런 때이면 가슴을 쥐어짜게 울음이 나왔다. 그러나 또한 이 새로운 발견은 기쁜 것이었다. 다분히 소시민층의 감성을 벗지 못한 필자는 자기 자신의 위치에 놀라고 부끄러웠지만 이것이다 이것이다 하고 소리치고 싶게 느끼어졌다. 조그만 관극 태도에 있어서도 새로운 역사를 영도할 이 계급은 확연히 진취적이요 창조적인 면이 보인다. 발전하는 역사는 소비가 아니고 창조와 건설인 것이다. 이것을 논리가 아니고 감정으로 느끼었을 때의 필자의 충격과 감동은 형용할 수 없는 것이었다. 열광적인 인민의 모습을 그들이 볼 때에 이자들은 당황하고 전율하지 않을 수는 없다.

7월 6일 즉 재차 부산 공연의 둘째 날 밤 무대에서는 연극이 한참 벌어졌을 때 반동테러단은 우리 무대를 향하여 다이나마이트를 던졌다. 이 춘사椿事에 우리 대원은 여섯 명이 중경상을 입고 관객석에서는 어린이를 안은 부인 한 분이 중상을 당하여 이튿날에는 이 두 생명이 죽었다. 폭발된 연기가 삭기도 전에 미군 헌병과 C.I.C와 반동경찰은 여러 대의 트럭으로 달려왔다. 그리하여 모든 사람들은 한동안 움직이지도 못하게 한 후 경찰은 50여 명을 트럭에 싣고 갔다. 그러나 이 50여 명이란 것은 범인이 아니라 피해를 당한 우리 공작대원들이었다. 이날 밤 경찰서에서는 이 밤 사건과는 아무런 상관도 없는 대원들의 본적과 현주소 직장 연령 이런 것을 필기하고 폭발되는 현장에서 목도한 이야기를 형사들이 무려 20여 명이나 모여들어서 조사한 것이다. 그러나 대원의 본적 연주소 직장 연령은 이미 우리들이 오래전에 벌써 그들에게 보고한 것이었다. 그들은 범인을 찾는 것보다는 이렇게 시간을 허비하고 밤새로 1시나 되어서 대원들을 숙소로 돌려보냈다. 대원들이 숙소로 돌아올 때에는 통행금지 시간이요 밖에는 어떠한 위험이 있을지도 모르는데 40분이나 넘는 길을 호위하여 주는 경찰도 없이 도보로 쫓아내었다. 그리하여 몹시도 피곤한 몸으로 더욱이 언어도 단인 것은 부상당한 동무들까지 끌려갔다가 돌아와 보니 숙소에는 벌써 피스톨을 가슴에 매달고 있는 사복 경관이 지키고 있는 것이었다. 무도한 경찰은 부상자를 병원에 입원시키는 대신에 핑계만 있으면 유치장으로 넣으려 하였고 또 피해당한 대원들의 신변은 조금치도 생각지 않던 것들이 이제 와서는 뻔뻔스럽게도 숙소를 호위해 준다고 보기에도 몸서리치는 단총을 들고 오지 않았는가. 이 형사놈은 제가 인민항쟁 때에도 그 단총으로 수많은 사람을 쏘아 백발백중을 하였다는 자랑을 하는 것이었다. 소름이 끼치는 일이다. 우리 대원은 바로 우리 앞에 사뭇 찢어 죽여도 시원치 않을 원수가 우리를 보호한다는 가면하에 감시하고 있는 것을 깨달았다. 이튿날은 도 공보과에서 원고의 재검열을 하자고 하였다. 경찰에서는 공연을 보장할 수 없다고 흥행을 중지하라는 명령이 내려왔다. 그리고 우리 대원이 공연하는 '부산극장'은 도에서 직영하는 것이었으므로 당장 나가라는 것이었다. 구실은 산더미 같다. 우리는 여기서 대항하지 않으면 안 되었다. 도 민전의 의장단이 항의를 하러 갈 때 필자는 공작대를 대신하여 함께 갔었다. 공보과에서는 검열관이란 자가 소미공동위원회 축하의 노래를 삭제하자는 것이다. 의장단의 한 분이 성을 내어 테이블을 치는 바람에 잉크병이 푹 삭 엎어졌다. "아니 미군정장관 하지중장도 좋다고 하는 소미공동이요, 또 이것을 축하하는 노래인데 어느 놈이 반대하는가. 이것은 우리나라 독립을 바라지 않는 민족반역자밖에는 반대하지 않을 것이다" 하고 이분은 소리를 질렀다. 공보과장은 당황하여 답변을 못하면서도 이 노래를 삭제하기 전에는 전체의 공연을 허가할 수 없다고 버텼다. 의장단에서는 그러면 그따위 공연은 그만 중지하자는 것이다. "당신들은 여론을 존중하지 않는가. 만일 이 사실을 즉시 서울로 타전하면 당신들은 모든 사람의 웃음거리가 될 것이니 그래도 좋으냐"고 필자도 달래어 보았다. 그러나 이 사람에게는 이런 말로는 요지부동이었다. 20여 년을 일정하의 도청 고원으로 끌려 다니다가 새로 출세하였다는 이 친구는 과장 자리가 무척 애착이 가는 모양이었다. 세상에서 무슨 모욕을 당하더라도 과장 자리만은 떠날 수 없다는 표정이었다.

우리는 이런 자들과 싸우며 다시 경찰청장을 방문하였다. 그는 표면은 번드르르한 언사로 응대하나 이 친구도 될 수 있는 대로 책임은 회피하려는 눈치였다. 의장단의 요구는 작야昨夜의 테러를 즉시 체포하고 그 단체를 해산시킬 것, 공연 중에 극장에서 우리 진영의 자위수단을 인정할 것, 그렇지 않으면 공연이 끝날 때까지는 경찰이 그 보호에 만전을 다할 것, 작야 경찰측의 무례한 행동에 진사陳謝를 할 것, 금후는 도내 각 지방을 순회할 때 말단 관청에서 일체 부당한 간섭을 하지 못하게 할 것, 이 중에서 한 조건이라도 관철되지 않으면 우리는 자유행동으로 나가겠다는 엄중한 항의다. 소위 경찰청장은 모든 조건을 응락하는 듯이 하며 실상은 연극 문제로 우리를 배제하려는 눈치였다. 문화공작단의 방해공작의 선봉은 경남도 조선인 지사 김철수(모든 중요한 부서에는 반드시 미국인과 조선인 둘이 있다)였다. 이자는 한민당의 지방 간부이다. 극장을 몰아내어 공연을 못하게 하려는 것이 그의 일차 전법인 모양이었다. 50여 명의 인원이 남조선같이 고물가의 곳에서는 하루의 식비만도 만여 원이 넘는다. 어떻게 해서든지 이것을 좋게 해결지어야겠는데 김철수란 자는 진주에 출장갔다는 핑계로 나오지를 않는다. 이 문제로 인하여 우리가 현재 공연 중인 부산극장 관리위원회의 한 사람인 경찰청장을 조르는 것은 당연한 일이다. 의장단의 놀라울 만큼 확고한 태도와 씩씩한 언동은 필자가 아무리 몸을 사리려 해도 용감하여지지 않을 수 없었다. 필자는 경찰청장을 보고 만일 극장의 장소 문제가 부당하게 취소된다면 우리는 40만 부산 시민들에게 이 사실을 극장 안에서 농성으로써 호소할 수밖에 없다는 의사를 표시하였다. "흥 총이 있는데 무슨 걱정이여." 의장단의 한 분이 그들을 야유하자 "총입니까. 총을 맞은 것이 우리가 이제 한두 번이요. 이것을 계산에 넣지 않고 한 말은 아닙니다" 하고 필자는 말끝을 다졌다. "청장 이것 보시오 지금 서울서 온 동무가 결의를 저렇게 굳게 하니 우리 경남도 민전 산하의 백만 동지들이 그냥 있을 수야 있습니까. 이렇게 되면 우리도 함께 나서서 동일한 행동을 할밖에 없습니다" 하고 의장단의 다른 한 분이 굳은 결의를 보인다. "아니 여러분은 어쩌자고 자꾸 극단의 예를 취하십니까" 경찰청장이 당황하여 화제를 돌리려 한다. 산하의 많은 동지들을 인솔하고 아무 때나 힘차게 또 굳세게 나갈 수 있다는 자신이 뚜렷한 의장단의 이 미덥고도 굳굳한 태도는 그들과 처음으로 부닥치는 필자로 하여금 헤아릴 수 없는 용기와 감동을 그리고 또 거대한 우리의 힘을 느끼게 하였다. 전장으로 치면 확실히 이곳은 일선이다. 인민항쟁의 발상지인 만큼 이곳의 동지들은 감때가 사납다.

우리는 이러한 싸움 끝에 다시 공연을 계속할 수 있었다. 민전 산하의 모든 우리 진영에서는 각 기관의 대표들이 그칠 사이 없이 공작대를 위로하고 격려하였다. 영도공장 지대에서는 일부러 노동자 동무들의 각 공장노조대표와 해원동맹의 동무들이 찾아와 눈물을 흘리며 격려를 하였다. 이 동무들은 살림에도 턱없이 모자라는 공임을 위하여 매일매일 열 시간 열한 시간 고된 일을 하는 동무들이다. 이들이 구차한 주머니를 털어 부상한 대원에게 과실을 선사해 온 것이다. 극장 앞에는 시민들이 운집하여 기다리고 있다가 공연이 계속되는 것을 알고 환성을 올리며 입장하였다. 대원도 중상을 입어 일어날 수 없는 사람을 제하고 그 나머지 부상자는 몸에 붕대를 감은 채 출연하였다. 경찰에서는 청장의 지시에 의하여 극장 앞을 무장경관이 지키고 입장하는 관객 중의 남자 시민들은 남자 경관이 부인들은 여자 경관이 각각 분담하여 신체를 일제히 수색하였다. 이것은 흉기 가진 사람의 입장을 미연에 방지한다는 것이나 그 조사방법에 있어서는 일반시민의 불쾌감을 사게 하여 다시는 이 공연에 오지 않도록 하려는 그들의 내심을 적지 않게 느낄 수 있었다. 이곳에 와서 느낀 일이나 부산만 하여도 7·8개의 일간신문이 있는데 도무지 중앙 소식을 알 수 없는 일이다. 완전히 국내 통신은 두절상태이다. 이러고도 서울에서 나오는 신문은 연락과 요금 기타 관계로 개인은 보는 사람이 극히 드물다. 밤이 되자 서울 문련 중앙에서 김동석, 박찬모 두 동지가 대원일동을 위문 겸 격려차로 이곳에 닿았다. 문련 중앙의 메시지와 민전 중앙사무국장 홍증식 선생의 격려문도 대동하였다.

반동 측에서는 그들의 의도가 무참한 실패로 돌아가자 다시 계속하여 음모를 그치지 않았다. 다음에는 미군 C.I.C까지도 간섭하였으나 아무런 구실이 없어서 물러갔다. 또 그다음에는 미국인 지사의 명의로 무조건 중지 명령이 내렸다. 갑자기 변을 당한 우리는 무대 화장을 채 지울 틈도 없이 남녀 배우 동무 10여 명을 동반하여 가지고 이 미인美人 지사를 방문하였다. 도청으로 관사로 잘 가르쳐주지도 않는 것을 가까스로 찾아 그의 집 앞에까지 닿았을 때 우리는 그의 조선인 비서 서 박사란 자를 만났다. 이자는 조금 전 도청에서 우리를 만났을 때 이 지사의 집을 모른다고 하던 자이다. 이자가 슬며시 안으로 들어가더니 오래지 않아 미국인 장교가 권총을 빼어들고 고함을 질렀다. "어서 가거라. 가지 않으면 쏠 테다" 하던 그는 화려한 남녀 배우의 모습과 동작을 보고 주춤하였다. 서가 놈은 미인 장교를 보고 지금 문밖에 폭도들이 왔다고 흉악한 모략을 세웠던 것이다. 우둔한 소견에는 네까짓 것들이 무슨 영어를 하겠느냐는 건방진 생각이었으나 우리 대에는 일찍부터 영문학자로 널리 알려진 김동석 동지가 있다. 김동석 동지의 유창한 영어에 사실을 안 장교는 도리어 사과를 하였다. 나중에 그들은 자기 체면을 지키려고 공연 허가의 취소는 전연 모르는 일이라고 딴소리를 하였다. 그렇다면 다시 공연을 하여도 무방하다는 사인을 하라고 하여 그들은 자기네의 말에 발목을 잡히어 입맛을 다시면서도 하는 수 없이 사인을 하였다.

두 번째 부산 공연에서는 필자가 시 낭독을 하다가 경관에게 승강이를 당하였다. 시구에 10월 항쟁과 24시간 파업(1947년 3월 24일 민주역량을 적 진영에 보이기 위한 남조선 일제히 1일간 파업함을 말함)이 말썽이 된 것이다. 이것이 공보와 검열에도 허가된 것이다. 이것이 트집으로 유진오 동지의 시도 또한 말썽이 되어 유진오 시는 전체가 불허가, 필자의 것은「승리의 날」이 다시 불허가로 되었으나 이 중에는「공위여!」하는 작품도 끼었다. 공보과장이 마침 극장에 와 있다가 이 꼴을 당하고 일개의 형사에게 굽실거리는 모양은 가관이었다. 공보과 재검열에서「위대한 사랑」의 한 장면이 깎인 것은 웃지 못할 희극이다. 극 중의 여주인공이 동헌 마당을 쳐들어오다가 총을 맞고 죽는 남주인공을 보고 "내 사랑 내 낭군이 가는 길을 내 어이 못 가겠소. 나에게도 죽창을 주시오" 하는 장면인데 그의 말을 들으면 죽창은 10월 항쟁서 인민들이 사용한 것이므로 기억이 너무 생생하니 이 말을 빼라는 것이다. 죽창이 안 되면 맨손으로 가야 하느냐는 질문에 그러면 칼을 달라고 하라는 공보과장의 명답(?)으로 죽창은 그 후 칼로 출세를 하였다. 이러한 속에서도 9일까지의 부산 예정을 완전히 마치고 10, 11일 밀양, 12일 김해, 13일 진영, 14일 진해, 15, 16일 마산, 17, 18일 삼천포, 21, 22일 진주, 23, 24일 통영, 이렇게 다시 전 경남 일대를 끝까지 돈 것은 참으로 즐거운 보람이었다.

다이너마이트의 세례는 더욱이 우리 인민대중에게 공작대가 오기 전부터 자기네와 한편이라는 것을 느끼게 하였다. 원수들에게 함께 노림을 받는 동무들 그리고 이런 위험을 무릅쓰고 방방곡곡이 자기네를 찾아주는 동무들 이러한 감정은 우리 인민대중을 도처에서 물 끓듯 하게 하였다. 밀양서는 미리부터 관객의 조사가 심하여 사고는 안 났다. 그러나 우리 공작대의 공연 중 반동청년단에 있는 놈이 잘못하여 제 집에 꿍쳐두었던 화약덩이를 제 발로 밟아 폭발된 일이 있다. 이 속에서도 공작대는 하루 공연을 조선모직에 있는 노동자 동무와 그 가족들에게만 바치는 즐거운 시간을 가졌다. 공연이 끝나고는 조선모직회사 공장을 전원이 견학하고 환영회를 받았다. 이 공장은 모직기만 80대가 넘는 우수한 곳이나 현재 움직이는 대수는 겨우 20대도 못 된다고 한다. 공임工賃이 너무 헐하여 도저히 생활生活이 되지 않으나 모두 다 그만두면 아까운 기계를 버리게 되니 그것이 애처롭다는 것이다.

"앞으로 건국建國이 되면 이게 다 누구의 것입니까? 우리 조선 사람의 것이 아닙니까" 하고 기계 옆에서 일하는 동무가 이렇게 말한다.

직접 노동자들은 기계를 사랑하고 나라를 사랑하는 마음이 이와 같다. 잘하면 일인日人의 소유를 적은 밑천으로 거저 먹겠다는 모리배 기업가들은 그 목적이 뜻대로 안 되면 공장이야 흐너지거나 썩어지거나 개의介意치 않는다. 이것과 비교하여 볼 때 여기서도 인간人間의 우열優劣은 확연하다.

테러들이 도처到處에서 신경전神經戰으로 나왔다. 어느날 아무시 어느 곳에서 습격襲擊을 한다. 목표인물目標人物은 누구와 누구다. 이렇게 하여 대원隊員들을 놀래키고자 하였으나 우리 대원들은 규율規律 있는 단체행동만을 하고 자중하여 종시終是 그들의 계책을 일축하였다.

진주에서 통영을 가는 행정行程에서는 광복청년단과 김구계金九系 테러단 – 독촉獨促 테러들이 우리 공작대가 경남 일대를 다 돌도록 그냥 두는 것은 저희들의 체모体貌가 깎이는 것이라고 어떻게든지 일전一戰을 해야겠다는 것이다. 진주경찰서에서는 이것을 이유로 통영을 가지 못하게 하였다. "그런 것을 미연에 막는 것이 그대들의 임무임에도 불구하고 도리어 우리에게 중지를 권고함은 희극이 아니냐. 우리는 이러한 사태쯤은 미리 각오하고 출발한 것이니 절대로 이 행정을 철향할 수는 없다" 하는 것이 우리 공작대 전원의 결의였다.

우리는 각지를 순회하는 동안에 반동 경찰의 특질 속에서 중세기 용병과 같은 그들의 모습을 많이 보았다. 그 미물과 같은 무리들은 그저 저희들이 있는 곳에서 무슨 사고이고 나는 것을 꺼리었다. 주는 총을 받아들고 있으나 인민대중이 한없이 무서운 것이 말단 반동 경리들의 갖고 있는 솔직한 심경인 것이다. 공작단이 도처에서 인민대중의 뜨거운 환영을 받은 것을 일일이 기록할 수도 없다. 그러나 우리 대원들이 일생을 두고 잊혀지지 않을 인상을 받은 곳은 김해에서 진영으로 가는 도중에서였다. 김해 공연을 마친 우리는 궂은비가 주룩주룩 내리는 것을 불구하고 다음의 예정지인 진영을 향하여 뚜껑도 없는 트럭에 몸을 실었다. 대원들은 모조리 비에 젖어 하는 수 없이 포장을 뒤집어쓰고 물에 채인 짐짝처럼 뭉기어가는 중이었다. 차가 김해를 떠나 15리쯤 왔을까. 그때부터 신작로 가에는 5, 6명 혹은 10여 명 우산도 없이 비를 맞으며 떼를 지어 가는 사람들이 있더니 그들이 우리들의 차를 향하여 무엇인가를 던졌다. 이것은 테이프 대신에 신문지로 된 문풍지 같은 것을 국수가락처럼 가늘게 오려서 이것을 색종이 대신으로 우리에게 뿌려주는 것이었다. '문화공작단 만세' 이러한 친구는 이처럼 소리를 친다. 우리들이 탄 트럭이 산 밑에 있는 다리목에 왔을 때 우리는 그곳에 10여 명의 건장한 친구들이 괭이와 쇠스랑과 삽자루를 제각각 들고 차가 오기를 기다리는 것을 보았다. 운전석 옆에 앉았던 여자 동무들은 테러들인가 하며 질겁을 하였다. 그러나 이 젊은이들은 질겁을 하는 그들을 보자 도리어 환성을 높이어 삽자루와 괭이와 쇠스랑에 말린 깃발을 풀었다. 삽자루에는 붉은 기가 휘날리었다. 괭이자루에서는 민청기! 아 무도하게도 반동경찰에게 해산을 당하여 이제는 있지도 않은 민청의 기. 우리에게는 잊을 수 없는 낯익은 이 깃발이 날리는 것이다. 쇠스랑에서는 전평의 깃발 그다음은 농민조합의 깃발 그다음은 여맹의 깃발 하나하나가 눈물 없이는 볼 수 없는 우리의 깃발들이 우리를 향하여 퍼덕이고 있지 않은가. 전원은 몸부림을 치고 싶은 마음으로 여기에 호응하여 인민항쟁가를 불렀다. 해방의 노래를 소리 높여 불렀다. 그 동무들도 목메어 만세를 부르며 우리와 함께 합창을 하는 것이었다. 예서부터 비를 맞으며 가는 50명 혹은 1백 명의 인원이 우리에게 수제手製의 신문지 색종이를 뿌리기도 하고 만세를 불러주었고 밭에서 호미로 밭을 매던 농민이나 괭이질을 하던 사람까지 공작대를 향하여 환성을 높이었다. 이곳에서 더욱이 가슴이 찔린 것은 김 매는 할아버지가 역시 그 마나님인 듯한 호호백발 할머니의 허리를 꾹꾹 질러 우리를 가리킨 다음 이 두 양주분이 우리를 향하여 마치 치성드리는 사람 모양 두 손으로 빌며 흙바닥에서 큰절을 하시는 것이었다. 트럭이 그냥 달리는 것이 아니었던들 우리는 단박에 뛰어내려가 흙바닥에 가슴을 부비며 울었을 것이다. "우리는 의지가 약하던 문화인들입니다. 그러나 오늘은 우리도 당신들이 원하시는 일을 원하여 함께 싸우고 있습니다. 지금 북조선에서는 소련군의 적극적 원조와 김일성 장군의 올바른 지도로써 우리들이 소망하는 민주 개혁이 착착 실시되고 있습니다. 남조선의 우리는 우리의 힘으로 싸워서 하루라도 빨리 당신의 눈으로 이것을 보시도록 하겠습니다." 이렇게 북받치는 감정을 외치고 싶었다.

굳은비 속에서 50리 길을 우리는 어떻게 왔는지도 모른다. 진영에서 비를 맞으며 환영하는 동무들이 천여 명이다. 그들은 우리가 차에서 내리자마자 즉시로 공연을 시작하라는 것이다. 신작로에서 줄을 지어 오던 사람들이 모두 우리 공작대를 불러오기 위하여 떠난 사람인 것도 이곳에서 알았다. 감격 속에 젖은 전원은 누구 하나 괴롭다거나 귀찮아하는 표정이 없었다. 극장은 생긴 이래에 처음 보는 대만원이라고 한다. 대만원이 아니라 워낙이 많은 사람이 들어차니까 무대 위로 더운 김이 확 끼치어 숨이 막힌다. 필자는 먼저 부산극장과 밀양의 하루 공연에서 노동자 동무와 그 가족들만의 군중에게 크나큰 감동을 느끼었으나 이곳에서는 그보다도 순박한 우리 농민을 만났다. 그들은 아마도 평생에 처음으로 연극을 구경하는 모양이었다. 「위대한 사랑」이 시작되면서부터 흥분한 군중은 어쩔 줄을 몰랐다. 무대에서는 50여 년 전 봉건 특권계급에게 무고히 죽어나가는 농민들이 그려졌으나 관중석의 농민들은 확실히 무대 위에 있는 사람이 자기와 아무런 거리도 없는 착각을 느끼는 모양이었다. 농민대중에게는 시간과 장소도 관계가 없었다. 억울한 사실 원통한 이 사실이 그들의 생활에 부합되는 데 놀라서 중병 들린 사람이 거울을 보고 놀라듯 그들은 뼈가 아픈 모양이었다. 「위대한 사랑」은 「춘향전」과 유사점이 많다. 여기에서 춘향 어미 비슷한 역을 하는 퇴기가 그 딸인 여주인공을 보고 기안에 창명하지 않는다고 야료하며 어서 냉큼 보따리를 싸가지고 나가라고 하니 관중석에 있는 농민의 부녀자들이 "이년아 네나 보따리 싸가지고 나가거라" 소리를 지르며 조용하지를 않는다. 3막에는 변학도식의 사또가 무고한 농민을 잡아다 놓고 행형行刑하는 장면

이 있는데 "저놈 잡아내라"고 관중들이 어찌 소리를 지르는지 연극이 진행되지 않았다. 좀 조용해야 연극을 계속하지 않겠느냐고 청하나 그들은 이구동성으로 사또 놈을 잡아내어야 떠들지 않겠다는 것이다. 사또를 잡아내면 어떻게 연극이 되겠는가. 그러나 이 순박한 그리고 몇천 년을 짓눌리기만 하다 처음으로 눈뜬 이 인민들이 이런 생각을 할 여유는 없다. 연극은 사뭇 이렇게 나갔다. 끝 장면에는 동학의 지도자인 청년 주인공이 총에 맞아 쓰러지는 장면이다. 이 주인공이 총에 맞아 쓰러지자 객석에 있는 한 젊은 친구가 별안간 가슴을 치며 "아이구 어떤 놈이 총을 쏘았능기오" 하고 외치는 소리는 그대로 천근의 무게였다. 필자는 어느 책에서 중국 공산군이 벽지로 다니며 공작하는 대목이 생각났다. 그 글을 읽을 때에는 그리고 이러한 사실이 가능하게 느껴질 때는 설마 어느 먼 나라에 있는 일이거니 생각하려던 마음에, 지금 이 순진하고 때 없는 농민들이 몇천 년을 두고 한 번도 고개를 들어보지 못하던 이들이 우리의 눈앞에서 안타깝게도 그들의 공감하는 바를 외치는 것이 아닌가! '토지는 농민에게로' 하는 플래카드를 들었다고도 3개월이 넘는 징역을 하는 남조선이다. 태만하지 않느냐. '모든 문화를 인민에게'라고 외치면서도 우리가 우리 인민에 대한 인식이 이처럼 어두운 것은! 진영은 인구가 불과 칠천의 소읍인데 이날 하루세 번 공연에서 총 입장 인원이 4천 명이 넘었다. 인근 농촌에서도 많은 농민들이 왔다고는 하나 이러한 숫자는 어느 곳에도 그 예가 없을 것이다. 이곳에서는 우리 대원이 구두징을 박거나 이발을 하거나 도무지 값을 받지 않았다. 돈 낼 생각보다는 연극을 더 잘하여 우리의 속을 시원하게 하여 달라는 것이다.

진영에서 진해까지의 행정은 기차였다. 차가 이 중간 창원(이곳은 1947년 9월에도 경찰을 불사르고 항전한 곳이다)역에 닿았을 때 이곳에서는 2백여 명의 청년들이 승차하는 것을 만났다. 그들은 우리 공작대를 쫓아 일부러 진해까지 가는 길이었다. 그들은 차 중에서 만세를 높이 부르고 인민항쟁가를 부르고 하여 우리의 원기를 고무하여 주었다. 진영과 이 근방 일대의 농촌은 경남에서도 유수한 민주부락이라 경관들이 무슨 볼 일이 있어 올 때면 동네 앞까지 다 들어가지 못하고 반드시 동네 어귀에서 메가폰을 대고 만날 사람의 이름이나 혹은 용건을 외운다는 말을 들었다. 그러나 여기에 못지 않은 곳을 우리는 공작단 순회 중에서 여러 차례나 지났다. 삼천포 같은 곳에서는 경찰서장이 우리에게 특청을 하여 왔다. 이것은 유진오 동지가 시 낭독을 못 하게 되므로 필자가 여기에 대한 설명 겸 아지를 하고 유 군이 여러분의 얼굴만이라도 보고 싶어 인사를 드리겠다는 순서로 다시 유 군의 아지프로가 나오는 장면인데 이 서장의 말은 우리가 말하는 '당국의 부당한 간섭'이란 말이 자기지방으로 오해받기 쉬웠다. 그러니 반드시 그 당국이란 꼭대기에는 도라는 말을 넣어 '도당국'이라고 하여 달라는 것이다.

　사실로 경찰이 인민을 두려워함은 당연하다. 그들의 죄상이 너무 크다. 아무리 저희들이 무기가 있다고 하나 인민대중 앞에는 창해에 일속이다. 군중들도 무슨 기회든지 모일 때마다 이러한 힘을 느낀다. 또 진해에서는 이런 일이 있었다. 공작대를 환영하는 군중이 플래카드를 들고 나오고 차에서 내린 사람도 창원에서 오는 동무들 때문에 인원이 너무 많았다. 우리가 숙소를 민전회관에 정하고 짐을 풀어도 군중들은 가지 않고 연설을 한번 하여 달라는 것이었다. 그때는 필자가 반가운 인사를 하였다. 하도 감격하여 소리소리 질렀다. 미군 헌병이 와서 10분 안에 해산하지 않으면 발포하겠다고 하였으나 연설은 그냥 계속되고 군중도 흩어지지 않았다. 그래서 필자는 당지 경찰서에 불리어 갔다. 그러나 경찰에서 문제로 하는 집회 허가가 없어 많은 사람이 모인 것 불온한 연설을 한 것 등에 대하여서는 당지의 민전 의장단이 나서서 이것은 역전에 환영을 나갔던 사람이니 환영객을 벌줄 수는 없는 일이요 연설이라는 것은 백주에 환영에 대한 답변인데 누가 무슨 책임이 있느냐는 항의를 하여 사후 책임은 민전 의장단이 맡기로 하고 필자는 우선 석방이 되었다. 짧은 기간에 여러 곳을 돌려는 행정만 아니었으면 우리는 좀더 차근차근히 우리 민민의 생활 상황과 그 동향을 적확히 느끼었을 것이다. 각 지방을 도는 중에 우리는 수많은 청년들의 문학 작품을 받았다. 그중에도 잊혀지지 않는 것은 부산 철도기관구에 조용린趙容璘 소년의 시와 진영 농촌에 있는 중학생 안성수安聖洙 군의 시였다. 이 두 소년은 모두 열여덟의 소년으로 그 시도 각각 출신 성분에 따라 다른 점은 재미있는 일이었다.

오막집 극장 대생좌大生座 앞에 나란히 서 있는 꽃다발은
어디서 온 누구를 맞이하는 꽃다발이냐
돈주머니에 돈이 안 모여 일 년 내 가도 굿(경상도에서는 극을 굿이라 한다 – 필자 주) 구경 한 번 못 가는 노동자 동무들이
오늘 저녁엔 머리에 기름칠하고 농 안에 깊이 들었던 새옷 한 벌을 내어 입고
백두산 골연(남조선에서 제일 싼 단배 – 필자 주)을 입에 물고

대생좌 앞에 모여들었다.

이렇게 시작되는 이 시는 조 동무의 작품이다. 불행히 이 원고는 필자가 경남 지방에서 서울로 귀환하는 도중에서 이동 경찰에게 빼앗긴 바 그 뒤의 문의는 이러하다. 우리가 대생좌에서 즐거운 마음으로 돈이 없는 동무들은 돈을 꾸어서까지 간 것은 이 모임이 남조선의 저명한 예술가들이 왔대서 그런 게 아니라 당신네들이 우리 땅의 누질린 인민들을 위하고 또 그 편을 들기 때문인 것이다. 우리는 몸으로써 항전을 하지만 그대들은 예술로써 인민항쟁을 하는 것이다. 그대들은 무대에서 쓰러질 때까지 싸워라. 우리는 기름과 연기에 절은 전장에서 쓰러질 때까지 일하며 싸우겠다는 것이다.

이 시는 필자가 해방 이후 두 번째로 보는 놀라운 시였다. 이 작품의 특질은 작품의 대상과 작자와의 거리가 없는 것이다. 이것은 필자가 해방 이후 처음으로 놀랍게 본 유진오 동지의 「10월」과 같은 계열에 서는 것이다. 우리와 같이 과거에 문학수업을 한 사람들은 대개가 작자와 작품 사이엔 일단 거리가 있었는데 그들에게는 이것이 없다. 그들이 표현하는 것은 유형화된 감정이 아니라 적나라한 실감이 그대로 작품인 것이다. 여기에 비하면 진영에서 본 마산 중학생 안성수 군의 작품은 형식적으로 대단히 세련되었다. 감정도 우수하다. 그러나 전자에 비하여 판이한 대조는 내면 정신조차 형식화한 점이 보이는 것이다. 이것은 예술을 재래의 예술 편중에서 학습한 폐단의 좋은 예이다. 필자의 기쁨은 구김 없는 싹, 새로 눈뜨는 우수한 싹들을 도처에서 본 점이다. 우리 조선의 모든 정세는 그들을 우수한 위치에 놓아준다. 조금이라도 태만하면 도리어 공작하는 사람들이 그 좋은 싹을 오도할 염려가 다분히 있다. 새로운 정신은 스스로 새로운 형식을 가져야 한다. 우리는 비판 없이 낡은 형식의 의장을 답습하여 오히려 깨끗한 정신을 때 묻혀서는 안 된다. 남조선 예술인들은 이 문화공작단을 통하여 직접 혹은 간접으로 일찍이 보지 못하던 점을 많이 깨달았다. 문화를 인민 속으로 직접 가져감으로 인하여 예술인들은 서재나 무대에서밖에 모르던 인민을 이제는 몸으로 부닥치고 한 덩어리로 굳게 뭉치어진 것이다.

필자는 이 공작단에 참가한 도중에 남조선에서 유수한 도시 부산 진주 마산을 돌며 이곳의 상가와 공설시장을 보았고 영남의 거읍巨邑과 벽지의 작은 촌락을 지나며 장이 서는 날은 장구경도 하였다. 그리고 한없이 비분을 느낀 것은 남조선 우리 인민의 일상 생활의 필수용품이 모조리 외국 상품인 것이다. 하루하루 장을 보는 장돌뱅이의 속에까지 모든 물건은 미국 상품인 것이다. 그저 한미한 수공 생산품인 무명과 베 같은 것을 제하면 과물과 해산물 이것이 이 땅에서 나오는 전부이고 비누 양말 세수수건 심지어 과자 같은 것에 이르기까지 모든 것은 외국 군수물자 잉여품이다. 남조선의 모든 공장문은 닫히고 우리의 쌀이 이런 것들을 들여오기 위하여 외국으로 나가며 그 대신으로는 썩은 강냉이와 말 먹이의 밀 포대가 들어오는 것을 생각할 때 우리의 일상 생활용품은 얼마나 고가高價한 외국의 쓰레기인가를 절실히 깨달을 수 있다.

제2대는 대장 심영 부대장 김기림으로 이 대의 순회 예정지는 경북 일대였다. 여기에도 50여 명의 대원이 동원되어 대구에까지 갔다. 제2대의 첫 공작지인 대구에서는 반동경찰의 여러 가지 실랑이를 물리치며 우리 공작대가 이틀을 공연하였다. 이곳에서도 테러들이 무대 뒤에 침입하여 연출자를 구타하는 등의 불상사를 내고 경찰은 이런 것을 방관하며 그 익일 오히려 대장과 부대장을 호출하였다. 그들의 용건은 경북 지방의 여러 우익 청년 단체들이 불상사를 일으킬 염려가 있으니 공연을 중지하고 즉시 귀경하라는 것이었다. 그들은 우리 공작대의 두 동무가 호출되었을 때 다른 대원이 동행하는 것을 준열히 거절해 놓고 이 두 동무가 경찰 문에서 나가는 시각을 테러단에 연락하여 심영 동지는 그들에게 인사불성이 되게 구타를 당하고 들것에 얹히어 숙소로 왔다. 경찰은 범인을 숨기며 도리어 이런 것을 저의 말의 입증으로 사용하려 들었다. 여기에 대하여 "이것은 예를 든다면 마치 경찰의 입으로 전차를 타면 쏠이가 있으니 전차를 타지 말라는 격이 아니냐"고 조소의 항의를 던진 김동석 동지의 말이 생각난다. 경찰에서는 이 중지령을 어쩌면 선처할 듯이 꼬여 50여 명의 대원을 10여 일이나 여관에 머무르게 하였다. 이것은 우리의 경비를 말리어 공작대로 하여금 그냥 돌아가도록 하려는 그들의 전술이다. 그러나 우리 측이 원체 끄떡 없으니까 이자들은 초조하여 그 허가 문제를 완강히 거절하였다.

제3대는 대장 황철 부대장 이용악으로 이 대의 공작 지역은 강원도 일대였다. 춘천서는 공연 도중 테러단들이 극장 밖에서 전선을 끊어 극장 안을 암흑화한 다음 돌팔매질을 쉴 새 없이 하여 대원들은 기운을 내자는 뜻으로 인민항쟁가를 불렀다. 경찰에서는 이것을 트집 잡아 공작대가 군중을 선동하는 것이라고 대원을 한 사람 한 사람 구타한 후 서울로 쫓아보냈다. 우리는 일방 여기에 엄중한 항의를 하여 제3대를 다시 강릉 지방으로 보냈다. 제3대가 강릉으로 가던 날은 폭우가 내리던 날이었다. 그들은 서울서부터 폭우를 맞으며 강릉까지 밤새로 1시쯤 하여 닿았다. 대원들이 모두 초행이므로 전에 한 번 왔던 사람이 일본 여관 자리를 찾아가 그곳이 그저 여관인 줄 알고 문을 두드리었다. 그 집에서는 트럭 소리가 나고 자기네를 찾으니까 열어주었다. 그리고는 이 일행이 어디서 온 것을 알자 깜짝 놀랐다. 이자들은 뒷구멍으로 비상소집을 하였다. 그곳은 독촉 테러 강릉 총본부였다. 이래서 우익 테러들은 서울서 온 좌익단체에게 저희들의 소굴을 찔리었다고 밤사이에 총동원을 하여 이 집을 겹겹이 둘러쌌다. 또 이러한 사실을 안 그곳 민주 진영에서도 동원을 하여 저자들의 주위를 또다시 포위하였다. 이러한 사태가 사흘 밤 사흘 낮을 계속하였다. 그러는 동안 독촉 총본부 안에서 포위되었던 공작대원들은 한 모금의 물조차도 마시지를 못하였다. 제3대는 춘천과 강릉에서 이러한 사태로 공연을 계속하지 못하고 경찰과는 마찰이 생기어 그 장도는 중도에 그만 좌절이 되었다.

제4대는 대장 서일성, 부대장 조허림으로 이 대가 맡은 지역은 충남북의 2도였다. 이 대는 처음 대전서부터 대성공을 하였다. 대전에서는 2만의 시민이 그들을 맞아가지고 환영 행렬을 하였다. 일방 미술동맹과 사진동맹에서 하는 이동 전람회는 이 대와 보조를 맞추어 공작단이 오는 날은 벌써 개최되고 있었다. 반동테러단들은 시민들이 환영 행렬 하는 틈을 타 전람회장을 습격하였다. 그리하여 이자들이 그림을 면도칼로 찢고 몽둥이로 그 틀을 바수는 등 무수한 낭자를 하고 갔다. 전람회에서 그림을 찢은 소동은 이것이 남조선에서 두 번째의 일이다. 한 번은 미술동맹 3·1절 기념전 때인데 그때는 정복 정모를 한 학생 놈들이 학련學聯의 완장을 두르고 와서 찢은 일이다. 이 학련은 이승만이의 직계 졸도들로서 학교에 나가는 목적은 학문보다도 학교 테러와 민주 학생을 고발하여 경찰에 넘기는 것이 더 중한 짓으로 아는 친일파와 민족반역자의 자식들이다. 이러한 속에서 제4대는 논산 강경 청주 등 각지를 돌아 큰 성과를 이루었다. 비록 예정 목적은 완전히 수행하지 못하였으나 성공에 가까운 편이다. 강경서는 반동경찰이 심한 간섭을 하고 부당하게도 대장 서일성 동지를 이유 없이 유치시킨 일이 있었다. 문화공작단 각대의 성과를 종합하여 보면 대체로는 큰 수확이었다. 그러나 전남북의 2도가 너무 테러단이 발호하고 경찰들이 한층 악질이어서 이 지방을 순회하지 못한 것은 큰 유감이라 아니할 수 없다. 이 순회로 말미암아 남조선 문화단체총연맹의 산하 각 단체의 맹원이 총수 15만에서 일약 30만으로 오른 것은 스스로 놀라운 성과라 아니할 수 없다. 문화를 인민에게 달라고 목마르게 외치는 전 인민 속에서 그 문화를 인민 속으로 끌어가기 위하여 힘쓰겠다고 자원하는 사람들이 날로 느는 것은 우리의 민족문화를 위하여 크게 축하할 일이다. 이러한 점에서 우리 문화공작단이 문화를 직접 인민에게 결부시키는 데에 큰 공을 가져오게 한 함세덕 동지의 희곡 「하곡」과 「태백산맥」, 조영출 동지의 「미스터 방」과 「위대한 사랑」 그리고 연극동맹의 여러 맹원들의 전투는 특기할 만한 일이었다.

4. 총검거 총탄압 속에서

해방 2주년 기념 행사를 뜻깊게 하기 위하여 연일 골몰하던 남조선 문화예술인들은 1947년 8월 12일 미명에 생각지 못하던 선풍을 만났다. 문학 연극 영화 음악 무용 각계를 통하여 중요한 예술인들은 거의 검거 선풍과 가택 수색을 당하였다. 날이 밝기가 무섭게 반동경찰은 민주 진영의 각 예술 단체의 회관에 그들을 늘이어 놓고 어느 누구이고 여기에 찾아오는 사람이면 트럭에 실어 각각 관할 경찰서에 실어가는 큰 사건을 일으키었다. 심지어 그들은 문학예술인들이 많이 온다는 명동의 한 다방에까지 트럭을 갖다 대이고 그 안에서 차를 사 마시던 사람을 한 사람도 남기지 않고 잡아갔다. 그러나 매사에 경각성을 높이는 민주 진영의 문학예술인들은 그들의 거의 무차별 무조건 검거에도 불구하고 그리 큰 피해를 당하지 않았다.

1947년 8월 12일 미명에서부터 동 9월 하순경에 이르기까지 늦추지 않고 계속된 전 남조선 민주 진영에 대한 총검거와 총탄압은 역시 남조선 반동 측의 전 능력을 기울인 야만적인 행동이었다. 여기에 참가한 것은 미국인 신문 기자를 비롯하여 반동경찰과 모든 테러 단체들의 질서 없는 도량跳梁이었다. 8월 12일 미명에는 미 군용 트럭(현재는 경찰용)이 온 서울 시내의 중요한 거리를 달리고 있었다. 이것은 파출소마다 들리어 이미 체포된 헤일 수 없는 시민들을 무한정 본서로 실어나르기 위해서였다. 체포의 범위는 서울시만 하여도 각 구 민전 지부의 동내 말단 책임자까지 이르렀다. 이른 아침에는 벌써 민전 남로당의 중앙본부 인민공화국 남조선문화단체총연맹의 중앙본부 및 민주 진영에 속하는 모든 사회 단체와 언론기관은 일절이 그 회관과 사옥을 경찰에게 습격받았다. 첫날 서울 시내 요소에는 특보대마다 '남조선노동당의 음모 미연에 발각, 민전의 최고 간부 전부 체포'라 하고 대서특필한 반동 제 신문과 우익청년단들의 전단이 붙었다. 그리고는 이것을 떼어버리는 사람이나 저희들을 욕하는 사람이 있으면 잡아가려고 경관과 테러들이 먼발에서 지키었다. 이것은 미명에서부터 검거 선풍이분 것과 연결하여 시민의 눈을 놀래키었다. 그러나 일반 시민들은오후가 채 못 되어 이것은 모두 허보이고 중앙민전의 의장단에서는 민주여성동맹의 위원장 유영준 선생 한 분만이 체포된 사정을알았다. 시민들은 반동경찰의 일상적인 만행에 비추어 그때 경찰의 이 조치를 다만 임박한 해방 2주년 기념일을 앞두고 민주 진영측의 준비를 금지시키며 반동 측의 일방적 주최로 되는 관제 행사를 강행하려는 예비 수단으로 해석하였다.

그러나 8월 15일이 지나도 이 선풍은 그치기는커녕 도리어 테러단이 각처에서 횡행하며 또 경찰이 그들과 손을 맞잡는 것이 공공연한 주지의 사실로 되자 시민들의 의혹은 점차 커갔다. 남조선의민주 역량은 그동안 10월 인민항쟁과 24시간 파업 그리고 소미공동위원회의 재개를 통하여 눈부시게 발전하였다. 1947년 7월 27일전 남조선에 걸친 소미공위축하 인민대회에서는 민주 역량이 그실력을 양국 대표 앞에서 유감없이 보여주었다. 그때 서울의 남산대회에 모인 인민들은 무려 50만이 넘었다. 어떤 사람은 60만을 치는 사람도 있었다. 서울의 전 인구가 1백20만인 것을 생각할 때 이날 시민 가운데 참석치 못한 인원이라면 집을 지키는 아주 극한 노유老幼와 병자를 제하고는 악질 반동과 빈집을 기웃거리려는 좀도적뿐이었을 것이다. 부산에서는 20만의 시민이 대회에 모였다. 부산시의 전 인구가 40만이 다 못 되는 것을 생각하면 이 숫자는 더욱 놀라운 일이다. 필자는 당시 문화공작단에 참가하여 제1대가 마침내 경남 공작의 일정을 마친 때이므로 부산에서 이 놀라운 사실을 목도하였다. 전 남조선이 이러했다. 이것은 우리 인민이 무엇을 요구하고 또 지지하는가를 표시하는 훌륭한 증거이다. 여기에 조금 앞서 7월 19일 우리 민주 진영의 지도자의 한 분인 몽양 여운형 선생이 테러 흉탄에 쓰러지자 민심은 물 끓듯 하였고 테러의 도량에 대한 민족적 분노도 극도에 달하였다. 민전에서는 시기를 잃지 않고 '테러를 박멸하여 진정한 민주 국가를 세우자'는 슬로건을 내세웠다. 역에는 한민당과 한독당만을 제외한 모든 우익 및 소위 중간 정당까지도 일절이 호응하여 비상구국대책협의회의 결성을 크게 하였다. 인민의 적인 매국노의 무리와 국제 반동 세력이 여기에 전율을 느낀 것은 우연한 일이 아니었다. 이 국제 및 국내 반동파들은 즉시 그들의 충견 조병옥을 시키어 이 거국적인 사업에 해산령을 내리었다. 연달아 미국인 신문 기자 유피 통신원이 지금 남조선에서는 좌익 진영에서 몽양 여운형 선생의 장의일과 8월 15일을 기하여 일대 폭동을 계획하고 있다는 데마[2]를 전 세계에 퍼뜨리었고 남조선의 반동 제 신문들은 또 이 미국 통신원의 보도에 근거하여 마치 벌써 다 증명된 사실인 것같이 특호 활자로 제목을 걸어 이 데마를 전파하였다. 미국인 신문 기자의 비열한 흉계와 데마는 이번이 처음이 아니다. 이번에도 처음에는 그러한 데마에 그치는 것으로 알았다. 그러나 그 뒤에 일어난 모든 사실들은 이번 데마는 순전한 데마에만 그치는 것이 아니라 심대한 음모와 간악한 흉계가 숨

---

2   데마고기demagogy. 선동정치가가 특정한 문제에 대하여 정치적인 의도로 유포시키는 선동적 허위선전. 흔히 줄여서 '데마'라고 불린다.

기어 있었던 것이었다. 그들은 이러한 낭설을 세계 반동파에 전파시키었으며 경찰을 동원시키어 민주 진영의 지도자를 총검거하고 전반적 테러에 대한 인민대중의 반발을 예기하여 이 재료를 가지고 먼젓번 정 판사 사건보다 몇십 배 더한 남조선 좌익 진영 폭동계획설을 날조하여 남조선 인민의 전위당이요 민전의 충주 세력인 남조선노동당을 송두리째 뽑으려는 의도였다. 미 반동파의 주구와 또 국내의 그 앞잡이들이 이처럼 간악한 흉계를 꾸며 이것을 실행에 옮긴 것이다.

그러나 우리 민주 진영과 인민대중은 심심한 자중을 하여 그들의 술책에 넘어가지 않았다. 8월 15일 그들이 예기하였던 관제 기념 행사의 '성황'은 비참하게도 그들의 소망에서 어긋나고 말았다. 악질 동회의 구장과 반장을 동원시키어 시민들의 강제 행렬 참가를 요구하고 직장에 있는 노동자 동무들을 참가하지 않으면 해산하겠다는 위협으로 대회장에 몰아넣으려 하였으나 이렇게 강제로 대회에 모인 사람은 전 인원을 털어 만여 명도 안 되는 가련한 모임이었다. 이날부터 서울 시내에는 온 장안에 난데없는 야경꾼이 퍼져 서투른 날방망이질을 하였다. 딱딱이를 치는 소리는 귀가 솔았다. 이자들은 모두가 테러단으로 야간 통행 시간이 지난 후의 집집을 뒤져 민주 진영의 주요 인물을 튀기어 경찰에 방조하고 이들을 무수히 난타하기 위하여 특주의 배급을 받아가며 움직이는 무리였다. 차츰 지방에서는 불의의 변을 알리기 위하여 중앙에 올라온 동무들 속에는 많은 예술인들을 볼 수 있었다. 이 동무들의 보고에 의하여 우리는 각지의 자세한 상황을 알 수 있었다. 지방에 있어서도 검거 범위는 예술인에게까지 미치어 문련의 각 도연맹과 그 산하의 모든 예술 단체인 각 동맹지부의 책임 부서에 있는 맹원들은 거의 모조리 체포되어 그 전원은 대략 쳐도 3백 명을 불하하였을 것이다. 낙원동에서는 테러들이 백주대로상에서 사람을 치는데 몇 번만 더 치면 그 맞은 사람이 절명할 지경이었다. 그것을 지나가던 정복 경관이 무슨 일이냐고 물으니 그자들을 당신이 알 것이 아니라고 도리어 경관을 쫓아보내는 사실을 시인 김광균 씨가 목도하였다. 테러들은 저마다 살인자의 살벌한 얼굴들을 하고 팔목에는 제가끔 이름만 들어도 당장에 구역이 나는 사설 청년단체의 완장을 두르고 떼를 지어 대로상에서 활보하여 그 거리에 통행하는 시민들의 아래위를 훑어보며 무슨 트집을 잡으려는 듯이 서슬이 푸르렀다.

8월 20일에 벌써 인민공화당과 남조선문화단체총연맹의 회관은 이들 경찰이 폐쇄하고 무법하게도 이승만 직계의 대한독립청년단에게 넘겨주었다. 이자들은 즉일로 동단 중구특별별동대란 간판을 내걸며 야만적 사형私刑의 집행장으로 만들었으며 잇대어 민전회관은 곤봉을 든 테러들이 연일 회관에 침입하여 감시하였다. 8월 18일 즉 검거 선풍이 분 지 일주일이 지나도 장택상이는 신문 기자단에게 그 검거 이유를 말할 수는 없다고 대답을 흐리었다. 이때부터 테러단의 준동은 극에 달하였다. 경찰은 저희들의 전력을 기울여도 찾지 못한 민주 진영의 지도자들을 테러단에 찾도록 조력을 구하였다. 그리고 남조선문화단체 총연맹의 기관지 일간 신문『문화일보』는 8월 12일 폭풍에 불의의 습격을 받아 사내의 대량 검거가 생기어 그 기능이 정지되었다.『문화일보』는 1947년 4월 『예술통신』을 인계하여 개제한 신문으로 그동안 이곳에는 계속하여 진정한 외국 문화의 소개와 모든 동맹의 당면 문제를 제기하고 가장 전투적인 예술 작품을 게재하였으며 전면적으로는 광범한 문학예술 애호층의 정신적인 지도와 정치 부면으로의 적극적인 관심을 일으켜주는 역할을 맡아온 꾸준한 신문이었다. 민주 진영의 언론기관을 탄압하기 위하여 남조선 반동경찰은 처음엔 검거로 그다음엔 테러로 쉴 새 없이 갖은 몰염치한 방법을 다하였다. 이 틈에 『광명일보』(인민공화당 기관지)『우리신문』(진보적 인텔리신문)이 쓰러지고 『독립신보』(지난날 신민당 기관지)는 사장과 주필까지 체포되었다.

그러나 모든 사람이 고대하는 『노력인민』은 암야의 광명처럼 남조선 인민의 앞길을 밝혔고 적측의 갖은 음모와 비행을 폭로하는 선봉으로 매일 시민들의 수하에 쥐어졌다. 반동측에서는 눈을 뒤집어쓰고 『노력인민』을 인쇄하던 출판노조 소속의 인쇄 직공 20여 명은 대한노총 강도들에게 납치되어 꼬박 사흘을 물 한 모금도 못 먹고 경전 지하실 속에서 생명의 위협을 받다가 간신히 구출되었다. 그들은 민주 진영의 신문을 탄압하기 위하여 육상에서 신문 파는 이들을 위협하고 이른 새벽 길목마다 지켜 섰다가 배달하는 사람까지 잡아서 죽도록 두드리고 신문은 가져오는 곳과 배달하는 매호를 알쳐 내라고 하였다. 『노력인민』을 배달하는 동무들은 심지어 한민당의 기관지 『동아일보』 속에 『노력인민』을 숨겨가지고 배달하였으나 테러들은 이것까지 조사하여 씨를 말리려 하였다. 경운동에 있는 보성사 인쇄소는 민주주의 서적과 신문을 인쇄하였다는 이유로 테러단에게 강제 접수를 당하였다. 이 반동 경찰의 묵인을 받는 강도단은 보성사의 경영자를 잡아놓고 생명과 공장과 둘 중에 어느 것을 취하겠느냐고 협박하였다. 경영자는 당장 곤봉 세례와 공장 파괴가 두려워 좀 생각을 하여보자고 하였더니 이자들은 즉시로 대서인을 불러다가 인쇄 공장을 저희들에게 기부하는 형식으로 문건을 꾸미게 하였다. 이것은 초기 히틀러의 도배가 국제 전쟁 방화자와 독점 자본가들의 후원 아래 시가와 은행을 점령하던 것과 동궤의 것이다. 남조선의 일대에는 현재 이와 같은 일이 백주 공공연하게 행하여지고 있다.

테러들의 잔학한 행동은 소련 영화의 독일 범죄자 재판기를 연상시킨다. 20세기의 식인종은 우리 조선의 일부 남조선에도 있다. 장구한 시일을 두고 일제에 충실하던 자 새로이 민족을 팔아먹으려는 자 이것들을 남조선에서는 미군정이 고이 양육하니 이자들은 뻐젓이 머리를 들고 동족을 살해하는 식인종으로 화한 것이다. 그들은 2개월이나 걸쳐 쉴 새 없이 민주 진영의 동지들을 체포하고 테러단을 동원하여 갖은 만행을 자행하게 하였으나 그 결과는 아무런 소득이 없었다. 그들의 흉계를 뒤집어씌울 만한 대상의 지도자들도 체포되지 않았으며 그들이 기약하였던 테러에 대한 인민의 전면적 반발도 인민의 자중으로 전혀 없었다. 경찰에 체포된 수많은 민주 진영의 동지들은 이리하여 미군정과 국내 반동 진입의 낙심과 초조한 가운데 경찰서 내에 출장 나와 있는 치안관의 약식 판결로 대체는 반 개월 내지 일 개월간의 구류와 최저 5천 원에서 1만 원에 달하는 벌금형을 받았다. 무고한 인민을 잡아다 실컷 두드리고 굶긴 다음 저희들은 이러한 인민에 대한 갖은 폭악한 행동을 함에 힘을 돋우기 위하여 술에 고기에 특주를 받아 처먹고 이 비용은 다시 고초받은 그 인민에게서 부당한 벌금과 명목상은 기부금이나 실제는 그 재산을 강탈하여 여기에 충당한다. 반동경찰은 8, 9월만 해도 서울에서 수천, 전 남조선에 걸치면 만여 명도 넘는 민주 진영의 인사들을 무조건 체포하며 이런 중에도 질서 없는 테러단의 도량은 점차 강도적 성격을 노골화하여 그 명령 계통은 더욱 문란하여만 졌다. 전 시내의 상가는 모조리 문을 닫힐 지경에 이르렀다. 여러 끄뎅이로 엉클어진 테러단들은 저마다 상가를 뒤지며 기부금을 강요하였다. 기부금을 내지 않으면 민주 진영 사람이라고 납치 고문 구타를 일삼는다. 심지어 말단의 테러는 금품을 약취掠取하려고 일부러 누구이든 납치하였다가 돈을 뺏으며 아무것도 생기지 않으면 좌익이라고 죽도록 두드려 인심은 날로 이 무리들을 저주하게 되었다. 그 가까운 예로 필자의 이웃에 사는 양곡 소매상인이 테러들에게 납치된 일이다. 그는 이자들의 의도하는 바를 늦게야 깨달았기 때문에 그동안에 벌써 가마니때기로 전신을 뒤집어씌워 몽둥이찜질을 당하였고 또 열 손가락의 한 손톱 한 손톱을 철사 끊는 지께로 마치워 온 손톱이 모두 바스러지는 참상을 이룬 다음 화해한다는 명목으로 장사 밑천의 거의 절반을 떨리었다. 테러단의 계속되는 행동은 저희들을 길러주는 이 토대인 모리 간상배에게까지 커다란 위협을 주게 되었다. 여기에서 이맛살을 찌푸린 장택상이는 황망히 테러단에게 포고를 내리어 수습할 수 없이 민심과 유리遊離한 저희들 앞잡이와 경찰을 분리시키고 이것을 도리어 저희들 경찰의 반인민성을 은폐하는 데 이용하려 들었다. 경찰 당국은 2개월에 긍하여 일부 사설 청년 단체에게 음으로 양으로 군력과 법을 남용하는 것을 인정했으나 그것은 너무나 지나쳤으니 취체와는 아무런 관련이 없고 자기가 사랑하는 우익이라도 잘못하면 이렇게 탄압한다는 제스처를 보이려 한 것이었다. 그리하여 이제까지 쌓여온 인민의 증오를 경찰로부터 테러단으로 돌리려는 것이다. 그러나 이 포고문이 나온 후에도 테러는 계속하여 횡행하였고 이것들은 앞문으로 불러다가 뒷문으로 내보내는 식의 외면상의 검거가 있었을 뿐 아니라 아무러한 경찰의 조치도 볼 수 없었다. 시민들은 그들의 이 낯간지러운 수작에 더욱 구역을 느낄 뿐이었다.

두 달 장간이나 걸린 이 사건을 아무런 설명도 없이 그저 속셈만으로만 위조 사건을 씌우려던 경찰과 그 배후 세력들은 이 사태에 대하여 아무리 뻔뻔한 그들일지라도 어떠한 대답이든 있어야만 하게 되었다. 그들은 좁은 머리를 다 쥐어짜 소위 방송국 사건이라는 것을 꾸며 불행히 검거된 남로당의 부위원장 이기석 선생을 무서운 고문으로 억지로 이 사건에 연관시키어 트집의 꼬투리를 조작하였으나 이것으로는 민주 진영의 총검거와 총탄압의 이유를 설명할 수 없으므로 그들은 군색한 나머지 새로이 수도청 발표라 하여 이 일이 있기 전 미국인 통신 기자가 날조 시사한 남조선 좌익 폭동 음모의 '풍설'을 진상으로 개조하였다. 이 발표는 그 내용이 너무나 허망하기 때문에 웬만한 통신사는 물론 우익에 쏠린 소위 『자유신문』까지도 처음에는 묵살하고 이 기사를 게재하는 것을 거부하였다. 통신과 신문들의 태도는 이 논문(그들은 진상이라는 것을 이렇게 표현하였다)은 연구 논문은 될지언정 사실과는 너무나 거리가 멀고 내용이 없으니 우리에게 생생한 사실만을 보여달라는 것이었다. 그러나 경찰들은 그들에게 이 대답보다는 우선 위협으로 그 전문을 게재하도록 명령하였다. 이승만을 필두로 하는 매국적들은 조선의 완전 자주 독립과 민주 건설을 보장하는 소미공동위원회를 파괴하려고 갖은 발악을 다하였다. 소미공동위원회의 속개 도중에도 이자들은 반동경찰의 후원 아래 반탁 데모를 하고 공동위원회장으로 가는 소련측 대표단에게 돌멩이와 흙덩이를 던졌다. 경찰은 이것을 방관하여 암암리에 그들을 고무한 것은 물론 심지어 이 역도들은 장택상이를 시키어 연합국의 일원인 소련에 대하여 하위 중상의 독설을 토하여 우리에게 진정한 해방을 선사한 유일한 우방과 우리 인민과의 이간을 꾀하는 등 갖은 행동을 다하였다. 이러한 행동의 하나하나만으로도 당연히 국제 문제가 될 수 있는 것이나 이 모든 것을 참고 다만 조선 인민의 장래와 그 행복을 염려하여 하루라도 빨리 소미공동위원회의 사업을 성공시키려고 모든 노력을 사양치 않은 스티코프 대장의 열성과 홍대鴻大한 도량은 오늘날 비록 국제 반동 세력의 최후 발악으로 이 사업이 휴회되었다 하더라도 길이길이 조선 인민들의 뼈에 사무치는 감사로 남을 것이다.

1947년 8, 9월 남조선 반동경찰이 이와 같은 남조선 민주 진영에 대한 총검거와 총탄압의 진상은 대략 이러한 것이 그 윤곽이다. 이러한 폭풍을 통하여 또 한 가지 뚜렷이 그 존재가 나타난 것은 문학예술 부면에 대한 전면적인 탄압이었다. 이것은 남조선의 문학예술이 반동 진영에게 점차로 그만큼 큰 위협을 주는 대상이 되었다는 반증이기도 하며 일면 인민을 토대로 하는 진정한 우리 민족 문학과 예술이 모든 가혹한 조건뿐인 남조선에서도 날로 성장하여 감을 의미함이다.

해방 2주년 기념 행사를 당하여 남조선 문학예술인들은 우리의 문화와 민주 역량을 성대히 피로하기 위한 이 준비에 당시 그 전력을 기울였던 만큼 더욱이 많은 타격을 받았다. 연극동맹에서는 그때 산하의 모든 극단을 총동원하여 둘로 합하고 하나는 국제극장에서 조영출 동지의 신작을 그리고 또 하나는 국도극장에서 함세덕 동지의 희곡「혹」(「고목」의 개제)을 각각 공연키로 되었다. 이런 것을 경찰에서는 혈안으로 탐색하여 그 연극 장소를 습격하여 전원을 체포하는 춘사椿事로 모든 공연은 불가능하게 되었다. 반동경찰이 저희들에게 검열 허가까지 맡아놓고 연습하는 이 동맹의 연극 활동을 그냥은 중지시킬 수가 없다. 그러나 이자들은 비루하게도 공연 일자가 박두한 때 여기서 중요한 역을 맡은 배우와 또 그 대행을 할 만한 동지들을 8월의 선풍 속으로 쓸어넣었다. 더욱이 8월 12일 미명에 극계의 중진과 책임 위치에 있는 10여 명의 동지들은 각기 사택에서 경찰의 습격을 받았으나 요행 체포는 면한 동지들도 그 뒤로는 매일 찾으러 다니고 그 집에는 테러들이 연일 지켜서 기다림으로 얼마 동안은 부득이 지하로 들어가지 않을 수 없다. 연극동맹 산하의 각 극단이 무슨 공연이든 할 때이면 연일 만원을 이루고 또 관중들 앞에서 저희들의 죄악을 폭로하는 연극을 하여 아우성치는 관중들의 환성을 들을 때 반동측에서는 뼈아프게 안타까워하며 저희들도 연극을 가지려 한다. 그러나 남조선에서 옛날부터 유명하던 사람은 물론 모든 유능한 신인까지 한 사람도 저희들의 수족이 되어주는 연극인은 없기 때문에 여기서도 아무런 인기가 없는 타락 분자만을 모은 이 반동 극단은 8월 15일이 되어도 기념 공연 하나 못 하는 형편이다.

미술동맹에서는 해방 2주년 기념 대전람회를 개최하고자 기일과 장소까지 벌써 한 달 전에 계약하여 놓았으나 이 계약한 장소와 기일을 군정청에서 불법 횡령하고 그다음은 아무 데서도 장소를 빌려주지 못하도록 협박하여 이 동지들의 사업을 방해하였다. 사진동맹도 이와 같은 처지에 이르렀다. 그러나 미술계에도 연극계와 같이 반동 측의 어용 작가들이 몇몇 있으나 이자들은 독립하여 전람회를 가질 만한 역량도 없고 또 실제로 현재 작품을 만드는 사람들이 아니라 과거의 경력을 개뼈다귀 울겨먹듯 하는 무리이기 때문에 아무런 행사도 갖지 못했다. 여류 화가 정은녀 여사는 9월 28일 그의 첫 개인전을 화신화랑에서 가졌으나 씨가 미술동맹원임을 알고 화신 기획부에서는 단지 이 이유 하나만으로 전람회가 개장한 지 불과 두 시간에 강압적으로 문을 닫았으며 관람하는 손님을 함부로 쫓아내는 폭거를 하였다.

다시 음악건설동맹에서는 8월 15일을 기하여 모든 악곡은 우리 동맹원의 작품만으로 연주하고 노래하는 일대 호화 음악의 모임을 가지려 하였다. 그리하여 가곡은 전부 우리 시인들의 시 작품을 우리의 작곡가들이 만든 곡으로 노래 부르기로 되었고 더욱이 인민의 보배로 이름 높은 김순남 동지의 신작 교향곡 발표는 만도滿都의 기대와 주목을 끌었으나 이 역시 테러단의 암약과 극장 관리인에 대한 협박으로 와해되었다.

문학가동맹에서 이 통에 또 여러 동지들의 체포령이 내렸다. 서울만 하여도 자택에서 회관에서 노상에서 체포된 작가와 시인과 평론가가 십수 인이 넘었다. 테러단에게 납치된 문학예술인들도 상당한 숫자에 이르렀다. 이 중에서 한둘의 예를 들면 먼젓번 인민항쟁에 향리 제일선에서 활약한 시인 S 동지는 밤에 자다가 이놈들에게 쫓기어 아래셔츠 바람으로 길거리에서 밤을 새운 일이다. 미술동맹 P 동지는 월간 잡지『민성』에 북조선 기행문을 사실대로 기술하였다는 이유로 서북청년회에 납치되어 3일간을 인사불성이 되게 고문당하다 어차피 죽을 바에는 그놈들에게 맞아 죽느니 차라리 빠져나갈 길을 뚫어야겠다고 분신奮身하여 그자들의 높은 벽돌집 3층 유리창에서 그냥 뛰어내리어 빈사의 상태에 이르렀다. 테러가 경찰에게 비호를 받는 것은 천하가 다 아는 일이다. 이것은 다른 예이지만 돈암동에서는 테러들이 민주 진영 동지의 집을 습격하였다. 불의 습격을 당한 이 동지는 대문을 닫아걸고 화를 피하려 하였으나 테러들은 문짝을 깨뜨리고 들어오므로 할 수 없이 몽둥이를 들어 짓쳐 들어오는 테러들을 문 앞에서 내리쳤다. 그리하여 테러 놈이 그만 절명을 하였는데 경찰에서는 즉시 이 동지를 잡아다 살인죄로 기소하였다. 아닌 밤중에 남의 집 대문을 뻐개고 짓쳐 들어오는 야수를 막기 위하여 정당히 취한 태도를 살인죄라고 하며 매일같이 횡행하며 대로상에서도 무행한 인민을 병신이 되도록 구타하는 테러들을 그들은 한 번도 취체한 일이 없다.

남조선에서는 이러한 소문이 돌았다. 테러들은 백백교보다도 한술을 더 뜬다고. 그리고 이자들은 무행한 인민을 때려죽여 가지고 거적때기 속에 넣어서 자전거에 싣고 종로바닥을 대낮에 지나가는 것이 아니라 이번엔 좀더 큰 트럭에 싣고 곧장 한강으로 내버린다는 풍설이다. 이것은 풍설이기보다는 수긍할 수 있는 사실에 가까운 이야기일 것이다.

그러나 이와 같은 속에서도 남조선의 문학예술인들은 쉬지 않고 각자의 사업을 계속하였다. 시인 K 동지는 경찰과 테러 쌍방의 추격을 받으면서도 그가 같은 주간 신문『건설』– 문학동맹의 문화대중화를 위한 기관지 – 의 편집과 출판의 임무를 계속하였고 다시 문학가동맹 시울시 지부의 기관지『우리문학』5호가 또한 그들에게 추격당하는 여러 동지들의 손으로 간행되었다. 문화 부면의 장택상이란 칭호를 듣는 공보부의 함대훈은 남조선문화단체총연맹의 기관지『문화일보』가 그동안 내용을 다시 정비하여 재간한 것을 다시 정간시킴에 적극적인 역할을 놀고 다시 민주 진영의 언론을 완전히 봉쇄하기 위한 신문지 법안을 작성하여 미 군정장관에게 제출하는 등 갖은 악덕한 죄악을 꾸몄다. 미 제국주의와 그 밑에서 국내 반동파들이 최후 발악을 쓰는 남조선에서 진정한 문화예술 부면은 미증유의 시련과 고난을 겪었다. 그러나 이 기간을 통하여 우리 민주 진영에서는 가장 약한 성원을 가진 문학예술 부면이 한 사람의 탈락자도 내지 않은 것은 스스로 자랑스러운 일이며 또 다난한 전도를 위하여서도 미더운 일이라 아니할 수 없다.

국제 국내 반동 세력과 그들의 충견인 남조선 미군정청 반동경찰은 이번 8월 9월 총검거와 총탄압을 통하여 이 이전까지 취하여 오던 미국식 민주주의의 가면조차 떼어버리게 되었다. 그들은 언론 집회 출판 결사의 자유라는 가면을 내걸고 저희들의 이익을 위하여서는 야젓잖게 행사하면서도 또 그 가면 때문에 일 분이라도 민주 진영에게 전취당하는 것은 눈을 까뒤집고 방해하기에 전력을 다한 것이다. 여기에 그들이 입에 침이 마르도록 칭찬하여 선전하는 미국식 민주주의의 언론 출판 집회 결사의 자유가 현재 남조선에서 어떠한 방식으로 운영되고 있는가를 살펴볼 필요가 있다.

언론 자유의 이 미명은 남조선 전체 인민의 구역과 분노를 사는 말이다. 그들은 여기에서 저희들에게 불리한 점을 막기 위하여 군정 포고령 제2호 위반이란 넓은 그물을 늘여놓고 저희들의 비행을 폭로하는 모든 정당한 언론은 미군정 실시상에 방해되는 것이라고 얽는다. 이 예는 남조선에서 가장 많은 것으로 박헌영 선생의 체포령을 위시하여 민주 진영 각 부면이 지도자와 투사를 투옥한 일이다. 그리고 인민이 좀 더 널리 자기네의 의사를 표시할 수 있는 라디오 영화 출판물 및 여러 가지 도구를 그들의 수중에 넣었으며 또 넣으려고 갖은 통제를 다하는 것이다. 집회 자유는 공안을 문란시킬 우려가 있다, 불상사가 생길 염려가 있다, 또는 집회 책임자를 신임할 수 없으니 현주지現住地 구역 파출소의 거주증명을 받아오라는 등 온갖 구설로 이것을 미룬다. 출판 자유에 대하여서는 일찍이 레닌 선생께서도 말씀하시기를 "부르주아 사회에 있어서의 출판물 자유라는 것은 신문들을 발간하여 언론기관들을 매수하기 위한 충분한 자본을 소유하고 있는 자본가들만을 위하여 존립하는 것이다. 자본가가 있는 세계에 있어서의 출판 자유라는 것은 신문들을 발간하여 언론기관들을 매수하기 위한 충분한 자본을 소유하고 있는 자본가들만을 위하여 존립하는 것이다. 자본가가 있는 세계에 있어서의 출판 자유는 부르주아의 이익을 위하여 신문을 매수하며 작가를 매수하며 여론을 매수 또는 위조하는 자유이다. 이는 사실이다. 누구나 언제든가 이를 논박할 수 없는 것이다"고 하였다. 더구나 독점자본주의 또 제국주의의 총본산인 미국의 주둔군이 자의사를 강행하는 미군정하의 남조선에서 이런 식의 자유가 무엇을 말한 것인가는 자명한 일이다. 그들은 남조선에 온 지 불과 반 년도 안 되는 1946년 5월에 벌써 위폐 사건을 꾸미어 조

선에서 가장 충실한 설비를 가진 조선공산당 경영의 정판사 인쇄
공장을 접수하고 그 기관지인 일간 신문『해방일보』를 강제로 폐
간시키며 이것을 반동 측에 넘기어『경향신문』을 발간하게 하며
이 인쇄소에는 절대로 민주주의 출판물의 인쇄를 받지 않는 해괴
한 행동을 하는 것이며 다시 47년 봄에 문학동맹 발간의『인민항
쟁시집』과 같이 중뿔난 경찰의 간섭과 그렇지 않으면 테러단을 시
키어 인쇄소를 협박 강탈 내지는 습격의 방법으로 억압하는 등 이
예로 부지기수이다. 끝으로 결사의 자유라는 것도 남조선 전반 정
당 사회 단체에게 일제히 회원 명부와 주소록을 제출케 하여 그들
이 자기와의 반대 진영을 임의로 탄압하기에 편리한 방편은 빈틈
없이 꾸며놓은 등이다. 돌아보건대 남조선 문학예술인들은 우리
민주 진영의 다른 부면들과 같이 이러한 속에서 자아의 위치를 깨
닫고 이 간악하고 비열무쌍한 국제 국내 반동배와 매족자들의 죄
악을 폭로하며 우리의 진정한 문화를 인민 가운데에 가져가기 위
하여 전력을 기울인 것이다. 남조선의 문학예술인들은 모든 악조
건을 무릅쓰고 우리 인민의 다방면에 긍한 전체적인 회합이 있을
때마다 음악인은 그들이 만든 인민의 노래를 발표하며 또 모든 인
민의 용감한 행진곡이 되도록 가창을 지도하였으며 또 시인들은
가슴에 북받치는 우리 인민의 감정을 호소하여 한자리에 모였던
30만 혹은 50만 헤일 수 있는 인민 앞에 만세의 환호를 받았다. 이
것은 일찍이 시문학이 만인의 사랑을 받던 아테네의 영광으로도
비할 수 없는 성사다 아니할 수 없다.

반동매국적의 진영에서도 구색을 맞추기 위하여 남조선 미군정
이 전적인 찬사와 축하 밑에 그들은 신문사의 운동부 기자와 매명

선전에 눈이 빨개서 혹간 잡지 한구석의 설문 가운데 투고하는 칼잡이 의사까지 긁어모아 만든 조선문필가협회와 그 축소 단체인 조선청년문학가협회 등은 저마다 간판을 내걸고 저희들 힘만 있으면 외국 종이와 모든 경비의 원조도 받을 터인데 그 간판에 먼지만 켜로 쌓이도록 그자들은 단 한 번의 명토 박은 기관지 한 권을 내지 못하였다. 이 모든 가련한 미물들은 그저 뒤에서 불어주는 월가의 피를 부르는 피리 소리에 발을 맞추어 불 속에 뛰어드는 하루살이처럼 거의 제정신도 없이 펄럭거린다. 조선의 극악한 반동배들은 남조선 우리 민주 역량이 날로날로 성장하고 인민과 굳게굳게 결부되는 데에 놀라 이것을 사력으로 막기 위하여서는 그들이 신성시하여 마지않는 미국식 민주주의의 도금한 가면조차도 도저히 지탱할 수 없음을 깨닫자 국제 신의와 모든 체면까지도 죄다 팽개치고 그들의 야수적인 알몸뚱이를 노골적으로 드러내었다. 남조선의 진정한 문학예술인들은 최후의 승리를 전취할 때까지 부단히 투쟁하는 길이 남아 있다. 그리고 이 길은 과거에서부터 우리 민주 진영의 열렬한 투사들이 우심한 폭풍 속에서 모두 다 지내온 길이다. 해방 이후의 적지 않은 시일을 통하여 남조선 우리 인민은 그들과의 투쟁 속에서 타협이란 절대로 있을 수 없다는 것을 뼈아프게 깨달았다. 문화를 인민 속에 가지고 들어가는 길은 현재의 남조선 같은 곳에서는 더욱 가열한 투쟁이 요구된다. "북조선 인민이 걸어가고 있는 자주 독립과 민주 개혁 실시와 인민공화국 건설의 인민적 민주주의 노선이 주는 정치적 영향은 남조선으로 하여금 영웅적 항쟁으로 대담히 진출하는 데 커다란 자신과 용감성을 준 것이다" 하신 이정而丁 선생의 말씀은 남조선의 모든 정세를 설명함에 가장 적절한 글이다. 현재의 남조선에서 그 역량이 일층 공고하여 쌓여 가고 있는 우리 문화예술 부면이 오늘의 성과를 이룬 것은 모두 여상의 근원에서 해명해야 옳을 것이다. 필자는 이와 같은 역경과 고난 속에도 오히려 더욱 굳세어지고 늠름하여 가는 헤아릴 수 없는 동지들을 생각할 때 스스로 눈시울이 뜨거워지며 든든한 마음을 가질 수 있다.

5. 북조선에서

남조선에서는 무고한 인민이 테러단에게 모진 매를 맞고 팔다리를 분질러도 이 매맞은 사람은 병원에 누워 편안히 그 상처를 치료할 수는 없다. 악독한 경찰과 테러는 저희들의 마수에서 벗어난 이 사람들을 잠시라도 그냥 놓치려고는 하지 않기 때문이다. 인간의 탈을 쓴 흡혈귀들은 병으로 신음하는 사람들로 가득한 입원실 문까지도 열어제치고 그들의 흙발을 들이민다. "입원실 속에 민주진영 치들이 숨어 있다." "문병하는 척하며 모든 연락을 한다." 이러한 구실이 그들의 내세우는 말투다. 이자들이 미친 개와 같이 큰 거리로 싸다니는 남조선에서 해방 전부터 앓던 필자는 신병을 치료할 대책조차 갖지 못한 채 1947년 8, 9월 선풍 속에서 다시 모진 테러단의 밥이 되었다. 몇 해째 끄는 병중의 몸에 다시 온몸이 매에 맞아 먹구렁이같이 부풀어올랐다. 그래도 마음먹고 약 한번을 바르기는커녕 하루하루의 잠자리를 애써 구하던 필자는 그 후 북조선에 와서 비로소 아무런 근심이 없는 입원 생활을 하게 되었다. 이것은 필자에게 있어서 무한한 행복이 아닐 수 없다. 북조선에서의 입원생활은 필자에게 몸에 있는 병만을 고쳐준 것이 아니라 그 찬란하고 혁혁한 환경이 다시 필자의 마음속에 아직도 다 버리지 못하였던 석일昔日의 잔재殘滓까지를 깨끗이 씻어주었다.

건설의 쇠망치 소리는
우리의 노래
용광로 끓는 가마에
새로 되는 강철이 합창을 한다.

애타게 바라는
우리 조선 우리 인민의
진정한 자유를 향하여
발굽이 떨어지게 달리던
나의 젊음아!
너의 노래는
오늘 여기에서
무진장의 원천을 얻었다.

북조선이여!
너의 벅찬 숨결은
얼음장이 터지는 큰 강물
새봄을 맞이하려
움트는

미더운 생명력!
여기엔
구김 없는 생활과
가리워지지 않은 언론이 있다.

완전한 언론의 자유!
이것은 맑은 거울이다.
이곳에
티 없는 인민의 의사는 비치고
구김 없는 생활
그는 우리 앞에
주마등으로 달린다.

날카로운 쇠스랑으로
살진 흙을 일구는 동무여!
억세인 손으로
보일러를 울리는 동무여!
그대들
넘쳐흐르는 가슴엔
일하는 즐거움이
샘솟고 있을 때,

무연한 산과 들이여!
끝없는 논과 밭이여!

지평에 달리는
기관차와
도시에 수없는 공장들
이거 하나하나가
어느 것이고
인민의 것이 아닌 것이 있느냐

보아라!
살진 땅과 착한 도랑을
이 나라 우리의 땅을
우리는 길이 후손으로 하여금
옛날에는 어찌하여
그것이 놀고먹는 개인의 것이었는가를
이해하기 어렵도록 하여주리라.

아 나는
이 땅의 임자인
노동자, 농민이 그려진
우리의 화폐를
내 손에 쥐일 때
우리 앞에 놓여진
민주 북조선 자립경제의 확립을 보고
나는 맹서할 사이도 없이
그저 앞으로만 달리고 싶다.

북조선이여!
우리 인민의 영원한 보람을
키워주고 있는
나의 굳세인 품이여!

날아가리라!
천마와 같이
우리의 자랑은
찬란하다 북조선이여!
너는 삼천만 우리의 발판
우리의 깃을 솟구는 어머니 당이여!

이 시는 필자가 북조선에 와서 이곳을 노래한 최초의 작품이다. 처음으로 북조선에 온 필자는 남조선과는 달리 민주 건설에 빛나는 이곳의 반가운 모습을 찾아 몇 번이나 국영의 공장들을 찾아가기도 하고 또 지나는 길에서 농촌의 실정을 보기도 하였다. 일찍이는 우리가 상상조차 못한 크나큰 공장을 이제는 우리 인민의 손으로 더욱이 노동자 동무들의 힘으로 움직이고 있는 것이다. 필자는 이곳에서 수많은 노동자 동무들이 그들은 전날과 같이 자기가 고용을 당하고 있는 것이 아니라 이 공장이 스스로 자기네의 것이라는 무한한 기쁨 속에서 일하고 있는 것을 발견하였다. "남조선에서 동무가 왔다. 아 얼마나 고생을 하시었나. 남조선에서 영웅적으로 싸우고 있는 노동자 동무들에게 우리는 이렇게 행복하다는 것을 전하여 달라. 그리고 우리는 그대들을 잊지 않는다고 말하여 달라."노동자 동무들은 필자가 전하는 남조선 동무들의 소식을 듣고 눈물이 그렁그렁하여 "이 원수를 증산으로 갚겠다. 빛나는 우리의 건설로써 갚겠다"고 몇 번이나 힘차게 맹세를 하는 것이었다. 필자는 이 공장들의 도서실에서 틈틈이 그 휴식하는 시간에 독서에 열중하는 것을 보았다. 이곳에 있는 책장에는 수많은 책이 꽂히고 또 그것을 임의로 꺼내어 보도록 되어 있다. 그리고 이 책 중에도 많이 읽히는 값 있는 책들은 10여 권 혹은 20여 권씩 꽂아놓아서 한 사람이 읽을 때 다른 사람들은 기다려야 되는 그러한 불편을 덜고 있는 것도 눈에 띄었다. 필자는 이곳에서 도서실 외에도 또 휴게실에서 훌륭한 그랜드 피아노가 놓여 있는 것을 보고 놀랐다. 남조선과 같은 식민지적 탄압과 착취의 조건에 짓눌린 노동자 동무들은 잠시의 휴식은커녕 잘못하면 피대에 감기어 원통한 목숨조차 빼앗길지 모르는 악조건의 시설 속에서 나날이 공포에 떨리는 작업을 하고 있는데 이곳 노동자 동무들은 과연 얼마나 행복한 것인가! 휴게실에는 이것뿐 아니라 라디오와 전축의 설비도 있고 심지어는 장기 바둑 고누판의 차림도 있었다. 안내하는 노동자 동무의 말을 들으니 거의 전 종업원으로 조직된 각 문화 서클이 있어 자립 극단이 정기적으로 공연을 가지고 있으며 악대는 건전한 인민가요를 일상적으로 지도하며 또한 소설 시 등의 감상회 낭독회 등도 활발히 전개되어 날로 발전하고 있다고 한다. 참으로 놀라운 일이다. 다른 조건 밑에서는 이와 같은 성과의 하나하나만 하여도 몇십 년 몇백 년 끌어서 될 것을 이곳 북조선에서는 불과 1, 2년에 깨끗이 해결하고 있다.

그러나 이것은 위대한 소연방이 이곳에서 우리 인민을 해방하

72

였고 또 그들의 우애 깊은 방조와 우리 민족의 영명한 지도자 김일성 장군의 올바른 영도 아래 우리 인민이 국가의 모든 주권을 잡은 것을 생각하면 저절로 알 수 있는 일이다.

여기에 따라서 이곳의 문학예술이 남조선에서 억압된 그것과는 달리 자유롭고 활달한 견지에서 발전한 것은 물론이요 또 이곳의 모든 민주 개혁에서 오는 찬란한 개화와 함께 스스로의 꽃을 피운 것도 당연한 일이다. 필자가 이곳 북조선에 와 이곳의 문학예술계를 보고 처음 놀란 것은 8·15 해방기념예술축전에서 문학예술총동맹이 그 산하의 문학 미술 음악 연극 영화 무용 사진 등의 각 부문 예술 작품에서 각각 1년 중 그 우수한 것을 추리어 총합 백여 명이 넘는 문학예술인들에게 포상을 한 것이다. 그리고 헤아릴 수 없는 많은 신인의 족출은 눈부신 일이었다. 어느 예술 부면을 보아도 구면보다는 새로운 사람뿐인데 약관인 그들이 새로 자라는 우리의 문화를 두 어깨에 짊어지고 과감히 뛰쳐나가는 것도 민주의 크나큰 성과를 확인함이다. 그리고 다량의 출판물이 말해 주는 문화 활동의 번성! 다시 금년 초두에는 1947년도 인민 경제 부흥 발전 예정 숫자 달성에 있어서의 모범 일꾼 포상에 우리 문학예술가들이 북조선 민주 건설에 확고한 민주주의 사상과 애국적 정신으로 열렬히 참가하여 발군의 성적을 올린 노동자 기술인 지배인 사무원 보안원 농민 교육자 의사 등 모든 인민의 모범이 될 일꾼 속에 1급이 4명 2급이 7명이나 가입되어 국가적으로 포상을 받은 것은 더할 수 없는 영예라고 하지 않을 수 없다. 국가에서 신임을 받고 인민에게 사랑을 받는 문학예술가. 이것이 얼마나 우리들의 바라는 바이며 또 지향하는 길인가. 북조선은 이것을 보장하고 있다.

문학예술인들이여! 어서 나오라! 그리하여 인민을 위하여 싸우라! 필자는 외치고 싶다. 남조선에서 진정한 우리의 문학예술을 하는 동지들이여! 동지들이 바라고 싸워나가는 길이 이곳 북조선에서는 날로 성장하고 반석같이 튼튼하여 간다고.

—『남조선의 문학예술』, 1948.7

2. 작가론·시론詩論

영국 동요 한 다발

머리말

여러분, 영국이란 나라는 여러분이 가끔 보시는 눈이 노랗고 코가 크고 머리털 노란 서양 사람들이 살고 있는 한 섬나라입니다. 우리는 그 영국사람 하구는 옷두 달르구 집두 달르구 산두 달르구, 물도 달르구 마음세도 달르구 해서 우리가 다른 동네만 가두 이상스럽구 알 수 없는 것처럼, 영국 사는 어린이들이 부르는 노래가 아무리 좋아두 그대로는 당최 모를 것이 많고 또 우리들에겐 재미난 줄 모르는 것이 있지요. 그래서 나는 어떤 것은 제목을 갈고 어떤 것은 서양(영국) 사람이 노래하는 데에서 몇 줄을 또 반을 이렇게 떼어서라도 여러분이 알 수 있도록 노래할 수 있도록 고쳤으니까 이것은 서양 사람의 노래이면서도 우리 노래가 되는 것입니다. 많이 읽고 노래하여 보시오.

바람은 어떤 길로 불을까?

바람은 어떤 길로 불을까?
바람은 어떤 길로 지날까?
물 위루도 불고
풀밭에도 지나가고,

수풀 사이로
골짜기 사이로
늑대두 못 올라가는
높고 뾰-족한 바위 위를
바람은 날러서 간다.

잎새 떨어진 나뭇가지에
성난 바람이 불어제친다
위를 봐라
그것이 잘 보일 테니.

그랬든
바람이 언제 왔다
어디로 가는지
그것은 그것은
너-두 나두 모른다.

노래 지은 사람: 루이시 에-킨

달 속의 토끼야

어떻게 글루 갔니?
달 속에 사는 토끼야.

연꼬리에 매달려
그렇게 높이 올라갔니?

증말이다 애
어여 얘기 좀 해라
응? 토끼야.

노래 지은 사람: 알레씨 촤푸린

어여 일어나거라

참새 새끼 한 마리가
영창 맞은 짝
판장에 앉아서
눈을 동그랗게 뜨고
호령합니다
"부끄럽진 않니? 이 잠꾸레기야"

내가 어른이 되믄 말야

내가 어른이 되믄 말야
아-주 막 뽐낸단 말이지.

지금 나만한 애들보군
"이놈! 내 장난감은 만지지 말아!" 하구
딱정을 준단 말이지.

내 요는 조-그만 낚싯배

내 요는 조-그만 낚싯배입니다
엄마가 나를 태워 주구요 사공의 두렝이를 갈아 입혀서 깜깜한
곳으로 띄워 보내죠.

나는 밤마다 배를 타구서 뚝에 섰는 동무한테 인사하구요 꼭-
꼭- 눈감고 저어 가면은 암껏도 안 뵈고 들리잖지요.

나는 사공이 하는 것 같이 빈대떡 한 조각 집어놓거나 두어 개
장난감을 배안으로 가져갑니다.

먼동이 터서 집에 올 때엔 한오쿰의 꿈얘기를 낚어 가지고 내
방안 선창 옆에 매여두지요.

노래 지은 사람: 로버트 루이스 스티븐슨

이 위에 세 가지는 모두 한 분이 쓰신 겝니다. 이분은『모르는 나라』라는 우리들의 노래책에 재미난 노래를 백두 넘게 쓰셨습니다. 이분의 노래는 거진 다 우리가 보긴 어렵고, 한 육학년쯤 다니는 작은 언니나 누나가 읽으면 좋아하겠지요. 여기 이중엔「내 요는 조그만 낚싯배입니다」가 어렵고 나머지는 쉬운 것입니다. 모두 많이 읽어 보십시오. 그러면 아실 것입니다. 또 틈나는 대로 이분의 쉬운 노래를 적어 드리겠습니다.

—『아이생활』, 1934.8

문단의 파괴와 참다운 신문학[1]

상上

인간이 생활하여 나아가는 태도에는 창조적인 것과 추종적인
두 가지가 있다고 구별되는데 요사이 청년들의 기개와 태도를 통
틀어 보면 대개는 이 침 뱉을 만한 절망과 무기력에서 나온 추종의
생활을 이웃게 되어 그들은 저도 모르는 사이에 영영 그칠 줄 모르
는 현실의 악으로 굴복하게 되었다. 굴종 그것은 무언 중에 그 상대
방을 지지함이다.

"그는 시인이다"와 "그는 인간이다" 하는 둘찌간에서는 어느 것
이 되겠느냐고 묻는다면 서슴지 않고 나는 "인간이 되겠다"라고
맹세를 할 것이고 또 참다운 인간이 되려 노력을 할 게다. 시라든가
노래 혹은 춤 이러한 것은 우리 인생에서 떼일 수 없는 생활에의 한
태도이나 또한 그 이상의 아무것도 아닌 것이라 나는 정상한 인간
의 행로行路 가운데 문학의 길을 밟으려 한다.

---

1   '신인新人들의 말'이라는 기획 연재 글 중 하나이다. 오장환은 이 연재에서 다섯 번째 필진
    으로 참여하였다.

우리는 문단에 있어서도 신문학을 제창하고 나온 몇 사람 선배와 그들의 지나간 행동을 볼 수가 있다. 문학에 뜻을 둔 청년으로서 누구나 새로움을 찾고 향상되기를 바라며 그 만만한 의도에 패기를 가져보지 않은 사람이 어디 있겠는가! 그들은 무거운 전통과 습속에 눌리우며 모진 괴로움을 맛보고 싸워나왔다. 이 점까지는 얼마나 눈물겨운 보람이겠느냐! 하나 다시 그들의 업적을 돌이켜볼 때 그들은 무엇을 위하여 싸워온 게냐고 깊이 추궁할 때에 다만 우리는 어처구니가 없어 말 한마디도 할 수가 없을 것이다.

그들은 어떠한 목적으로 신문학을 제창했는가! 문학의 출발점이란 방탕에서 시작하였다고 하는 말이 지금에는 가장 세력있는 사실이 되어버렸다. 방탕에서 방탕으로…… 헤어나지 못하며, 그들은 그래도 신문학을 제창하였다. 글 쓰는 사람의 이름과 의복이 다르다고 새로운 것은 아닐 터인데 그들은 새로운 문학이라고 자처도 하였다.

신문학을 찾으면서도 신문학이 되지 못하고 그 생명력까지 잃은 치명적인 결점은 그들의 신문학이란 결국 형식에서 발전을 그치었기 때문이었다. 있는 집 자식들이 비단의 종류와 의복의 스타일, 재단하는 방법, 이러한 것으로 새것을 찾고 유행을 시키려 들며 그것을 자랑하려는 심리와 같이 그들은 베니를 어떻게 바른다든가 매니큐어는 어떻게 한다는 외화의 충동만으로 창작(예술)에 대한 태도를 하여 왔기에 주요한 가장 주요한 인간의 본질과 창작의 내용을 잊어버렸다.

그들의 생활태도란 결국 현실에 대한 맹종이나 굴종이나 두 중간이었으니까 그들로서 한껏 용단을 한다면 그것은 겨우 조그만 습관과 형식을 깨뜨리는 데에 지나지 않는다. 이러한 생존방법을 하는 그들의 투쟁목적이란 결국 옛날의 양반들이 관리 노릇을 하기 위하여 공부를 하듯이 그들은 문단에 오르기 위하여 하는 수단이거나 그렇지 않으면 공리주의의 입장에서 조금도 떠나지 않은 이기적 수단 이외 아무것도 아닌 것이다.

그들의 목적이란 이처럼 천박하고도 비루하였기 때문에 이러한 신문학에 대하여서는 약간의 불쾌감을 느끼게 한다.

참으로 신문학이란 무엇이냐! 나는 그것을 형식만으로서 신자新字를 넣어주고 싶지 않다. 습관과 생활이 그러하여서도 그랬겠지만 대체의 인텔리라는 작가들은 모조리 창작방법에서 내용을 잊은 것 같다. 진정한 신문학이라면 형식은 어떻게 되었든지 우선 우리의 정상한 생활에서 합치될 수 없는 문단을 바숴버리고 진실로 인간에서 입각한 문학, 즉 문학을 위한 문학이 아니라 인간을 위한 문학의 길일 것이다.

조선에 문단이 생긴지 근 30년에 신문학이 어느 것이었느냐! 하고 묻는다면, 어떤 사람은 지용芝溶을 찾을 것이요 또 기림起林을 찾을 것이요 이상李箱을 찾는 이도 있을 것이다. 하나 이분들의 작품을 들어 나는 신문학이라고까지 하고 싶지는 않다. 물론 이분들이 신문학을 세우려 함에 많은 노력과 공헌을 남기었으나 그 의도만으론 신문학이라고까지 말할 수 없다.

조선에 새로운 문학이 수입된지 30년 가까운 동안 어느 것이 진정한 신문학이었느냐고 한다면 그것은 『백조』시대의 신경향파에서 '카프'에 이르기까지 그들의 그룹이 가장 새로운 문학에 접근한 것이었다고 생각된다.

하下

오랜 동안 육체노동과 지적 노동의 분리 분업은 불선不善한 인간들에게 그 약점을 이용당하였고 내종乃終에는 그것이 습관화하여 이용하는 것이 잘난 것처럼 여겨졌었다. 물론 그 영향으로 소위 문단이란 것도 그러한 방향으로 쏠리고 또 그것이 절대의 세력까지 잡았던 것은 속일 수 없는 사실이다.

우리의 생활이 벌써 이와 같은 모순 속에서 진행되었기 때문에 우리는 더욱이 새로운 문학의 주창을 필요로 한다.

물고기들이 물 속에 살면서 물을 모르는 것과 같이 인간도 인간을 아는 사람이 얼마 안 된다.

요사이 지식인이라는 것은 대개가 인간의 의무를 모르거나 또 그 의무를 숨기려 하는 것인 것 같다.

"인간도 또한 다른 동물과 같이 기아飢餓와 추위에서 죽지 않기 위하여 불가불不可不 일하지 않으면 안되도록 창조된 존재이다. 그래서 저를 기르고 황천皇天에서 몸을 보호하기 위한 이 활동은 타동물과 다름이 없이 인간에 있어서도 또한 본래는 고통이 아니라 기꺼움이었다. 그렇지만 사람들은 자기네들의 생활을 저는 아무것도 안하고 제 대신으로 남을 뚜들겨 부리어, 저는 무엇을 해야 옳을는지 몰라 심심해지고, 그 결과는 제 심심풀이를 하기 위하여 닿는 데까지 우열愚劣한 짓과 고약한 것을 고안해 내고 또 한편 그 사람들의 대신을 일하는 많은 사람들은 제 힘 이상으로 맹렬히 일하게 되어 저 때문이 아니고 남 때문에 일하게 되는 것으로 그 일에 싫증을 느끼게 된다"고 톨스토이는 그의 일기 속에 이런 말을 하였다.

이 말은 막연하나마 인간의 의무에 대하여 저촉되었다. 인간이 직업을 분리, 분업하게 된 원인은 첨은 서로 편의를 도웁기 위한 일이었는데 일면의 교활한 지혜는 이것을 뒤집어 놓았다.

인간의 사회란 각자의 편의를 위한 집단생활인 것인데 어찌하여 인간들은 자기의 의무를 이행치 않는가! 그리고 대체의 인간(그 당시 당시)지배자들은 인간을 위한 즉 자기가 집단생활을 하는 의무상의 행동을 잊어버렸나! 그것은 결국 우리의 눈앞에 이기利己의 근성이 떠나지를 않았기 때문이었다.

나는 생각한다. 인간의 지혜란 제 의무까지 무시하여 가면서 그릇 해석된 쾌락을 느끼기 위한 수단은 아니리라고, 그것은 우리가 모두 보고 들은게 그러한 완곡된 관념이요 지혜이었기 때문이지만 이러한 것은 하루 바삐 버릴 필요가 있다.

우리는 어찌하여 우리의 의무를 이행하는 데에서 쾌락을 느끼지 못하는 것이냐!

인간의 의무! 즉 자아만을 버린 인간 전체의 복리를 위하여 문학도 존재하는 것이 옳은 일이라고 생각한다. 그러기에 내가 말하는 신문학이란 과거의 잘못된 근성(지말적인)을 버리고 널리 정상한 인생을 위한 문학이 신문학인 줄로 생각된다.

"현실 – 자연과 사회의 모든 현상 – 은 예술의 제재로서 선택될 가능성을 가지고 있다. 그래서 시인이 어떠한 제재를 선택하여 오든가 또는 어떻게 그것을 처리하는가 하는 설혹 무의식이었다고 하더라도 그 시인이 현실에 대한 태도에 의하여 결정된다"고 모리야마森山啓는 말하였다.

사실 그것은 우리가 생활하는 속에 그 문학이 나오기 때문이다.

그러기 때문에 우리는 시인이나 작가가 되기 전에 먼저 인간이 될 필요가 있다.

작가들 중에는 흔히 순수한 예술적인 작품을 찾고 무당파적無黨派的인 것을 주창한다. 하나 이것은 직업의 기술화로 인하여 생겨나온 오류 이외에 아무것도 아니요, 따라서는 그들의 좁은 의견과 굴종屈從은 현실에 모순과 합류하기에 가장 쉬운 것으로 되어버린다.

우리는 터무니 없이 중압되는 현상에만 어지러워 실망, 아니 나아가서 절망 이외에 희망과 반성을 가질 겨를도 얼마 있지는 않았다. 절망! 그곳에서 더 나아가지 못하는 것은 굴종이나 자살이다.

나는 이 기회에 말하고 싶다. 이때까지의 나는 절망과 심연深淵의 구렁에서 벗어나지 못하고 뜻 모를 비명을 부르짖는 청년이었다고, 하나 나는 다시 희망을 갖는다.

그것은 내가 나의 습관 속에서 벗어나 참으로 인간의 의무를 알았기 때문이다. 나는 이제부터라도 기꺼이 인간의 의무를 이행하기에 노력하겠다. 내가 이제부터 쓰려는 문학은 나의 의무를 위한 문학이다. 나에게 있어서는 이것이 진정한 신문학이라고 생각되고 또 이 길을 밟으려 한다.

—『조선일보』, 1937.1.28~29

백석론白石論

　백석을 모르는 사람이 백석론을 쓰는 것도 일종 흥미 있는 일일 것이다. 하나 시집 『사슴』 이외에는 그를 알지 못하는 나로서 그를 논한다는 것은, 더욱이 제한된 매수로서 그를 논한다는 것은 쉬운 일일 수 없다. 남을 완전히 안다는 것도 결국은 자기 견해에 비추어 가지고 남을 이해하는 것인만큼 불완전한 것인데, 더욱이 그의 시만을 가지고 그의 전 인간을 논하는 것은 대단 불가한 일일 것이다. 그렇기 때문에 나의 백석론은 씨의 작품을 통하여서 본 씨 자신의 인간성과 생활을 논의함이라고 변해辨解를 해야만 된다.

　백석 씨의 『사슴』은 어떠한 의미에서는 조선시단의 경종이었다. 그는 민족성을 잃은 지방색을 잃은 제 주위의 습관과 분위기를 알지 못하고 그저 모방과 유행에서 허덕거리는 이곳의 뼈없는 문청文靑들에게 참으로 좋은 침을 놓아준 사람의 가장 한 사람이다. 그러나 이것은 백석의 자랑이 아니라 한편 조선청년들의 미제라블한 정경이라고 볼 수도 있는 일이다.

　나 보기의 백석은 시인이 아니라 시를 장난(즉 향락享樂)하는 한 모던 청년에 그쳐버린다. 그는 그의 시집 속 '얼럭소새끼의 영각'

88

안에 「가즈랑집」·「여우난골족族」·「고방」·「모닥불」·「고야古夜」
와 같은 소년기의 추억과 회상을, '돌덜구의 물' 안에 「초동일初冬
日」·「하답夏畓」·「적경寂景」·「미명계未明界」·「성외城外」·「추일산
조秋日山朝」·「광원曠原」·「흰 밤」과 같은 풍경의 묘사와 죄그만 환
상을 코닥크에 올려놓았고 '노루'와 '국수당 넘어'에도 역시 추억
과 회상과 얕은 감각과 환상을 노래하였다.

그는 조금도 잡티가 없는 듯이 단순한 소년의 마음을 하여가지
고 승냥이가 새끼를 치기 전에는 쇠메들² 도적이 났다는 가즈랑 고
개와 돌나물 김치에 백설기 먹는 이야기, 소똥도, 갓신창도, 개니
빠디도 타는 모닥불, 산골짜기에서 소를 잡아먹는 노나리꾼, 날기
멍석을 져간다는 닭 보는 할미를 차 굴린다는 땅 안에 고래등 같은
집안에 조마구 나라 새까만 조마구 군병, 이러한 우리들이 어렸을
때에 들었던 이야기와 그 시절의 생활을 그리고 기억에 남는 여행
지를 계절의 바뀜과 풍물風物의 변천되는 부분을 날치있게 붙잡아
다 자기의 시에 붙여놓는다. 그는 아무리 선의善意로 해석하려고
해도 앞에 지은 그의 작품만으로는 스타일만을 찾는 모더니스트
라고밖에 볼 수가 없다.

그는 시에서 소년기를 회상한다. 아무런 센티도 나타내이지는
않고 동화童話의 세계로 배회한다. 그러면 그는 만족이다. 그의 작

---

2 원발표면의 "쇠메들 도적이 낫다"를 김재용본은 "쇠메 든 도적이 났다", 김학동본은 "쇠메
   돌 도적이 났다"로 표기하고 있다. 백석의 원문 '쇠메 듨'을 참고하여 오장환은 '쇠메들'로
   표기하였는데, 여기서는 오장환의 원발표면 표기를 따른다. 오장환이 산문에서 시를 인용
   할 때 해당 시인의 발표시 원문과 상이한 경우가 많다. 본 전집에서는 원문의 의미를 훼손
   하지 않는 차원에서 현대어 표기로 바꾸되, 시인의 인용 의도와 분석 내용을 존중하여 가급
   적 오장환의 원발표면 인용 방식을 따른다. 경우에 따라 오장환의 원발표면 표기를 각주를
   통해 밝히기도 할 것이다.

품은 그 이상의 무엇을 우리에게 주지 않는다. 그는 앞날을 이야기한 적이 없다. 자기의 감정이나 의견을 이야기하지 않는다.

사실인즉슨 그는 이러한 필요가 없을는지도 모른다. 근심을 모르는 유복한 집에 태어나 단순한 두뇌를 가지고 자라났으면 단순히 소년기를 회상하며 그곳에 쾌감을 느낀다면 그것은 자기 하나만을 위하여서는 결코 나쁜 일이 아니니까, 다만 우리는 그의 향락 속에서 우리의 섭취할 영양을 몇 군데 발견함에 지나지 아니할 뿐이다.

하나 우리는 이것을 곧 시라고 인정한 몇 사람 시인과 시인이라고 믿는 청년들과 및 칭찬한 몇 사람 시인을 생각하지 않을 수 없다.

현실을 그냥 변화시키지 않고 흡수하기 쉬운 자연계의 단편이 있다. 가령 제주도에는 탱자나무에도 귤이 열린다 하고 평안도에서는 귤나무에서 탱자나무가 열린다 하자. 물론 이것을 아름다웁게 수사한다면 모르거니와 그냥 기술한다고 하여도 제주도 사람들에게는 평안도의 탱자열매가 시가 될 수 있고 평안도 사람에게는 큰 귤이 시가 될 수 있는 것이다.

이와 마찬가지로 백석의 추억과 감각에 황홀하는 사람들은 결국, 그의 어린시절을 그리고 자기네들의 생활과 습관을 잊어버린 또는 알지 못하는 말하자면 너무나 자신과 자기 주위에 등한한 소치임을 여실히 공중 앞에 표백表白하는 것이다. 만일에 이상의 내 말을 독자가 신용한다면 백석 씨는 얼마나 불명예한 명예의 시인 칭호를 얻은 것인가. 다시 그를 시인으로 추대하고 존숭한 독자나 평가評家들은 얼마나 자기네들의 무지함을 여지없이 폭로시킨 것인가!

이렇게 말하면 내 의견을 반대하는 사람은 신문학이니 새로운 유파流波이니 하며 그의 작품을 신지방주의나 향토색鄕土色을 강조하는 문학이라고 명칭하여 옹호할 게다. 하나 그러면 그럴수록 이러한 사람들은 자기의 무지를 폭로하는 것이라고밖에 나는 볼 수가 없다. 지방색이니 무어니 하는 미명하에 현대 난잡한 기계문명에 마비된 청년들은 그 변태적인 성격으로 이상한 사투리와 뻣뻣한 어휘에도 쾌감과 흥미를 느끼게 된다. 하나 이것은 결국 그들의 지성의 결함을 증명함이다. 크게 주의主義가 될 수 없는 것을 주의라고 보호색에 붙이어 가지고 일부러 그것을 무리하게 강조하려고 하는 데에 더욱 모순이 있다.

　그리하여 외면적으로는 형식의 난잡으로 나타나고 내면적으로는 인식의 천박이 표시가 된다. 모씨와 모씨 등은 이 시집 속에 글귀글귀가 얼마나 아담하게 살려졌으며 신기하다는 데에 극력 칭찬을 하나 그것은 단순히 나열에 그치는 때가 많고 단조單調와 싫증을 면키 어렵다. 미숙한 나의 형용形容으로 말한다면 백석 씨의 회상시는 갖은 사투리와 옛 이야기, 연중행사의 묵은 기억 등을 그것도 질서도 없이 그저 곳간에 볏섬 쌓듯이 그저 구겨넣은 데에 지나지 않은 것이다.

　백석 씨는 시인도 아니지만 지금은 또 시도 쓰지 않는다. 그리고 나는 또 백씨를 알지 못한다. 그러니까 이 위엣말은 많은 착오도 있을 줄 안다. 하나 나는 작품으로 볼 수 있는 백석 씨만은 가급적으로 음미吟味를 하여 보았다.

　백씨와 나와는 근본적으로 상통되지 않은지는 모르나 나는 백씨에게서 많은 점의 장점과 단처短處를 익혀 배웠다. 그리고 한편으로는 백씨에게 감사하여 마지 않는다.

'시인'이란 칭호가 백석에게는 벌써 흥미를 잃었는지 모르겠으나 나는 참으로 백석을 위하여 그리고 내가 씨에게 많은 지시指示를 받은 감사로서도 씨가 좀더 인간에의 명석한 이해를 가지고 앞으로 좋은 작품을 써주지 않는 이상, 나는 끝까지 그를 시인이라고 불러주고 싶지 않다. 그것은 다른 범용한 독자와 같이 무지와 무분별로서 씨를 사주고 싶지는 않은 참으로 백석 씨를 아끼는 까닭이다.

—『풍림』, 1937.4

방황하는 시정신[3]

시는 한낱 청춘기의 오류라 한다. 내 신념의 건강이란 이러한 말을 염두에 두도록 쇠잔한 것인가.

청년들은 체험하였다. 사람만이 가질 수 있는 것 가운데 가장 위험한 보물인 언어를 통하여, 그가 일상에 느끼고 일상에 호소하는 귀여운 정서와 왕성한 정열은 시인들은 어떻게 처리해 왔는가. 머리에 형관荊冠 쓰기를 자원하는 이, 어찌 골고다의 청년 예언자뿐이었을까.

우리는 잠시라도 우리의 곁에서 떼어놀 수 없는 양도糧度를 보살펴볼 때, 어느 때 어느 곳을 불구하고 가장 민감하며 순수하며 섬약纖弱한 시인들이여! 그대들은 이어 휠덜린Hölderlin의 말한 바, 인간이 영위하고 있는 중의 가장 아름다웁고 죄 없는 일을 행하여 왔다.

안한安閑한 수엽樹葉 속에 즐거이 노래하던 무릇 작은 새들이여! 구주문단歐洲文壇이란 울창한 거수巨樹의 도괴倒壞로 말미암아 너희들의 안주할 둥지는 어느 곳이냐.

19세기가 해석하여 주던 서정시抒情詩의 개념은 현대에 와선 근

---

3   원발표면에는 '나의 시론'이라는 주제가 제목 상단에 붙어 있다.

본적으로 용납할 수 없이 변모하였다. 시대는 극도로 메카니즘에 시달려 고요한 명상 속에 잠기어 상징의 세계에 유유히 배회할 수 없는 이때, 전신상흔全身傷痕의 알몸뚱이로 우리들이 바야흐로 당하려는 시의 세계는 어떠한 방향일 거냐.

안전성을 보증하지 않는 미끄럼대에서, 불과 삼사십 년간 몇 세기나 서구보다 뒤떨어진 문명을 쫓기 위하여 선도자들이 미친 사람같이 날뛰며 지쳐 나릴 때, 이러한 급격한 간조干潮 속에서 우리의 시단은 사조의 다량주문多量注文과 유입 속에 태동되었고 또 우리와 같은 젊은 사람들은 늦게서야 이러한 것을 양식으로 하며 내 몸을 성장시킨 것이다.

신뢰할 만한 현실은 어디 있느냐. 나는 시정배市井輩와 같이 현실을 모르며 아는 것처럼 믿고 있었다. 이렇게 노래 부를 때의 나는 이미 늦은 것이었다.

내가 이때까지 가지고 있는 것은 무엇이었던가. 내가 이때까지 믿고 있었던 것이란 무엇이었던가.

이조李朝 이후, 더 나아가서는 고려高麗 이후로 우리의 문화가 자주성을 잃은 대신에, 남의 귀틈으로만 살아온 슬픔을 생각해 보라.

4천 년이나 되는 문화를 가지고 이것이 중간에 와서 한번도 자기를 반성함이 없이 덮어놓고 외계外界로만 향한 속절없음을 생각해 보라. 그렇게도 우리의 풍토와 문화 속엔 돌아볼 재산이 없었었는가.

험악한 불모不毛의 지地에 괭이질을 하며 새로운 씨를 뿌리려던 신문학 초창기의 개척자들도 결과에 있어선 앞서 말한 바에서 한 걸음도 나아가지 못하였다.

배낭에 지워준 비통한 숙명으로 인하여 지나온 길가에 핏방울을 떨어뜨리고 온 젊은이들은 다 각기 가슴속에 눈물을 숨기고 앞으로 어떠한 노래를 어떠한 방식으로 불러야 할까.

자기 공허에서 오는 순연한 절망에서 오직 창황槍煌하여

> 나도 어디쯤 죄 – 그만 카페 안에서
> 전통과 유전이 들은 지갑 마구리를 열어헤치고
> 만나는 청년마다 입을 맞추리.

하고 일찍이 나는 노래를 불렀다.

대체로 빠르나 늦으나 자기를 돌이켜보고, 지나온 사단事端에 대하여 깨끗이 정리를 하려 할 때에 앞으로 이 모든 것을 어떻게 소화하여 순연한 우리의 모습을 나타내일까.

우선 시의 형태로만 하더라도 이곳에서 써지는 작품들의 거의 전부가 내지內地에서 대정大正 초년간에 통용하던 자유시의 방법을 벗어나지 아니하였다. 또는 새로운 수법手法을 쓰려고 힘쓰던 이도 그 여기銳氣가 줄고 작품실천에 있어 이렇다고 표본을 보이지 못한 것은 대단 섭섭한 일이다.

혹은 한귀퉁이에 자리를 잡고(기실 그분의 의관이란 물 건너온 재생품이건만) 재담才談과 열매 없는 괴임새로써 그것을 시의 전부로 자처하는 것은 애석한 일이다.

더욱 그 여향餘響이 의외로 컸음은 같은 젊은이들을 위하여 적이 한심치 않을 수 없다.

조선의 시단에서는 급기야及其也, 춘기발동기春期發動期의 자연발생하는 최정시催情時나 자기쇠망自己衰亡의 영탄시詠嘆詩나, 신변장식身邊裝飾에 그쳐버리고 영영히 집단적인 한 종족의 커다란 울음소리나 자랑을 노래하지 못할 것인가.

소화昭和 초년간에 내지內地서 주창되던 신산문시운동新散文詩運動이라든가 근간 연시連詩운동이니 하고 진지한 추구를 하듯, 우리도 왕성하는 개혁을 하려고 못한다 해도 어떻게 이 문제를 등한히 할까.

우리 본래의 면모面貌를 돌이키기 위하여 우리 종족에도 하나의 큼직한 서사시敍事詩같은 것이 나와야 할 것은 필요 이상의 일이나, 시에서도 문학의 장르가 각가지로 분리하여 새로운 서사시를 쓰기에는 입장이 대단 불리한 오늘에 있어 이러한 것을 어떠한 방식으로 수습할 겐가.

고전古典이 없는 슬픔은 실로 막대하다. 자신까지도 믿을 수 없는 기력 속에서나마, 다만 우리들은 절망에 빠지지 않도록 경계해야만 된다.

피맺힌 발로 무연한 백사지白沙地를 헤매이는 청년들이여! 숨막히는 열사熱沙 속에서 건강한 육신에 가시 돋구고, 몇 해씩을 별러 가슴이 무여질 듯 피어나오는 선인장仙人掌의 빨간 꽃송이, 그 빨간 꽃송이의 꿈을 아끼지 않으려는가.

—『인문평론』, 1940.2

시단의 회고와 전망[4]

  우리는 가장 절박한 때에 있어서 그 사람의 성실을 알 수가 있다. 이러한 의미에 있어서 8월 15일 이후의 우리의 시단을 회고하는 것은 옳을 것이다. 그리고 나는 이 회고에서 모든 것을 선의善意로만 해석하여 나의 생각이 엄연한 사실 앞에 부딪칠 때에 얼마나 위험한 것인가를 통절히 느꼈다.

  우리는 한때 붓대를 꺾이었고 또한 스스로 꺾기도 하였다. 그러나 이 꺾이고 꺾은 것은 한낱 외관상의 것이요 적어도 조금 만큼의 성실이 있는 사람이라면 그 내용이야 어느 것이든 스스로의 불타오른 생명력과 함께 그 노래도 계속해야 되었을 것이다.

  8월 15일 이후는 이 점에 있어서도 전일 외관상으로나마 붓대를 꺾인 시인들이 다시 스스로의 노래를 세상에 물어 만인 앞에 자기의 성실을 심판받아야 옳았을 것이다.

  그러나 이처럼 전에도 없고 후에도 없을 우리 민족의 혼란기를

---

4 '해방 후의 문화 동향'(3)이라는 전체 주제가 원발표면에 부제로 달려 있다. '해방 후의 문화 동향'(1)은 이원조가 '평론계의 현상과 전망'을, (2)는 안회남이 '소설계의 회고와 전망'을 연재했다. (3)은 오장환이 썼으며, (4)는 박영근이 '악단의 회고와 전망'에 대해 서술했다.

당하여 우리의 시인들은 무엇을 노래하였는가. 이네들은 해방 즉후卽後를 당하여 이구동음異口同音으로 결혼식장에서 축사와 같은 말을(이것도 시라고 할 수 있으면) 노래하였을 뿐이다. 그리고 이 중에도 좀 체면을 아는 사람의 하나둘은 또 하나의 쇠사슬이 있다는 것을 부언하였을 뿐이다.

이러한 수작도 처음 한 번쯤이면 좋다. 그러나 전에 붓대를 들었었다는 경력 그거 하나만으로 많은 지면을 얻은 이네들이 곳곳에서 축사에 분주하다는 것은 아무리 선의로 보아도 이것은 참으로 가엾은 정도가 아니라 추태다. 시를 형식만으로 여기고 또 여기餘技로만 생각한다면 그 사람은 아무리 자기를 변명한대도 그는 그의 생활을 형식으로 또는 여기로밖에 생활하지 못하는 사람이다. 1910년대 우리의 선배들이 그때까지에 군림君臨하던 한시漢詩의 지위를 땅 위에 끌어내릴 때 나는 그분들의 본의로 다만 형식파괴와 외방문화外方文化 이입移入의 추종으로 보지 않는다. 그보다 훨씬 더 중대한 이유는 참다운 시의 생명력을 그 당시 썩은 선비들의 완전히 형식화한 여기 속에서 내어오는 데 있었다.

8월 15일 이후로부터 지금까지 노래 부른 시인들이여, 그대들은 어떠한 노래를 불렀는가 다시 한번 생각해 보라. 물론 이 중에는 좋은 시를 그리고 옳은 정신을 보여준 이도 있었다. 또 전에는 별로이 눈에 뜨이기 어렵던 현실에의 적극 관심을 보이기도 하였다. 그러나 만약 시단이라는 게 있다면 이 시단에 흐르는 도도滔滔한 꾸정물 속에 그들의 힘은 너무나 약하다.

여기에서 절실히 느끼는 것은 우리의 당면한 긴급문제는 우리

동맹同盟의 대외적인 선언 강령보다도 성명서보다도⁵ 우리 동맹 안에 있는 멋 모르고 덤비는 형식주의자(결과에 있어서) 또는 가장 엄숙한 생활투쟁 속에서 노력을 게을리하여 저절로 되는 형식주의자(결과에 있어서)들의 청산이다.

새 사람이여 나오라. 모든 선배들이 일제의 폭압 밑에서도 굳세게 싸웠다는 것은 새빨간 거짓말이다. 그리고 진정 가슴에서 우러나오고 진정 노래하지 않으면 못 견딜 그런 때에 써진 것이 아니라면 이왕已往에 붓을 들었던 사람들은 이 중대한 현실에서 아까운 지면을 새 사람들에게 양보하라.

—『중앙신문』, 1945.12.28

---

5   원발표면에는 "성명서보다는"으로 표기되어 있다.

예세닌에 관하여

1

그렇다 두 번 다시 누가 돌아가느냐
아름다운 고향의 산과 들이어! 이제 그러면……
신작로 가의 포플러도,
내 머리 위에서 잎새를 흔들지는 아니하리라.
추녀 얕은 옛집은 어느결에 기울어지고
내 사랑하던 개마저 벌써 옛날에 저세상으로 떠나버렸다.
모스크바 이리 굽고 저리 굽은 길바닥에서
내가 죽는 것이
아무래도 전생의 인연인 게다.

....

....

너무나 크게 날으려던 이 날개

이것이 타고난 나의 크나큰 슬픔인 게다.

그렇지만, 뭘……

그까짓 건 아무것도 아니다

나는 동무야! 나야말로 결단코 죽지는 않을 테니까 –

나는 이 노래를 얼마나 사랑하여 불렀는가. 그것도 술 취한 나머지에……. 물론 이것은 8월 15일 훨씬 이전의 일이다. 그때 일본은 초전에 승승장구하여 여송도呂宋島를 거침없이 점령하고 저 멀리 싱가폴까지 병마兵馬를 휘몰 때였다.

나는 그때 동경東京에 있었다. 그리고 불운의 극에서 헤매일 때였다. 하루 1원 8, 90전의 사자업寫字業을 하여가며 살다가 혹간 내 나라 친구를 만나 값싼 술이라도 나누게 되면 나는 즐겨 이 노래를 불렀던 것이다.

그때의 나의 절망은 지나쳐 모든 것은 그냥 피곤하기만 하였다. 나는 예세닌의 시를 사랑한 것이 하나의 정신의 도약跳躍을 위함이 아니었고 다만 나의 병든 마음을 합리화시키려 함이었다.

시라는 그저 아름다운 것, 시라는 그저 슬픈 것, 시라는 그저 꿈속에 있는 것, 그때의 나는 이렇게 알았다. 시를 따로 떼어 고정固定한 세계에 두려 한 것은 나의 생활이 없기 때문이었다. 거의 인간 최하층의 생활소비를 하면서도 내가 생활이 없었다는 것은, 내가 나에게 책임이란 것을 느낀 일이 없었기 때문이었다. 그리고 피곤하기 때문이었다.

그때의 나는 이런 식으로 예세닌을 이해하였다. 이것은 물론 정말 예세닌과는 거리가 먼 나의 예세닌이었다.

말言語이란 오래 쓴 지전 모양 구겨지고 닳고 헤어져서, 처음 그 말을 만들었을 때의 시적 위력을 잃는다. 우리들은 새로운 말을 만들 수는 없다. 말의 창조라든가, 총명한 언어는 될 수 없는 일이다. 그러나 우리는 죽어버린 말들을, 밝은 시 속에 함께 넣어[6] 이러한 것을 살리는 방법을 발견하였다.

이것은 예세닌의 말이다. 예세닌이 한참 큰 발견을 한 것처럼 만약에 자기를 따라오지 않으면 이도저도 못할 큰 난관에 봉착하리라고 그의 벗 기리로프에게 충고하던 말이다.

나는 이 말을 끄집어내어 여러 사람앞에 혓바닥을 내밀려고 하는 것이냐, 아니다 함께 서글퍼하고자 함이다. 그도 소시민이었다. 모든 것은 안일安逸 속에 처결하려고 하는 그래서 자기도 모르게 간편하여 보이는 이 고정개념固定概念을 휘두른 것이다.

정지停止한 속에 있는 것이 어느 하나이고 썩어버리거나 허물어지지 않는 것이 있느냐 아니 엄정한 의미에 있어서는 정지란 말조차 있을 수 없다. 안일을 바라는 그들이 스스로의 묘혈墓穴을 파는 것, 그것도 살아가는 동안은 하나의 노력이었다는 것은 이 얼마나 방황하는 소시민들을 위하여 슬픈 일이냐.

달이라도 뜨는,
에이 쌍, 달이라도 뜨는 어쩔 수 없는 밤이면
고개도 들지 않고 뒷골목을 빠져나가

---

6 기존 전집본에는 "숨어버린 말들을, 맑은 시속에 함께 넣어"로 표기되어 있다. 원발표면에 따라 "죽어버린 말들을, 밝은 시 속에 함께 넣어"로 바로잡는다.

낯익은 술집으로 달리어간다.

....

....

그렇지만, 뭘……
그까짓 건 맘대루 해라
나는 동무야! 나야말로 결단코 죽지는 않을 테니까 −

이처럼 노래하던 예세닌은 그의 나이 서른에 겨우 귀를 닫은 채
스스로의 목숨을 끊었다.

아 몸부림만으로는 안되는 것이다. 이처럼 어려운 세상에서 스
스로의 목숨을 잇기 위하여는 안타까운 몸부림이 아니라 눈에 보
이지 않는 참으로 피 흐르는 싸움이 있어야 하는 것이다.

2

드디어 8월 15일은 왔다.

그것이 조만간에 올 줄은 알았지만 그렇게 빠를 줄은 정말 뜻밖
이었다. 그때 나는 병원에 누워 배를 가르고 대동맥을 자르느냐 안
자르느냐의 관두關頭에 있었기 때문에 나에게 있어서 외출은 불가
능한 것이었다.

그러나 나는 날마다 밖으로 나갔다. 나가지 않으면 못배길 용솟

음이 가슴속에 있었기 때문이다. 날마다 나가서 보고 듣는 것이 모두 새로운 것뿐이었다. 하루 사이에 세상을 보는 눈은 달라졌다. 그러나 이 눈앞에 나타나는 사물에 똑바른 처결을 내릴 방도方途를 갖지 않은 나는 우선 당황하는 것이 제일 먼저의 일이었다.

1917년 그때 러시아에는 인류사회에 역사가 있은 후 처음으로 근로대중이 정치적으로 승리를 한 크나큰 해였다. 이 해 예세닌의 나이는 조선식으로 쳐도 불과 스물셋이었다.

차르의 압정과 그간의 넌더리나는 대전大戰의 와중에서 다만, 꿈과 아름다움과, 고향으로 향하는 자연의 찬미와, 뒤끓는 정열밖에 미처 마련하지 못한 그의 가슴은 어떠하였을까.

날이 갈수록, 그리고 날이 가면 갈수록 환멸과 비분밖에 나지 않고, 그나마 병석에 아주 눕게 된 나로서는 그의 일을 남의 일처럼 보기가 힘들게 되었다.

그러나 그의 받아들이는 감성은 너무나 컸고 이것을 정리하는 그의 이성은 너무나 준비가 없었다.

　나는 고향에 왔다.
　어릴 적에 자라난 이 조그만 동리를,
　이제 십자가를 떼어버린 교회당의 뾰족탑이
　소방서의 망보는 곳으로 기울어진
　이 조그만 동리를……

　………………………………
　………………………………………………

안녕하십니까, 어머니 안녕하십니까,

이 병들고 퇴락한 동리의 모습을 보면

내가 아니고 늙은 소라도

메 하고 울었을 것이다.

벽에는 레닌의 사진이 붙은 카렌다

여기에 있는 것은 누이들의 생활이다.

누이들의 생활이고 나의 생활은 아니다.

그래도 사랑하는 고향이여!

나는 네 앞에 무릎을 꿇는다.

이 노래 때문에 나는 얼마나 울은 것인가. 8·15 이전부터 나의 바란 것은 우리 조선의 완전한 계급혁명이었다. 이것만이 우리 민족을 완전 해방의 길로 인도할 줄로 확신하면서도 나는 한편 이 노래로 내 마음을 슬퍼하였다.

나의 본의가 슬픔만을 사랑하려는 것이 아니었는데에도 불구하고 어찌하여 이와 같은 감정에 공명共鳴하고 이와같은 심상에서 헤어나지를 못하였는가.

이것은 무척 어려운 문제 같아도 기실 알고 보면 간단한 것이다. 요는 세상을 어떻게 보느냐에 있다. 정지한 형태로서 보느냐, 그렇지 않으면 끝없는 발전의 형태로서 보느냐에 있다.

누구보다도 정직한 예세닌, 누구보다도 성실한 예세닌 누구보다도 느낌이 빠르고 또 많은 예세닌, 이 예세닌의 노래 속에서 그의 진정眞情을 볼 때 나는 저 20세기 불란서 최고 지성인이요, 최고 양심가라는 지드를 생각지 않을 수 없다.

"우리 문화의 완전한 자유와 완전한 옹호를 받을 수 있는 곳은 사회주의 사회에만이 가능한 것이다."
라고, 나치의 횡포에 분연憤然히 일어났던 그도 그의 방소訪蘇 기행으로서 자기의 한계를 들춰내고 말았다.

지드가 소비에트를 방문하였을 때 그때 소비에트는 벌써 제3차 5개년 계획의 비상한 건설 도상에 있을 때였다. 이처럼 생각하면 예세닌이 살았던 그 당시 10월 혁명이 승리를 한 뒤에도 가장 혼란과 투쟁 속을 거쳐 겨우 일곱 해만에 네프정책을 쓰게 된 것이니, 누구보다도 받아들이는 힘이 많고, 누구보다도 느끼는 바가 많은 예세닌만을 나무라기는 좀 억울한 대문이 있다.

"만세! 지상과 천상의 혁명!" 10월 당시 이처럼 좋아서 날뛰던 예세닌에게, 천상의 혁명이라는 말까지 한 관념적인 해석이 있다 치더라도 누가 그 기쁨의 순을 죽이고, 그 기쁨의 싹을 자른 것이냐.

나는 만 번이라도 이 점에 대하여 긍정하는 사람이다. – 새로운 이념의 사회에 묵은 해석을 가지고는 보조를 맞추어갈 수 없는 것이라고, 그러나 이 움트려는 옳은 싹을 자른 것은 누구이냐. 그것은 오히려 처음부터 반동하는 사람들의 힘이 아니고 되려 공식적이요 기계적이며 공리적인 관념론적인 사회주의자들이었다.

이것은 현재 조선에도 구더기처럼 득시글득시글 끓는 무리들이다. 물론 그까짓 구더기 같은 것들에게 밀려난 예세닌을 훌륭하다는 것은 아니다. 오히려 안타까운 편이다. 그리고 예세닌이나 나를 위하여, 아니 조그만치라도 성실을 지니고 이 성실을 어데다가 꽃피울까 하는 마음 약한 사람들을 위하여 공분公憤을 참지 못한다는 것이다.

이것은 러시아뿐만 아니라 온 구라파의 한 개의 전율戰慄이라고
하던 예세닌이 어쩔 수 없는 몸부림을 칠 때에, 부하린조차 기겁을
하여 그의 시를 금지하고 그의 몸까지도 구속하자고 서두를 때, 그
는 쓸쓸한 코웃음으로 이것을 맞았을 것이다. 그는 끝까지 자유롭
고, 또 그 자유를 위하여 누구의 손으로 죽은 것이 아니고 스스로의
손으로 자기의 목숨을 조른 것이다.

"아 우리는 한 사람의 세료자(예세닌의 애칭)조차 구할 수가 없었
다. 그러나 그의 뒤를 따르는 수많은 청년들을 위하여 우리는 어떠
한 일이라도 해야만 한다."고 루나차르스키로 하여금 부르짖게 하
였다.

3

나는 농사꾼의 자식이다. 1895년 9월 21일, 랴잔스크 현 가쯔민
주 랴잔스크 군에서 났다.

집이 가난한 위에 식구들이 많아서 나는 세 살 적부터 외가 편
으로 돈 있는 집에 얹혀 가 길리우게 되었다.

이렇게 하여 나의 어릴 적은 지났다. 내가 커지면 나를 동네 선
생님으로 앉히려고 열심히 권했으나, 그 뒤 특수한 목사 양성학
교엘 들여보내고 이곳을 열여섯에 졸업한 나는 모스크바의 사범
학교를 다니지 않으면 안 되게 되었다. 그렇지만 이 일이 없이 지
난 것은 다행이었다.

나는 여남은 살 적부터 시를 썼는데, 참말로 옳은 시를 쓴 것은 열여섯이나 열일곱 때부터이다. 이때의 어드런 작품은 나의 첫번 시집에도 넣었다.

열여섯살 때 나는 여러 잡지에다 내 시를 보내었는데 그게 도무지 발표되지 않아 초조하여 부랴부랴 서울(당시는 페테르스부르크)로 올라갔다. 여기서는 사람들이 나를 환대하였다. 맨 먼저 만난 이가 블로크, 그를 만나서 눈앞에 자세자세히 뜯어볼 때 나는 처음으로 산 시인을 본 것같이 땀이 났다.

전쟁과 혁명과의 기간 중, 운명은 나를 예제로 몰아보냈다. 나는 우리나라를 가로세로 북빙양北氷洋에서 흑해黑海와 이해裏海에, 서유럽에서 중국, 이란, 또 인도까지도 나돌아다녔다. 나의 생애 중에 가장 좋은 시기는 1919년이라고 생각한다……

위에 인용한 것이 그의 자전自傳의 일부이다. 그의 작품 속에도 쉴새없이 자기 이야기가 나오니까 이것만 가져도 대강은 짐작될 것이다.

그러나 예세닌의 생애에서 가장 큰 사건은 1921년 세계적인 무용가 이사도라 던컨과의 관계이다. 그해 가을 소비에트 정부의 초청으로 온 던컨과 예세닌은 만나자마자 서로 좋아하고 떨어질 수 없는 사이가 되었다.

그러나 이것이 하나의 뜬 구름과 같이 지날 수 있는 염문艶聞이었다면 별일은 없었을 것이다. 그러나 일생을 같이하고 싶었던 데에는 큰 문제가 되지 않을 수 없다.

전형적인 부르주아 이데올로기를 신봉하는 미국米國의 인기화

형人氣花形과, 새로운 이념인 프롤레타리아 이데올로기를 체득하려고 참다운 노력을 하는 성실한 시인과의 정신적 공동생활이란 될 수 없는 일이다. 그러면 남는 것이란 애욕밖에 무엇인가. 그리고 또 이 애욕을 연장시키기 위하여서도 두 이념 중 하나는 완전히 버려야 한다.

그러나 던컨이, 그 당시 아직도 혼란기에 있고 또 피 흐르는 건설기에 있는 소비에트에 머물러 이와 보조를 맞출 수는 도저히 없는 일이요, 더더구나 누구보다도 성실하려는 예세닌이 위대한 혁명 완수에 두 팔 걷고 나선 자기의 조국을 팽개치고 미국인으로까지 귀화할 수는 없는 일이다.

"결국 그것은 사랑할 만한 그리고 신실한 인물에게 맞지 않는 사건이었다. 여기에는 곡절이 있다고 나는 생각한다. 그것은 언제인가.

'흥, 알 수 없는 일이로군. 현대는 결단코 한 사람의 천재를 괴롭히지는 않을 것이야, 면목 없는 일은, 특히 화려하게 면목 없는 일은 항상 천재를 돕는 것이니까.'

하고 숨겨진 조소嘲笑와 모멸侮蔑을 던지던 때, 그러한 때의 그의 태도 같은 게 이 사건을 일으킨 것일 것이다."
하는 의미의 기리로프의 말이 일리 있다.

그만한 것쯤은 알았어야 할 예세닌, 또 응당 그만한 것은 알았을 예세닌이 주책을 떨고 1921년에서 1922년에 걸쳐 남로南露와 이란, 이태리, 불란서, 아메리카로 두루 던컨의 뒤를 쫓은 것은 대체로 각처에서 볼 수 있는 천재병 문학청년의 비굴한 심사에서 오는 오만과 무책임의 소행이다.

그러나 우리의 현명한 예세닌은 이것을 박차고 고국으로 돌아왔다. 역시 그에게는 적으나마 그의 성실이 있었던 것이다. 그러나 성실이라는 것도 마음과 노래로만 읊는 것이 성실은 아니다. 그렇다면 이러한 성실은 일찍이 그 말년까지, 더욱이 말년에는 일상 있을 곳이 없어지면 시료施療병원엘 찾아가는 참담하고 무능한 베를렌에게도 있다. 새 시대의 요구는 자기와는 따로 떨어진 아름다움이 아니라 완전한 한 개의 인간이다.

예세닌이 여기에 낙제한 것은 당연한 일이다. 그때 물론, 러시아는 내려 밀려오던 차르의 압정과 대전의 막대한 거비據費와 혁명전취戰取의 피 흐르는 투쟁과에 피곤할 대로 피곤하였고, 거기에 또 엎친 데 덮친 격으로 전 세계의 국가라는 국가는 전부 자본주의 국가로 소비에트사회의 건설을 될 수 있으면 누르려고 하여 여기에 대비하려면 1942년에야 겨우 처음으로 시작한 1차 5개년 계획도 생활 필수품보다는 중공업을 하지 않을 수 없는 것이었다.

예세닌의 옳은 마음이 조국으로 오기는 왔다. 그러나 그의 마련 없는 정신으로는 그 어려운 시대를 지내기 어렵다. 더욱이 던컨을 버린 것은 그의 이념이고 감정이 아니었다. 생애를 통하여 보면, 또 성격적으로도 전체로 감정의 지배를 받고 있는 그 마음이 이로 인하여 편할 수는 없었다.

여기에서도 그의 음주와 난행은 심하여졌다. 그가 이같은 생활에 그쳤다면 이야기거리는 안된다. 그러나 예세닌은 어떻게 사는 것이 바른 것인 줄도 알았으며, 또 무력한 그의 의지를 어떻게 하면 살릴까 하고도 애를 쓴 사람이다.

"그가 각처로 떠돌아다닌 것은, 이것이 그에게 필요한 것은 아니었다. 그는 흡사 무엇을 잃은 사람이 그 잃은 것을 찾으려고 나선 것처럼 여러 나라로 돌아다녔다. 그리고 그가 외국에서 돌아왔을 때 그때는 이미 옛날의 예세닌은 아니었다."

고, 그의 추도회追悼會의 강연석에서 셀시에네비치가 한 말은 옳다.

이리하여 그는 마지막의 구원을 고향에 걸고 고향 리야잔으로도 가보았다. 그러나 끝까지 자력으로 버티려는 기색이 적고 외부 환경의 힘에 기대려하는 그에게 구원이 있을 수는 없었다. 여기서도 참담한 패배를 한 것은 물론이다.

어떻게 하면 살까, 어떻게 하면 살 수 있을까, 노심초사하던 예세닌은 그의 가장 떳떳한 삶이란 스스로의 목숨을 끊는 것이라는 데에 결론이 왔다.

그리하여 그는 마지막 믿고 바랐던 고향에서 짐도 꾸리지 않고 레닌그라드, 그 전날 던컨과 처음으로 백년의 헛되인 약속을 맺은 호텔 바로 그 방을 찾아가 그 방에서 죽었다. 이때가 1925년 12월 30일이었다.

4

예세닌이란 성은 러시아 고유의 성으로, 이 말뜻엔 가을의 즐거운 명절, 땅에서 주는 것, 과일의 풍년, 이런 것이 들어있다.

그를 3백 년 전에 살게 하였다면 그는 3백의 아름다운 시를 쓰고, 봄에 물 오르는 순 모양 즐겁고 감격된 넋의 눈물을 흘리어 울면서 아들 딸을 낳고, 그리고 지상의 날의 문지방 옆에서 밤의 불을 지피었을 것이고 – 숲속에서 가리어진 초당의 어데선가 잠잠히 짧고 빛나는 비애를 맛보았을 것이다.

그러나 운명은 그로 하여금 우리들의 날에 낳게 하였고, 지구전화地球電化와 타드린의 주전탑週轉塔과 유리투성이와 콘크리트 투성이의 도회에 관한 열병적 탐닉 속에, 다 썩은 양배추와 이風구덩이에, 또는 네거리에서 저주하듯 외치는 축음기소리 가운데, 길거리에 내버린 시체와 핏기조차 얼어가는 동무들 사이에, 사탄의 교사敎唆와 형이상학의 기술奇術에 의해, 그는 모스크바에서 살고 있다.

이 말은 알렉세이 톨스토이가 예세닌을 격려하던 문중文中에 그의 모습을 그린 부분이다.

세상에서는 그를 모두 농민시인, 또는 러시아 최후의 농민시인이라고 한다. 과연, 그의 노래한 자연의 묘사와 전원의 풍경은 누구도 따를 수 없는 아름다움을 가졌다. 그리고 초년과 말년에는 농촌을 배경으로 하는 작품이 많았으며 자기도 '농촌 최후의 시인'이란 시까지 썼다.

그러나 그는 끝까지 전원시인은 아니었으며 더더구나 농촌 최후(자타가 이 최후라는 말을 쓸 때에는 다 의식적으로 스러져가는 전 사회의 환경과 이념을 이야기한 것이겠지만)의 시인이라고 부르기는 어렵다.

그는 끝까지 도회의 시인이었으며, 도회의 말초적인 신경을 가진 데카당이었으며, 도회생활의 패배자로서 그의 어렸을 적 고향을 그리는 것이, 한편으론 허물어져가는 전 사회의 외모와 그곳에조차 나타나는 새 사회의 악착같은 침투력에 소스라쳐 놀란 것에 부합되었고, 또 이러한 것이 그의 불타기 시작하는 절망감에 기름을 부은 것이다.

이 당시 러시아에 종이조차 없었을 때 그는 구시코프와 마리엔코프와 함께 자기의 시를 수도원의 벽에다 쓰기도 하고, 까페나 다방에 써 붙이기도 하고, 이것을 각처로 다니며 읽기도 하였다. 그래서 그런지 그의 작품이 눈으로 보면 좀 길고 지루하나 소리를 내어 읽고 듣자면 대단히 큰 효과가 난다.

1915년에서 1925년, 이 십년 간에 그는 장단長短의 시를 합하여 무려 열 권의 시집을 내었다. 이 나어린 시인에게 눈부시는 세상은 얼마나 많은 자극을 주었는지 가히 알 수 있다.

더욱이 말년, 그의 스스로 초래한 방탕과 몸부림엔 심신이 모두 상하여, 모스크바에서 굶어 죽다시피 괴혈병壞血病으로 죽은 블로크, 또 시리야웨츠의 죽음, 이것은 반동파의 시인이나 정부에게 총살을 당한 그리미요프의 회상, 이런 것은 그를 더욱더 초조하게 만들었다.

"아마 나도 시골로 가면 건강이 회복되겠지, 약이나 좀 먹구 하면…… 그러면 이번엔 얌전한 시악시에게 장가두 들구."

이렇게 만나는 친구마다 이야기하던 예세닌의 귀향은 뜻하지 않은 그의 목숨을 줄이는 귀향이 되고 말았다.

그의 죽음을 섭섭히 여기는 모든 시붕詩朋들은 그를 애도哀悼하는 밤을 가졌고, 살아서 끝까지 보조를 맞추기는커녕 자꾸 탈선을 한 그에게 소비에트 정부는 국장國葬으로 후히 대접하였다.

거듭 말하거니와 "우리는 한 사람의 세료자조차 구하지를 못하였다. 앞으로 그의 뒤를 따르는 수많은 청년들을 위하여는 무슨 일이라도 하지 않으면 안 된다."고, 부르짖은 루나차르스키의 말을 생각지 않을 수 없다.

끝으로 나의 허튼 생각을 정리할 자료를 모아 준 인천 신예술가 협회 여러 동무에게 감사의 뜻을 표한다.

—『예세닌 시집』, 1946.5

조선시에 있어서의 상징
― 소월시의 「초혼」을 중심으로

산산이 부서진 이름이여!
허공 중에 헤어진 이름이여!
불러도 주인 없는 이름이여!
부르다가 내가 죽을 이름이여!

심중心中에 남아있는 말 한마디는
끝끝내 마저 하지 못하였구나.
사랑하던 그 사람이여!
사랑하던 그 사람이여!

붉은 해는 서산마루에 걸리었다.
사슴이의 무리도 슬피 운다.
떨어져 나가 앉은 산 위에서
나는 그대의 이름을 부르노라.

서름에 겹도록 부르노라.

서름에 겨웁도록 부르노라.
부르는 소리는 빗겨가지만
하늘과 땅 사이가 너무 넓구나.

선 채로 이 자리에 돌이 되어도
부르다가 내가 죽을 이름이여!
사랑하던 그 사람이여!
사랑하던 그 사람이여!

이것이 소월의 시 「초혼招魂」의 전문이다.

나는 이 작품을 중심으로 조선시에 있어서의 상징, 더 자세히 말하자면 이 땅 시인에 있어서의 상징의 역할과 독자에 있어서의 상징의 역할을 이야기하고자 한다.

「초혼」의 저작연대는 적확的確히 알 수 없으나 1925년 12월에 간행된 그의 시집 『진달래꽃』의 「고독」 일련一聯 속에서 볼 수 있고, 또 그의 유일한 사우師友인 안서岸曙씨의 기술에도 『진달래꽃』 안에 있는 모든 작품은 대개 그의 소년기인 오산학교 중학부 시절에 구상이 된 것이라 하니, 1903년 출생인 그로서는 이 작품이 스물 안팎의 소산일 것이다.

그 당시 미처 3·1운동이란 거족적인 대사건은 일어나지도 않고 일본은 제1차 세계대전의 여파로 점차 부강해지며 이 땅에 일제

7　시집 『진달래꽃』 내의 「고독孤獨」의 연재시편을 이르는 말이나 원발표면에서는 '독고獨孤'
　　로 표기하고 있는데, 연재 시리즈의 작품명에 해당하는 것이므로 본문에서는 김학동본을
　　따라 '고독'으로 바로잡는다.

헌병정치는 날로 심하여갈 때 적도敵都에서 학업을 중도에 그만두고 고향에 돌아와 교편을 잡은 문학청년 김안서金岸曙. 그리고 그의 영향을 누구보다도 많이 따른 소년 김소월金素月. 그러나 이러한 속에서 소월이 중학부 2년급級이 되는 해 그들은 조선사람이면 누구나 일생 동안에 큰 충격을 받았을 1919년 3월 1일을 맞은 것이었다.

그때의 안서는 열렬한 정열의 시인이었다. 그러기에 그는, 이 땅에서는 제일 먼저 시집을 간행하는 광영光榮을 가졌고 또 그 시집이 서구의 서정세계를 처음으로 이 땅에 소개하는 영예도 가진 것이다. 그러나 불행히도 그의 환경과 위치는 다감多感한 그로 하여금 보들레르와 베를렌과 랭보를 근원으로 하는 불란서의 상징파와 아서 시먼스를 일련으로 하는 영국의 세기말파(이것도 상징주의의 영향을 가장 많이 받은)를 좋아하게 하였다.

그가 동경에 있을 때 일본에서도 서구시의 이입에는 우에다上田敏와 나가이永井荷風 등의 상징시 번역이 풍미되었으며 이 땅에서도 그보다 후에 나온 유위有爲한 시인들이 처음에는 이와 같은 경향으로 흘렀으니 여기 구태여 '백조白潮'일파의 예를 들 것도 없다.

소월이 시를 사랑하고 시를 보는 눈은 안서를 통하여 떴다. 그러니까 그에게서 조금치도 안서의 기운이 들지 않았다고는 할 수 없다. 그러나 나는 여기에서 소월의 상징시와의 관계를 강조하려는 것은 아니다.

우리는 「초혼」을 읽을 때 시 속에 있는 그대로 "사랑하던 그 사람이여!"를 아무렇게나 생각하여도 좋다. 이름의 주인공(소월이 그처럼 마디마디 사무쳐 부르는 주인공)이 과거 무너져버린 우리의 조국 조선이라고 하여도 좋고, 또는 그냥 그의 사모하던 한 여인이나 더 나아가서는 아무런 홍미도 없는 그의 어버이라도 상관이 없다. 시가 독자에게 주는 것은 무엇보다도 그 의미는 아니다.

> 선 채로 이 자리에 돌이 되어도
> 부르다가 내가 죽을 이름이여!
> 사랑하던 그 사람이여!
> 사랑하던 그 사람이여!

이렇게 읽고 나면 우선 가슴에 콱 막히는 것은 애절한 공감이다.
그리고 다음에 느껴지는 것은 자신도 모르게 그와 함께 외친 무언의 부르짖음일 것이다. 이 뒤엔 독자가 어떠한 연상을 하든지, 각각 자기 깜냥대로 그 의미를 찾는 것도 상관이 없다. 그러나 시는 제일 먼저 느끼는 것이다. 느낌으로써 받아들인다. 그리하여 이 향수享受되는 것이 다 각기 한때의 사람으로서 어떠한 공통성을 갖느냐 하는 데에 그 작품의 위치는 결정이 된다.
이 점에서 소월의 시 「초혼」은 그의 전 시작뿐만 아니라, 8월 15일 이전 일제의 부당한 학정 아래에서 씌어진 조선의 시 가운데에서도 그 한결같은 심정에 있어 그 애절함에 있어 그 모든 것을 다 기울이고도 남는 정열에 있어 이만큼 아름다운 시는 별로 없을 것이다.
「초혼」을 통하여 느끼는 것은 지금도 우리는 우리의 가장 중요한 것 아니 가장 소중한 것을 잃어버렸다는 형언할 수 없는 공허감空虛感을 깨닫는 것이요, 또 작자와 함께 이 상실한 것에 대한 애절한 원망願望을 돌이키는 것이다. 그러므로 「초혼」이 의도한 바는 어느 것이라도 좋다. 적어도 이 땅에 생을 타고난 우리가 여기에서

118

느끼는 것은 숨길 수 없는 피압박민족의 운명감이요 피치 못할 현실에의 당면이다.

우리가 시를 받아들일 때 피할 수 없는 것은 그 위치이다. 우리는 어떠한 사소한 감정과 정서를 통하여서도 가장 중요한 위치를 돌아보지 않을 수 없다. 더욱이 시인들의 입에는 무형의 재갈이 물리고 그들의 붓끝에는 소리없는 수갑이 채워져 있을 때, 적어도 그들을 통하여 무엇을 다시금 느끼고 찾으려 하는, 이 땅의 독자에게 있어서는 저절로 어떠한 상징의 세계를 구하지 않을 수는 없다.

> 그 누가 나를 헤내는 부르는 소리
> 붉그스럼한 언덕, 여기저기
> 돌무더기도 움직이며, 달빛에
> 소리만 남은 노래 서러워 엉켜라.[8]
> 옛 조상들의 기록을 묻어둔 그곳!
> 나는 두루 찾노라. 그곳에서
> 형적 없는 노래 흘러 퍼져
> 그림자 가득한 언덕으로 여기저기
> 그 누가 나를 헤내는 부르는 소리
> 부르는 소리…… 부르는 소리……
> ……………………

---

8 기존의 전집본은 주로 김소월 시의 원문을 반영하여 시를 수정한 것으로 보인다. 가령 김소월 시의 '서러워 엉겨라'라는 본 구절을 김재용본은 '서리어 엉겨라'로 표기하고 있으며 김학동본은 '서리워 엉겨라'로 표기하고 있는데, 이를 오장환은 '서러워 엉켜라'와 같이 인용하고 있다.

그러므로 소월이 다시 「무덤」이라는 시를 내놓는다 하여도 우리는 여기에서 먼저와 같은 민족성에서 오는 크나큰 공감을 느끼게 된다. 이 속에서 그 상징성이 비유로 떨어지지 않는 것은 다만 그의 예술적 표현이 우수하였음을 말하는 것뿐이다.

그러나 소월은 한란계寒暖計와 같은 시인이다. 혹독한 슬픔과 억압과 절망을 따라 그때, 그때의 분위기와 환경을 따라 그의 시는 수은주水銀柱와 같이 상승하기도 하고 하강하기도 하였다. 좋은 의미로 말하여도 그는 정신의 자기세계를 파악하지 못한 박행薄幸한 시인이었다. 이리하여 소월의 시는 조선의 양심적인 시인이면 으레히 가졌을 소극적이나마 반항과 자유를 위한 상징의 세계는 깊이를 찾지 못하고 말았다.

조선에서 처음으로 서구의 시를 이식移植한 것이 모두 상징시의 입김이 닿은 것이요, 국내에서도 순전히 문학청년 출신으로 된 시인('백조'의 회월, 월탄, 상화)이 배출하여 그들이 즐겨 따른 것도 상징시의 세계였으니, 이것은 이 땅의 역사적 환경의 필연적 소산이나, 이 땅의 상징시가 소위 불란서에서 베를렌을 거쳐 말라르메가 주장한 형식의 완벽을 위한 심볼리즘이나 혹은 영국의 아서 시먼스가 보들레르의 영향을 받아 자국 내의 세기말의 일파와 행동한 그러한 상징의 세계와도 다른 것은 두말할 것도 없는 것이다.

물론 이곳에서도 '백조' 창간 당시 서구 상징파의 영향을 가장 많이 나타냈다고 볼 수 있는 회월과 월탄도 그 작품표현에 있어 기분상징氣分象徵(그것도 소시민의 입장에서)의 역역域을 벗어나지 못하였고, 이 때의 가장 위대한 시인 이상화 씨도 처음에는 이들과 같은 경지에서 더 나아가지 못하였으나, 차차로 그의 정신적인 발전은 관념상징의 역域에 이르러 의식적으로 민족적인 운명감과 바른 현실을 튀겨내려는 노력에까지 나아갔다. 그러므로 상화 씨의 작품세계가 곧장 경향적인 색채를 띠게 된 것은 당연한 일이며, 또 자기의 테두리를 벗어나 더 큰 안목眼目으로 세상을 보게 된 것은 그 당시 1920년대의 조선적인 현세現勢에 있어서는 문단뿐 아니라 이 땅 정신사 상에 있어서도 큰 혁명적인 사실이었다.

요컨대 조선의 시작품이 처음으로 외래의 사조를 받아들인 것도 상징의 세계였고, 또 우리의 정치적인 환경이 양심적인 자의사自意思를 표시하려면 저절로 작가가 그 작품세계에 상징적인 가장假裝을 하지 않을 수는 없었다. 그러나 이 땅의 시인은 누구 하나 상징의 세계의 핵심을 뚫은 이도 없었고 또 이 세계를 형상적으로도 완성한[9] 사람은 없다.

이것은 물론, 사상의 후진성과 형식의 미성숙에 연유된 것이다. 이 땅에서 상징의 세계를 받아들일 처음의 본의는 그 받아들인 사람들의 경제적 토대가 아무리 유족裕足한 것이라 하여도 그것은 유락愉樂을 구하는 것이 아니라, 견딜 수 없는 식민지의 백성으로서의 내면 모색과 정신적 고민[10]의 발현 내지 합일로 볼 수밖에는 없을 것이다.

백조동인 가운데 또 하나 우수한 소질을 보여준 시인 노작露雀은 눈물에 젖은 낭만을 풍기고 뒤의 월탄도 낭만을 지닌 의사意思를 산문으로써 보여주었다. 1920년대 - 3·1운동의 여파와 사이토齋藤實의 문교文敎정치의 엷은 틈으로 뚫고 나온 우리 문학의 태동胎動

9   원발표면에는 '완성시킨'으로 표기되어 있다.
10   기존 전집에 '고뇌'로 잘못 표기되어 온 것을, 원발표면 확인 후 고민苦憫으로 바로잡는다.

은 돌이켜보면 참으로 눈부신 일이나, 한편으로 생각하면 살얼음판을 걷는 것 같고 눈물겨운 일이었다. 무엇을 받아들이느냐 또 어느 것을 가져오느냐, 여기에도 당황할 일이었으나 사회적인 위치로 보더라도 이 땅에서 문학을 한다는 것은 그리 큰 명예도 안되고 더구나 생활의 수단은 염의조차 할 수 없는 것이다.

이럼에도 불구하고 그들로 하여금 문학에의 길로 발 벗고 나서게 한 것은 순전히 이 땅에 삶으로 인하여 벅차는 가슴을 호소하기 위함이요, 자기의 위치를 탐색하기 위함이요, 또 불의의 일에 반항하고 투쟁하기 위함이었을 것이다. 그러므로 현재까지 문학을 자기의 생명으로 알고 싸워온 이는 거의 모두가 이십 안팎의 소년이었다. 이것은 설명할 필요조차 없다. 이처럼 깨끗한 피와 끓는 가슴만이 모든 이해관계를 떠나 오로지 정의와 진실을 향하고 나갈 수 있는 까닭이다.

조선의 현실은 이들로 하여금 정상正常한 발전을 하기에는 너무나 가혹한 조건이 누적하였고 또 이것을 무릅쓰고 싸워 나가기에는 너무나 과중한 부담이었으며 잠시도 휴식할 사이 없는 투쟁이 필요하므로 언제나 그들은 그들의 청년시대가 지나감과 함께 문학생활도 떠나보내지 않을 수는 없었다.(물론 나는 여기에서 어느 한정된 범위 내에 자위하고 소극적인 불평과 불만의 표시를 - 이것조차 내종[11]에는 순수문학에 상치되는 것이라고 배격하는 부류도 많았지마는 - 하는 타성적인 문학인을 염두에 두지 않은 것은 사실이다.)

자꾸 새로 나오는 청년들, 이네들도 3·1운동이니 광주학생사건

---

11 원발표면에는 한자 표기가 되어 있지 않으나 오장환의 다른 글에서는 乃終이라는 한자를 사용하고 있다.

이니 하는 거족擧族적인 정신운동이 점차로 위축하고 일제의 비망非望이 더욱더 커감을 따라 우리 시단은 말할 수 없는 저조底調를 보게 되어 처음 우리 땅의 청년들의 빛나고 씩씩하던 그 정신은 흔적조차 찾을 수 없고, 다만 한정된 자기세계와 위치를 감수하며 이것을 합리화하려는 비진취적非進取的인 무리의 자칭하는 예술지상적 견해와 그렇지 않으면 건전한 비평정신은 없이 그저 감정적으로 몸부림치고 들뛰는 시인 이것도 주로 청년, 아니 소년이라야만 쓸 수 있었다는 것은 이 땅을 위하여 지극히 불행한 사실이다.

여기에서 우리는 서구 상징주의의 정당한 해석과 소화를, 그리고 조선 내에 있어서 상징세계의 필연성과 그 역할을 논의할 기회조차 없었으며, 또한 다른 문예사조와 마찬가지로 깔고 뭉갠 것도 어찌할 수 없는 일이다. 어떠한 곡절을 거쳐서라도 19세기말에 전 세계의 문학사상계를 휩쓸던 세기말의 부패한 퇴폐사조와 여기에서 우러난 상징주의는 이 땅을 찾고야 말았을 것이다.

그러나 조선에 있어서의 이 사조의 수입은 안서를 효시嚆矢로 하나 연하여 뒤에 나타난 백조동인의 일부에서도 이것을 어떠한 이념상의 공명과 소화에서 발전시킨 것이 아니고, 당시 너무나 고루하였던 봉건사조에서 처음으로 시민의 한 성원으로 눈뜨기 시작하는 그들이 감성적으로, 이것이 심하다면 정서적으로 받아들인 것에 불과하다. 그리고 시인들이 처음으로 문학에 있어서의 상징성을 중대시하고 한 방편으로 쓰게까지 된 것은 외래의 사조와는 아무런 관련도 없이 이 땅 식민지적인 질곡에서 그들이 조그만치나마라도 우리들의 정당한 권리를 요구 내지는 주장하기 위하여서만이었다.

여기에서 문학상의 상징사조가 서구와 조선에 발생된 근거를 밝히자면 구라파의 상징주의는 그 당시 지배계급에 있는 부르주아지가 정신문화에서 벌써 그의 진보적인 역할을 다하고 행동의 도피에서 오는 현상이었음에 불구하고 이 땅에서는 처음으로 눈 뜨는 시민계급이 우선 그 기분적 상징세계에서 자기 위치와의 공감성을 발견한 것이었고, 나아가서는 진보적인 청년들이 처음으로 어느 나라와도 비할 수 없는 후진제국주의의 식민지에서 정당한 자의사와 공통된 민족감정을 걸고 나와 합법적으로 싸우는 데에 그 거점을 잡은 것을 알 수 있다.

다시 그러면 이 땅의 독자로서의 상징성을 어떠한 방식으로 받아들였느냐는 것이겠으나 독자로 앉아서도 이상의 경우를 떠날 수는 없는 것이다. 물론 우리는 각 개인의 환경과 체험 또 그 지식 정도에 따라서 어떠한 작품이고를 느낄 것이겠으나, 하나의 커다란 일치점은, 공동체의 문화환경을 가진 우리들로서 결정적인 것은 민족감정에 부딪칠 때에 누구나가 다 같은 느낌을 받는 것이다.

나는 이상에서 조선시에 있어서의 상징세계가 가진 역할과 독자들의 향수享受한 위치를 밝히었다. 그리고 다시 서구에 있어서의 상징세계는 그 문학적 표현에서 산문에는 아나톨 프랑스의 작품과 같이 그 세계가 최고도로 발전하여 이 정신은 벌써 하나의 형이상적 관념 애완愛玩에 이르게 되고, 시에 있어서는 형식의 너무나 완벽한 말라르메의 도회韜晦의 세계를 거쳐 종내에는 발레리의 해설을 위한 해설에까지 이른 것과 스스로 다르다는 것도 명백히 되었을 것이다.

그러면 조선시에 있어서 상징은 현정세 아래에서는 어떠한 양상과 역할을 가질 것인가. 이것은 물론 우리 조선이 세계제국주의의 간섭 아래에 있는한, 그리고 우리 인민이 식민지적(이것은 정치뿐 아니라 경제적인 면에서라도)인 면모를 벗어나지 않는 한 건실한 면에서도 일제시대에 뜻있는 선배들이 한 방편으로 쓰듯 또한 방편상으로 쓰지 않을 수는 없다. 그러나 이와는 반대로 여기에서 또 하나의 악용된 영향을 지니고 갈 것도 잊어서는 안 된다.

이것은 1930년대 이후 더욱이 일지日支전쟁의 단초로부터 문학을 지망하기 시작한 젊은 층과도 사랑하게 된 애호층이 자기들도 모르는 사이에 받아들인 왜곡되고 보잘 것 없는 위축된 정신세계이다.

이 시대에는 이 땅은 물론 비교적 언론이 자유로울 수 있던 일본에서도 당시의 지상에 발표할 수 있던 작가들은 지나간 독일 낭만파와 같은 데서 자기와의 합일점을 찾아내어 일로一路 어거지로 조작한 일본정신 같은 데에 적극 협력하거나, 그렇지 않으면 불란서 상징파의 절대적 영향에서 생겨난 독일의 시인 슈테판 게오르게의 순정예술관純正藝術觀, 즉 현실의 생활은 진정한 예술의 방해물이요, 인간의 사유와 충동도 예술 가운데에서는 빼내야 할 것이요, 정치적 사회적인 것은 일체를 금하고 더 나아가서는 그 세계관조차 시와는 무관계한 것이라고 열렬히 주장하는 이 사조를 영합하여 이 일련에서 싸고도는 이론가(쿤놀프와 베르트람)와 작가(한스 카로사와 헤르만 헤세 등), 그렇지 않으면 릴케(물론 이상에 열거한 사람들이 상징주의자라는 것은 아니다) 같은 사람들이 일부 문학청년 간에서 (현실에 영합하는 착의窄義적인 면에 있어 비진취적인 점에) 주조를 이룬 것은 사실이니, 무어 하나이고 일본을 거치지 않고 받아

올 수 없는 이 땅의 정세로서는 이것이 끼친 바의 해독害毒 ― 즉 투쟁과 진취를 거세당한 ― 을 가히 짐작할 수 있는 일이다.

　이 철기. 다섯 개의 수챗물 구녕을 가진 연못은 사뭇 권태倦怠 속에서 깔고 뭉갠다. 둘러보면 끊임없는 비바람에 씻긴 다만 불길한 빨래터. 모진 비바람을 고告하는 지옥의 번갯불에 파랗게 질려 보이는 안쪽 층층대에는 거러지의 떼들이 꿈틀거리고 너는 그들 청맹과니의 푸른 눈동자를 그리고 말라비틀어진 삭신을 두른 때묻은 아래옷을 조소嘲笑하였다. 아, 병대兵隊들의 빨래터. 공동의 목욕장. 물은 항상 거멓고 아무리 더러운 병자라도 꿈에조차 이곳에 빠진 놈은 없었다.
　예수가 맨 먼저 대업을 행한 곳도 여기다. 나약한 사람 같지 않은 무리와 함께……

　차라리, 분노의 시인 랭보가 현세를 지옥으로 느끼고 이것을 두드려 부수자고, 이십이 되어 남달리 먼저 자의식에 눈뜬 이 희유稀有한 천재가 틔워준 상징의 세계를 이 땅의 청년들이 받아들였던들 지금의 시인들은 벌써 문학을 집어던졌거나, 그렇지 않으면 진정한 격분에 눈을 떠 훨씬 더 찬란한 이 땅의 시문학을 꽃피게 하였을 것이다.

　본고는 일단 여기에서 그친다. 그러나 나의 입론立論이 소월의 「초혼」과 「무덤」을 통하여 하여진 것을 부족히 생각하는 이가 있을까 하여 다시 그의 작품 가운데에서 순전히 민족적 감정만을 걸고 나온 작품을 몇 개 보족補足하겠다.

　　나는 꿈꾸었노라. 동무들과 내가 가즈런히
　　벌가의 하루일을 다 마치고
　　석양夕陽에 마을로 돌아오는 꿈을……
　　즐거이…… 꿈 가운데.

　　그러나 집 잃은 내 몸이여!
　　바라건대는 우리에게 우리의 보섭 대일 땅이 있었다면……
　　이처럼 떠돌으랴. 아침에 저물 손에
　　새라새로운 탄식을 얻으면서……

　이처럼 시작하는 그의 시「바라건대는 우리에게 보습 대일 땅이
있었다면」하는 것도 있거니와 그보다도 더 구체적인 것은 소월이
그 말년에 3·1운동 당시 오산에서 그가 다니는 중학교의 교장으
로 있던 조만식曹晩植 씨를 사모하여 노래한 것이 있으니

　　평양平壤서 나신 인격의 그 당신님, 제이·엠·에스,
　　덕德없는 나를 미워하시고
　　재조才操있던 나를 사랑하셨다.
　　오산五山 계시던 제이·엠·에쓰
　　십년十年 봄만에 오늘 아침 생각난다
　　근년近年 처음 꿈 없이 자고 일어나며.

얽은 얼굴에 자그만 키와 여윈 몸매는

달은 쇠끝 같은 지조志操가 튀어날 듯

타듯하는 눈동자瞳子만이 유난히 빛나셨다.

민족民族을 위하여는 더도 모르시는 열정熱情의 그 님

소박素朴한 풍채風采, 인자仁慈하신 옛날의 그 모양대로,

그러나 아아 술과 계집과 이욕利慾에 헝클어져

십오 년十五年에 허주한 나를

웬일로 그 당신님

맘속으로 찾으시오? 오늘 아침,

아름답다 큰 사랑은 죽는 법 없어,

기억記憶되어 항상恒常 내 가슴 속에 숨어 있어

미처 거츠르는 내 양심을 잠재우리,

내가 괴로운 이 세상 떠날 때까지……

하는 이 시 「제이 · 엠 · 에스」가 바로 그것이다. 이것만 읽어도 소월이 직접 정치적인 행동은 없었다 하나 그 민족적인 양심만은 끝까지 가지고 있었다는 것은 짐작할 수 있다.

—『신천지』1947.1[12]

---

12 발표 매체가 출간된 날짜를 표시한 것이며, 실제 원고를 작성한 날짜는 원발표면 하단에
    '46년 9월'로 표기되어 있다.

지용사師의 백록담

　　백록담은 권운층 위 산정에 고인 맑은 못이다. 이 이름으로 제題
한 시집이 처음 간행된 것은 1941년 9월 그때는 문화 부면에 종사
하는 무리들까지 억압하는 세력에 아첨하여 한참 더러운 꼴을 백
주에 내놓고 부끄럼을 모를 때이다. '지용'은 용이하게 "깊은 산 고
요가 차라리 뼈를 저리우는"(장수산)곳에서 그때를 초연할 수 있
었다.

　　남들은 작가 생활을 계속하려고 추악한 현실에서 발버둥치기
도 하고, 혹은 비굴한 억합抑合으로 얽매일 때 이 세계를 벗어나 오
로지 자기 순화純化를 꾀하고 깨끗함을 지키기에는 그가 취한 언
어만의 연금술 더 찍어 말하자면 감각만의 연금술이 유리한 길이
기도 하였다. 그러나 이것이라고 아무나가 할 수 있다는 것은 아
니다.

　　물도 마르기 전에 어미를 여읜송아지는 움매 움매 – 울었다. 말
馬을 보고도 등산객을 보고도 마구 매어달린다. 우리 새끼들도 모

색毛色이 다른 어미한테 맡길것을 나는 울었다.[13]

—「백록담」

연금술 속에도 세속의 일이 낑긴다. 이것이 얼마나 우리의 삶에
는 엄연한 현실이며 애절한 일이냐.

백화白樺 홀홀
허울 벗고,

꽃 옆에 자고
이는 구름

—「비로봉」

산골에서 자란 물도
돌베람빡 낭떠러지에서 겁이 났다.

....

가재가 기는 골짜기
죄그만 하늘이 갑갑했다.

—「폭포」

---

13   오장환의 원발표면에 표기된 형태는 다음과 같다. "물도마르기 전에어미를 여흰송아지는
     음매음매 - 울엇다. 말馬을 보고도 등산객을보고도 마고 매어달린다. 우리새끼들도모색毛
     色이 다른 어미한테맛긴것을 나는울엇다."

130

문 열자 선뜻!
먼산이 이마에 차라.

우수절雨水節 들어
바로 초하루 아침

새삼스레 눈이 덮인 뫼뿌리와
서늘옵고 빛난 이마받이하다.

—「춘설」

이처럼 탁마하여 자구자구가 티 하나 없이 맑고 깨끗한 위치를
차지하여 우리나라 풍경물風景物시에 무류無類의 보옥寶玉을 가져
온 지용사, 그러나 이 희유의 연금술사도 한번 냉혹한 현실면에 부
닥치면 선상船上에 끌려온 신천옹信天翁모양 그 화려하던 날개깃도
보기 싫게 퍼덕일 뿐

들새도 날러와
애닲다 눈물짓는 아침엔.

....

아깝고야, 아기자기
한창인 이 봄밤을,

촛불 켜 들고 밝히소

아니 붉고 어찌료.

—「소곡」

끝이 '아니나 늘면 무엇하리' 조로 맺어진 소곡과 맨 앞에 인용한 「백록담」의 일련은 다부찬 현실을 속세라고 피하여 따로 나간 사람이 그 속세에 발목을 잡힌 좋은 예이다.

「백록담」의 일절에서 그 완전한 지향은 없었다 하나 민족적인 예상과 비감을 포착한 것은 공통적인 우리의 표현이라 하면 「소곡」의 센티와 자폭自暴은 '지용' 개인 본심의 꽁지를 남의 눈에 띄우게 한 것이다.

시집 『백록담』은 전편을 통하여 이것을 시 학생의 에튀드로 돌린다면 찬란하였을 것을……. 그러나 그처럼 숨기려 하는 자아 감정이 이 희유한 연금술사로도 가릴 수 없어 군데군데에 그가 입각한 토대 – 그리 높지 않은 차라리 안 보는 편이 나았을 태台[14]는 드러나고야 만다.

일찍이 넘쳐나는 춘정春情의 회의와 움트는 자의식을 풀 잔이 없어 가톨릭에 귀의한 '지용'사 그는 그의 작품 세계에서 보는 한 이 처열悽烈[15]한 정신을 육체로서 받아들인 것이 아니라 커다란 외형적인 힘에 안도하여 완전한 형식주의자에 빠졌던 것이다. 1935년에 『정지용시집』[16]을 세상에 물은 후 그냥 묵묵 불언하던 그가 여

---

14 기존 전집본에 '臺'와 '台'가 혼기되고 있다. 원발표면을 확인하여 '台'로 수정하였다.

15 기존 전집본에는 모두 '치열'로 표기되어 있으나, 원발표면 확인 후 '처열悽烈'로 바로잡는다.

16 원발표면에는 『지용시집』으로 표기되어 있다.

러 해 만에 다시 발언한 것은 이가 시릴 만큼 맑게 닦여진 형식의 세계임은 필연적인 일이다.[17]

—『예술통신』, 1947.1.8

---

17 원발표면 말미에는 "(발행은 백양당白楊堂 정가는 오백원)"이라는 정보가 표기되어 있다.

농민과 시
― 농민시의 성립을 중심으로

농민시의 성립! 이것은 물론 우리 인류가 원시사회에서 농경생활로 정착하였을 때부터 가능한 것이다.

그러나 논을 갈고, 밭을 이루며, 씨 뿌리고 가꾸는 것을 전업으로 하는 일정한 층이 생기었을 때, 이들의 시 감정을 표현하기에 절대 조건인 언어조차 벌써 그들의 것은 아니었다.

"태초에 말씀이 계셨다. 말씀은 하느님과 함께 있었으며, 말씀이 곧 하느님이었다."(요한복음 1장) 여기에 이 말을 끌어올 필요도 없이 우리 인류사회에 계급제도가 확립되었을 때, 그때부터 언어는 벌써 근로자의 복리를 위한 것이 아니라, 지배계급의 지배를 위한 도구에 지나지 않았다.

그래도 몇천 년을 내려오며 그들의 울음 울은 바 웃음 웃은 바의 정서는 한편 민요의 형식으로 누가 지었는지 또는 누가 불렀는지도 모르며 그들의 가슴 속을 흘러오다가 변형되기도 하고 잊혀지기도 하였다.

농민이 사람으로서의 대우를 받게 된 것은 극히 최근의 일이다. 선진 구라파에 있어서도 시민계급이 눈을 뜨기 시작하여 비로소

르네상스의 자아의 발견에까지 이르렀으나 이것은 도시의 상공업자나 시민들이 눈을 뜬 것이지 농민이 예까지 이른 것은 아니었다. 더욱이 지배계급이 그들의 문학작품 속에서 농민을 하나의 사람으로서 다룬 것은 아주 최근 십구세기 낭만파에서 비롯된 것이다.

전원과 농민을 그린 작품은 적잖이 볼 수가 있다. 그러나 이들이 아무리 진취적인 것을 썼다 하나 이것은 어디까지나 방관자의 감정이요 붓끝이지 실지로 호미를 쥐고 괭이를 메는 농민들의 감정은 아니다.

근로하는 사람들은 그 근로함에서 오는 땀의 기꺼움과 즐거움을 노래하기는커녕 부당하게 억눌리는 사역使役으로 말미암아 그들의 괴로움과 억울함조차 감정으로 표시할 시간의 여유와 마음의 준비조차 없었으므로 여기에 농민시의 성립이란 가능한 듯하면서도 기실 엄밀한 의미에서는 불가능하였던 것이다.

> 동창東窓이 밝았느냐
> 노고지리 우지진다
> 소 치는 아이들은
> 상기 아니 일었느냐
> 재 너머 사래 긴 밭을
> 언제 갈려 하느니

여기 얼핏 들으면 참으로 평화롭고 아름다운 전원田園의 풍경과 생활을 읊조린 시조를 우리들은 볼 수가 있다.

그러나 이 시조는 숙종조의 영상領相까지 지내인 남구만南九萬의 소작所作이다. 봉건사회에서 인신人臣으로 할 것 다하고 늙어 고향에 돌아가 읊조린 안락한 감정이다.

> 늙은이는 지팽이 짚고
> 젊은이는 봇짐 지고
> 북망산이 어데멘고
> 저기 저 산이
> 바로 북망산이다.

하는 민요와 대비하여 볼 때 얼마나 현격한 감정의 차이인가.

농민시는 원칙적으로 농민이 쓴 시라야 될 것이요, 또 농민 출신의 시인의 작품이라야 될 것이다.

> 저 건너 갈미봉에
> 비 묻어들 온다.
> 우장을 두르고
> 기심을 맬거나
> 얼얼럴럴 상사뒤
> 어여뒤여 상사뒤

이 노래는 한 이십년 전까지도 각 시골에서 모를 낼 적 같은 때에 농민들이 풍장을 치며 즐겨 부르던 노래다.

우리는 여기에서 농민들의 근로하는 즐거움을 엿볼 수 있다. 백제시대부터 전하여 왔다는 이 노래도, 이마즉에는 요리집에서 기생이나 선술집에서 갈보가 악을 쓰고 부르면 주색잡기에 골몰한 천하 잡놈들이 화창和唱하는 이외에 별로 들을 수 없다.

이것을 볼 때 상업자본주의사회와 제국주의 밑에서 신음하는 농민들의 생활이 오히려 봉건사회보다도 얼마나 가혹한 것이냐는 것도 알 수 있다.

구라파 문학에 있어서도 천대받은 농민이 등장하지 못한 것은 당연한 일이다. 그것은 농민 자신이 자아를 찾을 길이 없었기 때문이다. 오직 러시아에 있어서만이 1861년 농노해방農奴解放의 시기를 전후하여 농민 출신의 시인과 농노 출신의 시인이 문단에 등장하여 농민시의 성립의 가능성을 보여준 것은 이것 또한 러시아 사회의 후진성에도 연유한 것이겠으나, 그보다는 전 세계의 유례없이 광대한 면적이 거의 농경지라는 데에서 온 것이었다.

러시아문학에 있어서의 농민시는 그동안 여러 가지 우여곡절을 거치었으나 1917년 시월혁명의 완전한 승리로 말미암아 농민도 처음으로 인류사회에서 정당한 대우를 받게 되어 여기에 괄목할 만한 발전을 보게 된 것이다.

자는 것들은 그대로 두어라.
해가 꼭두를 지를 때까지
힘쓰려는 사람만이 나가자
우리들의 앞길은 구습 먼저 깨뜨리는 것!

달은 밤을, 그리고 해는 낮을 돌리듯
붉은 깃발을 높이 날리며

우리는 전열戰列로 나간다.

놈들은 너무도 오래 우리를 잠재웠고 농락하였다
그래서 마소와 같이
조상들은 매에 못 이겨 황천엘 갔다.

달은 밤을, 그리고 해는 낮을 돌리듯
붉은 깃발을 높이 들고서
우리는 전열로 나간다.

피를 빨던 세월은 지났고
노동자와 농민은 쇠사슬을 끊었다.
논밭도 풀리니
초가에는 이엉조차 새롭지 않으냐

달은 밤을, 그리고 해는 낮을 돌리듯
붉은 깃발을 높이 날리며
우리는 전열로 나간다.

「농민의 진군」이란 이 시는 혁명 직후에 디에브 곰야코브스키의 부른 노래다. 이 시는 확실히 희망에 넘치고 환희에 넘쳤으며 이를 읽음으로 인하여 그 당시의 사회성이며 시대성을 느낄 수 있다. 그러나 이 시에서는 아직도 농민의 안락한 생활감정이라든가 여기에서 오는 아름다운 세계는 그려 있지 않다.

아직도 이 땅에는 소개되어 있지 않으나 참으로 눈부시고 찬란한 농민의 시는 혁명 이후에 자라난 농민의 청년들, 그리고 콜호즈[18]를 겪어낸 그들이 보는 농촌과 자연과 그들의 생활의 노래에서만이 찾을 수 있을 것이다.

그러면 이 땅의 시인들에게 있어서는 농촌을 어떻게 그렸으며, 또 혹시라도 농민 시인이 있었는가, 조선에 신문학이 들어온 것은 이 땅이 벌써 후진 제국주의 국가 일본에게 정복을 당한 후였으며, 그나마라도 전문적인 시인이 시민으로서 처음 눈을 떴을 때는 벌써 1920년이 훨씬 넘은 뒤였다.

이 중에도 제일 훌륭한 시인 이상화李相和 씨가 처음으로 자아에 눈을 떠 만들어진 시「빼앗긴 들에도 봄은 오는가」는 우연히도 농촌을 배경으로 하였다. 그러나 이 사실은 상화 씨가 다만 그 출신 계급이 농촌 지주였다는 데에 기인한 것이고 조선에는 아직도 봉건잔재가 뿌리 깊이 남아 있기 때문이었다.

지금은 남의 땅 – 빼앗긴 들에도 봄은 오는가?

나는 온몸에 햇살을 받고
푸른 하늘 푸른 들이 맞붙은 곳으로
가르마 같은 논길을 따라 꿈속을 가듯 걸어만 간다.

입술을 다문[19] 하늘아 들아

---

18 콜호즈kolkhoz. 소련의 농업집단화에서 생겨난 여러 협동농장을 총칭하는 말.
19 원발표면에는 '담은'으로 표기되어 있다.

내 맘에는 내 혼자 온 것 같지를 않구나

네가 끌었느냐 누가 부르더냐 답답워라 말을 해다오.

바람은 내 귀에 속삭이며

한 자욱도 섰지 마라 옷자락을 흔들고

종다리는 울타리 너머 아씨같이 구름 뒤에서 반갑다 웃네.

고맙게 잘 자란 보리밭아

긴밤 자정이 넘어 내리던 곱은 비로

너는 삼단같은 머리를 감았구나. 내 머리조차 가뿐하다.

혼자라도 기쁘게[20] 나가자,

마른 논을 안고 도는 착한 도랑이

젖먹이 달래는 노래를 하고 제 혼자 어깨춤만 추고 가네.

....

....

내 손에 호미를 쥐어다오

살찐 젖가슴과 같은 부드러운 이 흙을

발목이 시도록 밟아도 보고 좋은 땀조차 흘리고 싶다.

강가에 나온 아이와 같이

---

20 오장환의 원발표면에는 '가쁘게'로 표기되고 있다.

짬도 모르고 끝도 없이 닫는 내 혼아

무엇을 찾느냐 어데로 가느냐 웃어웁다. 답을 하려무나.

나는 온몸에 풋내를 띠고

푸른 웃음 푸른 설움이 어우러진[21] 사이로

다리를 절며 하루를 걷는다. 아마도 봄 신령이 지폈나 보다.

그러나 지금은 – 들을 빼앗겨 봄조차 빼앗기겠네.

　이처럼 절창을 부른 뒤에 그는 「비 갠 아침」이란 시밖에 아무런 농촌시를 쓴 일은 없다. 빼앗긴 고향, 빼앗긴 조국을 생각할 때 뼈에 저리게 읊조리고 외치는 그였으나 그도 역시 소시민의 테두리를 온전히 벗어버리지는 못하였으며 또 소시민이란 아무리 코딱지 같은 곳이라도 도시를 의거하고 생활하지 않을 수 없기 때문에 그의 시는 저절로 농촌에서 멀어지고[22] 말았다.

　이러한 경향은 상화 씨 뿐만 아니라 시집 『봄 잔디 밭에서』를 내인 포석抱石, 조명희趙明熙 씨에게서도 볼 수 있는 일이며, 우리 시단에 가장 풍부한 소재만을 보여준 소월素月에게도 있다.

　우리 두 사람은

　키 높이 가득 – 자란 보리밭, 밭고랑 위에 앉았어라.

21　오장환의 원발표면에는 '우러진'으로 표기되고 있다.

22　기존 전집본에는 '떨어지고'로 표기된 곳이 있어 원발표면 확인 후 '멀어지고'로 수정하였다.

일을 필罷하고 쉬이는 동안의 기쁨이여[23]!
지금 두 사람의 이야기에는 꽃이 필 때……

오오 빛나는 태양은 내려 쪼이며
새 무리들도 즐거운 노래, 노래 불러라.
오오 은혜여! 살아 있는 몸에는 넘치는 은혜여!
모든 은근스러움이 우리의 맘 속을 차지하여라.

세계의 끝은 어디? 자애의 하늘은 넓게도 덮였는데
우리 두 사람은 일하며 살아 있어
하늘과 태양을 바라보아라. 날마다 날마다도
새라새로운 환희를 지어내며, 늘 같은 땅 위에서

다시 한번 활기 있게 웃고 나서 우리 두 사람은
바람에 일리우는 보리밭 속으로
호미 들고 들어갔어라 가즈런히 가즈런히,
걸어 나아가는 기쁨이여! 오오 생명의 향상이여!

이것은 「밭 고랑 위에서」라는 소월의 시로서 시집 『진달래꽃』
안에 있는 것이다. 이 시집 안에 있는 시는 대개가 그의 학창시절에
쓴 것이라 하나 그때의 정세로 보면 이 시는 도피의 정신으로밖에
는 볼 수가 없다.
　그는 자기만 보았지 미처 자기의 주위를 형성하고 있는 사회에

23　오장환의 원발표면에는 '기쁨이!'로 표기되어 있다.

눈이 어두웠으며 또 그렇지 않다면 세상은 어찌 되었든지, 나 혼자만 깨끗하면 그만이라든가 하는 생각은 유태교의 바리새 적부터 있는 일이지만, 이것은 순전히 적에게 자기를 굽히고 들어가는 피난처이다. 정복자들은 이것을 바란다. 그러나 이것은 농민을 위하여 부른 노래도 아니요 이 땅 농민의 현실적인 생활감정은 더군다나 아니었다.

이 뒤 1930년대에 박아지朴芽枝 씨가 처음으로 계급적인 처지에서 농민시를 썼으나 별로이 특기할 작품이 없는 것은 섭섭한 일이었고, 이것도 중일전쟁中日戰爭의 파문으로 전연 그 발전의 여지조차 갖지 못한 것은 어쩔 수 없는 일이나, 8월 15일 이후에 다시 언론에 소강小康을 얻어 권환權煥 씨 같은 분도 농민시에 관심을 두고 「이서방두, 김첨지두 잘사는주의」[24]라는 시를 써서 농민의 의사를 대신하였으나 이 또한 확연한 농민시로 보기에는 거리가 있는 것이었다.

거듭 말할 것도 없이 조선에 있어서의 진정한 의미의 농민시의 성립은 우선 그들로 하여금, 정당한 인간적인 대우를 줌에 있고 또 이 인간적인 대우라는 것은 남이 주는 것이 아니고 각자가 싸워서 찾아야 하는 것이므로 아직도 전도가 있다고 볼 수가 있다.

조선의 농민시, 이것은 앞으로 가능한 것이며 당연히 있을 것이며 또한 우리의 역사와 사회적 환경으로 보더라도 찬연히 빛나게 될 것이다.

---

24 기존 전집본에는 "이서방두, 김첨지두 잘사는 주의"로 띄어쓰기를 하고 있으나 오장환의 원발표면대로 "이서방두, 김첨지두 잘사는주의"로 붙여 쓰는 것이 "잘사는주의"로서의 한 단어의 의미를 강조하는 듯하다.

어서 농민에게 토지를 주어라, 이것은 적국 일본뿐 아니라 구라 파의 후진제 약소국에 있어서도 이미 이번 대전으로 인하여 토지 개혁이 실시된 것이요 또 북조선에도 금년부터 시작된 것이니 어서 이쪽에도 토지의 무상분배가 실시되어 역사가 있은 이래로 빨리고 눌려오기만 하던 이 땅의 농민들로 하여금 처음 허리를 펴게 하고 다시 그들로 하여금 살아가는 즐거움을 느끼게 하여 근로하는 농민들로 하여금 그들의 감정과 정서를 서슴없이 노래 부르도록 하라.

농민시의 성립! 그것은 농민의 완전한 해방에서 비로소 자리가 잡히는 것이다.

—『협동』, 1947.3

임화 시집『찬가讚歌』[25]

　　왕성한 투지와 정확한 명일에의 예견을 갖고 용기와 희망에 넘친 사람이면 날로 눈뜨기 시작하는 인민에게 찬가讚歌를 드리지 않을 수 없다. 임화 씨의 이번『찬가』는 주로 해방 이후의 작품을 모은 것으로 어수선한 현실과 혼란된 정세 속에서도 과거의 다른 우수한 시인들이 그 시대의 특성을 똑바로 포착하야 인류문화에 잊지 못할 금자탑을 싸워 올리듯 씨는 이 시집 한 권으로 우리 시사에 큰 초석을 괴었으며 또 그의 역사를 볼 줄 아는 바른 눈과 내도사來到事를 예감하는 시인의 빠른 감수성은 언제나 우리보다 한발을 앞서므로 예견자와 같은 자리를 차지하였다고도 보겠다.

　　송언필宋彦弼 박낙종朴洛鐘 기타 동지는 다시 쇠고랑을 차고 물밀듯 들어오는 양과자와 '간쓰메'[26]를 보고 참지 못하여 외친「깃발을 나려라」그리고 세 학병學兵의 죽음을 위하야 부른「초혼」저 크나 큰 구월 철도파업에 그리고 시월 항쟁에 보내는 시편들 그런가 하면 북조선까지 들어온 붉은 군대의 발자욱 소리를 반겨 맞이한

25　원발표면의 제목 옆에 '신간평'이라고 표기되어 있다.
26　통조림의 일본말.

「발자욱」. 씨의 작품은 어느 하나이고 한 번만 읽고 말 작품이 없다. 노신魯迅은 일찍이 발로 달아나느라고 손으로 쓸 틈이 없다고 하였다지만 같은 처지에 있는 씨는 이것을 극복하고 그의 눈과 그의 붓은 항상 인민의 선두에 서서 오늘과 같이 귀한 시집의 간행을 보게 되었다.

—『독립신보』, 1947.3.25

146

시인의 박해

처음부터 유리쪽도 종이쪽도 붙이지 않은 쇠창살을 붙잡고 아우성을 치는 감옥에 있는 사람이나 다 미어진 문창살을 부여잡고 아우성을 치는 시민이나 기한飢寒에 떨기는 매한가지다. 일찍이 일본제국주의가 패망의 직전 발악의 신경을 날카롭게 하여가지고 건뜻하면 유언비어다 징용회피다 사상불온思想不穩이다 하며 갖은 이유로 잡아들여간 것이 전 조선을 합하여도 1만 7, 8천에 불과하였다. 그러나 요즘 당국의 발표를 보라. 남조선만 하여도 2만을 훨씬 넘었다 한다. 모든 것이 침체상태로 들어가는 이때 감옥만은 번창을 한다.

해방 당시 텅 비다시피한 감옥은 왜 이리 문이 미어지도록 번창을 하는가? 우리 건국을 해치는 모리배를 모두 집어넣었음인가? 아니다. 그들은 백주에 공공연히 대로상을 왕래하며 그 중에 어떤 자는 신문지상에 민족주의적인 애국시까지 쓰는 자도 있다. 또 신문사를 경영하는 놈도 있다. 그러면 전일에 일본놈 궁둥이를 핥으고 다니며 징용에 징병까지 가라고 떠들고 갖은 못된 짓을 하던 놈이 가득 차서 그런 것인가. 아니다. 이런 짓을 한 놈 중에 큰 도적놈은 역시 지금도 자칭 조선을 대표한다는 정당의 당수요 큰 적산관리 공장의 관리인이요 간부요 민법의원의 의원이요 지금 이러한 일로 감옥에 있는 자는 오히려 하나도 없다.

러취 장관의 말에도 대법원장의 말에도 지금 남조선에는 한 사람의 정치범도 없다고 한다. 그러면 이 모든 사람은 도둑놈들인가. 되려 감옥 밖에 사는 우리들은 도적의 위협을 받고 테러의 위협을 받고 ×찰의 간섭을 받는다.

"인도 사람은 굶고 있는데 조선인은 강냉이를 먹으니 행복이 아니냐"고 ×국인 운수부장 코넬손 씨는 말하였지만 우리는 지금 행복의 극을 누리고 있는가.

"조선에 있어서 언론자유는 보장한다"고 말한 하지중장이 미소공위美蘇共委에도 반탁하던 사람까지 넣으려 하던 이 조선이 그러면 언론자유의 극치를 이루고 있는가? 이것은 내가 말하지 않아도 제군들이 더 잘 알 일이다.

작년 9월 1일 국제청년데이에서 다만 시 한 수를 읽었다는 죄명으로 1년의 징역을 하는 동무 유진오兪鎭五를 보라. 그리고 연달아 작년 12월 29일 삼상三相결정 일주년기념대회 때 어리석은 내가 시를 읽은 것으로 인하여 나를 찾으려 하고 내가 없는 틈에 원고를 압수해 갔고 또 금년 1월 10일 종합예술제 때에도 극장에 임석한 경관이 사전에 원고를 검열하고 낭독에서 삭제할 곳을 일러준 다음 그 뒤에 읽었음에도 불구하고 그것을 낭독한 여배우 문예봉 씨는 당국에 불려가는 불상사를 일으키었다.

시 아니 문학작품을 읽었다고 잡아간 일은 그 지독한 일제시대에도 없던 일인데 지금 민주주의를 외치고 또 민주건국을 원조하려고 하는 미군정하에서 이 불상사는 어인 일인가?

시의 내용에 있는 말쯤은 어느 정치연설이나 회합에 가도 데굴데굴 구르는 일이다. 글면 우리 민주×찰은 시적 감수성이 예민하여 거의 신경질적인 데까지 간 것인가.

또는 우리의 시가 더욱 위대한 힘을 발휘하여 그들의 잠재한 독소를 흥분내지는 자극시키는 것일까?

일찍이 우리 시가 이처럼 문제된 일은 없었는데 이처럼 빈번한 당국의 관심과 다시 우리는 국제청년데이에서 국치기념강연회國恥紀念講演會에서 삼상 결정 일주년기념대회에서 종합예술제에서 수십만 아니 연인원 수백만의 대관중 앞에서 열광적인 환호를 받은 것은 어디서 오는 것인가.

내가 두 번 다시 말할 필요는 없다. 동무 유진오를 석방하라. 만일에 유진오가 유죄라 하면 그의 시를 듣고 열광하여 외치는 군중은 무엇인가. 수만의 열광자도 공범이 되어야 하느냐? 우리는 유진오 동무의 석방을 위하여 끝까지 싸워야 한다. 오늘 내리눌리는 부당한 억압을 참지 못하여 일어선 우리 문화인들이여! 우리 앞에는 열백 번 결의를 다시 해야 할 크나큰 싸움이 있을 뿐이다. 우리 인민의 벗인 젊은 시인 유진오를 즉시 석방하라.

—『문학평론』, 1947.4

민족주의라는 연막煙幕
─ 일련의 시단시평詩壇時坪

시와 정치[27]

요즘에 발표되는 시를 읽으면 누구의 작품을 막론하고 우선 정치색이 앞선다. "또야" 소리를 연발하며 읽게 되는 것은 거개가 정서와 감동이 통일되지 못하고 또는 무재주와 관념과 추상과 모호가 혼유하기 까닭이다. 대체 무엇을 썼느냐, 또 어느 것을 말하고자 하였으나 여기에서 필요한 것이 작문 공부다. 대부분이 작문 공부도 안한 조선의 시인들 한동안은 예와 의를 가지고 의논하던 이들이 시를 쓰면 거개가 정치시다.

정치시[28] 만인이 노래하는 정치시 아니 좀더 정확하게 말하면 모든 사람들이 작품에 나오는 강한 정치성인 것은 우리와 같이 긴박한 정세하에서는 피할 수 없는 일이다. 시는 생활의 반영이다. 새삼스러이 말할 필요도 없다. 한동안 문학의 특수성을 위해서 나아간다는 청년문학가협회까지가 작품에 강한 정치성을 띠고 있

---

27 기존 전집본에 '시와 정치'라는 소제목이 누락되어 있어 표기하였다.
28 기존 전집본에 '정치시'의 활자가 누락되어 있어 수정하였다.

다. 우금今까지 한 개의 변변한 기관지조차 갖지 못하고 김지知, 이
지知의 축사와 격려조차 내던진 오늘에 있어 그들의 작품이 되레
강한 정치성 −그 내용이야 여하간에 − 으로 싸여졌다는 것은 눈
뜬 소경들을 위하여 재미있는 일이다. 뻔뻔스런 단독정부 설립운
동으로 자칫하면 세계의 화약고가 될 뻔한 남조선에서 민족을 팔
아먹는 놈이니 인민을 위하는 사람들이 나가 노래를 부른다면 대
체 어떠한 노래일 것인가는 묻는 편이 어리석다. 근간에『문학』제
3호와『문화』제1호를 읽고 완연히 갈리운 두 개의 방향의 시작품
을 지상에 올려 한때 문맹과 문협의 강령이 무엇이 다르냐고 의심
하던 층에게 대답코자 한다.

민족주의라는 연煙[29]

조선문필가협회 조선청년문학가협회 이처럼 굉장한 간판을 걸
고 소위 요인들의 축사는 물론 하지 중장의 축사까지 받은 영예의
단체에서는 그간 두 해째나 되어도 기관지(돈이 없어 그런 것은 아
닐 텐데) 하나 갖지 못하더니 이번 어느 친구의 묘안으로 좌우의 잡
지 홍수가 나고 이 틈에 끼어『문화』1호가 나왔다. 이 창간호가 문
학 특집으로 이분들의 명표를 박은 기관지는 아니라고 하여도 그
와 유사한 것이므로 같은 길을 걷는 나로서는 우선 동축同祝의 뜻
을 가졌다. 평론부에는「사상과 현실」이란 어마어마한 제목에 실
상은 남의 등뒤에서 주먹질하는 구상유취口尙乳臭배의 객담이 들었

---

29 '민족주의라는 연'이라는 소제목이 누락되어 있어 표기하였다.

나하면 수필란에 모윤숙 여사는 「시베리아로 유형간 조카에게」를 써서 『문화』라는 좋은 잡지 이름에 『이북통신』 같은 느낌을 주었다. 다채다난多彩多難[30]하다. 이곳에 일상 자기가 내세우는 『백조』의 동인 진영에서 말하는 위대한 민족시인 박종화 씨는 무엇을 노래하였나. 「고려 천년의 비애」는 한번만 읽어도 이 시인이 심혈을 경주하여 노래한 듯 우리 조선의 좋은 것이면 풍경이건 습관 행사이건 미술 공예이건 모든 것을 다 틀어 진열한 느낌을 준다. 그러기에 "평화를 사랑하는 민족은 태고로부터 예禮를 알아 살았다."(1연 4행, 5행)고 다시 "이족異族은 이 고장을 부르기를 '신선의 나라'라 했다"(3연 9행)고 "이족은 이 나라를 향하여 침을 흘렸다"(4연 6행)고 연이 날 때마다 찬사를 결론 지었다.

나는 먼저로 조선의 시인들이 작문 공부를 못했다고 개탄하였지만 이 대학에 있어서도 의아한 것은 한창 조상을 추켜올리는 도중에 그만 작가가 자기도 취하여 "도적을 지키는 힘찬 개소리 천리에 연했다"(2연 3행)는 말을 넣은 것이다. 나는 구태여 선배의 작품을 꼬느려는 것은 아니다. 그러나 기막힌 것은 이 위의 말이 나오면 우리의 고려는 얼마나 도적이 많으면 힘차게 개 짖는 소리가 천리나 뻗쳤을까 하여 낙담을 하지 않을 수 없다. 이것은 상급학교에서 논리학을 배우지는 못하였다 하더라도 조그만 보통학교에서만이라도 작문 공부를 똑똑히 하였던들 설혹 그것이 사실이라 하더라도 자기의 목적한 바 효과를 해치는 이 행을 넣지를 않았을 것이다.

---

30 기존 전집본에는 '다체다난'으로 표기되어 있다. 한자어를 확인하여 바로잡는다.

엽전삼백 흰 눈이 이 강산 푹 쌓였을 때 아들과 딸들은 삼동에
글공부가 놀라웠다
산마다 황금은 새끼를 쳐배었다
강마다 고기는 기운차게 뛰었다
서라벌 백리벌엔 무덤마다 금관총을 이룩하고
예성강 맑은 물가엔 집집마다 청자 항아리가 새뜻했다.

여기 4연을 인용한다. 여기를 읽고 생각나는 것은 어쩌면 우리
박종화 씨가 이처럼 애교를 부리는 것일까? 그렇지 않으면 어디까
지 들여다보이는 음모를 하는 것일까 하고 재삼 탄식하게 된다.
요사이 흔히 읽히는 백남운 씨의 『조선사회경제사』 하나만 읽
었던들 아니 그보다도 흔한 팜플렛이나 사리를 판단할 수 있는 사
고력 하나만이라도 있었던들 삼동에 글공부를 하고 있는 아들과
딸들이 전부 쳐야 얼마나 되며 또 그것이 누구의 자식이라야 되는
가를 짐작할 것이며 '서라벌 금관총'은 누구의 무덤이기에 그것이
흡사 신라인 전체의 생활인 것처럼 과장하는가? 인례引例는 무진
장하고 또 유치한 정도다.
물론 해방이 되었다는 첫 기쁨을 노래한 시에도 자기를 혁거세
거서우居西干의 유전하는 성골의 부스러기라도 되는 것처럼 '삼한
갑족' – 중앙문화사 간행 『해방기념시집』을 보라 – 을 지금도 내세
우는 그로서는 응당 있을 수 있는 일이다. 그러나 끝까지 그의 박식
을 존경하고 싶은 나는 그가 왜 천창만창이 되는 글을 모아가면서
무엇을 호소하려는가에 유의하고 싶다. 차라리 5연은 절구요 애교
덩어리다. 여기서 모든 주제는 해명되고 결론으로 재촉한다.

옛과 오늘이 조금도 다르지 아니했다

서른 여섯 해 동안 이리떼에게 짓밟힌 쓰라린 상처가 아직도
아물기 전에

우리는 또 다시 앞문 뒷문으로 호랑이와 사자가 뛰어드는 것을
새파란 눈동자로 지키고 있다.

오호 - 그렇다. 새파란 이 두 눈동자로 빠안히 바라보고 있다.

고려 천년의 비애가 또다시 용솟음친다

오오 사랑하는

아들과 딸들아

이 꼴이

너희 눈엔 보이지 않는다?

천년 고려의 비애를 두들겨 부서라.

단기 4280. 2. 20으로 끝을 맺은 이 대작품의[31] 도미 掉尾는 얼핏 보
면 장중하고 숭엄한 느낌을 줄 것 같다. 그러나 요마적의 재빠른 민
주 청년이면 코방귀를 맞을 격분이다.

우리는 여기서 흡사 일정하의 학병 권고문 같은 감을 느낀다. 대
체 누구더러 무엇을 부시라는 것인가? 자기는 삼한갑족의 고귀한
몸이라 많이 앉아 있고 젊은이보고는 너희들은 청년이기 때문에
피를 흘리라고 호령하는 것인가? 고래로 시는 명령서도 아니요 격
려문도 아니고 자기를 표현하는 것이다. 이것을 지나치게 앞지락
이 넓은 일이요, 그렇지 않다면 작문 공부도 못한 사람의 것이라고

---

31   기존 전집본에는 "끝을 맺는다. 이 대작품의"로 되어 있으나 오장환의 원발표면에 "끝을 맺
      은 이 대 작품의"로 표기되어 있음을 확인하고 바로잡는다.

일축하는 소리밖에 없다.

여기 또 하나의 희곡 조선청년문학가협회 그 단체의 공동 추천인 작년도 조선시인상의 수상 그리고 과거 학병출정 장려시 「춘추」[32]를 쓴 유치환 씨의 작품 「용시도龍市圖」[33]이다. 이 작품은 완전히 정신착란자의 글이다. 한편 이 진영에서 대표적인 시인으로 추상追賞하기에 언급한다.

이 시에 표현된 것은 무엇이고 구체가 없고 모든 것이 가공과 몽상과 윤색의 신화 비슷한 협잡뿐이다. 그래도 이 시의 목적은 우리 민족성과 또 넓게 잡으면 인간성과 또는 아름다운 옛날을 꾸미려는 노력이 있다. 소위 신비라는 연막까지도 구성되고 있다. 그러나 여기서도 자기가 살고 있는 세태를 속일 수 없어 지금 서울 한복판 명동 거리에서 매국상품을 팔고 사던 군자도 ××××시詩 속에서 물건을 사고 파는 건달꾼 협작군 오사리잡놈들이 들끓으며 화려한 채색 자줏빛 연기에 풍악소리 계집들의 환대의 웃음소리.

이 시인은 다시 봉건사회를 동경하고 예찬하는 것인가, 이러한 행간을 넣어 지금 민주여성연맹을 그만두고라도 애국부녀동맹에서도 이 말을 들으면 케케묵은 몸이라고 안면에 가래침을 뱉을 것이다.

여상如上의 대표적인 두 분이 그러할 때에 박목월의 "서산 마루 찬란히 이는 강물에" 하고 김달진의 "나는 어느새 오후를 걸어가고 있었다" 한들 이들은 보통학교 다닐 때 조선어 작문 시간이 없

---

32 문맥이 정확하지는 않으나 여기서의 「춘추」는 잡지명을 일컫는 것으로 보이며, 이 글에서 거론한 작품도 맥락상 유치환이 43년 12월호 『춘추』에 발표한 학병출전 장려시 「전야前夜」로 추정된다.

33 「고대용시도古代龍市圖」라는 작품이다.

었다면 그만이 아닌가.

이들이 의식하고 썼든 의식하지 못하고 썼든 그들의 작품에서 나오는 자기네들의 위치와 정치성은 자연 요즈막에 한동안 뒤끓던 단독 정부설에 결부되고 또 이것이 깨어지자 25세 이상이 선거권을 갖기로 하자고 완강히 주장하며 친일파 숙청보다도 총선거를 먼저 하자는 무리들과 배경을 같이 함을 알 수가 있다. 그들은 무엇 때문에 구각口角에 거품을 내어 가며 이 땅에 맞지 않는 민족주의를 고창하는가?

오월의 시[34]

여기에 비하면 『문학』 3호에 작품을 실은 시인들은 약속이나 한 것 같이 모두가 10월을 노래하였다. 회합이 있을 때마다 수만의 아니 수십만의 군중이 깍지를 끼고 발을 구르며 부르는 노래

"원수와 더불어 싸워서 죽은 우리의 죽음을 슬퍼 말아라"

이처럼 시작하는 열광적인 노래 이러한 감정 속에서 각개의 시인들이 날카로운 감격을 표시하지 않을 수 없다. 어떤 자는 우리의 10월을 3 · 1 이래의 큰 폭동이라고 하였다. 그럴 것이다. 이런 것들에게는 10월이나 3 · 1이나가 저희들 이해상 본질에 있어서는 동일한 것이다.

---

34 신문 연재 3회째의 시작 부분에 '오월의 시'라는 소제목이 붙어 있어 표기하였다.

앙칼스런 눈깔처럼 반짝이는
총부리에 앙가슴을 디밀어라

기름 발라 곱게 빗은 하이칼라 뒤통수에
돌팔매로 보석을 박아주마

진오鎭五의 노래를 들으면 이러한 무리는 펄쩍 뛸 것이다. 말할
것도 없이 곱게 빗은 하이칼라 머리는 그들이기 때문이다. 아직까
지도 다 썩은 권력이 무서워하고 싶은 말들은 삼키는 사람이 많은
이때에 진오는 서슴없이 이러한 노래를 하였을 뿐만 아니라 다시
이어서

철창을 열고 오래비를 꺼내라
놈들을 몰아넣고 철창문을 닫아라
철창은 너의 것이다. 저승까지 너의 것이다.

하며 놈들의 뒤꼭지를 으슥하게 한다.

산에 들에 넘친 풍성한 곡식을
노략질한 무리와
무리를 지키는 또 무수한 무리와

싸우기 위해 우선 죽어야 한다고 진오는 몸소 부딪친다. 나는
『문화』의 시인들의 몽유병적 경지에서 이 시를 읽고 처음으로 숯

냄새를 맡다가 맑은 공기를 마시는 것 같다. 여기가 나 사는 곳이다. 숨가쁜 우리들의 땅이다 하며 「10월」을 읽은 나는 어느덧 진오가 되어 주먹을 쥐고 벽을 치며 부르르 떤다.

> 일천 무게로 억누르고 짓밟아도
> 항거하여 묵묵히 구비쳐 커가는
> 애타게 일어나는 노력을 노래하자

는 박산운의 노래도 뒤이어 들려오고

> 중국 사람이 나를 물을 때
> 인도네시아가 나를 물을 때
> 아프리카며 남아메리카 사람들
> 파리 시카고 모스크바
> 세계가 다투며 물을 때
> 나는 자랑하리라
> 눈물로 나는 자랑하리라
> '일천구백사십육년 가을 항쟁한 영웅들의 겨레이노라'

하고 외치는 조남령의 노래도 들려온다.

  시는 무엇인고. 언어에는 의사 표시를 적확히 전달하는 것이 최상급의 것이다. 우물쭈물들 하지를 마라. 요새같이 혼란한 때에 목적의식을 똑바로 표현하라. 구렁이 담 넘어가듯 우물쭈물 하여도 누구나 속지를 않는다. 이것이 시의 표현에 있어 형식에 치중하려고 하는 유상무상의 자칭 순수 사이비 순수들에게 전하는 말이다.

진오, 산운, 남령 등 약관 시인들의 작품을 읽고서 되레 나는 넘쳐나는 감격을 걷잡을 수 없다. 이 중에도 진오의 「10월」은 감격과 분노와 희열을 가지고 노래한 10월 이후 10월의 시 30편 가운데 제일급의 것이라고 추상追賞하고 싶다.

수많은 동지 시인들이 대상에 겉돌고 있을 때에 진오는 이것을 꿰뚫었으며 그의 정열과 의지와 박력은 일찍이 애상에 근간을 두고 있던 우리 조선시단에 새로운 건강을 초래한 것으로 일정하의 시인들이 이상화 씨와 그 외 수삼 인에 불과하고 모두 애조가 떠올랐으며 현금에 있어서도 청년 박산운이 아직도 애조를 근간으로 하고 청년 남령이 몸짓만을 보일 때 진오는 홀로 뛰어나게 씩씩하고 용맹하다. 한 호에 실리는 시편만을 가지고도 우리는 『문화』와 『문학』의 가는 길을 알 수가 있다. 같은 (비슷한의 동의어로) 강령을 갖고 어째서 문학자들의 회가 두 편으로 쏠렸느냐. 다 같은 민주주의인데 어째서 서로 화목하지 못하냐. 사물의 실체를 보지 못하고 모든 것을 선의 – 이러한 선의는 일종의 무지이기도 하나 – 로 보려는 층에게는 이 두 잡지의 시를 잠깐 비교하여도 그 회답은 확연하리라.

피 피 선지피가 엉이가 졌다
피를 밟고 미끄러지며
시체들을 둘러메고 앞을 달린다

쏠 테면 쏴라 늬 에미를 쏠 테면 쏴라

내 피를 보고 총부리를 돌려라

깜정콩알은 반역자의 것이다.

—『문화일보』, 1947.6.3~6[35]

---

35 기존 전집본에는 발표지 미상으로 표기되어 작품 연보에서도 제외되었으나, 「민족주의라
는 연막」이라는 제목으로 『문화일보』에서 6월 3일부터 6일까지 4회에 걸쳐 연재되었음을
확인하였다.

시를 추리며

시를 추리며 느끼는 것은 시가 여러분의 옆에 있는데도, 불구하고 여러분은 그 시를 찾으려고 허공을 휘젓는 것입니다.

시는 어느 형식에 맞추어 쓴다거나 일상에 갖고 있던 추상적인 개념을 격연激衍하여 쓰는 것은 아닙니다. 처음 쓰는 분의 시는 대개 이러한 폐단에 빠지는데 이것은 사물을 안이하게 판단하거나 그렇지 않으면 생활에 충실하지 못한 연유입니다.

시는 우리가 생명을 느낄 때, 생명력을 구할때, 어데든지 있습니다. 그러나 이것은 남에게서 그냥 얻는 것이 아니요. 자기自己가 느껴야 되고 또 찾아야만 되는 것입니다.

앞으로는 좀 더 진실을 좀 더 구매적具昧的으로 써 주십시오.

「탱자열매」는 어린 자식에게 장난감 하나 못 사주는 빈한한 월급쟁이가 마음조차 무지랭이가 되어 겨우 그 어린아이의 장래에 자기의 원한까지를 지워주는 무력한 작품이지만 소재에 있어 폭이 넓은 「송가」를 이석二席으로 미루고 처음에 뽑는 것은 대체로 문맥이 통하기 때문입니다.

우선 시가 되기 전에 필요한 것은 문맥이 통할 것, 그 목적하는 바가 뚜렷할 것 등입니다.

무엇보다도 이 조건에 맞춰야 하지 아무리 아름다운 감정이나 울근불근하는 정열에 넘쳐도, 시는 어디까지나 표현을 통하여 읽는 사람들에게 그 정의情意가 전달되는 것이므로 이렇지 못하면 복받치는 호소도 헛일이 되는 것입니다.

—『조금연월보』, 1947.7.2

소월시의 특성
 — 시집 『진달래꽃』의 연구

시집 『진달래꽃』의 첫 장을 펴면 이러한 시가 있다.

　먼 훗날 당신이 찾으시면
　그때에 내말이 '잊었노라'

　당신이 속으로 나무리면
　'무척 그리다가 잊었노라'

　그래도 당신이 나무리면
　'믿기지 않아서 잊었노라'

　오늘도 어제도 아니 잊고
　먼 훗날 그때에 '잊었노라'

—「먼 후일後日」

조선이 갖고 있는 서정시 속에서 무류無類한 광채를 던지는 이 작품과 또 그의 「님의 노래」는 스스로 나로 하여금 괴테의 「들장미」를 생각게 한다.

저 아이 보아 장미화를 보았어라
거친 들에 홀로 핀 장미화를
가지 피어 고읍고 새롯한 양
가까이 보려 달음질 뛰어갔네
보고 나니 기쁜 정 넘치어라
장미화 장미화 붉은 장미화
거친 들에 붉은 장미화

아해 말이 내 너를 꺾을란다
거친 들에 피어난 장미화야
장미 대답 나는 너를 찌를란다
네 맘에 나를 영영 못 잊도록
나도 그냥 있진 않을테야
장미화 장미화 붉은 장미화
거친 들에 붉은 장미화

그 아해는 함부로 손에 대어
들에 핀 그 장미를 꺾었어라
장미도 지지 않고 찔렀으나
울어도 소리쳐도 쓸데없이
장미는 할 수 없이 꺾인 것을

장미화 장미화 붉은 장미화

거친 들에 붉은 장미화

— 박용철 역

1765년에서 동 68년 사이에 씌어진 괴테의 소곡집小曲集 속의 이 작품과 1920년에서 23년 사이에 씌어진 노래와는 기이하게도 두 시인의 연령이 17세에서 20세 사이로 부합된다. 그리고 연대의 차이는 거의 한 세기 반이나 되나, 그들의 노래가 불려진 환경이 서로 눈뜨는 시민사회였다는 것도 자미滋味있는 일이다.

다같이 물불을 모르고 꿈과 희망에 넘쳤을 소년기의 서정인데, 어찌하여 한 사람은 그토록 명랑하고 쾌활하며 또 한 사람은 애조哀調와 음영陰影이 가리워 있을까. 이것은 시민사회의 자각이 하나는 슈트름 운트 드랑Sturm und Drang의 숨가쁜 희망과 투쟁의 시대요, 다른 하나는 3·1운동의 계기를 통한 자각과 체념의 시기였으니까 그 역사적 사회적 환경의 차이가 그렇게 많던 것은 짐작할 수가 있다. 그러나 「님의 노래」를 다시 한번 보자.

그리운 우리 님의 맑은 노래는
언제나 제 가슴에 젖어 있어요

긴 날을 문門밖에서 서서 들어도
그리운 우리 님의 고운 노래는
해지고 저무도록 귀에 들려요
밤들고 잠들도록 귀에 들려요.

고이도 흔들리는 노랫가락에
내 잠은 그만이나 깊이 들어요
고적孤寂한 잠자리에 홀로 누워도
내 잠은 포스근히 깊이 들어요

그러나 자다 깨면 님의 노래는
하나도 남김 없이 잃어버려요
들으면 듣는 대로 님의 노래는
하나도 남김 없이 잊고 말아요.

이 노래는 그 표현양식을 부자유하지 않은 7·5조로 꾸며 가지
고 구김새 없는 그의 심정은 내재율까지도 무르익어 스스로 슬픈
음악을 듣는 것 같은 감정을 준다. 더욱이 같은 시집 속에 있는「초
혼」에 이르면 이것은 슬픈 서정이 아니라 절규다.

혹자는 말하기를 이것은 두 사람의 차가 사회환경에[36] 있는 것
이 아니라, 개인의 사정에서 달라지는 것이 아니냐고 한다. 그러나
무구無垢한 감정이란 소년기에 있는 것이라, 두 사람이 다 홀로이
연모하기도 하고 또는 쓰라린 상처도 입었을 것이다. 다만 아직 때
묻지 않은 그들의 감성 속에서 세상이 어떻게 표현되었느냐 하는
것은 중요하다.

작품으로 보면 '아마추어'의 것으로밖에 볼 수 없는 이들의 것이
하나는 무한히 즐거움고 아름다운 움직임을 또 다른 하나는 턱없
이 애절하고 정지적停止的인 세계를 원래가 특출한 천분天分으로 그

---

36 원발표면은 '사회환경이'로 표기되어 있다.

들의 붓끝이 거울과 같이 그 시대와 사회를 비친 것이다.

127편의 호대浩大한 수효를 모아 간행된 소월의 시집 『진달래꽃』은 이런 의미에서 그 시대 조선의 청춘의 감정을 비치인 거울로 가장 우수하며 또 일정日政 폭압暴壓 하에 있어서의 우리의 문화재로도 대단히 귀중한 유산이라 아니할 수 없다.

『진달래꽃』은 1925년 12월 26일 발행의 일자로 매문사賣文社에서 간행하였다. 이 출판소인 매문사라는 것은 제법 간판을 걸고 영업을 하는 출판소가 아니고, 그의 은사 김안서가 자비로 간행하는 문예동인지 『가면假面』의 편집소이며 또 그의 살림집으로 사무실조차 없는 곳이었다. 안서 선생의 말을 들으면 이 시집의 원고는 이미 이 책이 간행되던 3년 전에 다 책으로 매어 가지고 출판되기를 기다린 것이라 한다.

시골에 살고 경京사[37]에는 별로 아는 사람이 없으며, 또 그리 이름도 알려지지 않은 그의 첫 작품집을 이윤에 빠른 장사치들이 출판할 리는 없다. 원고가 책으로 매어진 채 3년이나 굴렀다는 것은 일견 불운한 것 같으나 그 때의 형편으로는 그의 시를 극진히 아끼고 사랑하는 그의 스승 안서가 자기의 돈을 들여 출판하지 않았던들 있을 수 없는 일이다.

거듭 말하거니와 이 안에 있는 시고詩稿들은 대략 1920년에서 2, 3년간에 씌어진 것으로 그간의 소월은 중학교 4, 5학년, 교원생활 1년, 상대예과 1년생, 그리고 그가 있은 곳은 정주의 오산중학, 서울의 배재, 오산의 교원, 동경의 상대 이렇게 된다. 그리하여 이 시집의 시편이 편찬된 체제는 스스로 문학청년의 깨이잖는 모습

---

37 원발표면에는 '京사'로 표기되어 있다. 김학동본에는 '京師'로 표기되어 있다.

을 그대로 노정露呈하였다.

이 시집 속에 수록된 것은 거의 그 시절의 전 작품일 것으로 이 책을 간행함에 있어 시집 전체의 조화라든가 체제의 효과라든가 작품의 되고 안 된 것, 내면세계의 통일성 이런 것은 염두에도 없고 그저 모든 것을 버리기 아까웁다는 듯이 모이어 있다.

어린 사람이 제법 세상을 오달悟達한 것처럼 자기의 견해와 아울러 일장훈시를 작품 속에 늘어놓는가 하면, 금시 몇 장 안 넘어가서는 거의 선인들의 작품을 채 소화도 하지 않은 채 그냥 연습이라 할까 이러한 것도 거리낌없이 들어 있다. 이런 점은 되려 아름다운 것이다. 지순至純한 마음은 자기를 표시할 때 부끄러움이 없다.

나보기가 역겨워
가실 때에는
말없이 고이 보내 드리우리다.

영변寧邊에 약산藥山
진달래꽃
아름따다 가실 길에 뿌리우리다.

가시는 걸음걸음
놓인 그 꽃을
사뿐이 즈려밟고 가시옵소서

나보기가 역겨워
가실 때에는

죽어도 아니 눈물 흘리우리다.

—「진달래꽃」

소월은 이 지순한 마음 때문에 형식 그것이 갖고 있는 맛보다도 내용에서 우러나는 멋이 여러 작품을 조선 서정시의 보옥寶玉 속에 빛나게 한다. 이리하여 「삭주구성朔州龜城」의 절창, 「산유화」의 정밀靜謐한 관조觀照, 더욱이 이러한 정서가 「금잔디」에 이르면 내용과 형식은 한꺼번에 무르익는다.

잔디,
잔디,
금잔디,
심심산천深深山川에 붙는 불은
가신 님 무덤가에 금잔디
봄이 왔네 봄빛이 왔네
버드나무 끝에도 실가지에
봄빛이 왔네 봄날이 왔네
심심산천深深山川에도 금잔디에

"이처럼 자유히 말하며 아름다운 수법을 마음대로 표현한 소월에 대하여 그 당시로 말하면, 모두 다 외조식外調式 언어사용에 열중하여 조선말다운 조선말을 사용하지 못하던 때에, 소월이는 순수한 조선말을 붙들어다가 생명 있는 그대로 자기의 시상표현詩想表現에 사용하였던 것이외다. 여하간 그 당시에 이러한 조선말을 사용하였다는 것은 한 개의 경이驚異가 아닐 수 없었던 것이외다."
하고 안서가 칭찬하였지만 이 칭찬을 답하고도 남음이 있으며, 또
이 공적으로 말미암아 그의 영광은 장구한 세월을 뒷날에 미칠 것
이다.

　소월은 그 작품을 표현하는 데에 있어도 세심으로 주의를 하였
다 한다. 그가 역시 일본 시가의 7·5조를 끌어다가 – 일본에서는
신시도 처음에는 거개가 7·5조를 존중하였다. – 그것을 새롭게
딴 효과를 보기 위하여 줄줄이 늘이지 않고,

　　꿈에 울고 니러나
　　들에
　　나와라

하는가 하면,

　　저 산山에도 가마귀, 들에 가마귀,

하고 그냥 내려밀기도 하고

　　그냥 갈까
　　그래도
　　다시 더 한번……

하는 식으로 시에 있어서는 음절의 호흡과 심지어는 그 글을 읽는

시각의 효과까지를 보기도 하였다.

그의 시의 표현방식에 있어서의 특질은 범용한 시인들이 형식에 사로잡혀 천편일률적인 그것이 아니라, 어디까지든지 구속이 없고, 또 그 내용을 위하여서는 어떠한 자유로운 행동이라도 서슴지 않는 결단성이 있어 내부에서 용솟음치는 감정이 있으면 그대로 외부의 음절을 무시하여 버린다. 그러므로 이 외부의 음운音韻이 가미되어 있는 것은 대개가 객관성을 띠게 되는 민요조와 무한한 사모思慕로 인하여 비교적 조용할 수 있는 여유있는 노래로 7·5조를 갖추게 된다.

『진달래꽃』 속에서 소월이 무엇보다도 가장 자기를 노래한 것은 '님에게' 일련 속의 10편 시와 '바리운 몸' 일련 속의 9편 시, '고독' 일련 속의 5편 시일 것이다. 젊음이 가지는 무한한 동경憧憬과 절망에서 오는 체념과 억압에서 오는 몸부림은 이 세 부류의 노래 속에 가득 차 있다. 그러나 이 전편을 통하여 덮이는 무거운 공기와 어두운 그림자는 두말할 것 없는 그 당시 이미 행동력의 완전한 구속을 받은 조선 시민사회[38]의 공기이다.

> 동무들 보십시오 해가 집니다
> 해지고 오늘날은 가노랍니다
> 웃옷을 잽시빨리 입으십시오
> 우리도 산山마루로 올라갑시다.

---

38 기존의 전집 중 김재용본에는 '조선 시민사회'로 표기되어 있고, 김학동본에는 '조선 식민사회'로 표기되어 있다. 오장환의 원발표면을 확인하여 '조선 시민사회'로 표기한다

동무들 보십시오 해가 집니다
세상의 모든 것은 빛이 납니다
이제는 주춤주춤 어둡습니다
예서 더 저문 때를 밤이랍니다

동무들 보십시오 밤이 옵니다
박쥐가 발부리에 일어납니다
두 눈을 이제 그만 감으십시오
우리도 골짜기로 내려갑시다

아무리 세상이 어지럽다기로 세상에 대하는 시인의 감성이 이럴 수가 있는가 생각되지만, 그 당시를 가만히 살피면 소지주小地主 출신인 그로서는 당연한 일이다. 그 때는 아직도 우리 문단에 신경향파[39]도 나올락 말락 한 때이니까 당시 상징파 데카당스의 소개자 안서에게 문학수업을 한 그에게 더 무엇을 기대하겠는가.

다만 옳은 것을 희구하는 그의 청춘이 아직 세상에 때묻지 않은 그의 긍지가 뚫고 나갈 길을 찾지 못하여 목마르게 외치며 몸부림칠밖에는 없다. 나어린 그에게 이것이 전부이다. 만일에 그가 좀더 나이를 먹고 과감히 자기를 노래했다면 그의 노래는 스스로 자기와 자기의 입장을 옹호하여 오늘과 같은 결과를 맺지는 못하였을 것이다.

이것은 소월에게 오히려 유리한 점이 되었다. 소월의 시의 갖고 있는 매력 중의 하나는 그의 한계가 막연한 데에도 있기 때문이다.

---

39 원발표면에는 '新傾派'로 표기되어 있다.

부정한 힘에 억눌려있을 때 그 부정한 힘에 항거하려는 태도는 수하誰何를 막론하고 정당하게 보인다. 이것은 바로 소월의 시에도 적용되는 것이다.

> 엉기한 무덤들은 들먹거리며
> 눈 녹아 황토黃土드러난 멧기슭의,
> 여기라, 거리 불빛도 떨어져 나와,
> 집 짓고 들었노라, 오오 가슴이여!
>
> —「찬 저녁」

이 소월이 한동안 여러 가지 면으로 읽히었다. 어떤 사람들은 그를 민요시인으로서 새로운 감각과 정서의 민요시를 쓴 사람으로서 추대하며 요새같이 세상이 어지러운데도 민요체의 소월을 모방하기에 바쁜 청년들도 있는 현상이다. 그러나 "소월이 자신은 어떤 이유인지 모르거니와 민요시인으로 자기 부르는 것을 그는 싫어하며, 시인이면 시인이라 불러주기를 바라던 것이외다."고 안서의 글에는 적혀 있다.

일찍이 안서 선생과의 사담에서 선생은 소월이 민요시인이란 말을 꺼린 뜻을 민요라는 것을 아직 천한 것으로 생각하고 한 모양 같다 하였으나, 나는 그가 이처럼 얄은 감정에서보다 시의 사명을 자아의 표현이란 데 중점을 두어서 이런 말이 나오지 않았나 생각한다.

이 밖에도 저 유명한 「엄마야 누나야」와 「부엉새」같은 것은 동심童心의 세계를 방황하여 그의 다면성[40]을 말한다. 그러나 소월이

---

40 김재용본에는 '다면성'으로 표기되어 있고, 김학동본에는 '다양성'으로 표기되어 있다. 원

노래한 작품세계는 고요한 산촌山村으로 일관하여 도회적인 곳은 찾을 수 없다. 이 산촌의 세계와 그 속에서 생겨나는 생활이 바로 곧 기계문명에서 뒤떨어지고 새로운 역사에서는 후진된 생활을 하는 조선사람의 환경과 자연 부합하는 것은 재미있는 일이다.

여기에 비하여 전체로 도회생활을 그리고 도회인의 말초신경도 날카로이 찍어낸 이상화 씨와 『진달래꽃』의 시인과는 좋은 대조가 된다. 상화 씨는 그의 시세계가 다분히 도회적인 요소를 가져 자의식의 불꽃이 시시로 퍼뜩이는데, 소월은 전연 없는 것이다.

무엇보다도 소월의 작품세계는 '아마추어'의 정신에 차 있음을 느끼게 한다. 다감한 청년기에 – 야심은 있으나 – 공리를 떠나서 잠시 끄적인 시편들, 이것은 자각한 자아의식을 갖고 정서와 의사를 구사하는 문학이 아니다. 그러므로 이곳에 특색은 전달은 있으나, 주장이 없는 것이다.

이것은 소월뿐이 아니다. 대부분의 조선시인들이 이 범주를 벗어나지 못한다. 그것은 이 땅 시인들의 제작과정이 대체로는 무구無垢한 청년기의 자연발생적인 유로流露에 글이 있기 때문이다. 그러므로 8·15 이전에 있어서는 패망 직전 언어도단의 일본 국민시를 제한 외에 강력한 반동시는 없다.

이것은 두말할 것 없이 그 시인들 하나하나가 훌륭한 사람이라 그런 것이 아니라, 생활을 자기 손으로 하지 않기 때문에 세사에 객관적일 수 있고, 그 향상열과 성장과정에 가로놓인 청춘의 시기를 시작詩作하였기 때문이었고, 또 스러지는 청춘과 함께 붓대를 놓았기 때문이다.

발표면에 '다면성多面性'으로 표기된 것을 확인하여 바로잡는다.

함께 하려노라 비난수하는 나의 맘
모든 것을 한 짐에 묶어가지고 가기까지
아침이면 이슬 맞은 바위의 붉은 줄로
기어오르는 해를 바라다보며 입을 벌리고

떠들어라, 비난수하는 맘이여, 갈매기같이
다만 무덤뿐이 그늘을 얼른이는 하늘 위를
바닷가의 잃어버린 세상의 있다던 모든 것들은
차라리 내 몸이 죽어가서 없어진 것만도 못하건만,

또는 비난수하는 나의 맘 헐벗은 산山 위에서
떨어진 잎 타서오르는 냇내의 한줄기로
바람에 나부끼로 저녁은 흩어진 거미줄의
밤에 맺은 이슬은 곧 다시 떨어진다고 할지라도

함께 하려 하노라, 오오 비난수하는 나의 맘이여
있다가 없어지는 세상에는
오직 날과 날이 닭소리와 함께 달아나 버리며
가까웁는 오오 가까웁는 그대뿐이 내게 있거라! [41]

---

41 오장환이 인용한 소월의 시 원문은 아래와 같다. 시가 인용시인의 실제 원문과 차이가 많이
날 경우 아래와 같이 오장환의 원발표면 표기를 밝혀둔다.

함께 하려노라 비난수하는 나의 맘 모든 것을 한짐에 묵거가지고 가기까지, 아츰이면 이슬
맞인 바위의 붉은 줄로, 긔어오르는 해를 바라다보며 입을버리고

떠드러라, 비난수하는 맘이어, 갈매기같이, 다만 무덤뿐이 그늘을 얼른이는 하늘 우흘 바

「비난수하는 마음」을 통하여 소월이 호소하고 몸부림만 쳐도 모든 것은 인정되었다.

여러 방면에 걸쳐놓은 그의 소재, 이 한없이 매력 있고 귀중한 소재는 지순한 서정의 세계에, 동심의 세계에, 민요풍의 정서에 비유하기 어려울 만큼 아름다운 운율을 창조하여, 가난한 우리의 언어를 살지게 하였다. 소월의 시는 다른 나라 초창기의 우수한 시인과 같이 가까운 예로는 상화와 함께 조선시문학에서 처음으로 자유롭고 활달한 일상의 우리 용어를 살려 아름다운 생명을 짜낸 시인이다.

소월의 가치는 시집 『진달래꽃』 하나로 족한 것이다. 그의 희유 稀有한 재질은 불모지 조선의 시화詩花에서 처음으로 꽃 핀 좋은 싹이며, 일정하日政下에서 출판된 적지 않은 시집 출판 속에서 이 시집의 간행은 가장 뛰어난 공적을 가진 것이라고 하겠다.

그의 작품은 시집 『진달래꽃』 이외에도 이 책이 간행되던 당시 『가면』이란 잡지와 『삼천리』에 종종 실린 것이 있으며, 더욱이 그의 사후 유고로서 미발표의 시작이 50여 편이나 되어 이것은 뒤로

다가의, 잃어버린 세상의, 있다든 것 모든들은
차라리 내 몸이 죽어가서 없어진 것만도 못하건만,

또는 비난수하는 나의 맘, 헐벗은 산山 우혜서,
떠러진 잎 타서오르는 내ㅅ내의 한줄기로,
바람에 나부끼로 저녁은 흐터진 거믜줄의
밤에 매든 이슬은 곧다시떠러진다고 할지라도.

함께하려하노라, 오오 비난수하는 나의 맘이어
있다가 없어지는 세상에는
오직 날과 날이 닭소래와 함께 다라나버리며
가까웁는, 오오 가까웁는 그대뿐이 내게있거라!

발표되지 않았고 그의 은사 안서가 간직하고 있는 채 있다. 그러나
이것은 소월을 애호하는 사람들에게는 궁금한 것이나 작품으로는
그리 중요한 것이 못 될 것이다. 그의 중단되었던 작품생활과 또 빛
나지 못하는 사생활을 아는 사람이면 그 이상을 기대할 수는 없기
때문이다.

　『진달래꽃』127편 중에는 앞으로 개개의 작품에 대하여서 논의
될 작품도 많이 있다. 아직 우리 조선에는 한 작가에 대한 개인의
연구가 적으니만치 이런 것은 많은 시험이 될 것이다.

—『조선춘추』, 1947.12[42]

42　실제 원고를 작성한 날짜는 원발표면 하단에 '47년 10월'로 표기되어 있다.

자아의 형벌
— 소월 연구

1 [43]

"생야일편운기生也一片雲起 사야일편운멸死也一片雲滅 부운자체
무본질浮雲自體無本質 생사거래역여시生死去來亦如是라 하였사옵니
다. 저는 이렇게 생각하옵니다."(주 1) [44]

한동안 조용하던 소월의 마음에 파문을 던진 것이 있었다. 『망
우초忘憂草』 — 안서의 한시역漢詩譯, 그것은 남이 보면 그렇게 크게
문제될 시집이 아니었다. 그러나 소월로서는 안서의 이 작은 업業
이 한없이 마음에 키이었다.

　　동으로 가면 동대문이요
　　서으로 가면 서대문이요
　　남으로 가면 남대문이요

　　　　　　　　— 안서,「광화문 네거리에서」

43　원발표면에 따라 장을 구분한다.
44　주 1, 2, 3은 소월이 안서에게 보낸 서신을 안서가 인용한 것이다.

이미 정열조차 고갈하여 별것을 다 시로 쓰는 그의 스승, 일찍이는 그의 광명이요 그의 동경이던 안서가 이제 와서는 그가 볼 때 한낱 시의 반도反徒요 백면서생인 청년 이흡李洽에게 '시땜쟁이 김억'이란 표제로 풍자시에까지 오르내리게 되었으나, 그래도 꾸준히 밀고 나가는 스승의 모습은 소월의 초조한 마음을 그대로 두지는 않았다.

"잊자 하시는 선생님이 잊지 아니하시고 주신 『망우초』 책은 역문譯文이라든가 원작이라든가 졸혹가拙或佳는 막론하옵고 고침孤枕에 꿈 이루기 힘들 때마다 낭공囊空에 주붕酒朋이 없어 무료하올 때마다 읽겠사옵니다."(주 2)

하는 서신과 함께 오랜만에 볼 수 있는 그의 시고詩稿가 안서에게로 갔다.

삼수갑산三水甲山 내 왜 왔노
삼수갑산이 어디메냐
오고 나니 기험奇險타
아하 물도 많고 산 첩첩이다.

내 고향故鄕을 도로 가자
내 고향을 내 못 가네
삼수갑산 멀더라
아하 촉도지난蜀道之難이 예로구나.

삼수갑산 어디메냐

내가 오고 내 못 가네
불귀不歸로다 내 고향
아하 새더라면 떠가리라.

님 계신곳 내 고향을
내 못 가네 내 못 가네
오다가다 야속타
아하 삼수갑산이 날 가둡네.

내 고향을 가고 지고
삼수갑산 날 가둡네
불귀로다 내 몸이야
아하 삼수갑산 못 벗어난다.

제題를 '차 안서선생 삼수갑산운次岸曙先生三水甲山韻'[45]이라 붙어
있는 이 작품이 처음부터 발표를 위한 것이 아니고, 서신 속의 부분
이라고는 하나 이것이 지금엔 세상에 알려진 그의 절작絶作이다.

이 작품이 세계는 전체가 애절한 분위기와 호소로 면면히 짜여
역시 소월이 아니면…… 하는 느낌은 주나 그의 작품으로서는 저
조底調를 면할 수 없다. 민요조로 풀려나간 압운押韻, 이것도 왕년에
형식을 이리저리 바꾸어 꾸미던 7·5조의 묘미와 신선한 감각을
볼 수는 없고 어구의 중복은 거듭하여 후중厚重한 느낌을 준다. 그
럼에도 불구하고 여기에 일률—律로 가하여지는 음영의 압력은 두

---

45 원발표면에 따라 제목을 띄어 쓴다.

말할 것도 없는 절망감이다.

모처럼 붓을 든 것이 이렇다. 나도 시가 쓰고 싶으다. 나도 이렇게 시를 쓸 수 있다. 이처럼 별러서 쓴 그의 시가 이러하였을 것이다. 『망우초』가 간행된 것이 1934년 그의 죽던 해였으니까 소월이 아무리 별렀대야 그 작품의 주조만은 바꿀 수 없었을 것이다.

이 해, 소월은 여러 해를 살아온 구성군龜城郡 남시南市에 있었다. 처음 치패致敗한 가재家財에서 분깃을 받아 가지고 고향인 곽산을 나올 때에는 동아일보 지국장이라는 지방에서는 유지의 지위가 남시에서 그를 기다리기도 하였다.

한낱 일화逸話를 가지고 그의 생활 전체를 이야기하는 것은 온당치 않겠으나 그의 만년에는 이런 일이 있었다. 여러 해를 두고 남편의 강권에 못 이겨 반주飯酒를 함께 하여오던 소월의 부인은 그를 따라 장거리의 선술집에까지 동행을 하였다 한다. 그러면 그는 돌아오는 길에 대로상에서 춤을 추고는 하였다 한다. 이러한 소월이 시가 그의 오매寤寐에 잊을 수 없는 세계라 하여도 잠시 스승의 소업小業에 깨우쳐 그냥 뛰쳐나가는 할 수 없는 일이다.

몸부림을 치는 것, 그냥 받아들이는 감성밖에 없는 사람이 몸부림을 치는 것, 이것은 아무리 선의로 생각하여 모든 사회악과 부정에 항거하는 몸짓이라 한다 하여도 이것은 일호一毫의 공功이 없는 것이다. 이러한 감정은 2차대전으로 말미암아 승리한 위대한 민주주의가 우리의 눈을 띄워주지 않았던들 대개의 소시민이 헤어날 수 없는 수렁이기도 하여 더욱 몸 가까이 느끼는 감정이다.

이런 점에서 소월이 장기長技라 하면 몸부림치는 것이 남보다 능동적이었다고 할까. 그러나 이것은 처음부터 문제가 아니다. 그 때의 정세 - 즉 소월의 만년, 1933, 1934 - 를 곁들인대도 별 것은 아니다. 포학한 일본이 만주침략을 끝마치고, 안으로는 우가끼宇垣一成가 이 땅의 총독總督이 되어 자작농自作農 창정創定이니, 전향 정객에게 이권분여利權分與니 하던 이것보다는 소월이 그의 만년을 어떻게 알았으며 그의 생을 어떻게 처리하였느냐 하는 것이 여기에는 중요한 명제이다.

소월은 1934년 그 해 서른 두 해의 생명을 가지고 스스로 목숨을 끊었다. 하루 저녁 다량의 마약을 복용한 그는 아침이 되어도 일어나지 않았다. 그리고 그의 집에서는 외문外聞을 돌리어 병사로 발표하였다. 이것이 허망한 소월의 생애였다.

선 채로 이 자리에 돌이 되고
부르다가 내가 죽을 이름이여![46]

일찍이는 이처럼 목메어 호소하고, 또 그런가 하면 한편으로 조용하게 목청을 낮추어

엄마야 누나야 강변江邊살자
뜰에는 반짝는 금모래밭
뒷문門밖에는 갈잎의노래
엄마야 누나야 강변살자[47]

---

46 원발표면에는 '돌이 되어도'를 "돌이 되고"로, '죽을 이름이어!'를 '죽을이름어!'로 표기하고 있다.

47 기존 전집본은 김소월의 시편을 다음과 같이 수정해서 싣고 있으며, 그 내용이 상이하여 본문에서는 원발표면의 표기로 밝혀둔다.

이렇게 꿈꾸던 생활은 그에게 없었다.

천진한 시인, 정직한 가련아可憐兒, 이렇게만 생각하려던 나는 그의 죽음과 그의 죽음의 결행을 전일前日의 불운한 시인 '예세닌'과 비하고 싶었다. 소월과 '예세닌', 이것은 물론 대조도 안 되는 일이다.

그러나 이 두 사람이 자아에게 향하여 내리는 최고의 형벌인 자살의 길을 취하였을 때, 나는 그들의 행동을 동일한 견지[48]에서 나무랄 수 없었으며 되려 사랑하지 않을 수 없었다.

시집 『진달래꽃』을 간행할 당시 역시 그의 스승 안서가 발행하던 잡지 『가면假面』에 쓴 시편들과 그 후 파인巴人이 발행하던 잡지 『삼천리』에 드문드문 발표된 한시역漢詩譯을 남겼을 뿐, 여러 해 동안 전연 붓을 던지다시피 한 소월이나마 나는 그의 죽음이 온전함이 아님을 알았을 때, 과거의 모든 것은 이 냉혹한 자아의 형벌로서 풀 수 있는 것이 아닐까 이렇게 생각하였다. 그리하여 이것이야말로 양심이 요구하는 지상명령으로 알았던 것이다.[49]

2

"제가 구성龜城 와서 명년이면 십년이옵니다. 십년도 이럭저럭

엄마야 누나야 강변 살자
뜰에는 반짝이는 금모래빛
뒷문 밖에는 갈잎의 노래
엄마야 누나야 강변 살자

48 기존 전집본은 이 부분을 모두 '경지'로 표기하였으나, 원발표면에 따라 '견지見地'로 바로
    잡는다.
49 원발표면의 1장 말미에는 "주: 소월이 안서에게 보낸 서신. 인용은 김억 선, 『소월시초』에
    서 주2 상동上同."이라 표기되어 있다.

짧은 세월이 아닌 모양이옵니다. 산촌 와서 십년 있는 동안에 산천은 별로 변함이 없어 보여도 인사人事는 아주 글러진 듯하옵니다. 세기世紀는 저를 버리고 혼자 앞서서 달아난 것 같사옵니다. 독서도 아니하고 습작도 아니하고 사업도 아니하고 그저 다시 잡기 힘드는 돈만 좀 놓아보낸 모양이옵니다. 인제는 돈이 없으니 무엇을 하여야 좋겠느냐 하옵니다."

소월은 그의 시집이 간행된 그 다음해 즉 1926년에 구성으로 가서 1934년 그가 세상을 떠날 때까지 한 곳에 살았다. 그러므로 그의 구성생활은 그 초년初年을 제한다면 온전히 시생활詩生活에 있어서는 공백시대이다.

전장前章에 서술한 소월의 생태는 오랫동안 내가 생각하던 방식이었다. 나는 그의 시 생활의 공백시대 그것보다도 이것을 통하여 그가 절작絶作으로 남긴 「차 안서선생 삼수갑산운」에 표현된 그의 심경에 좀더 관심을 가졌다.

구성에서 곽산까지는 그리 먼 곳이 아니다. 풍을 친다면 엎어지면 코가 닿을 곳인데 "오고나니 기험奇險타. 아하 물도 많고 산첩첩이다."하고 "불귀로다 내 고향, 아하 새더라면 떠가리라."하여 자기의 위치를 우리나라에서 제일 험한 삼수갑산에 비하였을 리가 없다.

이 시를 읽으며 이 사람은 무엇을 하나, 왜 이리 깔고 뭉개기만 하는가 하고 안타까이 그의 지향하는 것을 같이 지향하다가도 혀를 차는 나는 그의 자기自棄하는 정신을 경멸하기도 하고 허순하게도 느끼었다. 저도 모르게 절망까지를 긍정하는 이 무력한 위인의 앞길은 점쟁이가 아닌 사람이라도 그는 견딜 수 없다고 단정할 것이다.

소월이 "내가 오고 내 못 가네" "삼수갑산 날 가둡네/아아 삼수갑산 못 벗어난다" 하는 것은 조금 남은 그의 꿈 – 지난날에 그의 보람이었을 – 이것마저 버리는 것이다. 그의 마음은 한 노래를 꾸미는 데에도 이처럼 기력氣力이 암암하다.

몸부림도 무서운 것이다. 여러 해를 두고 하여온 자아의 학대! 이것을 위한 감정의 운동은 그를 꼼짝달싹도 못 할 만큼 피로하게 하였다. 그가 이러한 때 인간 최후의 단안斷案을 내린 것이 겨우 그 누질린 무력無力이 마지막으로 매인 투전패란 말가.

아니다 아니다 소월은 그런 것이 아니다 하고 그를 애착하는 감정이 이것을 싸고돌려 한다. 양심이 요구하는 지상명령이 자아를 형벌할 때 목숨을 스스로 잘라라 하는 일은 없다. 죽음은 끝이요 또 자기를 없애는 것이니, 이것은 형벌이 아니다. 그러면 앞서서 나는 왜 소월이나 나아가서 예세닌의 죽음에 대하여 아름다운 옷을 입히려 하였는가. 여기서 중요한 것은 그를 싸고돌려 하는 심정 또 그를 편애하는 감정의 정체이다.

이토록 마음이 키이고 안타깝고 한 것을 내가 오래인 세월에 깨달은 것은 그에게서 느낀 나 자신의 지양止揚[50]하지 못한 부분이었다. 선뜻 스치고만 스러지는 작은 감정의 하나하나이라도 이것이 그를 내 곁으로 오게 한다. 내 처지는 이러니 관대하게 보아줄 수는

---

50 기존 전집본에서는 '지양'과 '지향'이 혼기되어 있다. 원발표면을 확인하여 한자 표기를 밝혀둔다.

없으나[51] 친구의 입장은 이러니 동정이 안 갈 수 없다는 것은 일면 떳떳하여도 보인다.

남의 처지를 미화시켜 합법적으로 자아를 변명하려거나 고전 계승의 표방 아래 그 그늘 밑에 자취를 숨기려는 심사와 쾌히 결별하기 위하여서는 속히 이네들과의 사이에 놓여진 거리를 밝혀야 된다. 이러고 보면 일찍이 '예세닌'이 자살을 하였을 때

> "우리는 한 사람의 세료자조차 구하지를 못하였다. 앞으로 그
> 의 뒤를 따르는 수많은 청년들을 위하여는 무슨 일이라도 하지 않
> 으면 안 된다."

고 부르짖은 그 당시 루나차르스키의 말은 오늘에도 남의 일이 아니다.

> "우리 공청원共靑員의 책상 위에는 『공산주의 입문』과 함께 예
> 세닌의 얇은 시집이 놓여 있다."

고 기급을 하여 놀란 부하린의 말은 어제까지도 아니 실상은 무의식중의 현재까지도 오래인 과거를 통하여 정서상의 감화를 입어온 우리에게 있어 많은 시사를 주는 것이다. 그렇다. 급격한 전환기에선 우리에게는 이성과 감성이 혼연渾然한 일체로서 행동과 보

---

51 원발표면은 "관대하게 보아주 할 수는 없으나"로 표기되어 있다. 김재용본은 그대로 표기하고 있으나, 김학동본은 "관대하게 보아줄 수는 없으나"로 수정하였다. 여기서는 김학동 전집의 수정본을 따른다.

조를 맞추기는 힘드는 일이다.

> 아 이 원통함이 술로써 씻어질 수 있는가
> 거칠은 들판을 무작정 헤매인대도
> 이 몸둥이를 사뭇 짓이긴다 하여도
> 어떻게 마음속의 고뇌苦惱를 씻을 수 있느냐
> 그 때문이다
> 흘러내리는 괴타리를 찢어 던지고
> 공청共靑의 뒤에서 나도
> 줄달음질 치고 싶어진 것은……

이것은 말년까지 작품을 통하여 보조를 맞추기에 피 흐르는 노력을 아끼지 않은 예세닌의 안타까운 몸짓이다. 의지와 감성의 혼선은 이처럼 장벽을 건넌다. 하물며 그 생활에서 모든 것을 내어던진 소월, 소월에서랴.

> 산山에는 꽃이 피네
> 꽃이 지네
> 가을 봄 여름 없이
> 꽃이 지네.[52]

---

52 오장환의 인용시 표기가 김소월의 시 원문과 일치하지 않아 「산유화」 원문을 아래에 밝혀
     둔다.
     산山에는 꽃지네
     꽃이 지네
     갈봄 여름 없이
     꽃이 지네.

소월은 그저 관조적인 표현에서만 더 많이 그의 해조諧調를 볼 수 있다.

지금 우리 주위의 정세는 여러 고팽이의 위기와 침체와 고난이 있다. 딛다가도[53] 한번씩 이 위기가 닥쳐올 때마다 마음의 준비를 갖추지 못한 감정인들은 심한 상처를 입는다.

그때마다 생각키이는 이 감정, 자아에게 내리는 최고의 무자비한 형벌! 준열한 양심이 요구하는 지상명령! 이처럼 버젓하고 떳떳하여 보이는 듯한 감정 속으로 뛰어들려고 한다. 그렇다. 더욱이 지금의 현실은 양심이라는 것만이라도 생각하려 하는 소시민 인텔리에게는 참으로 괴롭고 어려운 시기다.

무위無爲한 소시민 인텔리 이들도 옳은 것을 위한 투쟁이 바른 길로 살기 위한 투쟁이 단 한 번이나 혹은 두 번쯤만이라면 구태여 스스로의 목숨을 끊는 경거輕擧에는 나가지 않을 것이다. 겹쳐오는 투쟁과 또 여기에 따르는 고역과 상처 이것은 계산에서가 아니라 육체로 받아들이기는 조만한 일이 아니다.

어떻게 해결을 짓자. 결말을 내리자. 되도록 숭없지 않게…… 이처럼 가장하려는 패배정신은 스스로의 생명을 끊어버리는 무모한 짓까지도 하게 한다. 이 정체正體! 우리가 알기 싫어하는 이 정체는 자아가 절박한 경우에 처하여 행동을 요구할 때 그 행동을 갖지 못하는 무위한 인간이 처음으로 하여보는 일종의 행위이다.

단 한번의 용단! 이 얼마나 피곤하고 가엾은 처지에 있는 사람의 처사이냐. 그것이 더욱이 자기의 박약한 지조를 살리기 위한 지키

---

53 원발표면에는 '딧'으로 표기되어 있다. 김학동본은 '닫'으로 표기하고, 김재용본은 '딛'으로 표기하고 있는데, 여기서는 김재용본을 따라 '딛'으로 표기한다.

기 위한 또는 그렇지 않다면 각각刻刻으로 더러워지는 자기 자신을 그 더러움 속에서 건지기 위한 최후의 방법이었다면 사리事理의 시부是否는 밀어놓고라도 일말의 측은한 정을 금할 길은 없다.

"자살은 자유주의자가 마지막으로 사용할 수 있는 피난처"라고 일상에 존경하는 L형[54]이 그 옛날 필자와의 대담 끝에 이런 말을 하여 그때의 나는 그를 대단히 매정한 사람이라고 원망까지 하였지만, 지금까지도 저도 모르게 소시민을 고집하려는 나와 또 하나 바른 역사의 궤도에서 자아를 지양하려는 나와의 거리는 다름 아닌 이것이다.

지상명령과 마지막 한 장의 투전장!

이것은 또한 우리가 앞으로의 고전문학을 받아들이는 데 있어서도 어제와 오늘의 상거相距를 여기에 두어야 할 문제이기도 하다.

—『신천지』, 1948.1[55]

---

54 기존 전집본에서는 E형이라고 표기되어 있으나 원발표면을 확인하여 'L형'으로 바로잡는다.
55 실제 원고를 작성한 날짜는 원발표면 하단에 '47년 9월'로 표기되어 있다.

토지개혁과 시[56]

　"우리들은 한평생 소원이던 땅의 임자가 되어 몇 천 년래의 지긋지긋한 지주의 착취와 천대에서 벗어났습니다. 우리들은 네 활개를 쭉 펴고 내 땅에 씨 뿌리고 김 매고 새로이 논밭을 일구고 농사법을 개량하여 1946년도에 비하여 작년도에는 미곡만 하더라도 18만 톤이나 더 추수하였습니다."

　"우리들은 새 집을 짓고 그의 주인이 되며 닭 한 마리 변변히 제 것으로 가지고 있지 못하던 우리들은 황소를 가지고 있습니다."

　"학교는 고사하고 낫 놓고 ㄱ자도 모르던 우리는 우리나라 글을 배우게 되었으며 우리의 아들 딸에게 소, 중, 대학의 문이 쭉 열렸습니다. 우리들이 정성을 다하여 조국에 드린 애국미[57]는 북조선의 최고 학부 김일성 대학의 건축 기금이 되어 이미 그 제1기 공사를 끝마치고 있습니다. 어찌 그것뿐입니까. 옛날에 관청이라고 하면 무서워 곁에도 못 가던 우리들이 오늘에 와서는 정권의 주인의 한 자리를 차지하고, 나라의 살림을 다스려 나가고 있습니

56　원발표면에 '시의 감상鑑賞'이라는 부제가 달려 있다.
57　원발표면에 한자를 표기하지는 않았으나 '愛國米'로 추정된다.

다. 도 군 인민위원회 위원 중에 우리 농민이 1천 2백 56명이며 북
조선 인민회의의 대의원으로서 62명이나 됩니다. 이 어찌 과거의
우리들이 감히 상상이나 할 일이겠습니까."

이 위의 말은 지난해 4월 우리의 남북연석회의가 열렸을 때 그
둘째 날 축사에서 북조선 농민 대표 박창린 동무가 한 말 중에서 몇
마디를 추린 것이다.

그 날 이 박 동무의 말을 듣고 남조선에서 온 대표들은 감격하여
모두 울었다. 그렇다. 그냥 들어도 감격의 눈물겨운 일인데 더욱이
남조선의 실정과 대비하지 않을 수 없는 그들의 가슴은 미어지는
것 같으면서도 또 한쪽 조선에서는 위대한 소련 군대의 영웅적 승
리로 말미암아 해방된 북조선에서 이룩된 빛나는 민주개혁의 이
와 같은 성과를 형언할 수 없는 기쁨으로 느끼었을 것이다.

토지개혁이란 위대한 역사적 사실을 당하여 여기에 감격하고,
여기에서 힘을 얻고, 또 이 기쁨을 기록한 것이 어찌 많지 않을 수
있겠는가!

땅이여, 땅이여! 나를 낳은 어머니시여!
사랑하는 아들과 이야기 좀 하세요.
당신의 뫼 밭과 벌판에는
끝이나 가히 보이지 않습니다.

당신의 풍성하심은 헤아릴 수 없습니다
이것은 다함이 없이 놓여 있습니다

땅이여, 땅이여! 얼마나 한 불행을
우리는 당신을 위하여 참았습니까!

오랜 세월을 두고 당신이야말로
우리들에게 말하기 어려운 소망이 아니었습니까
캄캄한 어둠 속에서 가난한 사람의 운명이
당신을 두고 노래 부르지 않습니까

우리들로 하여금 옴짝할 수 없이
마지막 썩은 기둥뿌리도 팔게 한 것은 당신이 아니었습니까
우리들을 이주민의 화물열차에 실어
고향을 떠나보낸 것이 당신이 아니었습니까

해마다 해마다 부자놈의 발 아래
우리가 절해 온 것은 당신 때문이 아니옵니까
인민들의 울라지밀의 길로
걸어가게 된 것이 당신 때문이 아니옵니까

나를 낳은 어머니시여! 살진 땅이여!
오랜 세월을 내내 당신은 사로잡힌 몸이 아니옵니까
우리가 끝에서 끝으로 온 나라를
돌아다닌 것도 당신 때문이 아니옵니까!

땅이여 땅이여! 새벽 하늘이 붉었습니다.

이리하여 당신은 우리를 위해 사방으로 활짝 열렸습니다.

— 백석 역

이 시는 이사코프스키의 「땅」이라는 노래이다.

땅이여! 땅이여! 당신에게 명맥을 걸고 있는 우리들 농민이기 때문에 우리는 "마지막 썩은 기둥뿌리"까지도 팔아가며 당신의 곁을 떠나지 않으려고 몸부림쳤던 것이며, 다시 낯선 곳 혹은 한번 가면 다시 돌아올지도 모르는 곳에까지 농토를 얻기 위하여 "우리들은 이주민의 화물열차" - 이것은 도회지에서 오물을 버리기 위하여 싣고 다니는 차와 다름이 없는 것이겠으나 - 에 몸을 실어 원통하게도 고향을 떠나갔었던 것이 아니었느냐고 옛날 차르 시대를 회상하여 부르는 소연방 농민의 이 외침은 바로 우리 조선 아니, 전 세계 농민들에게 뼈저린 공감을 주는 것이며 그러기 때문에 우리 농민들은 모든 인민의 길인 레닌주의의 길로 걸어간 것이 아니냐고 다시 외치는 말을 이 시 속에서 읽을 때 이것을 읽는 모든 사람들은 옳다! 그렇다! 하고 두 주먹을 쥐지 않을 수 없다.

땅이여, 땅이여! 새벽 하늘이 붉었습니다.
이리하여 당신은 우리를 위해 사방으로 활짝 열렸습니다.

그리하여 농민은 승리를 하고 이상과 같은 희망과 자신을 노래한다.

이 시는 땅과 소비에트 농민생활을 노래한 소비에트의 무수한 시 가운데에 다만 한 가지의 예에 지나지 않는다. 우리는 선진 소련의 이처럼 훌륭한 시작품들을 하루라도 속히 우리의 문화 속에 이식해야 하겠다. 그러면 토지개혁에서 오는 이와 같은 감격의 사실을 우리 북조선의 시인들은 어떻게 노래 부른 것인가!

내가 밭갈이한다
"마라……마라…… 돌자……"
이 가난뱅이 경선이 제 밭을 간다
젊은 때도 소작의 멍에에 창이 빠지고
지친 나날이 가난에 얽매어
남의 땅 한 또약에서 까무러져도
제 땅이란 못 쓰고 죽어질 팔자라던
이 응석받이 경선이
오늘은 제 밭을 간다
"의나 ……의나……의나……"
소붓이 수구러져 눕는 밭고랑
신부인 양 수줍은 보슬 흙
어머니의 젖가슴인 듯 훈훈한 흙 냄새!
아아 농부의 마음 그 한 속에
아담진 희망을 북돋아 올리는
제 땅의 애틋한 이 밭고랑!

밭 가는 소리 들려라!
이 고장 가난뱅이들이
때때로 남의 땅에 목숨을 걸고

뀌어진 살림을 거제기로 불을 받더니
오늘은 제 밭을 가누나
"의나……마라……마라……"
노고지리도 귀 기울여 듣는 이 소리
농부의 가슴을 후련히 틔우는 이 소리
아아, 나의 어린 때 그 피 쏟던 어느 봄날의 상처에서
세월의 붓대를 잡아채는 이 소리
주머니를 뒤집어 털듯이
설움에 맺힌 그 분통을 헤쳐놓는 이 소리.

이렇게 시작되는 긴 시 「땅의 노래」는 우리 북조선 토지개혁을
노래한 조기천趙基天 씨의 서정서사시이다.

이 시는 우리 조선에서 토지개혁을 주제로 노래한 작품 가운데
서 가장 좋은 작품인 것으로 이 내용 속에는 가난뱅이 경선이의 반
생을 통하여 주마등과 같이 달리는 우리 조선 농민들의 사회적 환
경과 역사적 사실을 그리며 다시 오늘의 빛나는 만주 개혁과 농민
들의 행복된 처지를 밝힌 무게 있는 작품이다.

강도 일본 제국주의자가 우리 조국의 강토에 그 흉측한 발톱을
박았을 때 그들은 '토지 조사'란 가면을 뒤집어쓰고 이 땅 순량한
농민들의 토지를 한 푼의 대가도 없이 무상으로 빼앗아 동척의 흡
혈망[58]에 집어넣은 광경을 조기천 씨는 「땅의 노래」 속에서 경선의
집안을 통하여 우리에게 보여주며

---

58 원발표면에 한자를 표기하지는 않았으나 '吸血網'으로 추정된다.

묻노니 이 고장 사람들아!
무덤 속 선조의 해골까지도
누울 곳 잃어 개발에 채웠거니
어찌 백성이 살 곳 있었으랴

하고 그 당시의 참담한 정경을 노래하였다.

그러나 이 모든 것은 오늘 제 밭을 가는 경선이의 회고인 것이다. 오늘의 행복을 더욱 달콤하게 느끼기 위한 지난날의 뼈저린 회고 이며 다시 오늘날의 더욱더 힘찬 분발을 위한 회고인 것이다.

그 날
풍년 옥수수알 배기듯
사람들이 모였던 그 날

　……………………

역사의 큰 날
인민정권의 대종을 받아
김 장군이 정의의 칼 높이 들어
착취의 검은 손 찍어버리고
이 고장 집집에 행복을 나눠준 그 날……

경선이와 북조선 농민들은 모두 다 "와도 가도 못 본 첫 봄"을 맞 이한 것이었다.

그리하여 사뭇 즐거움에 싸여서 밭갈이를 하는데 신작로 가에는 지나가던 소련 병사 우리 조선을 진정으로 해방하여 준 이 우방의 병사가 그도 농민 출신의 병사였는지 처음으로 제 땅이 되어 즐거움에 넘치는 이 고장 농민들의 부지런한 일손을 보고 와락 달려들며

"쁘나트?"[59]

하고 자기의 뜻을 알겠느냐고 목마르게 다지며

"오첸하라쇼!"[60]

대단히 기쁘다는 말을 외치는 것이 아닌가!

무한한 기쁨과 자신과 희망을 가지고 자기 맡은 농사일에 바쁜 사람들.

> "마라……마라……돌자……"
> 젊은 때도 소작의 멍에에 창이 빠지고
> 지친 나날이 가난에 얽매어
> 남의 땅 한 또약에서 까무러져도
> 제 땅이란 못 쓰고 죽어질 팔자라던
> 이 응석받이 경선이
> 오늘은 제 밭을 간다
> "의나……의나……의나……"

이것은 더 두말할 것 없는 우리 북조선 농민들의 뚜렷한 오늘의

---

59 러시아어로 '알겠습니까?'라는 의미이다.
60 러시아어로 '매우 고맙습니다'라는 의미이다.

모습인 것이다. 그리하여 토지를 받은 농민들의 감격과 그 생활은
여러 시인들에 의하여 아래와 같이 표현된다.

생각하면
가슴이 아파난다
오십이시구
육십이시구
땅을 다루기에 지친 아버지시다
오랜 가난에 들볶인 어머니시다
박 참봉의 삿대질에
묵묵히 참아온 아버지시다.

그렇게 뼈저리던 그 날을 돌아보시매
토지 받은 감사에 목이 메신
우리 아버지였다
우리 어머니였다

열 섬 감자다
한 알이라도 보람지게 하여
장한 힘 도웁는 것이 본심이라 하시며
큰 놈으로만 고르시는
어머니의 옳은 생각에
웃음 짓는 아버지였다

너 부디 잊지 말아라

김일성 장군의 사진 한 장 구해 오라

....

— 김광섭, 「감자 현물세」 중에서

이처럼 우리 땅의 시인들은 토지개혁의 혜택을 입은 북조선 우리 농민의 생활과 농촌을 아름답게 그리었다.

그뿐만 아니라 이처럼 행복한 환경에 있는 북조선 우리 농민은 우리나라의 절반이나 되는 남조선 땅에서 원수 미 제국주의자들의 식민지 노예화정책과 토착 지주들의 가혹한 착취로 허덕이는 동포들을 생각하여,

우리 마을이여

우리 논이여

오늘은 모두들 모내기하건만

절반 논이 비었구나

제 주인을 찾지 못한

남조선 벼 포기들을 잊을 수 없어라

....

모내기하는 날아

모내기하는 날아

남북조선이 다함께 모내기하는 날아

우리들은 그날을 위하여 투쟁한다

—이원우, 「모내기하는 날」에서

하고 농민들의 튼튼한 의지와 다함없는 형제애를 노래 부른 것도 있다.

해방 이후 우리 시인들에게서 불려진 노래 가운데 제일로 많은 수효는 농촌과 토지개혁을 노래한 시편들이다.

이것은 물론 우리 조선이 과거 야만 일제의 독아毒牙에 물리어 그 경제 경영이 원시적인 농경생활과 그 외에는 원료품 생산의 지대로밖에 되지 않았던 사회적 환경에도 의한 것이며, 그렇기 때문에 토지개혁은 여러 가지 민주 개혁 중 가장 큰 자리를 차지하며 따라서 여기에서 오는 감격이 모든 시인들에게 큰 충격을 주었기 때문이다.

토지를 분여받은 농민들의 형언할 수 없는 감격과 또 그들의 생생한 생활면이 노래 불려지려면 아직도 끝이 없다.

참으로 농촌의 빛나는 앞날을 노래하는 시들이 자꾸자꾸 쏟아져 나와야 하겠다.

그러나 우리는 다른 데보다도 이 농촌 시에서 많은 결함을 손쉽게 찾을 수 있다.

이것은 작품 표현에 있어서의 유형화類型化이다. 유형화라는 실제의 표상 그것이 아니라 하나의 보편화된 개념을 말하는 것이니 가까운 예를 들면 이러하다.

우리는 흔히 옛이야기를 들을 제 어느 이야기에서나 그 이야기의 주인공인 여인은 다 같이 얼굴은 씻은 배추 줄거리 같고 머리는 물찬 제비꼬리 같으며 그 처녀는 물동이를 이고 우물가로 나온다. 이것은 물론 예전 여인을 그림에 있어 가장 보편적인 사실을 말함일 것이다.

이와 같은 현상은 과거의 미술 전람회 같은 데서도 많이 본 사실로 지금부터 15년 전만 하여도 유화를 그리는 사람이 대개가 여인을 그리면 그 여인은 물동이를 이었거나 그렇지 않으면 옆에 끼고 섰는 것을 그리었다.

이것은 그 설화자나 화가에 있어 가장 쉽게 대상을 포착하는 길이다. 자기가 이야기하고 싶은 바를 가장 손쉽게 이야기할 수 있는 가장 보편적인 개념이다.

이와 같은 유형화는 새로운 것을 창조할 수는 도저히 없다. 그러면 농촌을 배경으로 한 시들 속에 벌써 유형화되었다는 표현은 어떠한 표현일까?

그것은 흔히 여러 시인의 작품에서 나오는 기와집 지었다는 이야기, 전깃불 들어왔다는 말, 현물세 바치러 간다는 말, 라디오, 재봉침, 유성기, 비단옷 이러한 것들이다.

물론 기와집을 지었다면 오늘의 농촌생활이 얼마나 유복하다는 것을 말하려 함이고 전깃불이 들어왔다면 옛날 일제 시대에는 놈들이 영리적인 면만 계산하여 두메산골 같은 곳에서는 일부러 전선을 끌어다 불을 켤 수는 도저히 없었던 것인데 오늘은 인민이 정권을 틀어쥐고 자기의 새 살림을 자기의 손으로 꾸려나간다는 것이 이야기되는 것이며 또 현물세로 말하더라도 전 같은 부당한 지주의 착취와 관청의 가혹한 과세가 아니라 자기의 즐거운 근로소득을, 자기네들을 위하여 움직이는 나라에 바친다는 기쁨이 품기어 있고 또 기타의 라디오 유성기 비단옷, 이런 것도 오늘의 향상된 농민 생활을 말하는 것이겠으나 이러한 현상을 통하여 그 시인이 어떠한 감격과 정서와 충격을 느끼는 과정이 표현되지 못하고 다만 그 현상 자체를 그대로 적어낸다면 그것은 시인이 할 일이 아닐 것이다.

본래 유형화라는 것은 창조를 가져올 수 없는 기계적인 전달이다. 그러면 시인들은 왜 이러한 수법을 쓰는가, 그것은 어느 것보다도 자기의 정서를 다 듣지 않고 당장 적을 수 있기 때문이며 창조를 하기보다는 추종을 하는 것이기 때문이다.

그러나 이것은 옛날의 썩은 선비들이 구인들의 시구 중에서 좋은 말을 떼어두었다가 이렇게 저렇게 문맥만 통하여 골격을 맞추어 가지고 시 한 수를 이루었다고 좋아하는 퇴보적인 정신과 다름이 없다.

참다운 시라는 것은 시구의 조각보를 꾸미는 것도 아니요 또 공식화한 현상의 포착도 아니다. 실로 참다운 시라는 것은 이처럼 일상화된 현상과 생활과 일상적인 감정을 가지고도 어떻게 고상한 감정 즉 높은 정신의 세계에까지 끌어올리는가에 있다.

그러므로 인민의 고상한 감정과 정서를 포착하여 이것을 높은 정신의 세계로 끌어야 할 오늘의 시기에 있어서 이 같은 안이한 작시의 태도로 인하여 더욱 이 농촌시에서 많이 나오는 시인들의 유형화된 작품을 우리는 단호히 배척해야 될 것이며 또 새로이 시를 쓰려고 하는 동무들은 많은 사람들이 흔히 빠지기 쉬운 이러한 결점을 단단히 경계하지 않으면 안 될 것이다.

이 유형화라는 것은 비단 농촌시에만 있는 것이 아니라 우리 생활면의 전체에 있는 것이다. 그러므로 이 같은 단점이 시작품에 나타나게 되면 그 작품은 개성이 없는 것이 되고 일상 생활면에 나타나면 그 사람은 주견이 없는 즉 비판정신이 박약한 사람으로 될 것은 물론이다.

—『청년생활』, 1949.5[61]

---

61 기존 전집에는 5월에 간행된 것으로 나와 있으나 1949년 3월에 출간된 것으로 확인하였다.

우리들의 문화란 선후감

　이번 달에는 「노동자 대표 김고망 동무」와 「나의 일터 용문」과 「조국보위에 비행기 띄우자」 세 편을 싣기로 하였다.

　나는 이 세 편을 고르고 말할 수 없는 기쁨을 느끼었다. 이 세 편의 시에는 우리 노동자 동무들에 대하여 또는 동지애에 대하여 구김새 없이 노래한 것이 훌륭한 점이며 더욱이 칭찬하고 싶은 점은 이 동무들의 시가 현재 전문시인들의 시에서 형식적인 면에 아무런 영향도 받지 않은 점이다.

　그것은 그럴 수밖에 없다. 형식적인 모방이란 내용의 공소가 따르는 것인데 이 세 동무들에게는 훌륭한 진실이 있고 또 오늘의 우리 노동자들이 말하고 싶은 감정을 가지고 있기 때문이다.

　그러나 여기에 실은 세 편의 시를 나는 그대로 우수한 작품이라고 말하는 것은 아니다. 아직 이 동무들에게는 우수한 감정만이지 여기에 또 필요한 우수한 표현은 없다. 그럼으로 나는 이 동무들의 우수한 감정을 어떻게 하면 더 잘 시로서 표현할 수 있을까 하는 것을 우리 『노동자』의 독자 동무들과 의논하기로 한다.

「노동자 대표 김고망 동무」

이 시는 훌륭한 작품이다. 전체로 시상이 통일되고 고조되는 감정이 잘 살았으며 단문시인들도 능히 하지 못할 표현을 하였다.

첫째 연과 셋째 연은 진실 그대로이며 그 요약한 표현은 김고망 동무의 모습과 자랑을 백 가지로 말하는 것보다도 더 효과 있게 표현하였다.

그러나 이 작품의 약점은 다섯째 연의 일제시대를 회상하는 것에 진박력이 적고 평범한 서술로 그친 점이다.

"땀구멍마다 ××가루 빠질 새 없었고 거면 항도에서 수십 년"
하는 표현은 좀 더 구체적으로 왜적들이 우리 노동자를 어떻게 몹시도 억압하고 착취하였으며 또 비인간적으로 대우했는가 하는 점을 어떤 구체적인 사실로서 비치며 그것이 특징적인 것이었다면 얼마나 실감이 더해 아팠으며

"그래도 목숨이어 간드래불만 믿고 살아왔더니…"
도 그렇게 약한 마음으로 표현하지 말고 우리 노동자 동무들이 왜적의 구박과 등쌀에도 굽히지 않고 그들에게 대항하며 굳은 신념에 불타오르든 것이 표현되었으면 과거를 회상하는 이 연이 얼마나 씩씩하고 늠름하였을까!

그리고 여섯째 연에서 이 동무는 김고망 동무가 중국으로 떠나는 그동안에도 우리는 채탄부의 계획을 완수하겠다는 말을 하려고 한 것인데 이 연이 너무 허술하다.

"지하의 영용한 투사야" 하는 것을 "오늘 우리의 모범 노동자야" 하는 것이 더 실감이 날것이며 그 다음의 말 "너와 같이 맹세한 채

탄부계획"은 네가 다녀올 동안 우리는 너의 몫까지 더 일을 하겠다 조금도 근심을 말아라 하는 뜻이 표현되면 또 얼마나 좋았을까?

「노동자 대표 김고망 동무」는 이상에 열거한 불만이 있음에도 불구하고 훌륭한 시가 될 수 있는 좋은 감정이다.

「나의 일터 용문」

이 시는 용문탄광에서 일하고 있는 노동자가 자기의 직장을 행복이 넘쳐 구가하는 좋은 작품이다.

둘째 연에서 다섯째 연까지 용문탄광의 생산하는 모습이 힘 있게 그리고 흡족하게 그리어졌다. 우리는 이 시를 읽기만 하여도 용문탄광의 동무들이 무한한 즐거움과 또 억센 정열으로서 생산투쟁의 빛나는 사업을 정진하는 것이 눈앞에 보인다.

그러나 첫째 연 둘째 연은 너무나 평범하고 막연한 모사에서 이 시의 전체의 실감을 추상적으로 만드는 흠이 있다.

"부풀어오는 푸른 하늘" "부드러운 양광" "상쾌한 훈풍" 것은 비단 용문탄광에만 있는 것이 아니다. 이것은 어디나 있는 자연의 천기요 기후이다. 그 점으로 용문탄광의 서경묘사를 하려면 처음부터 구체적인 용문탄광의 산악과 직장의 모습을 즉 용문탄광이 아니면 볼 수 없을 그러한 특징을 잡아내는 것이 옳았을 것이다.

또 하나 부탁하고 싶은 것은 "햇빛"을 "양광"으로 "부드러운 바람"을 "훈풍"으로 일부러 한문단자와 한문술어를 쓰는 것은 피하는 것이 좋을 것 같다. 이것은 아름다운 말이라거나 유식한 것도 아니오, 더욱이 조선말도 중국말도 아닌 이상스러운 것이기 때문이다.

「조국보위에 비행기 띄우자」

이 시에는 우리 노동자 동무들이 조국에 바치는 애국심과 그 정열이 잘 그리어졌다. 그러나 시의 표현 기술로는 위의 두 편보다 떨어진다.

이 시의 근본 골자는 넷째 연에 있는 것이오, 또 이 넷째 연의 사실과 여기서 울려 나오는 감정을 더 진실하게 그려야 하겠는데 그것이 너무 부족하다.

—『노동자』, 1949.12

우리들의 문화 선후감

이번 달엔 많은 동무들이 작품을 보내어왔다. 그중에서 초선에 오른 것만 하여도 황해제철소 장손 동무의 시「강철」과 사동련탄공장 이명환 동무의 시「바람이여!」와 또 흥남공장 채규삼 동무의 시「증산의 노래」그리고 강순 동무의「황개산아!」와 신의주 김병두 동무의「고향마을을 끼고 흐르는 압록강 반에서」와 기행문으로는 사동련탄 구동근 동무의「휴양기의 한토막」등이 볼만한 것이었다.

우선 이번 달에는「강철」과「바람이여!」와「휴양기의 한토막」을 추리기로 하였다.

「강철」

스탈린 대원수 탄생 칠십주년 기념일을 맞이한 감격에서 불린 이 시는 그날의 큰 감격에서 얻은 새로운 결의와 굳은 맹세를 자기들이 주야로 생산하는 강철의 굳은 성품에 비하고 있다.

제재와 착상이 모두 건실하고 좋다. 그러나 시구의 서술이 전체로 추상적이고 서둘러서 이 작자의 전하려는 바의 뜻이 독자들에게 옳게 전달되지 못함은 애석한 일이다.

예하면 셋째 연 끝의 행에 "그 이름 나만이 간직했으랴"의 그 이름은 작자가 강철과 강철의 성품에서 오는 강한 의지를 표현하려함이었는데 독자들은 그 이름을 스탈린 대원수로 생각할 수도 있게 되어 시상의 혼란을 일으키게 하며 다섯째 연에서도 이 혼란은 계속하게 된다.

"오늘처럼 굳이 굳게", "그의 위력 가슴마다 새기려 하는" 두 행 중 "그의"가 강철과 이 강철이 우리 공화국 경제건설에 이바지하는 힘을 말한 것인데 여기서도 셋째 연의 "그 이름"과 꼭 같은 혼란을 일으키게 한다.

그러므로 "그 이름 나만이 간직했으랴"를 "네 성품 나만이 간직했으랴" 했다면 이런 혼란은 생기지 않을 것이며 다시 다섯째 연의 둘째 행 "그의 위력"을 "너의 위력"으로 또 셋째 행 "강철 같은"을 "너와 같은"으로 했으면 더욱 문맥이 확연하였을 것이다.

이러고 보면 최종 연에 또 "그 이름"이 문제가 되는데 이것도 "그 성품"으로 고쳤으면 전체 시상은 깨끗하게 통일이 되었을 것이다.

「바람이여!」

남조선유격대에 보내는 노래인 이 시는 군데군데 재미있는 표현도 있고 전체로는 문맥이 무풍지대와 같이 미끈하게 흘러갔으나 맺힌 데가 없다. 더욱이 이 시에서 작자는 그것을 강조하려 함이 었는데 전체의 문맥이 방관적인 것처럼 되어있기 때문에 강조가 의문처럼 되고 사실 강조한 사실 밑에 반드시 (?)라는 의문표를 부친 것은 더욱 이 작품을 약하고 ×식게 하였다.

> 수많은 동포들이 있어 났다니…
> 오늘도 잘 싸우고 있는가?
> 만세를 외치고 서 있는가?
> 어느 역도의 무리가
> 쓰러졌는가?
> 조국의 통일을 부르짖었겠지
> 공화국은 부르나니
> 듣는가?

남반부의 항쟁을 겨울을 몰아내라는 봄의 싸움으로 그린 것은 재미있다. 그러나 전체로 설명적이요. 또 이작품의 표현방법이 전문작가의 진취성 없고 꾸며내는 것같은 형태를 본받은 것은 이 작자의 정열을 위하여 아까운 일이었다.

「휴양기의 한토막」

이 내용은 휴양기의 한토막이 아니라 휴양생활의 전 기간을 사실적으로 그것도 객관적으로 서술한 것이다.

문장을 공부하려고 애쓴 것도 보이고 눈에 뜨이는 것은 빼놓지 않고 기술하려고 한 점도 기쁘다. 그러나 과수원의 사과송이 달린 것을 백일홍 꽂힌 것으로 비교하는 것도 큰 것을 적은 것으로 줄이어 보기 때문에 어울리지 않고 더욱이 "산새들의 처량한 환호 속에서" 같은 구절은 말 자체에서도 모순이 생기는 것이다. 이것은 문장을 아름답게 장식하려는 나머지 이런 실수를 하는 것인데 무엇이나 이 치장은 적당하게 하지 못하면 안한 것만 못한 군더더기를 이루는 것이다. 그러나 이 장식이란 잘만하면 그 본래의 물건을 더욱 빛내게 하는 것임으로 잘 생각하고 공부하여 써야할 것이다.

그리고 또 이 글 중에 절간 안내자에게서 고구려식 건물과 신라식 건물에 대하여 그 차이의 설명을 받았다고 하였는데 석왕사에는 고구려와 신라의 건물이란 사실로 없는 것이니까 이렇게 되면 작자나 안내자들 중에 잘못을 말하게 된다. 더욱이 작자의 잘못 들은 말로 안내자를 무식한 사람이요. 또 옳지 못한 사람으로 알게 될 것이니 이런 경우에 작자는 남이 한 말 또는 역사적인 사실 같은 것을 기록할 때에는 좀 더 자세히 알아가지고 적을 것이다.

그러나 나는 이 구동근 동무가 문학서클에 들어서 곧 시를 시작하지 않고 작문을 시작한 데 우선 경의를 표하고 싶다. 그것은 문장과 문학의 근본적인 기초훈련이 되는 것이기 때문이다.[62] 자꾸자꾸 산문을 써서 자기 생각을 거침없이 붓대로 옮기게 하라. 이것은 옳은 일이고 또 좋은 일이다.

—『노동자』, 1950.1

---

62 "문장이 문학의 근본적인 기초훈련이 되는 것이기 때문이다." 정도의 의미인 듯하다.

3. 수필 · 시론時論 및 기타

애서취미 愛書趣味

상심루賞心樓[1] 주인께서 애서취미에 관한 이야기를 적어『문장』
에 실어 보는게 어떻냐 하시기에 이 이야기의 초草를 잡았습니다.
이 글은 애서취미에 초심이신 분을 위하여 될 수 있는 대로 노트
와 연구 같은 것은 빼고 평이한 소개와 일화逸話쯤 넣는 것으로 그
쳤습니다.

— 필자

흔히 세상에는 서치書痴라고 불리는 사람이 있습니다. 심취나 혹
은 도락이 심하여지면 할 수는 없는 일이나 필자는 동경 있을 때 어
느 애서가에서 이러한 이야기를 들었습니다. 아내와 자식은 며칠
씩 안 보아도 견디나 책은 잠시라도 곁에서 떼어놓을 수 없다는 것
입니다.

그러면 그 애서가는 그렇게 독서를 많이 하느냐 하면 그런 것도
아닙니다. 다점茶店에 들어가 앉으면 월간 잡지를 두 페이지도 못
읽고 싫증이 난다는 사람입니다. 누구나 서적을 사는 사람에는 독

---

1   이태준 고택의 행랑채를 말하나 한국전쟁 이후 소실되었다.

서가와 애서가의 두 타입이 있다고 하였지만 진실로 이러한 사람을 비블리오마니아Bibliomania라고 합니다.

독서도 않는 사람이 책을 사랑하고 책에 대하여서는 치골이 된다는 것이 일견 미친 일과도 같지만 서양에서는 이러한 괴벽怪癖을 가진 사람들 때문에 도리어 고대문헌에 관한 큰 참고가 되는 수도 있고 어느 사적史的인 발견을 하는 수도 있습니다.

대개 이 애서가가 되기 시작하는 증세는 같은 책에서도 특제를 살려고 하는 데에서 시작되어 세상에서 흔하지 않은 책 한정본, 혹은 초판본, 나중에는 남이 안 가진 책을 가지려고 하고 또한 갖는 데에 쾌감을 느끼는 것이 경지를 넓혀 남의 사본私本, 원고, 서명본, 필적, 서간, 일기 같은 것을 모으는 데에 이르게 됩니다.

그리하여 이러한 책들을 모으는 데에 갖은 고심과 노력을 다하는 사람이 많은 고로 이 방면에 재미난 일화逸話도 많이 남았습니다만은 왕왕히 경도제대京都帝大의 교수요 민족학연구의 권위인 기요노清野 박사와 같이 자기가 갖고 싶은 책이면 훔치기까지 하는 미안한 일이 생기기도 합니다.

으레 서적 이야기를 하자면 장정 이야기가 나오게 됩니다. 장정裝幀이라면 조선 출판상들은 그저 덮어놓고 화가의 그림이나 한 장 얻어다 표지에 붙여놓고 모모의 장정이라 하지만 사실은 그런 것이 아니라 책의 체재體裁와 활자의 배치라든가 제본양식에 이르기까지 한 사람의 취미로만 만들어서야 누구누구의 장정이라고 할 수가 있는 것입니다. 책의 멋은 역시 표지에 있어 좋은 책을 장정함에는 대개 가죽을 쓰게 됩니다. 가죽의 종류는 무슨 가죽으로든지 무방하나 고양이가죽 심지어는 뱀가죽에 이르기까지 쓰고 중세기

구라파에서는 어느 사형수의 등가죽을 벗기어 인피人皮로 장정을 한 책이 지금도 남아 있으나 아무래도 고급으로 치기는 양피입니다. 그리고 그 중에도 흰 빛깔을 세우게 됩니다.

자연히 이것저것 장정이 좋은 책에 손을 대이기 시작하면 사람이란 수집의 심리가 동하는 고로 이 길을 밟게 되는 것입니다. 아직 조선에는 한정판이나 혹은 특제본 같은 것을 별로 만든 적도 없고 또 그러한 책이나 초판본 같은 것을 애써 구하는 이들이 드물으나 동경만 하여도 일류 출판사에서 이런 독자에 유의하는 외에 호화본이나 한정본을 전문으로 간행하는 서점이 몇 군데나 있고 애서 취미에 관한 잡지가 다달이 나오며 애서가들이 구락부를 모아 자기네들의 좋아하는 책을 출판하여 회원만이 나눠 갖도록 하는 곳도 있습니다.

이것은 불란서의 이야깁니다만은 법제원의 멤버에도 의자를 놓고 언어학자로도 큰 권위를 가졌던 고 브레아르 씨는 또한 애서가로도 유명하여 노경에는 그가 몇 해 안으로 산 것만도 5동五棟이나 되는 집안에 가득 찼었다고 합니다. 그는 매일 1미터 가량 되는 단장을 가지고 다니며 책을 사는데 아무리 못 사도 그 단장 높이만큼은 사야 집으로 돌아왔다고 합니다. 부인은 그 남편이 하도 책 사는 것밖에 모르는 것을 딱하게 여기어 책을 사지 못하게 하였더니 과연 그것이 원인으로 신경쇠약에 걸리어 심히 열이 생기는 고로 남편이 책을 얼마나 좋아한다는 데에 다시 놀라며 마음대로 하도록 하였더니 또 전과 같이 책을 사들이는데 하루는 어찌 책을 많이 샀던지 마차에도 태워주지를 않아 노인이 땀을 흠뻑 흘리며 그것을 짊어지고 오다가 넘어진 것이 원인이 되어 급기야는 늑막염에 걸리어 이 세상을 떠났습니다.

역유애서亦有愛書라는 것은 가장 호화로운 실내의 오락이다. 시간과 금액이 굉장히 많이 드는 고로 조선에는 앞으로도 애서취미가 보급되기는 어려우나 개인으로는 필자가 아는 사람으로 초보 정도의 서치書痴로는 몇 명이 있습니다.

흔히 진본, 진본 하지만 진본에는 귀중품으로서의 진본이 있고 호화판으로서의 진본이 있는데 전자가 사화史話같은 것이 수위에 있는 대신 재미있는 일로는 후자는 문학서적이 단연 독점을 할 것입니다. 요 근래에 유명한 한정판으로는 뉴욕에서 발행한 초서(영국 14세기 시인)의 『안나가랑가』라는 책인데 처음 예약가격은 백오십 불이요 한 7, 8년 전에는 책이 나온 지 10년 가량에 고본시장에서 시세가 2천 불대에 올랐었다는 것입니다.

될 수 있으면 조선에도 한정판 구락부 같은 것을 만들어 『춘향전』이라든가 『용비어천가』같은 고전 혹은 현대작가들의 시집이나 소설집 같은 것을 만들고 싶습니다. 매수에 제한이 있사와 일단 이야기는 그칩니다만 기회가 있으면 또 재미있는 이야기를 많이 하여 보겠습니다.

—『문장』, 1939.3

독서여담讀書餘談

『카르멘』은 내가 몇 해 전에 교과서로 배운 일이 있었으나, 요마즘까지도, 끝내 읽지를 못하였다.

어쩌다 한 번씩 들어가는 강의시간에는, 도시 어느 페이지를 배우는지 분간하기도 어려웠고, 내가 겨우 알아들은 것은 '오오 카르멘'이라든가 투우사 에스카밀리오 그밖에는 oui나 donez−moi 이상을 넘지 못하였었다.

"자네네 학교에선 『카르멘』을 배운다지."

벗 중에 어느 사람이 물으면

"나는 카르멘이야요. 보헤미안의 계집이야요. 내 피는 검었읍니다. 붉질 않아요. 검었습니다."하고, 외치며 기분을 내었다.

다만 동무에게 들은 일밖에 없는 이 말을 항상 나는 이용하였으나, 듣는 사람은 물론 말하는 나까지도 만족하였다.

사실은, 내가 일찍이 『카르멘』을 통독치 못한 원인이 여기에 있을는지도 모른다. 게으른 탓도 있었겠지만, 크게 재미를 보려고 달려들다는 두어 번이나 첫머리에 난데없는 고고학자가 나오는 통에 지루한 생각이 들어 그만두었다.

요즈음에 이르러 나는 이따금 카르멘의 부르짖는 말이 생각나면, 고소苦笑를 금할 수 없다. 이럴 때마다 지금은 도문圖們 가 있다는 벗, 이미 4, 5년이나 서로 서신의 왕래조차 없는 한 사람의 벗을 그리워한다.

　　그도 시를 쓰고 나도 시를 썼기 때문에 친하였었고 또 그러기 때문에 별 이유 없이 멀어진 옛 벗은 진실로 나에게 이 말을 들려준 사람이었다.

　　언제인가 그도 오래된 일이지만 나는 시도 공부도 이젠 그만두려오, 지금 내게는 암담한 공간과 병마뿐이오 하고 보내준 편신片信이 있다.

　　동무는 무엇을 하고 사는지, 풍편에는 어느 소학교에 교편을 잡고 있다든가, 지방신문에 다시 그의 아름다운 글을 실린다든가. 기실 이 동무도 지금 생각하면『카르멘』을 읽지 않고, 카르멘이 한 말을 내게 들려준 것이었으니, 그는 이제 어떠한 꿈을 꾸며, 어떠한 이야기를 지어내는가.

　　올 봄을 접어들자, 나는 무심중 어느 동무와 이야기가 나서, 또 천연하게 카르멘의 말을 들려주며 기분을 내었더니,

　　"그런 말이 정말 있습니까."

　　그 동무는 정색을 하며,

　　"제에기, 나는 원수의 까막눈 때문의 원서原書를 읽지 못하니, 그런 좋은 구절을 볼 수가 있나."

　　하고 한탄을 하며, 번역자와 번역을 비난하고, 심지어는 그것을 출판한 서점까지 욕을 하였다.

　　나는 그 동무와 이런 말이 있은 후 우연한 기회에 암파문고岩波文

庫로 비로소 『카르멘』을 완독하였으나, 사실 어느 곳에도 카르멘
은 그런 말을 하지 않았다.

—『문장』, 1939.7[2]

---

2   기존 전집본에 발표 날짜가 상이하여 확인한 결과 『문장』 제1권 제6호에 발표되었으며, 발
     표 날짜는 7월로 되어 있다.

제칠第七의 고독
— 심야深夜의 감상感傷[3]

상上

쓸데없는 생각에 잠을 이루지 못하고 가끔 책장을 뒤적이다가 밤 늦게는 흔히 기적汽笛소리를 듣는다.

이런 때마다 불현듯 멀리 여행을 떠나고 싶은 생각이 나는 것은 어찌 오늘 저녁뿐이랴. 밤차가 주는 인상이란 아직도 내게는 명료하다.

차 속에 있는 사람들이 거의 모두 자는데 나 혼자 식당차에 들어가 한구석에 앉아 진한 커피 차를 마시는 것도 좋으려니와 우리가 모두 잠자는 사이에 밤차는 어느덧 다른 아침과 다른 도시로 통할 것이 아니냐.

내가 몹시도 무료한 고독 속에 갇히어 있을 때마다 저 기적소리를 듣고 몹시도 반가워하며 기꺼워한 것은 혹여나 그 차가 나의 쇠잔衰殘한 몽상을 싣고 내가 일찍이 보지 못한 어느 아침과 어느 도시에 닿으리라는 가벼운 애상哀想이 아니었을까.

---

3   원발표면에 '수필'이라는 장르로 표기되어 있으며 2회에 걸쳐 상上, 중中으로 연재되었다.

222

'독실篤實에의 정열'에는 이러한 구절이 있다.

　무한히 있다는 정신세계의 여로旅路에서 그가 거쳐 온 거리는
또한 무수하였다.
　누누이 그는 고독을 피하여 항상 다른 나라로 떠나려 한다. 하
나 그는 언제든 등에는 상처를 짊어졌었고 그의 정신은 몹시도 피
곤했으며 실망을 하여 가지고 다시 돌아온 곳이란 그의 고향인 고
독이었다.

비애도悲哀度를 나누어 이야기하자면 애상이라는 것은 가장 고
독과 가까워질 수 있는 것이 아닐까.
　그는 고독의 황량한 광야에 있으면서도 능히 귀족적인 냉대를
잃지 않았으나 급기야는 그 고독 속에서 헤어나지 못한 채 미쳐버
린 것이 아닌가.
　나는 물론 '니체'와 같이 살을 에어내는 듯한 고독에 감내한다
든가 또는 고고孤高의 정신을 자청할 만한 용기를 가지지는 못하나
생래生來 오장五臟에 흐르는 애상으로 인하여 적이 고독의 향내를
맡으려 한다.
　그것은 반밤에 '팔레스'신상 위에 올라앉아 날개죽질 푸덕이며
쫓아도 가지 않는 대아大鴉를 보고 '네버 모어, 네버 모어' 하는 환
각을 느끼는 '포'의 기분이라든가 창문을 열어제치고 '오너라! 데
몬'하며 니체와 그의 붕배朋輩가 술잔에 붉은 '와인'을 가득가득히
부어 잠들은 '바셀'시市의 가상街上에 집어던진 것과 같은 애상을
회고하든가 혹은 비애를 준비하는 마음이 아니었을까.

밤늦게 기적소리를 듣고 우두머니 앉아 있으면 머릿속에 떠오르는 것이란 무엇일까.

왼종일 고독한 번잡 속에서 헤매이다가 남들은 모두 잠자는 틈에 겨우 안정을 얻어가지고 내가 부르는 것은 무엇인가.

끊임없이 나오는 이 땅의 시인과 끊임없이 사라지는 이 땅의 시인들의 노래 속에서 언제나 내가 볼 수 있는 것은 다만 우울과 고독과 분노와 애수뿐이리.

과연 어느 세대에 있어서나 그 세대에 가장 민감하다는 또는 민감해야만 되는 시인들로서 책상 앞에 가벼운 애상과 고독을 초대해놓고 흔히 이제는 기억조차 희미한 추억 속에서 슬픔과 고독만을 노래함은 옳은 일일까.

이는 눈 내리는 산장山莊에 숨어 앉아 난롯불이나 쪼이며 창밖으로 펑펑 쏟아지는 눈이나 내어다보는 은둔자隱遁者의 고독과 같이 나에게 무엇을 나누어주랴.

문득 나는 내 자신의 노래를 돌이켜볼 때 내 또한 눈물과 묘지와 비석과 더 나가서는 황무지 이외의 아무것도 찾을 수 없는 데 악연愕然치 않을 수 없다.

다만 나의 노래는 천부의 내음새를 남과 함께 맡으며 어찌 한번도 남 먼저 부르짖지 못하였는가. 그저 비굴하게도 남과 함께 울었으며 남과 함께 호소할 뿐이었는가.

어느덧 나는 나의 불면증을 고독과 애상에 돌리려 하는 내 자신에 어안이 막막해짐을 금치 못한다.

"그대는 주인어른을 뫼시고 여러 고장과 여러 나라를 따라다니니 아무리 슬픈 일이라도 아무런 생각이 들지 않을 것이네.

끊임없이 새로운 것을 견문하고 또 견문하는 것은 모조리 즐거울 테니 그대는 세월이 가는지도 모르리라.

나는 지금도 이 무서운 진증이 사리 모양으로 매일 꼭 같은 곳에 쌓여있고 또 내가 꼭 같은 설움에 오래지 않아 찌들을 것이네. 50년 그렇지 50년 간이나 두고 항상 주의注意와 불안 때문에 짓눌려 내게는 다만 괴로움과 외로움이 남았을 뿐일세."

나는 이런 때이면 흔히 읽는 것이 『이란국인國人의 편지』라는 책 속에서도 관노장官奴長이 주인을 뫼시고 간 보통종자普通從者에게 보낸 이 편지의 일절이다.

이미 이역異域에서 늙어버린 흑인노예가 그의 편지 속에 보내는 연면連綿한 향수와 어떠한 비참한 경우에 있으면서도 그칠 줄 모르는 한 사람으로서의 아름다운 꿈.

그는 그의 최초의 주인이 자기의 처첩들을 감시시키기 위하여 환자宦者가 되라고 갖은 잔혹한 협박과 혹은 유혹으로서 영구히 그의 몸에서 남성 자체를 떼어버리려 할 때 "가장 고되인 노역勞役으로 인하여 고달픈 나는 내 정욕을 희생으로 하고 휴식과 재산을 얻을 작정이었다"는 그의 고백이라든가 그 뒤에 오는 회한悔恨과 또는 그 뒤에 오는 고민을 말할 때 이러한 것은 몹시도 나의 지향없는 마음을 찌르게 한다.

더욱이 그가 같은 관노인 소년 '쟈론'에게 보낸 서신에는 적이 가슴이 막히지 않을 수 없다.

내가 그대를 교육했으나 교육에는 언제나 잊을 수 없는 엄격 때문에 내가 그대를 사랑하고 있다는 것을 그대는 오랫동안 몰랐을 뿐, 만일에 우리 같은 운명에도 부자간이란 이름을 붙일 수 있다면 나는 그대를 아버지가 자식을 사랑하듯이 귀여워했노라.

이토록 간곡히 이야기하며 소년이 무사히 돌아오기를, 올 때에는 '메카'에는 들러서 여행중의 모든 죄를 반드시 씻고 오기를 기다린다는 이 편지는 잠 안 오는 밤 참으로 나의 가장 애독하는 때문이다.

이미 늙은 노예가 오직 바라는 한 가지는 무엇인가. 이제는 충충한 그의 의상에까지 배어들었을 고독을 무엇으로써 털어버리려하는 것인가.

오직 그의 구하여 마지않는 사랑은 오로지 아름다운 꿈속에만이 그 주소를 두고 있는 것이 아닐까.

조그만 고독에도 파르르 떨며 신경 속에 정맥 또는 소리를 듣는 나만이 밤 늦도록 고독을 이기지 못하고 미쳐나간 천재들을 상각想覺한다면 페라르닌에게 그칠 사이 없이 소식을 전한 히페리온이나 또는 짜라투스트라가 그가 은둔隱遁하고 있던 산상의 동굴에서 그의 독수리와 그의 배암과 그의 태양을 버리고 거리로 나다니며 설교한 것은 과연 나에게 어떤 애상과 공감을 주어온 것일까.

우리는 그들에 비하여 말할 수 없을만큼 전고 미증유前古未曾有인 현실의 폭주輻輳 속에서 그 어떠한 태도를 취하며 내려온 것인가. 어느 때에 있어서나 가장 새 시대에 관하여 남 먼저 냄새를 맡고 남 먼저 또 그곳으로 지도를 해야 할 시인의 운명으로서 우리는 어떠한 성과를 이루었다고 말할 것인가.

고독 이 중에도 내가 말하고 있는 고독이라는 뜻이 대체로 패배에 통하여지는 것을 느낄 때나 는 거기에서 어떠한 향내를 맡으려 하였던 것인가.

고독 이 중에도 꿈꿔야 하고 오히려 그때에 있어서는 값이 있는 그 고독이란 가장 진솔한 투쟁과 선도적인 위치에서 오는 것이다. 그러면 내게는 그만한 준비와 각오가 되어 있는가.

음악으로의 제휴 이것이 과연 내게 가능할 수 있다면 심연상深淵 上에서 무답舞踏하는 천재와 무릇 그를 좇는 우리의 환각幻覺을 위하여 나는 나의 돌아올 운명에 장엄한 반주를 하리라.

밤늦게 기적소리를 듣고 나의 가장 친애하는 벗이여! 나는 그대를 찾는 대신 소식이라도 전하려던 쓰다 만 편지를 찢어버린다.

기적소리에 불현듯 멀리 여행을 떠나고 싶은 마음이란 다시 말할 필요도 없이 그는 나의 꿈이요, 끊임없이 타고 나온 숙명의 길로 좇으려는 나의 진실한 마음이 아니겠는가.

친애하는 벗이여! 오히려 너를 이렇게 부르려는 내 심사에는 형언할 수 없는 고독과의 근사점이 있지 않을까. 나의 조그만 애상이 타고 가려는 행방은 어느 곳이랴.

의외에도 그는 짜라투스트라가 지어낸 밤의 노래, 영원한 귀향의 노래인 정신방랑의 가향家鄕인가 혹은 흑인관노장黑人官奴長의 아련한 이역異域의 꿈인가.

—『조선일보』, 1939.11.2 ~ 3

여정 旅情

불란서 가거지라 생각하건만

그곳은 너무나 멀어

될 수 있으면 새 양복 맞추어 입고

마음에 내키는 대로 길손이나 되어보리라.

(2월 9일)

오늘은 조금씩 두통頭痛이 난다. 벌써 10여 일이나 면도를 하지 않았더니 동무가 어디 몸이 아프냐 근심스러이 묻는다.

만나는 사람마다 동경엘 간다고 미리 떠들어대어 대문 밖을 나가기도 계면쩍은 생각이 난다.

짓궂은 동무가 "자네 벌써 북경에는 다녀왔는가"하고 나를 놀린다. 밤에는 방 속에 깊숙이 쑤셔 박히어 오기와라荻原朔太郎 씨의「여상旅上」이란 시를 읽었다.

남에게 내세울, 이렇다 할 자기의 생활이 없음으로 인하여, 나는 지금까지 만나는 청년에게마다 여행을 하겠노라 말해온 것이었을까.

다홍물 들인 북경여자의 가냘픈 손톱

싸늘한 찻잔에 비치고

메이 파아즈

장안의 구관조九官鳥도 말이 다르다.

(2월 13일)

구고舊稿를 뒤지다 이러한 시가 나왔다.

이것은 내가 한참 시를 쓰지 못하고 괴로워할 때, 북경이나 갔으면, 하얼빈이나 갔으면 하고 애달파하다 적은 것이다.

오늘도 무위無爲한 날을 보냈다. 어제도 무위한 날을 보냈다. 내일도 무위한 날을 보내리라.

동경에는 무엇이 있을까보냐. 동경서는 누가 나를 기다린다더냐. 아무 데로나 떠나려는 마음, 아무 데로나 가보려는 마음 이것밖에, 내게는 이게 피하려는 길인지 찾으려는 길인지 알아볼 기력도 없다.

다다미 육六조방에 드러누워서

건너편 테라스, 비맞는 선인장을 바라다본다.

선인장은 사막에 외로이 피는 꽃

3년을 별러서 꽃이 피었다.

(2월 16일)

이것도 동경엘 가기 전에 벌써 동경에 가 있는 기분을 내어가지고 적은 글이다.

어제 저녁은 왜 그리 불길한 운세이던가. 이것만 가지면 이것만 가지면 언제든지 동경에는 갈 수 있다던 그 외투를 벗어 차표도 사지 않고 술을 먹었다.

이제는 다시 돈을 변통할 수도 없는 일이오. 그렇다고 이 추운 날 외투조차 없으니 가까운 시골로 내려가기도 부끄러운 일이라. 장차 향배向背를 어이 정하리오. 장차로 당분간이나마 향배를 어이 결정하리오.

시베리아로 가라.
시베리아로 가라.
아니 아프리카로 가라. 아라비아로 가라.
아니 알래스카로 가라.
알래스카로 가라.
(2월 18일)

14년도 『문예연감』에서 오늘 우연히 서정주徐廷柱의 「바다」라는 시를 읽다.

아라비아로 가라. 아라비아로 가라.
아니 알래스카로 가라.

—『문장』, 1940.4

팔등잡문 八等雜文

잡문에 어디 관위官位와 등급이 있겠읍니까마는 제정시대의 영세한 노서아 귀족을 생각해보고 나는 다만 이렇게 제목題目을 붙였습니다.

1850년대 네프스키 거리에서 십등관 귀족이 잃어버린 자기의 코를 찾아 헤매는 거나 1940년에 명치정明治町 거리에서 콩가루 섞인 커피를 마시며 향배向背를 잃어버린 자기의 방향을 생존의 의의를 모르는 자기의 이념을 찾으려 헤매는 보잘 것 없는 이 소시민이나가 무엇이 다르오리까.

담배 연기가 자욱한 영화관 복도에서 예술가 풍모를 한 중년객이 "노트르담 사원의 유리창이" "금후의 파리가" "금후의 불란서 청년이" 하고 옆에 앉은 그의 친구와 주고받더니 불란서 사람 모양 길게 한숨을 쉬인다.

이 남자는 요사이 소위 피풍皮風처럼 긁힘을 받는 리벨리스트의 동계同系일 것인가, 생각 밖에도 조그만 손잡이종을 흔들며 "이 구녕을 들여다보시오. 들여다보시오. 영미법덕英美法德의 서울이 모두 한 자리서 보입니다. 지금 보이는 건 백국白國의 서울, 역사 깊은 해아海牙올시다. 이곳은 해아의 공사청이올시다"하고 혼자 강개慷慨하는 요지경 늙은이와 같은 계열인 것인가.

스스로 목숨을 끊는 이는 어찌하여 아름다운 죽음을 더럽히느냐, 어리석다. 나도 유서를 써놓고 정자엘 올라갔었다. 급기야 밤나무 밑에서 코를 골 적에 오직 어머니와 아우가 늦게서야 찾아와 눈물을 흘리었었다.

실상은 전에도 다량의 쥐잡는 약을 주머니에 넣고 다니다 십여 일쯤 후에 그냥 잊어버린 일이 있습니다.

오후엔 게으른 나로서도 가끔 러시아워에 한몫 끼일 수 있다. 이럴 때 나는 한결 빨라지는 내 걸음걸이와 금시에 돌아갈 곳이 있는 것 같은 안도安堵로 하여 얼마 동안 군집群集의 뒤를 따른 것인지.

어두므레한 저녁나절, 백화점의 옥상에 올라가 원숭이들의 노는 것을 보기도 하며 말없이 흐르는 구름장을 얼마 동안이나 하염없이 바라본 것인지. "요마즉 풍설엔 형이 시정 불량배와 조금도 다름이 없고 오히려 그보다 똥이라 하니 형의 태도는 전보다 나빠진 모냥이오. 나라든가 또는 여러 동무들이 아직도 형을 사람으로 대접하는 것이 무엇인 줄 아시오" 생소한 벗까지 이런 충고를 준다.

미안합니다. 별로이 소용은 없으나 그저 시를 쓴다는 의미에서 똥 속에 빠진 나를 건져주는 동무님이여! 미안합니다. 사실 나는 당신을 동무라 생각한 일은 없소.

알았소. 알았소. 나는 무능한 사람이오. 자주꾸레한 얼굴을 하여 가지고 뒤로 돌아서서 웃는 사람, 그것은 당신을 웃는 것이오. 당신이 당신들의 무력한 일면을 웃는 것이오. 소원이라면 내가 되오

리다. 이스카리오데의 유다, 이제 다시는 자살을 싫어하는 유다로
되오리다.

　우리가 시적인 흥분을 얻으려 할 때, 어찌하여 인공적인 수단을
쓸 필요가 있을까.

　초자연에까지 이르는 존재도 자기를 높이려 함에는 정열과 의
지의 힘만으로도 넉넉지 않은가!

　마약을 먹고 황홀한 경지에 이르는 과정을 그리어 예찬하여, 몸
소 실행까지 한 보들레르도 그의 서書『인공낙원人工樂園』에 이런
말을 하였다.

　　비오는 날, 지줄구레하니 방안에 둘러앉아서 세상일을 근심하
　여 눈물을 거느리고 외로와하는 일은 이제 근신하리라. 순조로이
　모든 것을 받아들이고 긍정하리라. 그 속에 나의 한숨과 눈물이
　있다면 그때엔 고이 적어두리라.

　　내 작품에 있어서 폭의 진동振動함이 크고 작은 것은 나의 책임
　할 바가 아니다. 표본 상자의 나비와 같이 혹은 꿀벌이같이 조금
　도 수족을 상함이 없이 다만 일후에라도 나의 모습을 보고지라 일
　컫는 이에게 전하여 주리라.

　정릉리貞陵里 밑구녕 돈암정敦岩町 꼭대기에서 오늘도 문안엘 들
어갔었다.

　벌써 작년 12월부터 누구한텐지도 모르게 오른 옴이 이때까지
낫지 않고 요마적은 더욱 심하여 태평통太平通에 있는 친구의 양약
국洋藥局엘 들른 것이었다.

옴이라는 병이 지독히 끈기가 있어서 내버려두면 삼년 간다는 말이 있기 어디 제깟 놈이 얼마나 가나 두고보자 하고 그놈이 손구락 사이에 좁쌀알만큼씩 솟아 나올라치면 그때마다 그 속에 말갛게 고인 물을 손톱으로 톡 튀겨버리고 톡 튀겨버리고 했더니 급기야는 내가 지고 말아 게으름을 참아가며 오늘부터는 약藥을 하는가보다. 처방을 하고 제약製藥을 하는 친구의 책상 밑에 무슨 푸르스름한 병이 있기 무심히 집어 봤더니 그게 바로 물에 타먹으면 자는 듯이 죽는다는 청산가리.

쓸쓸한 생각이나 내가 어찌 탐이 나지 않으오리까. 유심히 들여다보다 그만 들키어 "댁이 주머니에 넣어두면 그래 먹을 것 같은가"하며 "자네가 죽으면 그냥 병이나 과실로 죽었지 그래" 하고 멸시蔑視를 받았다.

슬프이 슬프이 손구락 사이에다 왼통 빨간 약칠을 하고 그 값으로다 자네 시까지 읽는 것은 도무지가 슬프이.

백로야
한가한 다리 강 갈숲에
너 어인 세월
또 황혼에 보내……

바램에 초초焦憔로운 무리
허튼 풍수風水에 잠잔히 늙어가는 너 슬픔이여!

이 약제사야! 동양화야! 이것이 네 시「백로白鷺」의 한 구절이다.

석石얼음이 진 약장의 유리창을 열면 그 속에서 비상이다. 유산硫酸이다, 요도沃度다, 수은이다, 아다린이다, 우루루 나오는 극약들.

주인이 잠든 틈을 타서는 모든 이런 놈들이 미닫이를 열고 나와 책상 위에 제멋대로 춤추고 뛰놀 터인데 너는 어찌 침착히도 수묵화水墨畵를 치고 있느냐.

내게 없는 것 대체 나는 이것을 가져야 하느냐 혹은 갖지 않아도 좋으냐!

정신상의 형제여! 육신상의 동기同氣가 아니라 정신상의 형제여! 모조리 내 앞에 와서 집합을 하라.

요마적은 서울 있을 때에나 동경 가 있을 때에도 말로의 작품을 깡그리 읽었더니 그놈에게서 많은 형제를 얻었다. 페르캉, 크라보, 가린, 기요, 기요보다는 고독한 테로, 진陳 이런 것들이 나를 에워싼다. 페르캉! 페르캉!(차라리 시나, 그것도 랭보나 보들레르가 아니고 19세기 불란서 낭만파의 시나 읽었던들 순직한 감상이나 간직했을 걸.)

내가 갖지 않은 것 갖고 싶어하는 것 왼갖 것을 갖고 있는 이 동류同類들은 감수성 시련을 주어왔는가.

치고, 차고, 박고, 물고, 뜯고, 꼬집고, 밟고, 때리고, 울며불며 아우성치는 외에 자신이나 아니 남을 이렇게 구박하고 싶은 외에 나 자신을 무서운 학대로 끄는 외에 무슨 재주를 나에게 맡긴 것일까.

아무리 서러운 눈물도 고요히 거두어질 때는 다시 오느니……

하이네 씨가 노래하신 대로 얼마 동안만 그저 얼마 동안만 기다리면 지난 날의 동기同氣와 같이 이런 것도 언제 그런 일이 있었는가 하리라.

　속절없다. 내 만 권의 서책을 읽어왔노라.

　나는 말라르메 선사先師의 시편에 이런 구절이 있는 것도 모른
체하고 쓸쓸한 마음에 다시 책상 문을 연다.
　장 속에는 먼지가 보얗게 앉았다. 얼마 동안을 두고 이렇게 군색
한 것인지. 처음에는 그래도 이 속의 책이 어린애들 이齒 갈 듯 빠졌
다는 다시 나고 다시 나고 하던 것이 이제는 아래웃턱 아주 형용할
수도 없다.
　이 속에서 나는 어떠한 위안을 어떠한 양식을 구하려 함이 없을까.
　자신에 대한 불신임과 과대망상증과 일상의 불안에서 오는 공박
관념恐迫觀念 외에 협심공포증狹心恐怖症 외에 무엇을 얻은 것일까.
　차라리 돌아가리라. 아프리카 사막으로 보석을 싣고 가던 랭보
는 응부應富, 그 베를렌에게 총을 맞아 숭터가 진 바른 손에 이번에
는 자신이 피스톨을 들고 오지奧地에까지 떠돌아와 남의 재화財貨
를 빼앗으려 하는 백인의 누악陋惡한 인간성이나 이유없이 살인하
려 덤비는 미개한 토인들에게 최대한의 증오憎惡를 재워가지고 탄
환과 함께 들이쏘았을 게다.
　이것이 끝없는 인간혐오人間嫌惡에서 오는 자의식의 치열한 복수
였을까?
　정주廷柱는 일찍이 그의 수필에서 랭보가 사경死境에 이르러 귀
향한 것을 애석히 여기고 그가 임종臨終에 향유香油를 바르며 일개
의 기독신도基督信徒의 의식으로 그 목숨을 마치었다는 데에 통탄

하였다.

우리가 정신상의 동류同類와 형제의 일을 이야기하고 과장하려고까지 하는 마당에 어찌 이런 사실을 안타까이 여기지 않으랴.

그러나 돌이켜 생각할 때 궤변이 아니라 정주와 나, 또는 여기에 공감을 갖는 사람이 이렇게 생각하는 것과 저열低劣한 기독신자가 유다, 열두 사도使徒의 하나였던 유다를 몹시 욕하는 것과 같이 그러한 자기변호의 위선僞善과 무엇이 다른가.

어찌 생각하면 역력히 보이는 것 같은 나의 길. 시인是認하기에는 너무나 무서운, 암담 속에서만이 환히 빛나는 이 길이 어찌하여 돌아서는 길이 되고 마느냐.

헬레니즘 헬레니즘 안타까이 부르짖으며 르네상스를 찾고 다비드를 부르던 나는 끝끝내 비극과 싸워나가는 서구인의 끊일 줄 모르는 투쟁정신을 멀리멀리 바라보기만 하였다.

늙은이는 지팽이를 짚고
젊은이는 봇짐 지고
북망산이 어디멘고
저기 저 산이 바로 북망산이라.

봐라. 이것이 너의 조상 때부터 불러오던 노래다. 바로 네 폐부에 흐르는 노래다.

유다여! 이스카리오데의 유다. 미안합니다. 물론 나는 죽지 않을 것입니다. 그러나 그대와 같은 배신도 내게는 하여볼 기회조차 없는 것입니다.

오늘도 명치정明治町엘 나와 당구를 하며 콩가루 섞인 커피를 마시며 어쩌면 지방 문청文靑이나 올라와서 어떻게 인사할 기회를 얻어가지고 맥주나 마실까 맥주나 마실까. 사람의 대구리가 어느 때는 맥주병, 맥주병 작기酌器로 보이는 때가 있습니다. 어리석은 비유이오나 한참 마음이 편할 제라야 나는 내 자신을 악의 없는 악마, 그저 조그만 악마라고 불러봅니다.

죄그만 악마! 그 중에도 엘프는 못되고 그러자니 그저 꽃 속에 이슬먹고 춤추는 님프라, 님프라고 생각합니다.

시나 쓰리라. 그저 소용도 없는 좋은 시나 쓰리다. 이 잡문도 그럭 저럭 쓰다보니 한 이틀치는 넘겨 썼는가 보다. 더 쓰고 싶어도 어디 나같이 흥분하기 쉬운 청년이야 더우기 긴 글을 쓸 수 있으랴.

길게 쓰려면 퀴퀴한 산문가 나부랭이 모양 누구를 만나고 누구와 술을 마시고 마셨는데 그 양이 얼마나 되고 해야 하는 것인데 난 도무지 아무리 쓸 게 없더라도 그것까지는 쓰고 싶지가 않다.

사실, 통틀어 예술가라든지 작자라 해놓고 이 사람들이 남에게 어떠한 의사나 정서나 진실이거나 간에 전하려 할 때 그들은 제일 먼저 자기의 속한 부문에 힘을 빌 것이다. 그러기 때문에 나는 시 이외에 별로이 쓴 적이 없다.

미안합니다. 요번에 독자님, 내가 몇 원을 얻어먹기 위하여 당신들께서 나로 치면 삼차적인, 사차적인 이 혼돈한 잡문으로 하여금 그 귀중한 시간을 착취했다면 당신들을 속여서 미안합니다.

이따금 자기도 모르는 사이 무슨 생각에 골몰하다가 잠을 놓치어 옆에 사람들은 모두 깊은 잠이 들고 저 혼자 남았음을 깨달았을 때 나는 그때처럼 끝없는 정지停止로 하여 견딜 수 없는 외로움을 느끼는 적은 없다.

무언지 모르게 자기가 미웁고 심지어는 사람이 미워진다. 뭐냐 이놈아! 이런 때 누가 곁에서 부시시 일어난다면 느닷없이 정갱이를 발길로 질러버리리라.

나는 불현듯이 생각해낸다. 그렇구나. 이놈이구나! 바로 이놈이구나. 나의 청춘기를 말끔히 개 싸대듯 싸대게 만드는 놈이.

그래서 해마다 동경이요 고베神戸요 하고 떠돌고 하며 안정을 주지 않아 다달이 고향이다 배천白川이다 하고 뛰어내려가게 하는 놈 이놈이 이 무서운 정지停止로구나, 하고 외치게 한다.

슬프다. 이것이 지향없는 사람의 원병原病이 아니고 생활하지 않는 사람의 원죄가 아니냐.

돈암정敦岩町 더우기 내가 있는 집은 정릉리貞陵里로 넘어가는 바로 길목이라 내가 이러한 생각에 몹시 침울한 때쯤이면 반드시 요정에서 넘어오는 택시들이 졸리운 눈깔을 끔벅이며 두두거린다.

차바퀴가 끼익끼익 하는 소리에도 나는 견딜 수 없는 불쾌감을 느낄 때가 있다. 이맘 때에 취하고 취하지 않는 놈이 어떠한 놈이냐.

야릇잖다. 정당한 이유 없이 자기를 학대하거나 의심하는 짓은 그리 좋은 일이 못되나 하도 어처구니없는 자신에 기가 막히어 비굴한 심정으로 헝클은 머리를 쥐어뜯는다.

찾아야 한다. 무슨 일이 있든지 반드시 찾아내야만 한다.

향배向背를 잃어버린 나의 방향은 어디에 있는가. 나의 이념이여! 조금만 조금만 맑아지거라. 나의 생존의 의의란 어디에 있느냐.

이렇게 자나깨나 생각한다고 남만 보면 이야기하고 제 자신에게도 들리어주나 나는 한결같이 명치정 거리를 기웃거리며 거닐고 있다.

오죽하면 물건너 얼뜨기 연출가에게 조선에는 다방 출입만 하는 놈이 예술가가 되고 요기조기 쥐수염 같은 것을 쫑긋거리며 자진하여 그놈 꼬붕이 되는 놈이 작가가 되느냐.

나는 그곳에 무엇을 빠치었을까, 무엇을 잃은 것일까. 그 수많은 친구라는 사람들과 서로 찾아다니는 것은 뜻밖에도 어제쯤 뱉어버린 군침이 아니었을까.

왼종일 심각한 표정을 하고 앉아서 차를 마시는 간간이 그들은 축음기에서 나오는 음향을 형이상形而上으로 끌어올리는지, 형이하形而下로 끌어내리는지 음치音癡인 나는 알지 못한다.

다만 형용할 수 없이 무서운 권태가 인제는 완전히 타성이 되어 차를 마시는 입이 벌어지는 것도 당구장에서 큐를 든 손이 움직이는 것도 이제는 습관 이외에 아무런 의미가 없다.

돈암정은 말만 시내라 밤이면 개구리가 요사이 비오는 틈을 타서 악마구리 울 듯 하고 또 한구석에는 맹꽁이란 놈이 청승맞게 꼬옹꼬옹 운다.

밤마다 늦게 돌아와서 한잠 달게 자는 집안 식구들을 잡아 일으켜 대문을 열게 하는 나를 보고 제군들은 맹꽁이가 무에라고 하는지 들었는가. "이 밤중에 또 어딜 갔다 오느냐, 이놈아! 너는 날마다구나. 어서 들어가 자빠져 자거라. 맹꽁."

—『조선일보』, 1940.7.20~25

아벨의 자손[4]

1.

서두에 무엇을 먼저 써야 옳을지

눈 위를 밟고 가면 당장에 시꺼먼 발자국이 생기듯 하루를 견디면 하루 나의 생활은 남루를 거듭하는 상 싶다.

그러게 자살하는 놈이 "진작 죽을 것을 늦어서 미안합니다"고 쓴 유서가 자꾸만 생각이 난다.

남들과 같이 새해마다 가서 보는 희망일 거나 의의일 거나 이런 것도 어느 때는 진정 부러우나 나같이 성미가 비꾀인 처지로서는 이러한 생각도 천만의 말씀이다.

자칫하면 이 역亦 업원業怨이라 생각하고 두 손 놓게 되었을 용렬한 성품으로 인하여 나는 으레 이것의 부작용인 의심을 대단히 한다.

대체 의심이라는 것은[5] 어째서 생기는 것일까? 이 문제를 가지고 죽을 때까지 궁리하였을 서철西哲 데카르트의 말씀을 들어보자.

---

4 원발표면에 수필 장르로 표기되어 있다.
5 원발표면에는 "대체 의심이라는 엇재서 생기는 것싸"로 되어 있으나 문맥상 "것은"을 넣었다.

참이란 것을 알려면 우선 의심을 하여라. 네가 옳다고 믿는 것이라도 한번 그렇지 않다고 의심하여 보아라. 이것이 즉 진리를 찾는 길이니라 하고 일컬으지 않았는가.

이러고 보면 내가 제 자신이 가장 고약하고 더럽다는 비꾀인 성미의 부작용에서 활용의 여하를 따라서는 의외의 좋은 소질을 가졌음에 일변 반갑지 않을 수 없다.

모某 임任 내부주사內部主事 서叙 판임관 육등자六等者
광무오년십일월팔일
의정부찬정議政府贊政 내무대신 이걸하李乾夏 인印

이것은 이미 타세他世이신 가친의 유일한 관작官爵이오 사령장辭令狀이다.

2.

아버지는 마지막 임종의 석상席上에서도 별다른 말씀도 없이 "내 교지敎旨는 어디다 두었느냐. 그 교지를 이리 가져 오너라" 하고 눈을 감으시었다.

마침 가세의 부유한 연고와 당신의 질소質素하신 까닭으로 페테르부르크나 네프스키 통通의 고와레프 씨, 이바노프 씨의 예는 안 가지셨으나 역시 우리의 원조를 생각할 때에 적어도 가친만으론

이 영세한[6] 육등관을 아벨의 자손이라 의심할 수는 없다.

땅에 입 맞추고 따뛰이르고 농사 지어 즐겁게 살려거던 아벨이 산山과일 따먹고 노루나 사슴을 쫓든 그의 형 카인에게 시기를 당하야 칼을 맞은 지 이제는 몇 천 년이 되었는지 몇 만 년이 걸리었는지 알 수는 없으나 이 두 형제의 피는 자자손손으로 걸치어 얼마나 상서롭지 못한 눈자위를 굴린 것인가.

그러면 눈이 크고 겁이 많아 보이며 마음 약한 나는 누구의 말예 末裔일까? 자신의 부조父祖까지도 아벨의 자손이라 단정할 수 있으면서 어찌하여 내게 와서는 나 자신이 이 점에 의혹을 가져서야만 되는가.

> 장안술 하룻밤에 마시려 해도
> 그거사 안되지라요
> 장안술 하룻밤에 마시려 해도
> 그거사 안되지라요

3.

매양 있는 일이나 그날 밤도 술에 젖어 집으로 돌아왔다.

"못된 놈 같으니 날마다 혼신이다. 나가도록 술을 처먹고 그래도 비둘기 새끼마냥 집은 잊어버리지 않아서 용하다"
고 하며 어머니께서는 나무라시는 것인지 다행이라고 하시는 것

---

6   원발표면에는 '霧細'로 표기되었으나 '零細'로 추정된다.

인지 알 수 없는 말씀을 하시고 그날 또 중학 이년급二年級에 다니는 아우는 가련한 형님의 전정前程을 생각하였음인지 돌아앉아 훌쩍훌쩍 울었다.

"하하. 집안 사람이 모두가 아벨의 손자인데 어째 나 혼자 카인의 새끼냐. 하하. 하하."

하고 밤새로 한 시가 지나도록 이불 속에 묻어놓았던 밥을 조그만 상에 차려왔을 때 나는 악마의 거만한 마음을 가지고 눈물 한 점도 없이 하하하 웃으며

"나 인력거 타고 왔시요. 나 갈비 먹고 왔시요. 나 술 먹고 왔시요. 하하하하"

하였다.

이것은 여담일지 모르나 그날 밤 나는 예수 나의 불쌍한 형님 예수가 누구의 자손인가 솔로몬 아브라함 레맥 이렇게 추켜올려 가면서 엄복동嚴福童이냐 조수만曹壽萬이냐 식으로 아벨일러냐 카인일러냐 하고 노래 부르면 렝 – 비인 책장 문을 뒤지었으나 아차 그 전일에 내가 제법 사랑하는 구약성경마저 이봉구 네 서점에다 팔아먹은 것을 잊고 있었다.

　　그대 다 – 만 식물과 같으라
　　그대 다 – 만 식물과 같으라

대한大寒 추위가[7] 코를 물고 귀를 베어가는 날 술 한 잔 얻어먹지 못하고 밤늦게 기웃거리다 혜화정행惠化町行 종전차終電車마저 놓

---

7 원발표면에는 '지위가'로 표기되어 있다.

치어 종로사정목鍾路四丁目에서부터 미아리 넘어가는 산 밑까지 터벅터벅 걸어 오느라면 항용 전날과 같은 생각을 하였다. 몇 해 전만 같아도 방에서 불을 끄고 누으면 언제나 해저와 같으니 무엇과 같으니 하고 기분을 내었으리라. 내가 이 말을 하는 것은 별다른 의미가 아니라 습관과 같은 것 그저 그런 것을 이야기하려 함에 그친다.

거지나 병인이 헝클어진 머리털이나 더러워진 옷깃 속에 이를 키우듯 내 가슴속에는 회한을 길러왔노라. 신사여! 숙녀여! 아는가. 세상에도 제일 무서운 것 그것이 무엇인가를⋯. 그것은 권태다. 권태라 한다고 외친 보들레르 씨의 말보다 내게는 더 무서운 것 나는 그것을 말하고 싶다.

4.

나는 나의 곁에 잠시도 떨어지지 않고 따라다니는 자칫하면 잊어버리기 쉬운 습관이란 놈을 잊어서는 안 된다.

판임관 육등자判任官六等者의 망냉이로 자라나 (아우는 나보다 일곱 해나 아래이니까) 하나 괴로움을 모르고 어렸을 적부터 직품의 권세와 돈의 힘을 뻐끔뻐끔 짐작함으로 장차의 나는 어떻게 커 나온 것인지 하다못해 책冊을 읽을 제에도 그 영향이 역력하다고 안 할 수 없다.

문예사조하면 문예사조, 인생문제하면 인생문제, 이런 것은 모두가 전문으로 사색하고 반성하여 주는 사람이 있어 그들의 엑기스를 뽑아넣은 책만 읽으면 물론 전차나 택시를 타는것처럼 목적지에 닿는 줄로만 알았다.

이 무슨 허망한 일일까. 헤 – 겔이나 불탁佛託[8]도 오장환이 네가 무엇이다 너는 이렇게 하지 않으면 안 된다고 말하지는 않았다.

가뜩이나 좁은 머리에 동서양양東西兩洋의 가진 괴물들 선철先哲들이 세상은 인생은 문학은 이럴 것이라고 생각한 해석을 다만 창고에 벼 쌓듯 싸면 어떻게 되는가.

나는 내가 무엇인지는 모르나 내 등꺼풀과 관능官能과 습속만을 남기어두고 어디에 있는 것일까? 혹시나 영영 수많은 시민과 함께 나의 육신은 나에게 돌아오는 것을 보지 못하며 떠나는 것이 아닐까.

그대 다 – 만 식물과 같으라
그대 다 – 만 식물과 같으라

이러한 뉘우침도 습관이라서 하여 보는 게 아니라 진정 진정으로 뿌리를 그리워하자. 하루 이틀 아니 십 년, 이십 년 자식에게까지도 뿌리를 키우자.

다만 한 순간이라도 좋으니 내가 살았다는 그리고 살았었다는 것을 남에게 외치고 싶다.

찬란한 죽음! 그렇다. 아름다운 죽음이어야 한다. 일생에 단 한 번밖에 보내지 않는 이처럼 귀한 선물을 나는 어떻게 써야할까가 크나큰 문제다.

---

8   佛陀가 아닐까 한다.

5.

화병에 담기인 꽃송이 모양, 정녕 화병에 꺾어온 봉오리라면 먼지 섞인 물방울이라도 마다 않고 받아 마시자. 그리하야 부디 시드는 적 없이 곱고 고운 꽃잎발을 날려보내자. 가늘게 늘게 떠는 꽃수염을 날려 보내자.

지난번 대전大戰 때 전몰戰歿한 독일학생의 편지엔 이런 게 있다.

전사한 동무의 누이에게

…… 당신 오라버니의 몸은 아무도 모르게 이향異鄕의 땅 속에 잠잔다 해도 그는 독일사나이들이 옛날부터 꿈꾸는 죽음 가운데 가장 아름다운 죽음을 하였습니다 – 우리들의 가슴속에 그리고 그의 진실한 동무였던 몇 사람의 마음속에 남아 있는 그의 추억은 우리들의 마음이 없어지지 않는 한 살아있을 겝니다. 우리에게도 어두움 아무도 넘어설 수 없는 그 어둠이 다가선다면 우리들도 그의 받아들인 죽음만을 소원할 뿐이올시다.

여기까지 읽고 필자 오장환이는 가슴이 뭉클하지 않을 수 없다. 거봐라. 남들을 보아라. 불교 무슨 삼대경三大經에 나온다는 무량×수국無量×樹國의 왕자 마가살타摩訶薩埵의 사신사호捨身飼虎하는 최기最期를 보아라.

예까지 써놓고 보니 사실 맥은 꽉 찬 것만 같은데 그래도 하고 싶은 말 아나나의 말하고자 하는 의사는 삼분지일도 훨씬 못쓴 것 같다.

나는 어찌하여 이리도 실패를 거듭하는 것인지 전하려는 의사는 외치고 싶은 마음은 마디마디 뼈에서 울궈 시에 넣어왔으나 그것이 안 되고 지게미 섞이어 삼문三文의 감조차 없는 잡문으로 꾸리려하나 여기에는 새어 버리니 참으로 언어의 지난至難함이어! 더욱이 문자의 가공可恐함이여!

> 또 한번 멀 - 리 떠나자
> 거기
> 날마다 드나드는 이국선과 해관海關의 창고가 있는 곳
> 나도 낯설은 거리에 서서
> 항구와 물결과는 아무런 관계가 없는 회사원이나 관청사람과
> 같이
> 우정 저녁길을 따라가보자[9]
> 그러면
> 날마다 기계와 같이 돌아가는 계절 가운데
> 우수가 지나고 경칩이 지나
> 고향에서는 눈 속에 파묻힌 보리이랑이
> 물결치듯 소근대며 머리를 들고
> 강기슭에 두터운 얼음장이 터지는 소리
> 이때의 나는 무엇이 제일 그리울 게냐

그러나 근심할 것은 없다. 이것은 나의 최근작 미발표시 「여정」의 가운데 토막이다. 아직도 내게는 꿈이 있다. 저기 저 지나가는

---

9   원발표면에는 '짜러가보자'로 표기되었으나 '따라가 보자'와 '따라 가보자'의 의미가 달라 띄어쓰기를 그대로 두었다.

구름과 같은.

이 글을 끝까지 읽으신 이는 다시 한번 웃어 달라. 표제를 「아벨의 자손」이라 하고 선망하신 가친을 들추어내어 그를 아벨의 자손이라고까지 하며 나는 이제서야 아벨과 카인의 직업을 생각해 냈다.

사실은 아벨이 양을 치고 카인이 농사를 지은 것이다.

허나 이역 무관한 일인 줄 알기 다시 고쳐 쓰지는 않으려 한다. 이 말 한마디를 고치는 것은 두말할 것도 없이 내가 옳다고 하는 생각까지를 고쳐야만 하는 때문이기도 하다.

—『매일신보』, 1941.2.14.~2.20

성취탕 醒醉湯

1.

　표제는 물론 자의字意와 같이 아침의 해장국을 일컬음이리라.

　수호지水滸誌를 읽으면 이런 말이 많이 나온다. 내 직접 눈으로 본 것 아니나 성취탕醒醉湯이란 산 사람의 간을 꺼내어 곧 해장국을 만들은 것이라 한다.

　가끔 술이 거나하야 집에 돌아오는 길에는 동소문 고개를 다 넘고 미아리 고개에 이르도록 조금도 추위를 모르나 그 위에 다시 반월半月이나 비추어 있으면 그 운치가 더 말할 수 없다.

　이런 때이면 어찌 신명이 나는지 미친 개에게라도 물려가지고 공수병恐水病이라도 걸리어 들 가운데에서 멍멍 짖고도 싶은 일이나 술이 차차로 깨어올 무렵에 이보다도 더 훌륭한것은 해장국을 마시는 거니 즉 고춧가루를 많이 풀은 콩나물국 그 중에도 뜨거운 국을 마시는 거다.

　성취탕을 생각하는 것은 또한 이런 때이기도 하다. 그래서 천하의 죽일 놈들 같으니 원 아무리 하기로 하고 중얼거리다가는 역시 수호지의 주인공 송공명宋公明이도 소루라들의 올가미에 걸리어 하마터면 성취탕의 재료가 될 뻔한 일을 생각하고 부지不知 중 웃음을 참을 수 없다.

필자의 과문과독寡聞寡讀의 탓인지는 모르나 사실에 있어서 이처럼 잔인무도한 행동을 태연히 기록을 중원中原 이외의 타처에서는 별로히 들은 적이 없다.

우선 수호지로만 하여도 그곳에서 주막집을 경영하는 놈은 지나가는 행객 중에 살찐 놈은 암소고기로 마른 놈은 물소고기로 팔며 그들이 가지고 갔던 행장行裝과 노자는 훙켜 넣는다.

하물며 이것들이 의義 있는 장부丈夫요. 나라에 충성을 하려 하나 간신에게 모해謀害를 입어 잠깐 녹림綠林 중에 몸을 숨긴 호한好漢들임엔 사람 죽인다고 하지 않을 수 없다.

도적놈이 돈에 욕기가 나서 사람을 죽인다는 일이나 시체를 감추기 위하야 잔인한 행동을 했다는 말은 어찌 다 듣는 일이나 그 살점으로 만두 속을 하였다 들켰다는 이야기는 아무리 소설이라 하나 수호지 이외에서는 본 적이 없다.

이러한 이야기는 원본을 읽지 못했으니 좀 틀리는 데가 있을지도 모른다 하고 싶으나 영창서관永昌書館 판본이나 윤백남尹百男 씨의 번역한 책에 이 말은 하나도 빠지지 않았으니 하는 수 없다.

여담餘談이 아니라 작년 구정쯤에 내가 이런 것을 본 일도 있다.

우연히 지나가자니 안국정安國町 대창大昌빌딩 건축 예정지 비인 터에서 청인淸人 하나가 원숭이를 데리고 재주를 보이기에 나도 여러 사람들 틈에 끼어 구경을 하였다.

원숭이를 데리고 재주 부리는 사람을 보면 어렸을 적 생각이 자꾸만 나서 (내가 자라던 궁벽한 산골에로 이따금 찾아와 죄그만 원숭이더러 "사모 쓰구 짱개가 사모 쓰구 짱개가"하던 그 청인을 그리고 소설로 읽은 집 없는 아이와 파-란 우산 단신을 신은 그 원숭이와를) 대단히 즐거운 기분으로 서서 본 것이었으나 중간쯤보다 나는 아니 우리는 놀라지 않을 수 없었다.

어린아이의 몸뚱이가 독 속에 들어갔다가는 다시 나오고 난 다음 요번에는 그 아이를 하늘로 올려 보낸다 하기 우리는 무슨 요술로 어린아이를 잠깐 동안이라도 공중에 떠 있게 하는 줄 알았더니 대체 이놈들이 땅에다 부적을 붙인다 걸상을 가져온다 야단을 치더니 급기야 시퍼런 칼로 어린애의 배를 콱 찌르니 피가 사방에 튀어 그 찌른 놈에 얼굴이 웬 피투성이요. 어린애는 얼굴빛이 양초가 터지며 눈을 감는 것이었다.

저런 저런 하고 어미지두의 일이라 모두들 어쩔 줄을 모르고 있을 때

"돈 내 돈 내. 왜 돈이 아니 내. 우리 아들이 죽겄다 돈 내라" 하고 그 늙은 청인 놈이 피 묻은 칼을 들고 쭉 둘러선 손님 앞으로 덤벼드는 것이었다.

대개는 그때들 주머니에서 잔돈을 꺼내 던지고 달아났다. 그 꼴은 처참하야 차마 볼 수 없으나 그렇지만 나는 아무리 요술이라 하여도 그 아이가 살아나는 것을 봐야만 할 것 같아서 서서 있노라니 그놈은 가만히 땅에 떨어진 돈을 눈어림으로 세어보는 모양이었다. 그러고는 좀 부족한 듯하니까 다시 어린애의 목덜미를 굽 높은 식도食刀로 찍는 것이었다.

2.

대체 세상에 무슨 요술이 없어 이 무지무지한 지랄(사실 이것은 악독한 지랄이라고 밖에 생각할 수가 없다)을 하는가.

이쯤 되면 무어라 해석해야 옳을지 모른다. 간도에서 돌아온 친구에게 들은 이야기나 이십 리도 넘는 길을 십사 전 받고 영하 사십 도나 되는 추위에 인력거를 끌다가 그 이튿날은 동사로 되었더라는 말은 들었지만 대체 그들의 돈을 좋아하는 것과 심지어는 오락에까지 잔인한 데에 놀라지 않을 수 없다.

그 뒤 나는 동무를 만날 때마다 이 이야기를 꺼내어 가지고는 그때마다 크게 분개하며 대체 어째서 책 속에 그런 데나 그런 잡술雜術을 우리 땅에 들어오게 하느냐고까지 불평을 한 것이었다.

그때 대동출판사大同出版社에서는 이놈들을 둘러다가 창립총회인지 무슨 기념회를 하는 데에 여흥으로 쓴다는 소문까지 있어 나는 쥐뿔다귀 같은 놈들이라고 욕설을 하며 지레 흥분한 적도 있다.

그러나 이런 데에 흥미를 가진 동무에게 들어보니 이런 것은 항恒 다국茶國의 일이오 대륙 사람들은 그런 경향이 많은데 특히 인도와 지나支那가 동양에서는 심하고 구주에서는 노서아露西亞에 이따위 일이 많다고 한다.

이 이야기도 그 친구에게 들은 말이나 좀 허황한 듯하지만 참고로 적고자 한다.

지금도 사천성 근처에 가면 서너 살 된 어린애를 잘 잃어버린다는데 그 어린애는 누가 집어가느냐 하면 이는 상상도 할 수 없는 악당의 소행이라 한다.

3.

그 훔쳐간단 애들은 무엇에 쓰는고 하니 왼 몸둥이에다 진물을 칠하야 딱정이가 앉도록 한 다음 그 딱정이를 미리 떼여 버리고 일변 노루사슴이 혹은 토끼 등속의 가죽을 산 채로 벗기어 그냥 그 가죽을 어린아이의 피 묻은 살에다 붙인다 한다. 이래서 목 위만 남겨놓고 전신을 짐승의 가죽으로 붙인 토끼사람 노루사람 이런 것을 만들면 놀라지 마라 무려 십만 불 이십만 불을 한다고.

그러자면 이 아이들이 대개는 다 죽고, 사는 아이는 백에 둘이나 셋이라 하니 말대로 하면 장차 자기 나라의 운명을 두 어깨에 질 백여의 생명을 가진 악독한 짓을 다하야 불과 사오십만 불에 파는 셈.

이래가지고 토끼사람과 사슴애기는 태평양을 건너 미국米國엘 가며 신기한 거 좋아하는 양키들이 아주[10] 비싼 돈을 주고 구경한다는 것이니 물론 이 이야기는 대체로 잔인하고 돈만 아는 중국 사람과 공연히 열단劣端만 찾는 양키들의 주책없음을 비웃는 이야기겠으나 어째서 그들은 외방外方 사람들에게 그런 창피한 오해를 받지 않으면 안 되었는가를 생각할 필요가 있다.

여기에는 먼 곳의 사람들이 하나의 개념으로 가지 못하는 사람을 인식하는 폐단도 있는 것이니 가령 내가 동경에 있을 때 이향보온천伊香保溫泉에 가서 들은 말이나 여중女中이 저는 조선 사람이라면 모두 상투를 올리고 이상한 모자 즉 갓을 쓰는 줄로만 알았는데 한번 동경엘 가서 조선 사람 노동자를 많이 보았으나 도무지 그렇지 않으니 그 갓을 쓴 사람은 양반이오, 씨름꾼이오, 하는 따

---

10 원발표면에는 '가조'로 표기되어 있다. '아조'의 오기로 보인다.

위다.

우리는 누구의 어떠한 풍문이나 또는 글만 가지고도 머릿속에 한사람을 만들게 되니 이상의 중국인들이 잔인하다 어둡다 하는 인상만은 어찌할 수 없는 것이다.

그러나 이 책임도 또한 상상像想을 당하는 당자當者께 있는 것이다. 잔인해지는 것은 사실, 마음이 하냥 약하고 결단성이 없으며 항상 업심을 받던 자의 일시적인 폭발 이외 적어도 장부의 길에는 없는 것이다.

그러면 수천 년을 두고 우위에 안 섰고 타민족을 정벌征伐하던 중국 사람들에게 어째서 그러한 잔인성이 있는가. 성취탕 생각을 하다 이 생각이 겹치면 그것은 풍토의 관계도 크겠지만 이때 지의 지나의 승리의 역사에는 제 바닥 서민의 생활과 아무런 관계가 없었음을 느낄 뿐 아니라 그들 잔민殘民의 주름살과 함께 또한 그들의 오래인 고초를 생각케 한다. 이렇게 말하면 유독 중국 사람만이 잔인하고 무도한 것 같으니 천만에 그런 것도 아니다. 아직도 세상에는 이 근사한 일이 많으며 고대조 성나마聖羅馬[11] 제국시대에는 투기장鬪技湯에서 죄인이나 노예와 사자 같은 맹수와 싸움을 시키어 그 굶주린 짐승이 우리 동류의 인간을 뜯어 먹는 것을 구경하는 것이 그 때의 위정자나 귀부인들의 하나의 즐거운 일과로 된 적도 있으며 바로 우리 조선에도 연산주燕山主 같은 이는 보기 싫은 자의 무덤을 파헤치고 관을 꺼내어 톱으로 썬 일도 있는 것이다.

—『매일신보』, 1941.2.26.~3.1

---

11 '성로마'의 표기이다.

화병 花瓶[12]

1.

내가 생일이 또 가까워집니다.

내가 나은 때는 달밤이었다 합니다. 음력으로 치면 오월 보름이니까 처음 몸을 씻기는 창포물로 하였습니다. 밖에서는 늦게 핀 씀바귀의 꽃내음새가 풍기어 왔다 합니다.

우리 집은 시골이니까 달빛에 흔들리는 보리밭 고랑에서는 이름 없는 들새라도 쭈그리고 앉아 푸짐히 울었을 겝니다.

그래서 그런지 내 눈은 크고 겁이 많으며 어둠 속에 앉아야만 저절로 마음이 가라앉고 곧잘 서러워 할 줄을 압니다. 우리 집은 내가 나면서부터 보름달과 같이 기울기 시작을 하였습니다.

나흘 전부터 기다리는 보름날은 이제와 습관이 되다시피 한 술도 안 마시기로 하고 방안에 들어앉아 불마저 꺼버리고 창 옆에 젖어오는 달빛을 보며 나 어린 소녀와 같이 나는 나의 가진 바 모든 감상을 조용히 장식하고자 하였습니다.

---

12 원발표면에는 '수필'이라는 장르로 표기되어 있다.

256

우는 것이 쉽구나 제일 쉽구나

이러한 노래는 일찍이 내가 부른 바 아니오니까.

예까지 쓰고 보니 이건 정말 엉터리 방터리로다 차차로 마음이 놓이지 않는다.

사실 나는 지난달까지도 누워 있었습니다.

때문은 홑이불 속에 쌓여 있는 나의 병명은 저쪽 불란서 데카당들이 일생을 두고 소원하여도 한번 걸리기가 힘이 든다는 주독酒毒으로 인한 황달이었습니다.

처음에는 오줌빛깔이 며칠 노랗기에 이건 몹시 고단한 게로구나 하고 생각했더니 이번에는 눈자위가 사뭇 노래지며 나중에는 손톱 발톱까지 노래지는 것이었습니다.

이 병에 쓰는 약 중에 특효가 있는 것이라고는 참외꼭지를 태워 그 재를 콧구멍에 집어넣으면 노랑물을 한꺼번에 몇 종발 가령이고 좍좍 쏟고 마는 것인데 나는 마침 이른 몸에 걸려댔으니 이런 불편한 병이 어디 있습니까.

얼마 동안 방구석에 누워 있으려니 딱한 일은 얼른 병이 낫지 않는 것보다 내가 관계하는 좁은 세상에서 더욱 아름답지 못한 나의 풍문이 들려오는 그것이었습니다.

무슨 조약이 있는 것은 아니었으나 역시 내 눈이 번쩍 어리고 내 입이 기회를 엿보며 때로는 그네들의 보비우도 하여 온 것이 이제 잠시간 나의 사정으로 인하야 그친 연고인가 합니다.

그 사이 만난 친구 중에서 제일 반가운 사람은 이 자식아 흑달이나 마저 걸려라 하고 분개하든 에쓰·큐 씨뿐이었다.

흑달이란 증세가 황달과 마찬가지로 손톱 발톱은 물론이요 눈망울이 사뭇 검어지며 오줌빛까지 까매진다면 세상에도 이런 진기한 현상이 또 어디 있겠습니까. 데카당도 되진 못하오나 나로서도 한번쯤은 소원하고 싶은 병이올시다.

그리고 황달에서 오는 황색에 대한 색맹과 같이 흑달 속에서 검은 것이 희게 보인다 하면 한밤중까지 잠을 이루지 못하고 꿍꿍거리며 앉아 있다가 내 발치에 시체와 같이 누워있는 지상만물地上萬物을 내려다보면 그때의 내 눈에는 무엇이 비치일 것이겠습니까.

2.

부끄러움도 있었습니다. 세사世事에 감사할 줄을 모르고 방언에 조금치라도 책임을 생각지 않는 나머지 나는 일전까지 이런 말을 해 왔고 아니 지금도 속으로는 이렇게 생각는지 모릅니다.

언제인가 나는 쓸쓸한 것을 아는 사람만이 예술을 따를 수 있고 만들 수 있다 극언極言한 적이 있습니다. 그러다 말에 몰리면 작품이란 어느 것이나 위대한 테마가 있어야 생기는 것이다 사람은 남에게 자기의 의사 중 무엇을 가장 들추어내고자 하는가 그것은 두말할 것 없는 향수다. 향수라서 어의語義가 부족하다면 그것은 노스타르지와 같은 것이다 하고는 웃었습니다.

툭 터놓고 이야기하자면 요즘에는 내가 아마 심신이 함께 피로하여 그런 모양입니다. 모호하게 현상유지에만 마음을 쓰는 나로서는 첩경 나의 뱃심을 그리고 두꺼워지든 나의 피부를 원상原狀으로 돌이키는 데에 더 마음이 가는 것인지 모릅니다.

쓸쓸함을 누구보다도 더 느끼는 사람 쓸쓸한 기분을 누구보다도 지탱할 수 있는 사람 이곳에만 그치는 사람이 누선淚腺의 특수 발달 이외에 남보다 무엇이 다르며 향수가 회고나 미련과 혼동되어도 안 되거든 하물며 어린 시절이나 옛 집을 그리워하는 것인 줄밖에 아니 못하는 나는 무엇을 남 앞에 쓴다고 하겠습니까.

같은 노스타르지의 시인에도 D.H.로렌스 씨는 이것을 맹렬히 섹스에 느꼈고 카운트 레오파르지 같은 이는 죽음 속에 꿈꾸인 것입니다.

스스로 생각하여도 내가 몹시는 피곤한 모양입니다. 의식을 잃었다는 다시 찾고 찾았다는 다시 잃고 아마 이렇게 이야기하는 것이 내게는 제일 유리할 것입니다.

요즘에 와서 무엇보다도 무서워진 것은 행하기 전에 먼저 결론을 구하던 어리석은 결론은 우리의 구할 바가 아니고 다만 옳다고 생각하면 그대로를 따라야만 할 것이나 일상 결론을 얻기에 진땀이 나는 초조입니다.

어서어서 남처럼 깨끗한 오줌을 누어야 하겠습니다. 다른 걱정보다 훨씬 더 이 문제가 중할 것 같습니다. 생일날이 돌아와 그 핑계로 우춘관又春館이나 혹은 부벽루浮碧樓 같은 곳에서 갈비 한 접시를 뜯는 것보다는 오히려 맑은 기분으로 깨끗한 소변을 넓고 넓은 들판에 나가서 남 몰래 누는 것이 훨씬 훨씬 더 즐거울 수 있을 겝니다.

3.

"나의 뒤를 따르라."

나는 가끔 이런 말을 생각합니다. 이 얼마나 믿음성 있고 든든한 말이겠습니까. 허나 끝까지 책임감을 느끼는 성현께서는 몇천 년 내에 선뜻 나의 뒤를 따르라 하신 이가 없었습니다.

우리 인류 중에 가장 큰 희생을 하신 크로스의 예언자도 여호와의 절대 신을 빌므로 인하야 그제서야 오직 그 분을 믿으라 하셨을 뿐입니다.

차라리 청렴한 동방의 스승 노자께는 떼어버리기 어려운 그의 제자에게까지 학을 타고 신선이 되어가노라 하고 일생을 아무도 만나지 않고 숨어버린 다음 매움게 채찍질하는 고적을 남 모르게 지니며 아무와도 나누는 법 없이 어찌나 견디신 것이겠습니까.

고단함을 이기지 못하여 깜박 잠이 들었다가도 귓가에 나를 부르는 비명 느닷없이 들려오는 외마디 소리에 소스라쳐 일어나 사방을 둘러보면 그때 나의 곁에 있는 것은 내 육신을 떠나 오직 밤에도 쉬일 줄 모르고 헤매는 수척한 나의 고적이고 허망한 심회이고 하였습니다.

해질 무렵까지 다정한 벗과 굳게 한 맹서 – 우리 사람이야기를 하지 맙시다. 우리 감사할 줄 압시다. 우리 매사에 책임을 느낍시다. 우리 대화에는 반드시 경어를 쓰기로 합시다 – 이쯤 여러 가지 풍습을 갖자 했으나 아직도 나는 이불 속에 숨어서 어찌나 어찌나 눈물이 자꾸만 나올 것 같다.

이것이 대체 어떻게 된 영문인가 열없이 앉아 있다가 문득 자문하면 아무런 대답조차 꾸밀 수가 없습니다. 나는 이런 때에만 경어를 쓰기로 하였습니다.

이따금 이불 위에 누워 담배를 피우다 권련 한 개를 지탱할 만한 힘이 없어서 그냥 떨어트리곤 하는데 그럴 때면 이 담뱃불이 이불을 태우지나 않나 하고 무진 애를 쓰니 그것 하나 집을 도리도 없이 이상한 초조 속에 한참을 지나면 그만 깜박 잠이 오고 잠이 오면 잠결에도 이게 꿈이로구나 생각하며 웬몸[13]을 흠씬 땀에 적시곤 합니다.

열적은 이야기입니다만 얼마 전까지도 나는 구관조九官鳥적인 나의 혀끝이니 무어니 하며 자기 방비防備를 할 줄 알았습니다.

구관조는 제 스스로 말할 줄 모르고 생각할 줄 모르나 보고 듣는 그대로를 전하는 새이니 너의 사내가 혹은 너의 계집이 죽은 뒤라도 그 까닭을 따라 폐를 앓았으면 폐 이렇게 말하라 구관조인 나는 너희들에게 너희들 미련의 오후 속에서 컥 컥 피에 섞인 기침을 하여 주리라 오하요 - 라도 좋고 메이파 - 스 이 자식 바가야로 - 후뚜로조타 일테면 산울림과 같은 것이다. 너희들의 아우성을 한번 되울려 주는 것 이것이 무능한 나의 이때까지의 작품 속에 나오는 비밀이기도 하다.

꽃상여가 온다. 앞에서 요령 흔드는 수번도 없이 뒤에는 어린 상주 두엇이 고인의 친지였을 몇 사람과 함께 따른다.

삭신마저 유명의 경계를 가리려하는 이때 상두가喪頭歌 한마디

---

13 원발표면에는 '왼몸'으로 표기되어 있다.

부르며 그를 따르는 이 없으나 새로 칠한 옷내음새 아늑한 관들 속에서 일곱 구녕 뚫린 칠성판 위에 깨끗한 삼베로 일곱 마디 묶인 고인은 아무 말 없이 실리어 온다.

사람 사람이 가고는 다시 못 오는 최후의 비밀 자신마저 헤아릴 수 없는 이러한 비밀을 대하게 되면 시신은 마치 신부와 같다.

염하는 사람은 동이에 향香물을 달여 머리를 풀어 감겨 빗기고 빗길 제 떨어진 머리터럭은 주머니에 넣고 좌우 손톱과 좌우 발톱마저 베어 주머니에 넣는다.

이렇게 하면 시신이 마지막 떠날 때의 화장은 끝이 나는 것이다.

사람의 이름과 호피虎皮를 누구라 비교했는가. 날마다 날마다 떠나는 혼령 가운데 우리는 그들이 모조리 남기고 가는 가장 보기에도 흉한 시신과 미련을 본다.

문門 밖에 사는 까닭에 날마다 문 안에 들어가려 배차도 시원찮은 버스를 기다리려면 나는 번번히 잠깐 동안에도 대여섯 채의 이런 행렬을 맞는다.

혹은 자동차로 앞에 은銀칠한 영구차가 오고 또 그 뒤로 택시가 따르곤 하는 것도 있다.

대체 문 안에서는 사람이 하루에 얼마나 죽기에 잠깐 동안 차를 기다리는 때에도 이처럼 많은 행렬을 맞이하는 것인가 – 하고 놀라지 않을 수 없다.

이러고 보니 문 안에서 나오는 사람은 모두 죽어 나오는 것 같고 문 안으로 들어가는 사람은 모조리 살려고만 드나드는 것 같다.

일렬여행一列勵行의 푯대 옆으로 으레 팔, 구십 명 내지 백여 명의 버스 기다리는 사람을 그래서 보면 대단 생기가 있고 눈에는 총기가 들어 보여 그 중에 내가 서있는 것이 한쪽 서글퍼지기도 하고 한 편 기꺼워지기도 한다.

미아리 넘어가는 고개 밑에 살아서 그런지 항상 나는 이런 노래 를 잊을 수 없다.

늙은이는 지팡이 짚고
젊은이는 봇짐 지고
북망산천이 어디멘고
저기 저 산이 바로 북망산이라

이는 필연 나에게 깊이 뿌리 박혀 있는 쌘티망의 소치일 것이다.

그런 날마다 나오는 쓸쓸한 행렬 가운데 살아서도 흔적 없이 살 다갔을 이러한 이들. 이들의 명정銘旌을 앞에 세우고 그 뒤에 따르 는 노인들의 때 묻은 두루막과 흰 건에 행전을 보라.

4.

미아리 묘지에는 원래 일등 장지葬地가 없어 이리로 나오는 행 렬들의 기구가 관작官爵이 전연 초라한 것인지 모르며 이곳 주민의 생활조차 초라하여 너나없이 줄을 지어 수없이 모여서서 언제 올 지도 모르는 버스를 기다리는 것이나 벌써 뚫려져야 할 전차 같은 것도 이때까지 불통인지 모른다.

참을 수 없는 미련 속에 우리가 자라날 수 있으며 힘의 잊혀진 의

욕까지 소생시킬 수 있는지도 알 수 없는 일이나 참으로 내 주변의 공기와 미련은 숨 막힐 지경이다.

등 굽은 사람 허리 굽은 사람 울면서 나오는 사람 서로서로 교체되는 생사의 행렬 가운데 나로서는 다만 나의 위치가 문 안으로 향하는 행렬 쪽임에 적이 마음을 가라앉힐 수 있다.

그렇다. 차를 마시기 위하여서도 좋다. 점심을 얻어먹기 위하여서라도 좋다. 다만 향배向背없는 발길이라 하니 모두모두 재빨리 걸어가고 걸어오는 종로네거리 혹은 황금정교체점黃金町交替點 생산과 소비에 활기를 띠어 빙글빙글 웃구나 있는 것 같은 수많은 군집 속에서 나도 그 뒤를 따르며 포도鋪道위에 흩어진 조약돌을 발길로 차내 버리기 위하여서라도 좋다.

부단히 이동함은 더 말할 것 없는 생명의 연소이다. 문 안으로 오구 나가구 그렇다. 나는 밤과 함께 어둠과 함께 문밖에 나가 나의 방 속에 하룻밤을 숨어 있다가 먼동과 함께 태양과 함께 문 안으로 들어가야 하는 것이다.

무엇 때문에 나는 세상 사람에게 신세 한탄을 하고 심지어는 귀중한 비밀까지 이야기해야만 하는가. 이것은 자신에게 대한 위로도 아니고 자조도 아니고 아무 것도 아니다.

생산을 갖자. 생산을 하자. 이것이 일상 나의 소망이다. 가끔 시푸른 강 한가운데 노 없는 나룻배가 떠나려가는 것 같은 나의 처지를 보면 내 배가 싣고 있는 나의 뜻은 나의 꿈은 하고 애달픈 마음이 용솟음친다.

지금까지 나를 지나오게 한 나의 양식은 나의 의상은 하늘에서 그냥 떨어진 것이 아니며 땅에서 그냥 솟은 것이 아니다. 사람이 사러 가자면 사회가 영유하여 가자면 그 속에 있는 모두가 다 자기의 가장 귀중한 것을 하나씩 바쳐야 한다.

그래서 내가 바친 것은 무엇보다도 귀중한 나의 자주성이며 비밀이었다.

온갖 생물이 자기의 생명을 전개시키고 연소하려면 어떠한 의미에서나 노력을 하여 온 것이고 또한 계속해야만 한다. 그럼으로 인하야 내가 나의 자주성을 팔은 것이나 나아가서는 나의 어리석음으로 인하야 남을 웃기게 하는 것도 또한 어느 의미의 노력을 하여 온 것이다.

아베 도모지阿部知二 씨의 소설 『행복』을 이런 때 생각하면 좀 가슴이 찌릿한 때도 있다. 이곳의 주인공인 고학생은 그가 대학을 졸업하는 날 그동안 여러분에게 신세를 너무 많이 져서 미안하다고 유서를 쓴 다음 숲 속에서 목을 맨다.

이왕에 타버리는 모닥불이라면 누구이라 활활 타는 장작불을 소원치 않으랴 그 위에 석유를 끼얹고도 싶을 것이오 화약을 묻고도 싶을 것이다.

찬란한 승리란 결국 찬란한 연소일 뿐이다. 끊일 줄 모르는 투쟁력이다. 이기고 지는 것은 현상만 가지고 어찌 이야기할까 강하고 약한 것 하나가 남고 하나가 없어지는 것 이것은 확연한 만유의 법칙일 뿐이다. 결국은 자기의 숙명이 지닌 바 법칙을 가지고 끝끝내 그 생명을 연소시키는 자만이 이기는 것이다. 크로스 위에서 고운 피를 올리며 엘리 엘리 라마 사박다니라 하시며 안타까이 눈감으신 예수를 누구라 패배자라 단정할 건가.

5.

난데없이 검은 연경을 쓴 나의 친구 Y씨가 싱글싱글 웃으며 나타나더니 오늘은 대천재 정복수鄭福壽가 권투 시합을 하는 날이라 보러가자고 오랜만에 나를 찾았다.

정군에 대한 관심은 물론 내게도 있었다. 어느 시합이고 한번이나 상대가 약하다 마음을 늦추는 적 없는 필살의 투지 이것이 비록 육체적인 것에 그친다 하나 나에게만은 전율을 나누는 것이다.

그라운드에는 오늘도 사람이 가득 찼다. 어느 시대이고 오육천 명의 관중이 끊인 적 없는 이 선수의 팬들은 과연 무엇에 열중된 것일까.

혹은 서로 서로 조금씩 흥분하였다 헤어지는 것인지도 모른다. 혹은 서로서로 조금씩 나도 저처럼 강하게 버티어 보겠다 생각은 하다 군중이 흩어진 비인 마당과 같이 시합이 끝나서 다각기 제집으로 돌아가면 제가끔 잊는지도 모른다.

Y씨는 이상스러히 감격을 잘하는 사람이다. 한 주먹을 불끈 쥐어 손바닥을 치며 그저 결과에 있어 이기는 놈이 이긴대두 하며 입가에 창백하게 웃어보인다.

Y씨는 이상스러히 감격을 잘하기 때문에 이상스러히 감격이 없는 사람이다. 나도 그러한 사람 중에 하나인지 모른다. 대체 Y씨와 나는 무슨 미련이 그렇게 많기에 가위 눌린 사람 모양 어 어 어 하기만 하고 자리를 뜨지 못하는 것일까.

나는 챔피언 정이 피 묻은 장갑을 들고 여러 사람에게 웃어보이며 공실控室로 들어갈 제야 초밤이 온 줄을 알았다.

"우리 한잔 합시다."

Y씨는 싱글싱글 웃으며 자못 만족한 듯하였다.

나도 그렇게 합시다 하고 그의 뒤를 따라섰다. 이러한 기분으로 술을 마신다는 것은 좀 께름하기도 하나 문득 생각을 돌려 Y씨는 벌써 나보다 한 제너레이션이 위로구나 생각하며 웃고 말았다.

사실은 Y씨도 나와 같은 생각을 했는지 모른다. 다만 그가 미련을 처치處置하는 방법이 나보다 빨라서 내가 이렇게 생각한지도 모른다.

나어린 사람이 부형父兄과 같은 생각을 한다. 선위先衛와 같은 생각을 한다. 그래서 남이라도 제가 못하는 것을 하면 제 자신은 완전히 잊어버리고 제가 한 것처럼 기꺼워하고 또 제 대신하여 주는 것처럼 착각을 느끼기도 한다. Y씨에게도 이런 점이 보인다. 이렇게 생각한 내 상상은 틀린 것일까.

요컨대 여기에서 내 가슴이 찔리는 것은 그러면 그 사람들은 Y는 그리고 나는 그러기만 하면 어떻게 되느냐 하는 문제다.

나와 또 나와 같은 사람들은 완전히 자기를 버리고 다시 무엇을 가져야 하는가가 크나큰 문제이다.

일찍이 문 밖으로 나아가거나 값싼 소주 같은 것을 대하여 앉아 초저녁과 싸워보거나 결국은 갑충류甲蟲類와 같이 간열된 나의 육신을 나의 담벼락 속에 숨겨야 할 사람 밤이다 하는 잠시일지라도 나는 내가 사는 문 밖으로 나가야만 할 사람이다.

—『매일신보』, 1941.5.24~6.4

출근통신[14]

장독대에 국화포기가 봉오리 지는 것을 보면 어머님 슬하를 떠나온 지도 어느덧 두어 달이 넘은 듯합니다.

그때 집뜰에는 맨드라미 순이 한참 빨갛게 약이 올랐더니, 지금은 어떻게 되었사온지, 또는 이번 가뭄에 바싹 말라붙은 울타리가의 호박넝쿨은 그만 늦장마에 숨이나 들려, 고지 캘만한 것이라도 열리었는지요.

그러고 보니, 우식이 난생 처음으로 출근을 하게 된 지도 어느덧 두 달이 가까워집니다.

아직도 회사 이름을 넣은 명함은 가지고 다니지 아니합니다. 모든 것이 낯선 저로서는 처음부터 제가 얼마동안이나 버티게 될는지 그것 먼저 근심이 되어 아는 사람들을 만나도 아직은 노는 체합니다.

"이사람 자네 그렇게 놀기만 하면 어쩌나."

간혹, 이처럼 근심하여주는 친구가 있어도 아직것은 "나 회사에 다니네" 하고 버젓이 대답치를 못하였습니다.

---

14 원발표면에는 수상隨想이라는 장르로 표기되어 있다.

어머니, 저 같은 처지에 있는 자가 문학이나 예술을 지망한다는 것은 참으로 빈한한 사람이 비단 옷을 입으려 하는 것이나 다름이 없는 것일까요.

나이 삼십이 가깝도록 매일 같이 시詩 하나 쓸 궁리를 하느라고 재주 없는 머리만 쥐어 쌌으나, 요사이 와서는 심지어 같은 길을 지향하든 벗까지 저의 하는 일을 온당치 않게 생각하였습니다.

그야, 장성한 자식들이 여럿이나 되는데 한 분밖에 안 계신 어머님을 산 속 조그만 집에 홀로 계시게 하며, 다시 당신 사위의 농토를 얻어 손수 소작까지 하시게 그냥 있는 불효들이니까 남들이 무어라고 말하더라도 버젓이 맞바라볼 경우는 되지 못하나 아무래도 억울한 것만 같습니다.

문구녕에서 금박 넘어오려고 넘어오려고 하는, '너는 무어기에' 소리가 점점 저를 해롭힌 것도 사실입니다만 요즘에 와서 악만 남은 자존심은 저로서도 어찌할 수가 없었습니다.

속 비인 수수대에 낚시를 늘여, 그 끝에는 낯간지러울 만큼 지령이를 뜯어 꾀고 큰 잉어를 잡으려들 듯, 이제껏 제가 책상물림의 진리니 순수니 하는 헛수형을 가지고 문학을 하러 덤빈 것도 어처구니없다면 어처구니없는 것이지만, 그것을 깨달은들 이제 와서 처음부터 한발짝도 나가지 못한 제가 턱없이 또 가면 어디로 가겠습니까.

마침 저 같은 처지에는 좋은 기회가 와서 취직이라도 하니, 그래도 제가 취직한 줄을 아는 몇몇 사람은 금시 딴 사람을 대하는 듯 깍듯이 대접을 합니다.

값으로 친다면 우습지만 얼마 되지는 않는다 하여도 하룻밤 자고날 때마다 신용이 올라갑니다.

친구라도 만나는 대로,

"어 이 사람 내가 월급을 탔으니 한 잔만 타세."

하면

더욱 신용이 올라갑니다.

이 통에 지난 달 월급도 흐지부지 되었습니다. 처음 예산에는 적어도 한 십 환은 어머님께 보내 드리려 하였으나 딴 일엔 쓸 곳도 많고 또 어머님께는 보내드리지 않아도 다른 받는 사람 이상으로 제가 무사히 출근하는 것만 기뻐하시겠기로 그냥 흐지부지 하였습니다.

그러나 지금 이 상서를 올리며 생각하자니 속으로는 몹시 쓰린 후회를 느낍니다.

처음으로 타는 월급, 순조로 생각하면 이제부터 타기 시작하는 월급이겠지만 저로서는 언제 그만 못 타게 될지 모르는 게 이 월급이오니 어찌[15] 괴롭고 불안하지 않겠습니까.

어머님께서는 모르시겠지만 제가 출근하는 이 회사에서는 저를 쓸 때에, 제가 문필에 종사한 사람이니 회사 선전이나 하여 달라고 쓴 것인데 아시다시피 저는 아직도 국어실력이 부족해서 모른 것에 대단한 고통이 되었습니다.

"이 사람, 문과엘 다녔다면서도 소로붕候文 하나 못쓰는가."

"예이. 사람, 시를 쓴다면서 고웅오口語와 붕고오文語를 모른단 말인가."

이따금 시장실에 불려 가면 그야말로 죄진 사람 같아 견딜 수가

---

15 원발표면에는 '어제'로 표기되어 있다. '어찌'의 오식으로 보인다.

없습니다. 이제 와서 저의 공부는 아무런 쓸 데도 없고 처음부터 다시 뜯어 고쳐야만 되겠는데, 어느 마음 좋은 상인이 공부시켜 가며 월급을 태우겠습니까.

처음 몇을 서투른 감상을 가지고, 일금 팔십육 원에 청춘을 팔았느니, 큰 뜻을 버렸느니 하였으나 사실은 저쪽에서 이 들된 물건에 머리를 내두르는 형편입니다.

밤마다 어지러운 꿈을 꿉니다. 요새는, 한번 먼 곳에 있는 벗에게 회사 주소로 편지한 게 있는데, 그 사람이 저 모양 게으른 축이어서 그 친구의 회답이 임자도 없을 제 책상에 놓일까 근심이 됩니다.

앞으로 두 번째 월급날도 불과 일주일밖에 남지 않았으니 이번에는 천하 없어도 한십 원만 어머님께 보내 드리겠습니다. 가을 옷 전당포에 맡긴 것도 어떻게 바꾸어 입어야겠습니다.

요즘은, 회사에서나 집에서나 잠시도 쉬지 않고 국어공부를 하고, 소로붕 공부를 하고 글씨 공부까지 열심히 하고 지냅니다.

아직도 여러 친구들에게는 제가 취직한 것을 알리지 않았습니다. 적어도 반년은 더 있어보아야 제가 견디겠는지 못 견디겠는지를 알겠습니다.

제가 뜻한 대로 한 일 년 견디어나면 그때는 어머님을 뫼시고 지낼 수 있게 되겠지요. 일상에 꿈꾸는 대시인이 안 된다 하여도, 또는 직무에 서투른 문외한이라 하여도, 그때쯤은 불효까지야 범하지 않아도 되겠지요.

그러면 시골서 어머님이 오실 때, 울 안가 있든 백도라지 한 뿌리도 모종하여 올 수에 있겠지요.

—『매신사진순보』, 1942.10.1

바다

충청도 두메산골 속리산 근처에서 자라난 내가 바다를 처음으로 본 것은 여드름이 제법 울멍줄멍한 중학 시절이었다.

꼬랑지 댓발, 주둥이 댓발, 하는 쪼마귀할미 이야기나, 뻑다귀로 밑을 씻은 소금장사 이야기나 마찬가지로, 바다라는 것은, 그간 겁 많은 내 어린 나이의 이상스러운 꿈속에만이 잠겨 있는 그림이었다.

추억이란 참으로 이상한 풍경화와 같아서 어느 때에는 허야케 퇴색한 목판화 같기도 하고 박제한 조류처럼 보이기도 한다.

어쨌든 계유년인가 하는 큰 장마에,(이 해는 내가 처음으로 천자문을 익히던 해였다.) 지금까지 잊혀지지 않는 것은 집동 같은 흙탕물에 외딴 주막 외아들이 쓸려가며 "사람 살리우!"하고 외마디 소리를 지른, 그도 내가 본 것이 아니라 상머리에서 어른들의 이야기를 들은 것이나, 요즘도 어쩌다 괴괴한 밤자리에서 불현듯 외마디 소리로 나를 부르는 것 같은 것이다.

한말로 이야기하자면, 그때부터 나는 격렬한 공포에서 만물의 위대함을 느낀 거 같으다는 것이다.

바다!

오! 바다여! 스스로 그 위대함에 몸서리치던 소년이 산더미 같은 물길이 불시에 우우 밀려왔다는 다시 제 마음대로 몰려가는 바다, 이렇게 제멋대로 상상하며 이런 것을 두메 산속에서, 망건자리가 제법 하얀 어른 학동學童과 함께 앉아 배우던 지리 시간은 나에게 얼마나 즐거운 세월을 맡겨준 것이었는가.

한동안 공포는 나의 야심이었고 위대함은 또한 나의 지향하는 도정이기도 하였다.

밤늦게까지 잠을 못 이루고 누워 있다가 별안간에 들리는 외마디소리를 들을 때마다 나는 얼마나 몸서리치고 느닷없이 밖으로 뛰어나가기도 하며 외친 것인가.

집채 같은 흙탕물이 가축을 삼키고, 인가를 삼키고, 외딴 집 외아들을 삼키는 성낸 물줄기가 바다로 간다고 하지 않았던들, 또는 바다를 통하야 이러한 공포를 느끼지 않았던들, 나는 당초에 바다를 싫어하였을지도 모른다.

그러나 중학생이 배낭을 메고 텐트를 가지고 바다와 같이 살려고 한 것이 지금 생각하면 잘못이었다.

처음으로 바다와 대면한 중학생이던 나는 그간 겁 많은 내 어린 나이의 이상스러운 꿈속에 잠겨 있던 그림 한 폭을 잊어 버렸다.

바다라는 그런 것인가, 위대하다는 것이 정말 이럴 수 있는 것인가? 이러한 종류의 실망은 내가 그 후로 모든 세상에 부딪칠 때마다 당한 일이다.

나와 바다와의 관계는 대★중 이런 것이나 물론 이런 것은 중학 시절의 이야기다.

모든 것을 외골수로 생각하고 제 생각만을 고집하야 도처에서 부딪치고 상하는 다만 순수하기만 하고 가련하든 꿈, 그렇다고 지금 나는 이런 것을 웃을 수 있을까? 애석하다. 바다는 언제나 크고 역시 무섭고 언제나 아름다운 것이나 이제의 나는 어린 시절의 순수함마저 잊어버린 채, 이제 겨우 그동안 나의 정열이 나의 공포심에서만이 우러나온 것을 알았을 뿐.

올해에도 혹시 큰 장마가 지면 앞강에 나아가 시뻘건 흙탕물에 떠나려오는 용구새우에 또아리를 감은 뱀이라든가, 앉았다는 나르고 날랐다는 다시 와 앉는 참새떼나 구경하리라. 또는 혹시 실없는 친구가 바다이야기나 묻거든, 원산바다 이야기를 쓸 거나, 인천 바다 이야기를 쓸 거나.[16]

---

16 소재지所載誌가 『매신사진순보』로 추정될 뿐 정확한 출전을 알 수 없다. 원발표면에 같이
    실린 글의 내용으로 미루어 해방 전 작품으로 추정된다.

전쟁도발자를 적발摘潑[17]

아무리 평화를 애호하는 사람이라도 프랑코가 어느 결에 청샤쓰를 벗고 세비로를 입었다고 해서 마음이 놓일 수는 없고 얼마 전 미국에 나타났던 처칠 경 모닝 속에서 청샤쓰 자락을 발견하고 눈살을 찌푸린 것은 비단 연합국의 위정자만이 아니었던 것이다. 지금 서울의 한복판에서는 멀리 미국과 소련에서 양국대표가 일부러 찾아와 우리 민족의 완전한 해방을 위하여 연일 그 논의에 바쁘다. 이처럼 모든 것을 옳은 길로 끌고 가려는 노력은 한 조선의 문제가 아니라 연합국이 세계평화를 실현해나가는 크나큰 과업일 것이다. 그러면 어떤 사람이 있어 이 평화롭고 아름다운 사실에 돌을 던지는가. 그리고 그 사람의 한 알의 속임도 없는 내심은 어떠한 것일까.

일찍이 샌프란시스코에서 반소反蘇 선전에 열광하다가 돌아온 이를 필두로 여기에 호응하는 하룻밤 사이에 만들어진 정당, 하루 아침에 자기도 모르는 사이에 정치가로 나선 부스러기, 이들의 턱

---

17 원발표면은 '정부수립과 문인의 소리'라는 난에 발표되었다. 원고에 '문학가동맹 제공 특별 기고'라고 표기되어 있다.

찌기를 받아먹고 사는 언론기관 나부랭이들의 천정天井을 모르고 날뛰며 한쪽 연합국을 중상中傷 이간離間 공격하는 것으로 그들이 일상에 내걸던 정강과 인민조차 안중에 없으니 그래도 현명한 제군들은 여기에 쌍수를 들어 그들을 환영하겠는가?

기러기처럼 손가방 하나에 비인 몸으로 우리 조선땅에 날아온 한인들이여! 불행히도 우리 조선에는 대영제국大英帝國과 같은 식민지도 자본가도 없을 뿐더러 사십 년 넘어 남에게 피를 빨려오는 핏기없는 인민뿐이다. 그대들이 지금 무엇을 사랑하고 또 무엇을 위하여 어떠한 부류와 손을 잡고 필사의 노력을 하는지는 삼척동자三尺童子라도 이제 와선 모두 아는 바이다.

'프랑코'야 '프랑코'야
네가 주는 흰 빵보다 '네그린'이 주는 톱밥 맛이 더 좋단다.

이 노래는 서반아西班牙의 인민들이 피로 부른 노래다. 석두石頭와 같은 정치가여! 그로 인하여서도 되는 전쟁도발자여! 온 세계의 인민들이 무엇을 요구하는가 그것 먼저 알아두라.

우리가 바라는 것은 평화와 자유뿐이다. 어느 누가 지금 또 다시 남의 앞잡이로 이유없는 전화에 휩싸이기를 바라겠는가. 오히려 참다운 평화와 자유를 위하여 이 나라의 젊은이들은 그 목숨을 헌신짝처럼 버릴 것이다.

—『현대일보』, 1946.4.8

조형미전造型美展 소감小感

여러 개의 미술단체가 아직 간판만 걸고 있을 때 가장 늦게 조직되고 또 그 성원에 있어서도 가장 정예한 작가가 많은 이 단체에서 누구보다도 먼저 발표회를 갖게 된 것은 주목할 일이다.

회장의 공기는 대체로 탁하다. 좁은 장소에 많은 작품들을 걸어 군색한 느낌이 있으나 높이 말하면 이러한 조건을 헤아리지 않고 발표회를 가진 그들의 열의가 반갑고 옳게 말하면 여기엔 나열주의가 다분히 많다. 이러한 의미로 생각하는 작가들이 그 작품을 소품이라는 데서 소홀히 생각하는 것이 단적인 증거다.

모든 것이 혼란 속에 있는데, 유독 회화만이 청정하고 고매한 위치에 있기는 어려울 것이다. 그러나 이런 때일수록 요청되는 것은 다른 아무것도 아니요 성실이다.

한 사람의 작가가 기왕에 만들어놓은 자기 폼에 그것을 지키기에만 급급하다면 이것은 완전히 비참한 일이다. 이런 의미에서 나는 여기 유수한 멤버들이 어떠한 사정에 의하여든 간에 그가 발표한 작품은 구작으로만 생각하고 싶다.

자연 초창기에 회원을 모으자니까 그렇겠지만 혹간 중학생의 도화 같은 느낌을 주는 것도 있으나 대체로 낙담까지 하지 않은 것은 그래도 이곳에서 내일을 찾을 수 있는 까닭일 게다.

선의의 무지에서일망정 힘찬 것을 찾으려고 19세기 초두의 낭만주의를 가져온 작가도 있고 고전을 재인식하겠다는 것이 골동품을 필요 이상으로 단념丹念히 그리는가 하면, 한편엔 저 한눈 하나 팔지 않고 열심히 벽에 걸린 명태 꾸러미나 그리는 둔한 작가가 있다.

그러나 나는 이들을 앞에 말한 유수한 멤버들보다도 따뜻한 정으로 대할 수 있다. 이들의 오늘은 자칫 잘못하면 세사世事에 약은 사람의 실소를 금치 못하리라. 그러나 이들이 오늘의 열의를 그치지 않는다면 그야말로 얼마든지 두려운 존재가 되리라.

지금 우리는 이 거칠은 땅에서 한 순의 싹이라도 볼 수 있다면 이것만으로라도 기뻐하지 않을 수 없다. 그러한 점에서 나는 이 전람회를 역시 무의미한 것이었다고 생각하지 않는다.

—『중외일보』, 1946.5.21

머리에

여기에 모은 것이 8월 15일 이후부터 지금까지 나의 쓴 시의 전부이다. 처음부터 서문 같은 것은 필요는 없는 것이다. 일기처럼 날짜를 박아가며 써 나온 이 시편, 이 속에 불려진 노래가 모든 것을 해답할 것이다.

대체로 전일 내가 쓴 시들이 어드런 큰 욕심과 자기를 떠난 보람을 구한 것에 비하면 여기 이 시집 속에 있는 것은 어떻게 하면 자신에 충실하고 어떻게 하면 이 현실에 똑바를 수 있을까를 찾기 위하여 다만 시밖에는 쓸 줄 모르는 내가 울부짖고 느끼며 혹은 크게 결의를 맹세하려던 그날그날을 조목조목 일기로 적은 것이 이 시편들이다.

거듭 말할 필요도 없다. 나의 시 속에 아직도 의심하고 아직도 설워하는, 아직도 굳건하지 못한 점이 있으면 내 시를 사랑하는 이들은 두말없이 나의 온몸에 채찍을 날리라. 그러나 다만 보잘것없는 나의 성실이 어떠한 찌꺼기를 버리지 못한 것이라 하면 그대들도 나의 타고난 이 문제에 대하여, 또 이 똑바로 보지 않으면 안될 현실에 대하여 따뜻한 이해를 가지라.

옳은 일이나 옳은 말이란 아무 때이고 남에게 돌림을 받는 것임을 이 중에도 뼈아프게 돌이킨다. 언론자유, 출판자유, 이렇게 휘번들한 간판 밑에도 용기없는 사람은 자유를 갖지 못한다. 이로 인하여 나는 「지도자」와 「너는 보았느냐」의 두 작품을 비굴한 신문기자 때문에 발표치 못할 뻔하였다. 그러나 훌륭한 우리의 선배와 동무들은 이것을 세상에 물어주었다.

그리고 또 하나 어이없는 일은 「연합군입성 환영의 노래」의 수난인데 이것을 그 당시 방송국에서 갖다가 어느 편의 의도인지는 모르나 그들이 작자의 의사를 무시하고 제 마음대로 '연합군'이란 문구를 '미국군'이라고 전부 고쳐 방송한 일이다.

내가 이 시집을 하루바삐 내어 세상에 묻고자 함은, 이 어려운 세월을 나는 이렇게 살아왔고, 또 이렇게 살려고 한다고 외치고 싶음이겠으나, 또 한편으로는 우리의 문화전선을 좀먹는 무리들의 악의惡意를 벗어나 진실로 속여지지 않은 내 의사를 이렇게 표시할 수 있음을 그들에게 알리기도 위함이다.

1946.3.12

서울대학부속의원 입원실에서

—시집『병病든 서울』, 정음사, 1946.7

삼단논법三段論法[18]

온종일 샀방아를 찧어 죽 한 그릇을 들고 부지런히 어린 자식들에게로 돌아가던 한 여인이 고개 밑에서 범을 만났다. 그리하여 이 여인은 애중히 여기는 죽을 빼앗기고 왼쪽 팔에서 바른쪽 팔로 왼쪽 다리에서 바른쪽 다리로 다만 살고 싶은 마음에 이처럼 그 범에게 주어 오다가 야금야금 베어 먹던 범에게 마지막에는 자기의 생명까지도 빼앗기고 마는 고담古談이 있다.

이것을 다만 고담으로 돌리면 그만이다. 그러나 나는 이 이야기 속에서 약한 자의 어찌할 수 없는 사정과 체념에 가까운 운명관運命觀을 느낀다.

그리해서 그리해서 그 다음은 어찌됐어요가 아니다. 소위 소화昭和 11년 이 해는 1936년이었지만 나는 동경에 있을 때 고향에서 오는 신문에서 이런 소식을 들었다. 서울 어의동 공립보통학교 일인日人 교사教師가 이제부터는 조선어 교과서의 교수를 할 필요가 없다고 곧 이것을 실천에 옮긴 것이다.

---

18 원발표면에 수상隨想이라는 장르가 표기되어 있으며 제목 옆에 팔등잡문八等雜文이라고 표기되어 있다.

그러나 이때에 이 일인의 의견에 대해서 누구 하나 공공연히 반대를 표시한 사람은 없었다. 나 같은 자는 객지客地에서 공연히 화만 내며 이 일에 대하여 불쾌함을 참지 못하였다.

테러라는 것을 생각해본 것도 그때였다. 아직 사건이 좀더 크게 벌어지기 전에 그 교사놈의 대구리를 커다란 돌멩이로 아싹 때려 부수었으면……하고. 그러나 이러한 생각을 한 것은 비단 나뿐이 아니었을 것이다. 모두 다 생각만은 하였을 것이다. 그렇지만 그 후에도 아무 일 없이 지난 것은 내 앞에 섰는 범에게 우선 죽 한 그릇을 주기 시작하였기 때문일 게다.

삯방아질을 하는 여인네의 신세는 그 전만이 아니다. 이것은 약소민족의 영원한 표증이다. 지금의 우리는 날마다 생겨나는 일에서 어떠한 것을 목격하고 있는가.

무에라고 말을 하랴. 자칫 잘못하면…… 이 아니라 우리의 앞에는 밑이 없는 배때기를 가진 범이 우리를 감시하고 있다. 여기서 나는 내게 이익하도록 삼단논법을 제기한다.

품 파는 아낙네와 소화昭和 11년도의 조그만 사건과 또 이마적에 하루도 쉴 새 없이 꼬드겨 나오는 어슷비슷한 일들을……

—『신문학』, 1946.11

발跋

여기 다만 가쁘게 숨소리만 나는 이 땅이 다 함께 같은 호흡을 하
면서도 어딘지 모르게 치밀한 계획이 있어 보이고 물러서지 않는
투지가 숨어 보이고 모든 것은 측정되어 오직 목적하는 곳으로 매
진하려는 기관차와 같이 다정하고 우람한 시인들이 있다. 그들은
청년들이다. 만 사람이 청춘이라야만 가질 수 있는 용기와 자유에
의 부절不絶한 희구를 이들은 몸과 마음 모든 조건으로 구비하고
있다.

여기 내가 소개하는 젊은 시인들은 일본의 식민지 정책이 최고
의 조건으로 우리의 문화를 말살하려 할 그때에 불운한 성년기를
맞은 청년들이다. 이들 앞에 찾아온 것은 조금도 따뜻하지 않은 학
병이요 징용이요 추적의 가시길이었으나 그들은 이러한 조건에서
도 쉬지 않고 우리의 아름다운 감정과 언어와 사고를 연마하기에
게으르지 않았다.

이것의 결실로 이번『전위시인집前衛詩人集』을 내게 되는 것은 당
연한 중에도 당연한 일이며 나 하나뿐의 기쁨만이 아니다. 진실로
이들은 우리 시단의 제일선을 찬연히 빛나게 하는 존재들로서 그

들의 노래는 참으로 솔직하여 우리 선배들이 일본 총독의 치하에서 작품활동을 하였을 때처럼 누구의 눈치를 본다거나 같은 말을 둘러 한다거나 하는 일이 없이 일사천리격으로 나가는 새로운 활기를 가져온 것도 기꺼운 현상의 하나일 것이다.

전위前衛란 연치나 경력을 운위함이 아닌 줄도 이들은 잘 안다. 그리고 어떠한 전투에 있어서나 전위가 져야 될 임무와 그 역할을 이들은 그들 성년기에 있어서의 고난과 매가 능히 선배들보다도 많은 단련을 주었다.

시단詩壇의 결사대決死隊 이런 말을 할 수 있다면 여기에 나온 시인들이 바로 결사대의 대원들이다. 그리하여 이 중에 한 동무는 벌써 그 노래로 하여금 몸을 영어囹圄에 빠지게 하였으며 또 참으로 오랜동안 감격을 모르던 이 땅의 청년들에게 그의 한 편의 시로 하여금 만뢰萬雷의 공명을 일으키게 하였으며 일찍이 시인들이 차지하였던 아테네의 영광을 약관으로 이 땅에서 다시 찾은 것 같은 느낌을 주게 하였다.

한 사람 두 사람 이들은 시를 노래로만 부르는 게 아니라 몸으로 부딪치고 있다. 우리의 전도다망前途多望한 시단이여! 이들 전위시인들로 하여금 끝없는 영광을 차지하도록 원조를 아끼지 말자. 그리고 수많은 이 땅의 젊은이여! 그대들은 그대들이 가지고 있는 젊음으로 하여금 서로 합치는 힘이 불과 같으라.

이들을 세상에 천거함으로 다시 섭섭함을 금치 못하는 것은 또 하나 내가 모르는 수많은 전위의 시인들이다. 지금 우리 땅은 남북으로 갈리어 북에 있는 여러 새 동무들이 얼마나 씩씩한 노래를 북조선 우리 근로대중과 농민들에게 들려주고 있는 것인지. 이것을 일일이 함께 듣지 못함은 어찌 안타깝다 아니할 것인가.

전도다망하고 전도다난한 우리 전위의 시인들이여! 깍지를 끼고 나가라. 너희들의 영광 그것은 우리의 영광이요 삼천만 인민의 요구 그것은 오직 젊음과 보람만이 머리 속에 가득찬 너희들의 요구이기도 하다.

—『전위시인집』, 1946.12[19]

19　원발표면 하단에 실제 원고를 작성한 날짜가 1946년 10월 8일로 표기되어 있다.

새 인간의 탄생
— 조선미술동맹朝鮮美術同盟 제1회전第一回展을 보고

1

새 인간의 탄생! 이것은 가공이나 우연에서 나오는 것이 아니고 다름 아닌 자기 자신의 발견이다. 구상화하지 않은 선량한 자아의 모습을 어느 계기에 깨닫는 것이고 또 이 기쁨을 참을 수 없이 느끼는 것이다.

〈감방監房〉 - 벽화를 위한 습작이라고 부제를 달은 - 은 우리에게 새 인간의 탄생!을 고한다. 이 그림은 행복되지 않은 우리들의 모습 그대로이라 검고 푸른 색조를 배경으로 하고 세 청년이 둘러 앉아 있다. 시꺼멓고 두꺼운 쇠창살은 보기만 하여도 압박감을 느끼게 하는 것이 우선 우리가 살고 있는 남부조선의 현실과 공간성을 자아내게 하고, 여기에 꿰어진 양말과 수염조차 깎지 못한 덥수룩한 얼굴이 가차운 동무들의 모습을 생각게 한다. 또 이 절망적인 순간과 같은 분위기 속에서 그들의 용모는 굽히는 데가 없고 다시 무엇을 열심히 계획하고 앞날의 작전을 위하여 침착하게 토의한다. 이 장경場景은 우리에게 무한한 기쁨과 신뢰의 정을 가져온다.

〈감방〉의 작자인 박문원朴文遠 씨는 먼젓번 8·15기념 조선미술 가동맹 합동전 때에도 〈전위〉라는 가작을 내어, 그 화면 전체에는 붉은 색깔로 일관하고, 여기에 나오는 차돌 같은 청년들의 깍지 끼고 행군하는 모습이 우리에게 많은 감명을 주더니 이번 작품 〈감방〉에 이르러 완전히 새 인간의 탄생을 깨닫게 한다.

작자는 겸손하여 새 인간의 탄생!이란 제목을 걸지 않았다. 그러나 여기에 나오는 인물이 보티첼리가 소작한 〈비너스의 탄생〉의 주인공인 화려한 나체의 여인 아니라도 좋다. 또 우리가 발 디디고 있는 땅이 색채가 현란한 진주패眞珠貝가 아니라도 좋다. 보티첼리가 발견한 인간! 그것은 오랫동안 암흑시대라 일컫던 중세기 봉건 영주들의 강압을 거쳐 십자군의 엷은 틈을 뚫고 성장한 이태리 도시상인층의 대두에서 또 그들의 집권의 여택餘澤으로 깨달은 인간의 발견, 즉 시민층의 자아의 발견으로 인하여 여기에 따르는 메디치 문門의 축적된 거대한 재화를 배경으로 하는 진주패의 찬란한 색채와 승리한 자아를 찬미하는 천사들의 배경은 적어도 이 땅에 있을 수 없는 일이다.

나는 이 자리에 현하에 당면한 우리들의 실정에 불평을 하는 사람도 아니다. 그리고 자기의 위치와 자아의 발견을 그처럼 훌륭히 표현하고 또 훌륭히 예찬한 보티첼리를 칭찬하기에 서슴는 사람도 아니다. 그렇다면 우리가 절실한 우리의 생활상 또 선의식善意識으로 모색하는 우리의 모습, 미처 생각지 못하던 이 훌륭한 그리고 또 이 씩씩하고 믿음직한 모양을 대할 때 아무런 느낌이 없다면 이 사람은 반드시 정신상의 불감증이나 그렇지 않으면 거세된 사람

더 심하게 말하면 우리들이 한 시도 잊을 수 없는 우리들의 적대방
일 것이다.

이러한 의미에서 박문원 씨의 〈감방〉은 작가가 습작이라고 겸
손하였음에도 불구하고 이번 조선미술동맹 제1회전은 〈감방〉 하
나만으로도 능히 그 공적을 가질 수 있다.

2

이번 12월 10일에서 동 18일까지 백화점 동화와 화신 두 곳에 연
하여 개최된 조선미술동맹 제1회전은 번연히 같은 노선을 감에도
불구하고 불성실한 확집確執과 경솔한 행동으로 분리되었던 미술
가동맹의 조형예술동맹이 완전히 귀일歸—하여 처음으로 발표하
는 작품 발표회니만치 그 의의도 크거니와 일반의 기대도 컸던 것
이다.

맹원 제씨는 여기에 대처하여 모든 악조건 – 의식衣食의 난, 자재
의 난 등등 – 에도 굴하지 않고 각각 역작을 보여준 것은 기쁘기 한
없는 일이요 또 이것만으로도 높이 평가를 받아야 할 것이다.

장내 전체의 분위기는 모두 진지하여 스스로 하나의 열성을 느
낄 수 있으며 그림으로 인하여 일찍이 조형동맹 소품전 때에는 차
라리 그 지지遲遲한 물체의 전사轉寫가 없는 아브스트락트 이규상
李揆祥 씨의 작품이 선명하더니 이와 같은 분위기 안에서는 이규상
씨가 무엇을 모색하고 무엇을 감각하려 하였는가 하는 반문을 주
리만큼 회장의 공기는 절실한 방향으로 움직이고 있다.

주제의 빈곤, 구성의 영약贏弱 이런 것은 작자 자신의 타태惰怠와 생활의 빈곤 이런 데서 오는 것이다. 여기 좋은 예로는 조병덕趙炳悳 씨에게서도 볼 수 있다. 8·15기념전 때에는 들라크루아 화풍의 뛰는 말을 그리어 청년의 막연한 낭만과 건강을 표현하더니 불과 몇 달이 지난 오늘은 〈무제無題〉라는 작품의 초현실적인 표현방법을 취하였다. 이것은 두말할 것 없이 조병덕 씨 자신이 마음속으로는 건강하려고(이것도 물론 8·15 이후의 분위기의 양질이 감전感轉이나) 하고 또 건강하게 보여야겠는데 그의 생활은 조금도 전일과 다름이 없고 또 그의 내부 이념에 근본적인 곳은 조금도 변화가 없으니까 자연 그가 새로움이나 건강을 표현함에는 이럴 수밖에 없을 것이다.

여기 그보다는 좀 구체성을 띠었으나 별반 차이가 없다고 생각되는 것은 오지삼吳智三 씨의 〈황혼〉이다. 아무리 회화에서 제명題名을 가벼이 친다 하더라도 〈황혼〉은 그 제호題呼하는 바와 같이 지나가는 것, 스러져가는 것이지 명일明日이나 아침은 아니다. 그리고 쇠꼬리를 붙잡고 몸부림치는 것 같은 이 청년은 무엇을 안타까워 하는 것인가.

아무리 화면 구성이 완벽하고 또 다이나믹한 기박氣迫이 넘친다 하여도 우리는 이 목적의식이 뚜렷치 못한 이 작품에 의문하지 않을 수 없다. 대체 너는 누구의 편이냐? 그리고 또 무엇을 무엇 때문에 힘을 돋구는 데에는 쇠꼬리를 잡아야 하느냐! 나는 결코 화면에서 어떠한 의미만을 중시하려는 사람은 아니다. 그러나 작자는 어디에서 주제를 잡으려 한 것이며 어디에서 그 미를 찾으려 한 것인가. 이것의 대답으로 또 하나의 씨의 작품 〈민주전선民主戰線〉이 있으나 이것으로는 도저히 증명될 수 없다. 정신의 사실寫實, 진정한 리얼리티만이 우리를 깨우치고 우리를 고무하고 우리를 선도하는 것이지 여기에 적확한 표현이 없이 다만 공연한 과장이라든가 조그만 모호라도 용납될 수는 없다.

이런 면으로 나가면 어제까지 유능하고 유망하고 성실하다고 느껴지던 방덕천邦德天 씨의 작품도 문제가 된다. 이러한 분들의 작作들이 비교적 동시대의 사회상이나 역사성과는 연관이 없는 듯한 풍경이나 정물을 그릴 때에는 진지하고 성실하나 일단 그들에게서 사회의 현실면이 반영될 때에는 단번에 모든 것은 드러나고 만다.

씨의 〈시정소견市井所見〉이 바로 그것이다. 이 〈시정소견〉을 보면 부서진 버스라든가 트럭이 무질서하게 놓여 있어 씨도 여실히 이 남부조선의 파괴적이요 참담한 면상을 그려내는 데에는 성공하였다. 그러나 우리는 무엇을 희망하는가. 우리가 희망하는 것은 절망이라든가 절망적인 양상이 아니라, 절망 속에서도 능히 뚫고 나오는 굳센 힘을 찾고자 함이다. 물론 우리 유위有爲한 시인 방덕천 씨가 의도한 바는 이 부당한 현실을 어쩌면 만인 앞에 폭로하고, 또 어쩌면 이 건국에 해를 끼치는 파렴치한 사실을 호소하는가에 본의가 있을 줄로는 생각하지만 이 〈시정소견〉에 결과하는 것은 부정을 폭로하는 것보다도 절망적인 인상을 주기가 쉽다. 회색이 깃들 수 있다면 회색은 이러한 곳에 좋은 거주를 찾을 것이다.

3

제1회장인 동화에서는 박문원 씨의 〈감방〉을 보고 크게 감명을 느꼈으나 제2회장인 화신에서도 거진 그에 못지않은 깊은 인상을 받은 것은 정철이丁鐵以 씨의 작인 〈8·15의 행렬〉 소묘이었다. 이 작품은 민전상民戰賞까지 받은 것으로 그 응분의 보수를 받았다고 하겠다.

끊일 줄 모르는 인민의 행렬! 그들이 들고 가는 플래카드에는 그리고 깃발에는 모든 우리의 이익을 대표하는 전평全評의, 전농全農의, 또 문연文聯의 이름이 보이고 그 힘있게 뻗쳐나가는 줄기찬 흐름에는 스스로 통쾌한 느낌을 가졌다. 그러나 나중에 듣고 보니 이 작자인 정철이 씨는 또 동화에다 자기의 본명으로 다른 작품을 내었다 하니 우리는 여기에 의아함을 숨길 수 없다. 대체 이 정철이 씨는 무엇 때문에 두 가지 이름으로 작품을 발표하는 것인가. 또 두 가지 방식으로 세상을 건너려 하는 것일까? 선의로 해석하여 현재 이전까지의 자기를 자기비판하고 새 출발을 하기 위한 노릇이라기에는 그의 본명으로 출품한 작품이 있고, 다시 그렇지 않다면 시속時俗 좌익이라고 남에게 지목을 받음을 꺼려함인가. 혹은 자칭 우익이라고 하는 무식한 모리배 틈에 끼어 그 한 모가지의 생도生途의 재료를 얻음에 불편하다는 말인가. 어찌 자기가 옳다고 생각하는 것에 예술가로서의 당당한 기개가 없고 남의 뒤에 숨어서 지나가는 사람 욕을 하려 들면 어떠한 뜻인가.

이러한 면에서 삼가고 재삼 자괴지념自愧之念에 목메어야 할 사람은 비단 정철이 씨만이 아니다. 더욱이 불쾌의 염念을 주는 작품은 〈테러를 박멸하자〉의 춘남春男 씨, 〈공위촉개共委促開〉의 모 씨, 〈준비準備〉의 모 씨 등이다.

이 그림을 그린 제군들이여! 제군들은 국으로 그림을 어떻게 배울까에 뇌를 쓰라. 남조선노동당 결당식에 참가한 우리의 투사가 수류탄 하나에 정신을 잃고 쫓겨가는 얼굴이 흙빛이 되고 공위 촉개를 위하여 부르짖는 여러 인민이 어찌하면 그 추악한 반탁 학생들의 모습과 방불하며, 밤마다 벽보 활동을 하는 동무들의 모습이 어쩌면 그렇게도 일제시대의 어리석은 군인이 혈서를 쓰는 것 같으단 말이냐.

좀더 공부를 하라. 시류에 편승하려 덤비지 말고 좀더 그림이 무엇인가를 공부하고 삶이 어떻다는 것을 알아보라. 박문원 씨가 〈감방〉 하나를 그리는 데에는 남조선 철도총파업에 관련되어 일 개월이 가까웁도록 모든 것이 피를 뜯는 유치장에서 단련을 받고 온 체험이 그 뒤에 있는 것이다. 작자여! 솔직하라. 그대들이 차라리 솔직한 그대의 생활을 드러내고 만인에게 적당한 비판을 받으라.

4

회화의 각 장르를 통하여 진지한 열의를 보여준 이번 조선미술동맹의 제1회전은 다대한 시사와 성적을 올렸다. 그러나 건실한 면의 전시는 주로 우리의 실생활 즉 건전한 생활에 합치는 데에서만 발견되었고 이것을 표시한 사람이 기성작가가 아니고 신인이라는 데에 주의를 할 필요가 있다.

8·15 이전부터 옳은 회화정신을 가지고 활동하여 완연히 중견의 위치를 - 아니 선배라고는 썩어빠진 무리밖에 별도이 구경할 수 없는 이 땅에서 - 완연히 일역一域을 옹擁한 최재덕崔載德 김만형金晩炯 씨는 이번에도 그들의 근근한 소품으로 그 면목을 보이고 있으나 대체로 이들은 회화의 외형적인 회화성만 고집하기에 얻고 있는 것이 무엇일까. 저녁 노을에 소년이 담장 안에서 접시에 비눗물을 풀어가지고 그 형체조차 보증할 길 없는 비눗방울에 잠시 노을이 어리어 칠색 무지개를 띠고는 사라지고 사라지는 이 세계가 그리도 연연한 것일까. 조형의 미, 장식의 미가 실생활을 떠나 우리들의 생활 경험과 멀리 분리되어 있는 것이 얼마나 믿을 수 없는 것이라는 것은 차차로 진실한 작가가 나올 때마다 뼈아프게 느껴질 것이다.

이런 의미로 박영선朴泳善 씨의 〈H양의 상〉은 더욱 그 H양이란 인물에서 주는 인상이 아무런 내면 생활도 없는 자기 자신에 반성이 없고 담대하며 또 허영에 가리운 소시민 근성을 여실히 드러내어 동시대인으로 볼 때에는 무관심이나 묵상 정도의 표정밖에는 보이지 못한 것은 씨가 전번 미술가동맹전 때에 〈데모〉를 그린 것에서도 그 등장인물이 전부 소시민인 것에 미치면 현명한 사람은 능히 깨달을 수 있다. 씨는 자꾸만 자기를 그린다 - 그야 누구이고 자기를 안 그리는 사람은 없겠지만 - 씨가 표현하려고 애쓰는 면은 그런 것이 아닌데 붓대는 정직하여 자꾸 씨 본연의 자태를 그려주고 있다. 씨여! 일층 노력과 자기 혁신이 필요하다.

따로 동양화, 조각, 판화, 건축설계, 여러분에 언급하여 하고싶은 말은 이상에서도 말한 바와 같으니까 별로 가加할 말은 없다. 그러나 이번 전람회가 제공한 작품 〈감방〉은 참으로 우리들의 앞길을 보여주는 좋은 작품으로 이 땅의 다대수多大數의 아니 거의 전체의 인민의 가장 절실하고 또 믿음직한 면을 보여준 데에 감사를 누를 길이 없다.

그렇다. 새 인간의 탄생! 이것이야 우리가 얼마나 우리가 갈망하던 바의 모습이냐. 우리 화단에도 확실히 새로운 세계가 트임을 볼 때 우리는 참으로 전람회를 보는 즐거움을 가질 것이요 또 자랑을 느낄 것이다.

—『백제』, 1947.2

'나 사는 곳'의 시절

 '나 사는 곳'의 시절은 1939년 7월서부터 동 45년 8월, 역사적인 15일이 올 때까지다. 불로소득을 즐기고 책임없는 비난을 일삼던 그 때의 필자가 인간 최하층의 생활을 하면서도, 아주 구할 수 없는 곳에까지 이르지 않았던 것은 천만다행으로 시를 영위하였기 때문일 것이다.

 지금의 '나 사는 곳'과 그때의 '나 사는 곳' 사이에는 사회적으로도 크나큰 변동이 있었지만 내 개인의 정신상의 변화와 그 거리는 말할 수 없다.

 부끄러움을 아는 것은 아직도 늦지 않았음이다. 지난 날의 '나 사는 곳'을 가리켜 이것이 암담暗澹하던 한 시절 조선 안에 살고 있던 조선사람의 내면생활을 그린 가장 정확한 기록이라고 생각던 것이 지금은 지난 날 나의 안계眼界의 넓지 못했음을 한恨할 뿐, 기후에 따라 오르나리는 수은주水銀柱와 같이 그때, 그때, 이 땅에 부딪치는 거칠은 숨결에 맞춰서 노래한 여상如上의 시편들이 아직도 그때를 회고하기에는 가 – 지끈 불러진 열의로도 휴지가 아니기를 바란다.

편중篇中의 일부분은 만가輓歌 – 즉 『문장』이 폐간되던 그 호에, 『조선일보』가 폐간되던 그 날에 – 이 밖에는 우리의 모든 기관이 정지되어 지상에 발표라는 가망도 없을 때, 다만 암담暗澹하고 억눌리는 공기 속에도 나를 사랑하는 선배와 친지들을 보이기 위하여서만도 쓴 것이었다.

사랑하는 내 땅이여, 조선이여! 행동력이 없는 나는 그저 울기만 하면 후일을 위하여, 아니 만약에 후일이 있다면 그날의 청춘들을 위하여 우리의 말과 우리의 글자와 무력한 호소겠으나 정신까지는 썩지 않으려고 얼마나 발버둥쳤는가를 알리려 하였다. 그러나 이제 내 노래를 우리 앞에 어엿이 내놓게 될 때, 어이없다. '나 사는 곳'이 이러할 줄이야.

두서頭序에는 최신작 「승리勝利의 날」을 부첨하여 오늘의 나 사는 곳을 알린다. 이제는 나 사는 곳이 아니라 우리들의 사는 곳이다. '내'가 '우리'로 바뀌는 사다리를 독자들이 이 시집에서 찾는다면 필자는 망외望外의 행운이겠다.

– 1947년 5월 공위共委가 재개되는 날

— 시집 『나 사는 곳』, 1947.6

시적 영감의 원천인 박헌영 선생

    우리의 노래는 오래인 동안 민족의 수난과 박해에 대하여 노래하였다. 우리나라의 고운 창공과 아름다운 산들과 깊은 골짝들은 어느 곳에나 슬픔의 노래로 가득하였다. 나는 그 가운데서도 남달리 큰 소리로 울었다. 나의 울음을 나의 어머니와 아버지의 울음이기도 하였고 나의 형과 나의 누이와 나의 애인의 울음이기도 하였거니와 그것은 더욱이 나 자신에의 울음이었다. 나의 부모와 형제와 동포들의 불행도 슬픈 일이거니와 나의 무력함은 더욱더 슬픈 일이었다. 나는 어렸을 때부터 시인이었기 때문에 또 우리를 위하여 노래하고 간 여러 시인들의 노래를 통하여 나는 잘 알고 있었다. 일제가 우리의 원수이었던 것을 누구 모르랴? 그러나 미웁고 원통한 것은 일제의 강점자들이기보다도 - 그것은 일부러 말할 필요도 없는 것이었다. - 우리 민족 가운데 있는 우리 민족의 원수들이었다. 우리와 같은 면모를 쓰고 우리와 같은 언어를 지껄이면서 일본 놈들의 마음을 가진 조선인들 조선인들의 탈을 쓴 일본인이었다.

    이런 놈들은 생각하고 우는 대신에 어찌하여 나는 이놈들을 향하여 칼을 들지 못하였는가? 자다가 생각하여도 원통한 일이었다.

나는 한층 더 미칠 듯 울음이 북받쳐 올라 여러 해 동안은 울고 지냈다. 술을 먹었다. 그러다가 병이 나서 한동안은 앓았다. 이러는 동안에 아 우리의 위대한 박헌영 선생은 내가 보통학교 일급을 들어갈 때부터 20여 년을 우리 민족의 자유를 위하여 싸우신 것이 아니냐? 친일파들이 민족을 팔아 호강을 하고 겁쟁이 놈들은 외국으로 도망을 가서 편안히 지낼 때 박헌영 선생은 감옥과 지하에서 오직 한 사람 민족 해방을 위한 투쟁을 지도하여 전 반생을 바치시었다. 우리의 노래는 무엇 때문에 울고 나의 노래는 또한 누구를 위하여 울었느냐? 이러한 이를 기다려 울었고 이러한 이를 사모하여 운 것이 아니냐? 8월 15일이 지난 뒤 박헌영 선생은 우리 앞에 나타나시었고 우리의 노래의 주인공 우리의 시의 원천은 땅 위에 그 자태를 내어놓으신 것이다.

그때에 우리 민족의 원수들은 어찌하였느냐? 그자들은 재빠르게 가면을 고쳐 썼다. 그래 가지고 다시 새로운 방법으로 민족을 해치고 민족을 팔려고 날뛴 것이다. 이러한 2년간 우리의 유일한 희망이요 우리의 최고인 위안은 박헌영 선생의 존재이었다. 그때부터 우리들의 노래는 일제히 울음을 그쳤다. 우리들은 싸움의 노래를 불렀다. 민족의 원수를 물리치고 우리 민족의 자유를 실현하기 위한 싸움에 시적 영감의 중심이 옮겨갔고 그 싸움의 최대한 수령 박헌영 선생은 어느 때 어느 곳에서나 시적 영감의 원천이었다. 그를 위하여 죽고 그를 위하여 피를 흘리고 박해와 수난 가운데 신음하는 인민들에게 멸하지 않는 희망과 위안을 주는 위대한 분이 어찌 시적 영감의 원천이 아니겠는가?

—『문화일보』, 1947.6.14

굶주린 인민들과 대면[20]

   우리 문화공작단 제1대는 연극동맹 31인, 무용예술협회원 3인, 음악동맹원 3인, 문학가동맹에서 각 2인, 미술동맹과 사진동맹에서 각 1인 도합 42인으로 구성되어 7월 30일[21] 목적지인 이 경남으로 오게 되었다.

   원래가 성원이 대부대이라 차칸이 하나를 차다시피 하여 모든 대원들은 가족적 분위기에 싸였으며, 모든 같은 임무와 희망에 즐거움을 가질 수 없을 때, 때마침 기다리던 농사비는 끊일 줄 모르고 내리어 더욱 우리들의 전도를 복되게 점쳐주는 것 같았다.

   모심기에 비가 없으면 안 되듯이 우리대의 문화공작이 팍팍한 우리 인민들의 감정을 부드럽게 하고 다시 눈뜨는 그들로 하여 커다란 성장에 도움이 된다면 우리들의 소망은 이 밖에 또 무엇이 있을까? 이날 밤 8시 부산에 닿자 역 구내에까지 마중을 나온 이곳 도문련 수천 동무들의 박수 환영은 흡사 나의 마음을 해방 후 처음 맞이하던 메이데이의 감격을 방불케 하였다. 그때만 하여도 우리(문

---

20 원발표면에는 '문화공작단 경남대慶南隊 제1신第一信'이라고 표기되어 있다.

21 원발표면에 7월 30일이라 나와 있으나 실제로는 6월 30일의 오기로 보인다.

련)들의 조직이 오늘 같지 않아 각자가 거의 분산적으로 참가하였기 때문에 내가 3, 4인의 친구와 회장으로 갔을 때에 받은 박수와 나의 감상은 그때 동무 축에도 들지 않은 이 보잘 것 없는 소시민에게 어쩌면 저 많은 투사들은 이처럼 끊일 줄 모르는 박수를 주는 것인가하는 감동과 충격이었다. 오늘 우리들 일행이 받은 박수도 나에게는 이와 같이 느끼어 갔다. 기쁘다 부끄럽다.

우리는 부산에 도착하여 점점 가중하는 것 같은 우리의 임무를 느꼈다. 지방에 있는 동무들이 아니 우리의 인민들이 얼마나 참다운 예술을 통하여 그들의 생활의 반영을 갈망하고 있는가를 알 수 있다. 모든 것이 서투른 우리들 더욱이 우리들 중에는 나를 위시하여 문화공작 때문에 지방으로 나와 본 사람은 태반이 없다. 그러나 각 부문을 통하여 우리들은 전력을 기울여 성심과 성의로써 책임을 수행하려는 결심이 서 있다.

7월 1일 우리는 이른 아침 민전에 들러 인사를 마친 후 이곳 도道문련文聯의 책임자 동지와 함께 각 동맹에서 1인씩 다섯 명이 도청에 들러 일제 때와 별반 틀림이 없는 상연대본의 검열(이곳에는 주로 1. 30의 악법령이 준수되고 있다) 맡고 초량에 있는 대생극장에서 첫 공연을 가졌다. 이 공연을 갖는 데에도 경찰 당국의 수속이 까다로워 낮 공연 오후 1시에 시작을 가까스로 2시에야 시작하는 등 세세한 사고와 연유는 모든 일이 아직도 우리에게는 투쟁과 고난의 길이라는 것을 알게 하였다.

전원이 모두 잘 있고 열성을 내어 활동한다. 우리들의 숙소는 보통 흥행단체와는 달리 지방에 있는 여러 동무들의 각별한 청請으로 각기 대를 나누어 가족적인 거처를 난다.

오막집 극장 대생좌 앞에 나란히 서 있는 꽃다발들은

어디서 온 누구를 맞이하는 꽃다발이냐

돈주머니에 돈이 안 모여 일 년 내 가도 굿 구경 한번 못 가는 노
동자 동무들이

오늘 저녁엔 머리에 기름칠하고 농 안에 깊이 들었던 새옷 한
벌을 내어 입고

백두산 골연을 입에 물고 대생좌 앞에 모여들었다.

그렇다

일 년 내 가도 굿 구경 한번 못 가는 노동자 동무들도

오늘 저녁엔 돈을 주어서라도 서울서 오신 문련 동무들의 남조
선 예술의 최고 수준을 모아

남조선에서 울고 굶주리는 동무들에게

우리의 투쟁이 옳다는 것과 우리의 투쟁은 이긴다는 것을 알으
키는 이 밤이기에

이렇게 모여든 것이다.

이 위의 시는 부산 기관구의 일하는 동무 18세의 소년인 조용린
군이 「서울서 오신 동무들에게」라는 제목으로 특히 나의 유진오
군에게 보내준 시이다. 우리는 부산에 닿으면서부터 이처럼 훌륭
한 선물을 받았다. 진실을 속임 없이 적을 수 있는 사람, 그 진실이
진실하게 읽는 사람의 가슴을 울릴 때 이 위에 더 좋은 작품이 어디
있겠는가.

부산 기관구에서는 우리들이 왔다는 소문을 듣고 그곳에 있는
노동자 동무들이 우리들을 만나고 싶다고 청하여 왔다. 아직 틈나

지 않아 못 갔으나 사진동맹원과 함께 가서 기관구에 있는 동무들의 일하는 장면도 백여오고 반가운 인사와 또 우리들이 가져간 선물을 보내고 싶다. 우리 공작단의 공연과 병행하여 미술동맹에서는 서울서 가져온 현역작가의 신작 20여 점의 작품과 또 사진동맹에서는 여러 동맹원의 기록적인 작품을 50여 점이나 가져와 함께 우리 대의 공연지마다 전람회를 열 작정이다.

지방 민전과 문련 동무들께 소미공위의 뉴스 사진과 지난번 남산 메이데이 기록적인 사진을 보여드리니 여러 동무는 다시금 우리 진영의 위력에 혀를 말으며 감탄을 하였다. 50만 동원 50만 동원하고 말만 듣다가 우리 사진동맹원들의 촬영한 사실적 광경을 보고 용기가 백배하는 모양이었다. 이럴 때이면 우리도 기쁘고 지방에 있는 동무도 한없이 든든하여 한다. 일행이 부딪히는 한 가지 한 가지의 사실은 얼마를 적어도 끝이 없을 것 같다. 다행히 대원 유진오 시인이 씩씩한 붓을 들어 다음의 통신에 나보다는 좀더 자세한 기록을 보내겠다 하오니 즐거이 기다려 주시소서.

—『문화일보』, 1947.7.10

예술제에서(5)[22]

상오 공연에는 부평釜評 산하에 있는 철로, 해맹海盟, 금속노조 기타 관객 전원이 노동자 동무들이어서 나는 그들의 박수 (장)면마다 형언할 수 없는 눈물을 흘리었다. 이것은 감격도 아니요 흥분도 아니요 그저 안타까운 울음이라 할까. 나는 이 동무들의 박수를 ×하여 그들의 단순하고 또 지순한 전망을 뼈×아프게 느끼며 어찌하야 무대에서 하는 동작을 이 이상 더 낫게 할 수 없을까 하는 욕심을 금할 수 없었다. 또 하나 여기에서 배운 것은 그들의 문화에 대한 감수성과 나와의 차이였다. 나는 아직도 감정에 ×하여 예술을 감상하는 태도가 다분히 즐기려 하는 편인데 이 동무들은 즐기는 것이 아니라 구하는 것, 절실히 구하며 찾으려는 것임에는 머리가 저절로 숙여지며 나의 아직껏 청산되지 않은 이러한 감정으로 나의 작품 제작상에 해가 미칠 것을 우려하며 또한 이러하였던 태도를 엄정히 자기비판하는 바이다. 동무들이여. 힘차게 움직이라.

---

22 7월 3일부터 7월 10일까지 각 예술 분야의 필진이 연재한 글이다. 무용 분야에 장추화張秋華를 시작으로, 연극 분야에 김양춘金陽春, 음악 분야에 정종길鄭鍾吉, 연극 분야에 변기종卞基鐘이 예술제의 경험에 대해 서술했으며 마지막 분야에서 다섯 번째 연재글을 오장환이 썼다.

그대들의 표정 하나하나에서 우리들은 동무들의 호흡과 동무들의
의사를 알고 있다. 그리고 또 이것을 무대에서 표현하고 작품으로
발표하는 것이 우리의 임무이기도 하다.

—『민주중보』, 1947.7.10

유엔조위朝委 배격排擊 명언록名言錄[23]

소위 '유엔조선위원단'의 각국 '대표'들을 그리려는 조선의 화가들이 그 모델을 얻으려하는 때는 동물원으로 찾아가게 되는 것은 무엇 때문인가?

'유엔위원단' 각 '대표'들은 아무리 사람의 얼굴을 쓰고 다닌다 하더라도 사람으로서의 염치가 있다면 무슨 염치로 또다시 기어 들겠는가고 생각하기 때문이다.

또 하나의 이유는 어떤 동물이 길들이기 쉬운 동물인가를 관찰하려 하기 때문이다. 앵무새 삽살개 코끼리 오또세이 - 기타 여러 동물들은 그를 훈련시킨 주인의 명령이라면 명령대로 갖은 흉내 아양 땅재주를 하는 것이니 이런 동물들의 처지가 곧 "유엔조선위원단"의 처지와 흡사히도 같다는 것을 잘 알기 때문이다.

—『태풍』, 1950.2

---

23 시인 오장환, 언론가 한효, 소설가 최명익, 고고학자 이여성, 시인 민병균, 언론가 류문화, 고경흠 총 7명이 유엔조위 배격 명언록이란 제목하에 짧은 글을 싣고 있다.

부록

그들의 형제兄弟[1]

1.

쌍둥이. ―

두 청년 형제는 유복한 집에 태어나 오늘까지에 이르게 된 것
이다.

2.

형, Q.

오늘도 그는 천장 위를 기어 아우 P에 방엘 가서 뚫어진 옹이 마
디로 그 밑을 내려다보고 오는 길이었다. ― 그들의 집은 널판으로
천장을 꾸몄으니까.

Q는 몸서리치며 굵은 주먹으로 테이블을 때렸다. 흥 하고 웃었

---

1   원발표면에는 탐정소설探偵小說이라는 장르로 표기되어 있으며, 오장환의 이름 옆에 이병
二丙이라고 기재되어 있다.

으나 그것은 결코 우월감이 비룬 것은 아니었다.

그는 길을 가다가 한 떼의 여인女人을 만나, 그들이 공손히 자기에게 인사함을 받았다.

"P 선생님 산보 가시는 길입니까?" 여인들은 이러한 말을 건네었다.

소설책 몇 권을 가지고 가든 소년이 공손히 절을 하며

"P 선생님 안녕하십니까? 요번엔 선생님의 책에 싸인 좀 해주세요." 하며 그 소년은 P가 지은 소설집을 꺼내어 들었다.

Q는 이런 일을 당할 때마다 무슨 큰 모욕을 받은 거와 같이 얼굴이 달았다. 아우의 인기가 미웠다. 그럴수록 P가 자기에게 하는 양이 되잖게 뵈었다.

일 초를 먼저 나와도 형이 아닌가! 그런데 제놈이?

그는 형이라는 무기로 어디까지나 P를 누르려 하였다. 나 같은 범의 얼굴을 고양이가 닮았다고 몹시 불쾌히 여었다. 아우만 못한 형은 원망에서 원망으로 아우의 불평과 잘못한 점을 드러냄으로 만족을 하고 만족은 구하려는 무슨 희생이나 다 달게 받았다. 그의 투현질능하는 마음은 어디까지나 P에게서 만족을 구하려는 노예가 될 소질을 만들어 주었다.

Q가 생쥐와 같이 반자 위로 기어 다니게 된 것은 벌써 서너 달 전부터이었다. 열심히 출근하였다. 몸이 아파 회사에 빠지는 날은 있었으나 이곳만은 꼭꼭이었다.

Q는 자꾸만 옹이 구녕으로 P의 비밀을 하나하나 남기지 않고 나려다 보았다.

Q는 P의 행동을 배우지 않으면 아니 되겠다고 생각하였다. 그리

하여 P가 무슨 생각을 할 때 한쪽으로 입을 삐뚜로 대고 이를 똑똑 맞추며 눈을 끔벅끔벅 하는 버릇을 배워 자기 혼자 있을 때엔 열심이 공부하였다. 무슨 말이든 끝을 막지 않으며 "그건 그렇고 또," 하는 말 따위도 따르었다.

그는 절실히 P의 버릇과 성정을 흉낼 필요를 느끼었다. 한 가지 한 가지 배울수록 그는 마음에 떨리움을 느끼었다. 성공. 성공. 미소.

오늘 밤에 다녀오니까 더 볼 것 없다. Q는 이렇게 생각하며 그는 내일로 결행하리라 하였다.

3.

Q는 빙그레 웃으며 P를 아래 위를 훑어보았다.

"P 집안 일이니 너는 이 사람에게 내가 써주는 것을 갖다 주고 와."

"그러우." P는 잠잠히 앉았다.

Q는 무선레터를 꺼내어 P의 앞에서 조용히 펜을 끌렀다.

"H군, 자네에게 좀 부탁할 말이 있으니 금야에 와 주었으면 좋겠네. 음, 꼭 좀 와주게. 현제, 그러면 꼭 믿겠네."

H는 철도학교 공작과公作科를 마치고 선로개량線路改良, 수선修繕 등을 하는 감독이었다. 그는 전의 빈곤한 관계상 Q에 아버지에게 학비를 얻어 쓰는 은혜를 받아 Q와는 여간 친한 사이가 아니

었다.

P는 이 편지를 받아놓고 나왔다. 그는 무엇을 본 것 같이 기웃거렸다. 그는 그 편지에 쓸데없는 말을 집어놓고 점을 찍은 것이 이상스럽게 걸리었다. 오늘뿐 아니라 요마즉 형의 태도가 이상스러운 것이다. 그, 잘 마시는 술을 마시지 않는 것, 무엇을 깊이 생각하는 것, - 이것은 P의 묵상하는 흉내이다.

도무지 걸리었다. 말도 쓸데없는 것을 넣어가며 점도 찍을 곳이나 안 찍을 곳이나 섞어 찍은 그것이 걸리었다.

음 현제 H군 이게 무슨 뜻일까? 하다가 형을 의심하는 악인이여! 하고 물리쳤다. 헛일, 더욱 의심이 타오르는 것이었다.

음현? 제, H군, 여기서 점을 빼고 음현제 H군.

음현 제, H군. 한다면? 제는 除. H군을 除한다? 그러면 음현만 남는다. 음현? 음현이 무엇일까! 陰現? 그러면 산화 코발트의 작용이나 아닐까? 설마! 아니야 그래도 허허실수로 하여 봄직한데?

P는 이렇게 이상스러운 생각을 하고 자기 방에 돌아와 화롯불에 쬐이어 보았다.

"H군 전에 약속한 거와 같이 오늘은 P를 결과하려다. 금야에 준비는 완전히 하여 놓아라. IO · IO · 그러면 M · S · 서 만나자." 과연 그 편지 뒤에는 이러한 비밀이 있었다. P는 잠시 어쩔줄을 몰랐다. 형이 나를 죽인다? 죽여! 아 - 이것이 사실 이래야 되는가!

Q는 오늘 회사에 용무로 S · K · 로 출장을 가게 되었고 자기는 U로 놀러가게 되었었다. 그러면 이것이 어떻게 되는 것인가?

그는 어쩐 일인지 Q가 의심스럽게만 뵈었다. Q가 형이냐, 적이냐? 하는 문제에서 P는 무척 고민을 맛보았다. 정당한 판결을 얻으려 무진 애를 썼다. 형제의 우의. 적에 대한 복수. 이것이 해결되기는 어려웠다. Q가 왜? 나를 죽이려 하나 이것이 큰 의심이었다.

결과, 그는 오래지 않아 이런 생각을 하였다. 결과라는 꼭 죽이는데 한한 것도 아니며 자기가 너무 흥분되었다는 것을 깨달았다.

"그건 그렇고 어쨌든 오늘은 U로 가지 말고 이곳에 숨어서 탐정을 하여 보겠다."

P는 이렇게 결정한 다음 IO · IOMS가 무엇인가를 알아보려 하였다.

IO · IO. — 零 一零? 열시 십 분? 아니다. 열 시 십 분은 형이 사회에 일로 기차에 있을 때이다. 이러니까 이건 틀리고, LO · LO? 그러면 LO · LO는 S로에 있는 바, M · S? 오 - 라 그 집 주인 이름을 들으니 민수. M! S! 아 - 아 이놈이다. 이집에서 모이는구나[2] 그는 어린애같이 좋아하였다.

P는 모든 비밀이나 다 아는 것같이 만족한 웃음을 굴렸다. 적의 간악한 계교는 피해자를 시켜 같은 적의 공모자에게 자기를 해하는 편지를 전한다. 잔인 -

흐흐흐 잔악한 적들! 그러나 나는 그 피해자는 모든 것을 다 알고서도 그 비밀은 적에게 전한다. 그리고 그들을 미행하여 범죄의 진상을 찾는다.

하아하하하. 정말 기묘한 사건이구만. P는 너털웃음을 굴리고 H의 집을 찾아 전하였다. 그리 대단치도 않아 보이는 일을 가지고 그는 확대경擴大鏡에 비치어 놀래고 뛰고 하는 것이었다.

P는 U로 가서 놀다오겠노라고 집을 떠났다. 그의 마음엔 셜록

---

2   원발표면에는 '모드는구나'로 표기되어 있다.

홈즈가 뱅뱅 돌았다. 소인素因 탐정.

하아하하하.

4.

P는 집을 나와 기차를 타고 그 다음 정거장에서 내려 드라이브로 다시 시내에 잠입하였다. 그는 밤을 기다려 깊숙하게 캡을 눌러 쓰고 작업복을 입고 거멍칠을 하고 수염을 붙이고 LO · LO · 바로 갔다.

바는 푸런 빛으로 음산한 기운이 실내 전체를 싸고 돌았다. 아즉 객이라고는 P뿐.

동동동동

뚱뚱뚱.

레코드에 반주伴奏는 이상스럽게 자극을 주었다. 덜크렁하고 문이 열리며 Q와 H가 들어왔다.

"H 잘 와 주었네.

"뭘!"

"그래 준비는 되었나?"

"암 그런데 P란 놈은 집에 있겠지."

"아니야 한 차에 가자고 하더니 그놈이 U로 먼저 갔단 말이야."

"허 ‒ 그럼 틀렸게.

"흠 준비만 됐으면 가서 없애버리지.

"그럼 어서 가세.

그들은 위스키를 쩝쩝 들이키고 눈썹을 찡깃찡깃하며 처참한 웃음을 띄우고 그냥 문밖으로 나갔다. P도 커피를 반쯤 마시고 빨리 따라 나갔다. H, Q는 삼십 보 앞서가다가 옆 샛골목으로 들어갔다.

P는 담배를 꺼내어 한 모금 피워 물고 따라갔다. P는 벽에 착 붙어가지고 컴컴한 골목 쪽을 조심스러히 들여다 보았다.

따악 –

굵다란 몽둥이가 P에 어깨를 나리섰다. 또 하나 올개미가 나려와 P의 몸을 얽어 잡아당겼다.

"허허허 그놈도 꼴 같지는 않으이."

"하하 그중에 어떻게 그 암호를 알았단 말이오"

"음 내가 암만해도 우리계교가 째이지 못한 것 같어. 이런 계교를 꾸미어 저로 하여금 오게 하였지."

"하하하 P가 덜 약았어."

"음 하긴 그놈도 맹낭……"

"어서 속히 갑시다."

오래지 않아 그 골목으로 몹시 병자인 듯 한 사람이 인력거를 타고 뒤에 두 사람이 따라 나갔다.

5.

사설 철도이니 만큼 막차이니 만큼 승객이 적었다. P와 Q도 한 구석에 앉아 있었다. P는 Q의 복장을 하고 가죽가방을 안고 그러나 그는 깊은 잠에 취하여 있었다.

6.

먼저 H와 Q는 P를 인력거에 실어 여관에 놓고 마취약을 먹인 후 H는 속행으로 목적지인 M, S로 떠나고 Q는 P를 데리고 다음 M. S에 낭떠러지기를 밤 열 시 십 분에 통과하는 차로 떠나게 된 것이다.

Q, H 두 사람은 미리 붙어 준비하여 놓고 있다가 P는 U로 가고 Q 자신은 회사에 육칠천이 넘는 돈을 전하러 가는 것이 한날 한선이 된 것을 기회로 오늘에 결행을 보았다.

M · S에 절벽은 ST선線에 제일 난소로 백여 척이나 넘는 비탈으로 그뚝은 절벽이고 밑은 시퍼런 물줄기가 바위를 물어뜯는 A강이다.

H는 레일을 파괴하고 기차를 전복시키어 P를 죽이고 P를 죽이는 데에는 Q의 옷을 입히고 돈을 빼여 놓아 P를 시켜가 죽은 줄 알게 하고 Q는 이후부터 인기 있는 아우의 행세를 하려는 것이었다.

IO · IO · MS는 P가 해석한 바에 바bar안이었고 10시 10분 MS의 고개라는 뜻이었다.

7.

구 시 오십일 분. Q는 K, J역에서 홀로 내리었다. 요 다음이 MS역.

그는 마취가 풀리는 약을 먹이고 내리었다. 이것은 혹시 P를 해부하더라도 아무 증거 없이 만들자는 것이었다. P는 아직까지 졸고 있다.

Q는 싱그레 웃으며 급히 자전거로 M · S를 바라고 달리었다.

8.

그 이튿날.

각처의 신문에는 IO · IO · MS 사건으로 거의 일면을 차지하였다. 기차는 절벽을 지나다, 전복이 되어 강표으로 반은 떨어지고 반은 남아 쓰러진 채 있었다.

물론 승객은 전부 살아난 사람이 없었다. 모든 것이 미궁으로 돌아갔다. H는 레일을 끊고 검정 뻥끼칠한 함석 레일을 깔았다가 기차가 전복한 후 다시 레일을 고쳤으므로 철도국 측에선 기관수에 과실로 돌렸다. H와 Q는 나머지 부상자들도 찾아 가지고 강에 던진 후 Q는 U로 H는 집으로 돌이켰던 것이다.

이 중에는 P의 사체 그러나 타인에게는 Q의 사체가 레일 위에 굴렀다. 가방은 찾지 못하였다.

－Q가 횡령을 하고 그냥 갔는지 도적을 만났는지 경관이 조사하기 전에 누가 집어갔는지 그것은 알 수 없는 비밀이었다.

9.

Q는 이제 완전히, P가 되어 버렸다.

그는 P에 방에 거하를 하고 P가 하는 버릇, 흉, 이런 것을 모방하였다.

형이 아우가 되어 아우의 방에서 아우의 책을 떠들어보며 연구를 하는 체하였다. 신문이나 잡지사에서 무엇을 써달라면 요새는 여러 가지 생각하는 일이 있으니 몇 달만 참으라는 핑계로 돌리었다.

Q는 내일이 결혼식이라고 좋아서 어쩔 줄 몰라서 경중거렸다. Q는 P가 되어서 P의 결혼자와 결혼을 하는 것이었다.

그 여자, 경숙이는 전에 Q가 짝사랑을 하던 여자이다. 그런 것을 P와 경숙이가 함께 좋아함으로 Q는 연적인 P를 없애고 P에 인기를 자기가 뺏고 이러한 마음을 머금고 그는 반자 위를 기어다니며 P가 경숙에게 하는 태도라든가 버릇을 배우고 계교를 꾸민지 삼개월 반. 그는 완전히 성공을 하였다.

명일明日은 결혼식! 기꺼움을 참지 못하여 부르르 떨었다. P의 앨범을 꺼내어 경숙의 사진에 입을 맞추었다.

"정말 경숙이만은 못한 걸!" 하며 부끄러워 하는 경숙이를 안고 내일이면 완전히 내 것인데 어떠우 하면서 입을 맞추든 생각을 하였다. 입으로 숨을 쉬이지 못하여 더욱 강한 호흡을 하는 공장工場(코)을 짜릿하게 그리어 보았다.

10.

얼굴과 몸이 꼭 같음으로 인하여 쌍둥이들에겐 이러한 불행이 깃들었던 것이다.

11.

오늘은 P와 경숙이의 결혼날이라고 집안이 왁자하였다. Q는 즐거운 낯으로 여러 사람에게 축사를 받으며 한 시간이 못되어 식에 나갈 터이니 얼굴이나 좀 만지고 하며 그는 화장실로 들어갔다.

넓은 거울에는 Q의 음흉한 웃음이 번쩍거렸다.

"아아하 행복이다." 콧노래 섞인 휘파람. 거울에는 두 사람의 Q가 얼씬거렸다.

"으으웅?" 하며 머리를 흔들었다. 자기 얼굴 뒤에 얼굴은 무척 파리하였으나 그의 매서움은 한층 더하였다.

뒤의 사나이는 싸느랗게 웃었다. 입을 딱 벌리고.

Q는 돌아보았다.

"앗! P."

12.

이 이야기는 좀 오랜 일로 올라간다. P가 잠이 깨었을 때엔 MS에 닿기 조금 전이었다. 그는 깜짝 놀래어 자기가 왜 기차 안에서 잠이 들었나?

"차표!" 하고 그는 놀래었다. 오슬오슬 떨리었다.

"아이 추워!" 일십 시 영사 분.

"만수! 만수!" 하는 정거장을 외우는 역부에 소리가 났다. 기적.

앗. MS. 여기가 MS다. P의 신경은 이렇게 코를 찔렀다. 그렇다.

여기서 좀 더 가면 그 위험한 만수산이다. 그렇다. IO · IO는 열 시 십 분인가 보다.

그러면 육 분. 내 생명?

아. 큰일이다. P는 이렇게 허둥지둥 생각하며 내리려 하였으나 차표 없는 데 정신이 났다.

그냥 내릴까? 사실을 이야기할까? 그의 이상한 마음은 무엇을 짐작하고 자기자신이 사실을 알고 잡아내야겠다는 생각이 불끈 났다. 남의 손을 빌리지 말고 내가 웬수를 갚자.

그는 좀 기다려 열차가 한 이 분쯤 갔을 때 그는 힘차게 달리는 열차에서 뛰어 내렸다. 잔디를 가리어 내리 뛰었으나 몹시 궁둥이를 다치었었다. P는 간신히 일어나 도무지 앞이 보이지 않는 길을 더듬어 레일을 붙잡고 만수산 절벽을 기어가다시피 올라갔다.

만수산 절벽에 P가 이르렀을 때에는 H와 Q가 벌써 레일을 고쳐 놓고 갔을 때이다. 그들은 P의 시체를 찾지 못하였으나 그곳에서 한 사람도 살은 사람이 없는 줄 알았음으로 힘써 찾으려고도 하지 않았던 것이다.

그 이튿날.

Q의 시체가 굴러있었다는 것은 P가 제일 형용도 못할 젊은이의 시체에 자기 옷(Q의 것)을 입혀 놓고 갔었던 것이다.

END

—『휘문』, 1933.12

엿장수 할아버지[1]

엿장수 할아버지[2]는 기-인 그림자 땅에 끌면서 찰랑찰랑 가위질을 하였습니다. 엿목판은 짐실이 자전거의 몸채를 뜯어서 만든 구르마. 할아버지는 고향이 없습니다. 왜요. 그럴리야 있을라구요? 할아버지는 늙었습니다. 허-연 수염이 죄그만 바람에도 나부낍니다.

할아버지는 어렸을 시절 씨름을 좋아좋아 하였답니다. 할아버지의 아버지는 장돌뱅이, 엿장수 할아버지는 그 아버지를 따라 다니며 백중이면 씨름판에도 나가고 하여 어느 때에는 페리띄외 조끼를 상타본 적도 여러 번이었습니다.

엿장수 할아버지는 어렸을 때를 아버지 따라 돌아다니며 고향이란 아득하게 들리는 듯 영남땅이라는 이야기도 생각이 났습니다.

이곳은 눈보라 개치며 제법 추운 곳 압록강 바람이 몹시는 세어

---

1 원발표면에는 '동화童話'라는 장르로 수록되어 있다. 동일 지면의 '우리 차지' 난에는 오장환의 동시 「제비」가 수록되어 있다.

2 원발표면에는 '엿장사 할아버지'로 표기되어 있으나 '엿장수 할아버지'로 표기하였다. 같은 글에 '할아버지'와 '할아버니'가 같이 쓰이고 있어 이 또한 '할아버지'로 통일하여 표기하였다.

서 오싹오싹 소름이 끼치웁니다.

엿장수 할아버지는 이러한 곳을 지날 때면 늘 생각하는 것 그것은 마치 꿈나라와 같은 고향땅 영남의 이야기입니다.

항상 추위를 모르고 얼음장과 고드름을 신기하게 여기는 땅 그곳에는 아직도 호호 늙은 할아버지의 어머니가 계신 것만 같았습니다.

영남 땅은 장마가 많은 곳 그의 어머니도 ×건물에 떠내려 먼 나라로 가시었지요. 할아버지는 통수도 잘은 부르십니다. 어스름한 달밤에 호로롱 호호롱 할아버지의 슬픈 통수소리를 들으면 지나다니는 나그네들은 슬퍼졌어요. 엿장수 할아버지의 통수소리에 울은 사람은 한두 사람은 아니었습니다. 제일 먼저는 할아버지가 울었으니까요.

할아버지도 어렸을 때에는 기운도 세고 뚝뚝하다는 소문을 가졌습니다. 남에게 지기를 무척은 싫어한 그이였지요. 그렇지만 세상은 씨름처럼은 쉬운 것이 아니었어요. 할어버지는 먹을 것이 없어서 그의 아버지가 남기신 조그만 장사 밑천을 가지고 엿장사를 하였습니다.

엿사료! 엿사료! 하고 동네동네 외우고 다니노라면 낯선 동리, 동리의 개는 유난히도 짖어댑니다. 컹, 컹, 컹, 컹, 콩, 콩, 콩, 콩 개와 강아지는 이렇게 짖고 찰강, 찰강, 찰강, 찰강, 할아버지는 이렇게 가위질하는 사이에 할아버지는 늙어졌습니다.

씨름은 좋은 구경이지요. 서로 안 자빠지려고 버리둥거리며 애쓰는 것은 어린애에게 맞았다고[3] 할아버지는 조금씩 엿조각을 나

---

3   원발표면에는 '어린애게 만엇다고'로 표기되어 있는데, '어린애에게 맞았다고'로 수정하였다.

누어주며 이야기합니다.

　세상은 씨름처럼 쉽지는 않더라고 한숨을 쉬며 할아버지는 이 드러운 놈의 세상을 들어 업고 싶어도, 씨름처럼 샅바가 손쉽게 잡히지는 않는다고 한숨을 쉬었습니다.

　할아버지의 엿모판에는 고무신 뚫어진 거나 쇠뼈다귀, 삼베벌레, 옷 떨어진 것, 깨어진 유리병들이 담겨있습니다. 할아버지는 무어든지, 못쓰는 것도 모두 다 받아갑니다. 어린애들은 할아버지의 뒤를 따라다니며 손가락을 빨았습니다.

　오냐 너는 암만해도, 아침밥도 못 먹은 애 같구나, 엇다, 하나 먹어라, 하고 헐벗은 아이가 따라 오면 이렇게 나누어 주었습니다.

　그러나 추운 겨울 눈 많이 쌓인 어느 날이었습니다. 동리 애들은 암만 그 할아버지가 오시기를 기다렸어도 할아버지는 오시지를 않았습니다. 그러자 노루를 잡으러 갔던 사냥꾼이 엿장수 할아버지를 길등성이 눈 위에서 발견하였습니다.

　할아버지는 길가에서 잠들었습니다. 할아버지의 뱃속은 눈처럼은 하-얗습니다.

—『조선일보』1936.9.5

내가 본 소련 노동자들

노 동 상	허성택
직 총 위 원 장	최경덕
소 설 가	이태준
시 인	오장환
보건성 의무 국장	최창석
교육성성인교육부장	조백하
외 무 성	박기여
본 사 주 필	박기호
부 주 필(사회)	한상운
기 자	3 명

조소문화순간을 맞이해서 본사에서는 지난 9월 28일 소련을 직접 보고 온 분들과 좌담회를 가졌다.

이 좌담회에서는 참석자들이 소련을 방문하였을 때 목격한 선진 소련노동계급의 생생한 모습이 이야기되었다. 이야기된 소련노동계급의 여러 가지 면모는 바야흐로 조국통일의 기치를 높이든 우리 공화국 북반부 노동자들에게 보다 큰 교훈이 될 것이다.

박기호 매우 바쁘신 짬을 내어 여러 선생님들이 이처럼 오셔주

서서 대단히 감사합니다. 오늘 저녁의 이 모임은 여러 선생님들이 직접 보신 선진 소련 노동자들의 생산 문화 생활 등 이모저모에 걸쳐 보고 온 그들의 생생한 모습을 널리 알리기 위하여 가진 것입니다.

우리 조국의 해방자인 소련은 위대한 조국전쟁 후 복구 건설에 있어서 거대한 힘을 발휘하고 있습니다.

또한 소련의 기술자들이 직접 우리 공화국 북반부의 산업발전에 끼친 기술적 공로는 참말로 큰 바 있습니다.

재언할 필요도 없이 날로 향살 발전되고 있는 공화국 북반부의 모든 생산부문의 비약적 발전은 위대한 선진 소련의 물질적 원조와 선진과학기술을 소유란 소련 기술자들의 방조로서만 가능했으며 또 그들의 탁월한 기술 섭취는 일제가 혹사하고 파괴한 우리 산업의 편파성을 일소시키는데 큰 역할을 놀았습니다.

이와 같은 소련의 진정한 원조는 우리 공화국의 양양한 전도를 전망케 하였으며 기술자들이 부족한 우리 조선으로 하여금 선진 소련의 기술을 섭취 또는 직접 전습 받음으로써 기술 부족을 해결케 하였습니다.

그런데 오늘 이 자리를 통하여 여러 선생님들은 소련여행에서 보신 바 그대로를 말씀하여 줌으로써 앞으로 노동자동무들께 보다 깊은 관심과 열성으로 소련을 연구하며 소련 노동자들의 선진 경험을 교환할 수 있도록 하는 의미에서 좌담하여 주시기를 바랍니다. (박수)

사회　그러면 "내가 본 소련 노동자들" 이러한 제목으로 여러 선생님들의 말씀을 듣기로 하겠습니다. 주지하시는 바와 같이 위대한 소비에트에 관한 모든 부문의 과학적 탁월성과 소련노동자들의 영웅적 투쟁은 모든 각도에 있어서 이론적으로나 실제 경험적으로나 널리 우리나라에도 소개되었으며 우리 공화국의 노동자들에게 커다란 교훈을 주고 있는 것입니다.

그러나 우리는 그들의 실제 공장에서 일하고 있는 광경이라든가 또는 그들이 얼마나 좋은 환경 속에서 일하고 있으며 또한 행복스러이 생활하고 있는가에 대하여서 좀더 구체적으로 알고 싶으며 따라서 『노동자』 잡지를 통하여 공화국 북반부 전체 노동자들에게 소개하고 싶었던 것입니다. 다행히 여러 선생님들은 직접 위대한 소련을 방문하시어 우리들이 알고 싶어하는 이러한 모든 것을 보시고 오셨습니다. 이제 여러 선생님들의 말씀을 통하여 소련 노동자들의 생생한 모습을 듣기로 하겠는데 우선 "노동자들에 대한 소비에트 정권의 배려"에 대하여 말씀해주십시오.

노동자들에 대한 소비에트 정권의 배려

오장환 저는 모스크바에 약 반년 간 있었으나 주로 병석에 누워 있던 관계로 직접 노동자들이 일하고 있는 공장은 별로 가볼 사이가 없었습니다. 그러나 제가 입원하였던 병원에는 노동자들도 입원하고 있었는데 이들 가운데는 노동영웅 칭호를 받은 동무와 조국 전쟁 때의 영웅 칭호를 받은 동무들도 있었습니다. 그 중에 제가 사귄인 한 동무는 카자흐스탄에 있는 조동영웅이며 공청의 지도 간부인데 이 동무는 탄광에서 노동한다고 말합니다.

그런데 그 동무와 처음 악수를 하였을 적에 나는 조선노동자들을 자주 만나며 느끼던 감상으로 으레 손이 거칠리라고 예상했댔는데 막상 손을 쥐고 보니 도무지 그 동무의 손은 꽉꽉한 맛이 없고 손을 보아도 우리 손과 같이 굵지도 않더군요.내가 생각하기에는 노동영웅의 칭호까지 받았으면 어지간히 노동하였을 것이며 그렇다고 하면 손마디도 굵을 것이라고 생각되어 "당신은 노동을 오랫동안 했다는데 도무지 손이 굵지 않군요"라고 물어보았더니 그 동무는 "우리가 일하고 있던 탄광은 모든 소련의 공장과 마찬가지로 완전히 기계화되어 있습니다. 그러므로 우리는 손이 굵지 않으면서도 노동영웅이 될 수 있지요."라고 대답하겠지요. 여기서 나는 직접 탄광 안을 보지는 못하였지만 그들의 노동조건을 넉넉히 짐작할 수 있었는데, 이것은 아마 노동자들에 대한 소비에트 정권의 배려를 말해주는 단적인 실례라고 생각합니다.

허성택 사실 그렇습니다. 공장의 기계화와 안전장치에 대하여는 차차 말하겠지만 "사람이 있고야 생산도 기계도 있을 수 있다"는 것은 소비에트 정부가 노동자들을 배려하는 기본 방침으로 되는 것이며 또 노동자들에 대한 배려는 그야말로 철저하며 이상적인 것입니다.

오장환 그들의 수입 면에서 보더라도 일반 사무원보다 노동자들은 오십 내지는 육십%는 더하더군요.

허성택 옳은 말씀입니다. 제가 소련을 처음 방문한 것은 1924년이고 다음은 1934년 그리고 이번 이렇게 세 번이었는데 갈 적마다 아주 모든 것이 놀랍게 달라지며 발전됩니다. 1924년 그때는 외국의 무력 간섭과 공민 전쟁에서 승리는 한 때였지만 그러나 기본적인 국내 경제는 이렇다 할 것이 없었습니다. 이때에 노동자들은 하루에 검은 빵 300그램을 배급 받고 노동하였는데 이것으로는 도저히 생활할 수 없는 곤란한 지경이었습니다. 그래서 어떤 때는 노동자들이 일하다가도 굶주려 넘어지는 때가 있었습니다. 그렇다고 해서 그렇게 빈곤했던 것은 아니지만 갓 탄생한 소련을 외국 제국주의자들은 노리고 있었기 때문에 식량은 만일을 생각해서 한쪽으로 저축을 해두었지요. 소련 노동자들은 이와 같은 곤란한 생활을 참아 가면서 건설을 계속 했지요…… 한편 정부는 국내의 쌀을 외국에 수출하여 좋은 기계와 교환하여 국내의 산업 발전에 주력하였던 것입니다. 그리하여 1934년에는 아주 기본적으로 달라졌던 것입니다. 이렇나 곤란을 겪는 오늘날 소련은 새로운 경제체제를 가져올 수 있었는데 이것은 오늘날 조국건설 도상에 있는 우리들에게 좋은 교훈으로 될 것입니다. 뿐만 아니라 이것은 사회주의적 경제체제가 아니고는 도저히 있을 수 없는 사실이며 또 소련 노동자들의 구매력이 증가되고 있는 사실이라든 가는 스탈린 대원수의 정책이 가장 올바르다는 것을 알 수 있습니다.

최경덕 그렇습니다. 이번 제2차대전에 있어서 소련은 독일 파쇼 군의 90%를 담당하여 싸웠고 국토의 5분지 1이 파괴되었던 것입니다. 이 반면에 영국에는 독일군이 한 사람도 안 갔고 미국에는 독일 비행기가 하나 얼씬 안 하였습니다. 이러한 전쟁을 승리하고 나서의 소련 정부의 노동자들에 대한 배려는 1947년의 화폐개혁의 실시와 또한 식료품 배급제도를 폐지하고 식료품과 공업품에 대한 유일한 국정가격의 실시로 충분히 알 수 있습니다. 이로 인하여 노동자들의 실제 노동 임금도 향상되었는데, 1948년도에는 1947년도의 2배 이상으로 제고되었으며 금년 2월의 통계에 의하면 70억 루블의 노동 임금이 지출되었다 하니 노동자들의 물질 문화 생활이 향상되어 감은 더 말할 필요도 없는데, 이것은 소련 정부가 노동자들에게 어떻게 배려하는가를 알 수 있습니다.

이같이 사회주의가 승리한 소비에트에서는 인간이 인간을 착취하는 법이 없으며 특히 근로자들에 대한 배려는 가장 영예스럽고 고귀한 것으로 되어 있습니다.

허성태 또 노동능력이 감소되거나 상실된 노동자들에 대한 배려는 특히 중대합니다. 이것은 정부에 사회보장성이라는 것이 있어 그곳에서 해결합니다. 예를 들면 노동능력의 감퇴 또는 부분적 상실(팔 하나가 없다든가 다리를 못 쓴다든가 하는 정도) 등을 구분하여 각각 일할 수 있는 전문 일꾼으로 양성하는데 만일 왼팔이 없는 사람이라면 오른팔로만 일할 수 있는 사무원 혹은 상점 판매인으로 양성시켰고 눈이 부상된 사람은 눈에 대한 의안義眼 제조 연구에 힘쓰게 하는 등 그 사람이 제일 관심을 두는 사업 방면으로 전환시켜주는 학교가 있어 이에 수용하여 교육을 주어 일터에 보내게 하는 것입니다. 어쨌든 모든 방면으로 완전히 보장된 것이 소련 노동자들의 생활입니다.

최경덕 결국 소비에트 정부의 노동자들에 대한 배려는 소비에트의 성격에서 알 수 있는데 정부는 노동자들의 생활향상을 위한 정책을 계속 실시하고 있습니다. 1947년의 배급제 철폐 이후 노동자들의 이익 금액은 70억 루블에 달하는데 이로도 노동자들의 생활향상을 알 수 있습니다. 그런데 여기에서 나는 한 가지 재미있는 시례를 들겠습니다. 지금 미국 같은 반동적 자본주의 국가에서는 소련 노동자들은 담배도 없어 못 피운다는 악선전을 하고 있습니다. 그래서 지난 소련 직맹10차대회에 참가하기 위해 왔던 아루젠첸 베네수엘라 대표는 기자단과 만나서 다음과 같이 말하였습니다. "나는 본시 담배를 몹시 좋아하는데, 보통 다른 사람의 배나 피웁니다. 그런데 내가 베네수엘라에서 듣건대 소련에는 담배가 없으며 스탈린 대원수만이 겨우 피운다고 했습니다. 그래서 나는 호

주머니 돈을 모조리 털어 담배를 샀지요. 그랬더니 큰 짐이 되더군요. 그래도 담배가 없으면 견디지 못하는 나는 다른 짐을 좀 덜고 담배만은 보배처럼 지녀 겨우 배에 실어 모스크바까지 가져왔지요. 그들의 말을 정말로만 알고…… 그렇게 모스크바에 도착한 나는 놀라지 않을 수 없었습니다. 각종 담배가 얼마든지 있었으니까……"라고 베네수엘라 반동배들의 악선전을 폭로하였습니다. 사실상 이와 같이 소련을 비방하려는 미국은 실업자가 나날이 늘어가며 전전에 비해 돼지고기 버터 같은 것은 절반밖에 받지 못하고 있지만 소련은 전전에 비해 생활 필수품 구매력이 평균 한 배 반으로 높아졌는데 그중 사탕 같은 것은 두 배나 소유케 되었습니다. 정말로 소비에트 정권은 그 성가를 노동자를 위하는 데 돌리고 있습니다. 공장지구의 식당 상점들은 이의 좋은 예입니다. 노동들에 대한 이러한 정부의 배려는 직맹의 협조로 더욱 활발해 갑니다. 다시 말하면 직맹은 이러한 시설이 노동자들에게 이용되도록 하며 또 그 이용 여하를 검열하고 방조하지요. 또 직맹에는 코밋샤(위원회)들이 있는데 이것은 직접 노동자들을 위한 개선 등의 사업으로 정부에 이익을 주며 방조하고 노동자들의 생활을 높이기에 활동하고 있습니다.

소련 노동자들의 노동조건

사회 그러면 다음 순서로 넘어가겠습니다. 허성택 선생께서 말씀해주시면 좋겠습니다.

허성택 소련 노동자들의 노동조건을 말하자면 러시아의 위대한 사회주의 10월 혁명을 말하지 않을 수 없습니다. 러시아의 노동자와 농민들은 볼셰비키당의 영도하에서 1917년 10월에 로시아의 부르주아와 지주들을 리드하고 처음으로 주권을 자기 수중에 장악하였습니다. 이러한 소비에트 주권은 자기 활동의 첫 걸음부터 8시간 노동일을 선언하였으며 국가적 사회보험과 사회적 확보를 실시하였고 노동보호 규정을 접수하는 한편 근로대중들에게 의무교육과 의료상 방조를 줄 것을 결정하였습니다. 또 소련 헌법은 사회주의 국가 전체 공민들에게 노동에 대한 권리를 법적으로 부여하였는데 이로써 각개 공민은 남녀라든가 인종 민족 신앙 및 기타를 불문하고 노동의 권리를 가졌습니다. 이때로부터 소련 노동자들은 자유로운 가운데서 일하게 되었습니다. 그런데 지금에 와서는 이와 같은 노동조건은 비단 공장에서만 그치는 것이 아니라 솝호스[1]에까지도 사회보험의 혜택이 실시되고 있습니다.

최창석 참말 그렇더구만요. 만일 노동자들이 공장에서 일하다가 상처라도 나는 때면 보건성에서 무료 치료를 받게 되

---

1 솝호스sovkhoz는 러시아 혁명 이후 소련의 국영농장을 가리킨다.

며 의사의 진단에 의하여 임금을 지불 받는데 작업 중지 전 2개월 월급의 평균에 의하여 90% 내지 100%를 받고 있습니다. 그리고 산모는 산전 35일 산후 45일의 유급휴가를 할 수 있으며 유아의 출생시에는 유아보조금이 따로 있습니다. 또 하나 말할 것은 아이들이 5형제 이상 될 때에는 국가에서 특별취급을 하는 그것입니다.

조백하 소련에서는 그만큼 산모를 우대하더군요. 그런데 또 내가 느낀 것은 불구 또는 질병자에 대한 정부의 고려입니다. 공장에서 일을 하다가 만일 불구 폐결핵 같은 것이 생기면 이때에는 무료로 치료하는 것은 물론이고 일시적 보조금을 받지요. 그리고 노동력이 복구되면 보조금을 중지합니다.

허성택 거기에 대해 또 말할 것은 불구 폐질자를 사회적으로 종사할 수 있도록 하는 사업이 있는데 이것이 가장 중요사업입니다. 이것은 사회보장성에서 하는데 여기에는 의사가 일만 명이나 있고 또 이 성 안에는 한림학사 박사들로 구성된 전문위원회가 있습니다.

사회보험기관에서 치료를 완료하면 이 보장성에 넘기는데 이 보장성의 산하에는 70개의 공장과 전문병원이 있어서 불구자의 체질을 보아 의족연구를 시킨다든가 또 학교 사무기관에 나가도록 양성하며 특히 건강치 못한 사람은 서점 같은 데로 돌리기도 합니다. 그런데 임금 지불에 있어 불구 전 수입액과 동일하게 지불하는데 이에 차액이 생기는 것은 국가가 지불하여 주며 가족에 대해서는 16세 이하 60세 이상은 사회보장금을 받게 되었습니다. 또 신경통 같은 것은 공장 안에 있는 야간 정양소 그리고 야간 사나토리[2]의 두 가지가 있는데 여기서 치료를 완필하게 되었습니다. 그런데 여기에 대한 보조금 지불은 참말 선진적입니다. 예를 들어 내가 네 식구에 1000원을 받는 노동자라면 치료기간 매 가족에게 월급의 4분지 1씩 지불하여 주며 4분지 1의 25%를 정양소에 지불하면 됩니다.

그리고 식사는 하루 5회인데 이것은 환자의 진단 결과 거기에 맞는 음식을 개별적으로 주며 자기 전에 좋은 간식을 주어 예방합니다. 그런데 이것은 사회보험의 휴양이나 정양과는 관계가 없으므로 야간 정양소에 있은 후에도 권리만 발생하면 휴양 또는 정양을 받을 수 있습니다. 이것은 스탈린 대원수의 직접 지시로 조직된 것입니다.

최창석 말이 좀 어긋나는 것 같습니다만 그런데서 모두 치료할 때 그 발달된 의술에 놀라지 않을 수 없습니다. 수술같은 때에도 조금도 환자에게 아픔을 주지 않습니다.

오장환 제가 소련서 직접 수술을 받은 일이 있는데 정말 그렇더구만요.

최경덕 나는 흑해 연안에 있는 유명한 휴양지 소치를 가 보았는데 이곳은 워낙 경치 좋기로 유명하기는 세계적이니깐 말할 것도 없고 기후가 좋을 뿐만 아니라 그 건물이 어찌

2　사나토리Sanatori는 콘도, 옛 소련 노동자들의 휴가지를 말한다.

크고도 훌륭한지 모스크바의 크렘린 궁전에 조금도 손색이 없습니다.

이 휴양소에는 베드만 하여도 1만2천 개 이상이니 그 규모가 얼마나 크다는 것을 상상할 수가 있더군요. 그리고 노동 보호에 대해서 말할 점도 많지만 그것은 먼저 허성택 선생이 말씀을 시작했으면…

허성택 소련에서의 노동 보호는 "사람이 있어야 기계도 생산도 있다"라는 원칙 밑에서 진행되고 있습니다. 그리고 직업 동맹 안에는 노동보호 위원회가 구성되어 있는데 구성 인원은 21명으로 전국적으로 권위있는 박사博士들로 구성되어 사용될 기계나 원료같은 것을 심사하여 노동자들에게 위험성이 없는 때야 작업을 개시케 합니다. 그리고 각 공장마다에서 직맹은 항상 사용하는 기계 상태를 조사하는데 혹시 어느 한 기계가 조금이라도 위험성이 있는 경우에는 사용정지를 시키게 됩니다.

이와 같이 노동보호는 아까 말한 사람이 있고야 기계도 있고 생산도 있다라는 원칙에서 출발됨으로 소련의 공장 작업 조건은 모두가 기계화되었습니다. 그리고 그 기계 배치는 노동자들의 활동을 자유로이 할 수 있게 한다는 입장에서 배치되어 있고 그 기계마다 현대적인 안전 장치로 배려되어 있어서 위험이란 조금도 없는 것입니다. 일례를 들어본다면 절단기계에는 전기 아쓰[3]를 이용하여 사람의 손이 칼날에 대이기만 하면 곧 그 순간 전기

---

3   아쓰earth는 접지接地를 뜻하는 당시 표기이다.

장치로 기계가 멈춰 사고를 미연에 방지하는 것 등은 실로 신기하였습니다. 대체적으로 공장에서 사고가 생기는 것은 작업시에 한 손이 놀기 때문인데 어떤 기계는 한 손으로 능히 운전할 수 있는 기계지만 두 손으로 운전대를 잡지 않으면 기계가 돌아가지 않는 장치도 있었습니다. 또 용광로의 고열을 막는 장치로는 수력을 이용하는데 물이 철장을 넘어 종이창처럼 되어 노동자가 일하는 앞을 가리우기 때문에 자연 일하기도 신선하게 되어 있습니다.

최창섭 허선생께서 용광로의 방열장치에 대해 놀라신 모양인데 나는 그보다도 더한 것을 보았습니다. 지즈 자동차공장에서 나는 집채만한 부레스[4]를 봤는데 이 부레스는 바람으로 환기를 하더군요. 그런데 나는 의사이니만치 특히 노동자들의 건강상태를 유의하여 보려고 하였는데 소련에서 느낀 것은 무엇보다도 노동자들의 얼굴에서 피곤함을 찾아볼 수 없던 일입니다. 그래서 더욱 그 노동보호관계에 주의를 돌리고 노동조건을 잘 알아보았는데 우연한 일이 아니었습니다. 물건을 들 적에는 몸 위로 구×같은 갈구레기가 있어 그것으로 짐을 옮기기 때문에 사람은 손만 대이면 되게 되어 있습니다. 그때 나는 다시금 공장이 기계화되었다는 것을 느꼈습니다. 피대줄 같은 것은 모조리 그 돌아가는 주위를 사람이 다치지 않도록 쌌습니다. 이와 같이 노동보호가 완비되었기 때문에

---

4   프레스를 말한다.

여성노동자들도 아무 일이나 할 수 있다는 것을 알았습니다. 이에 대한 훌륭한 예로서는 소련에서는 어느 공장에 가나 지배인이 먼저 하는 말이 우리 공장에는 노동자가 얼만데 치료기관은 몇 개 있고 공장에서는 어떻게 방조하고 그로 인하여 출근률은 어떻게 되었으며 원가 저하에 얼마나한 도움을 주었다는 것을 자랑삼고 있습니다. 이것을 보아도 노동보호는 노동자들의 생산의욕을 고취시키는 큰 역할을 하며 얼마만치 중요시하고 있다는 것을 알 수 있었습니다. 스탈린그라드 트×토르 공장에는 여성노동자들이 많이 있는데 이 공장의 탁아소는 아주 과학적이고도 위생적으로 되어 이는 여성노동자들의 애기를 양육하며 또 공장에는 여성위생실 × × × ×(구급소)가 설치되어 여성들의 노동조건을 보장하고 있습니다.

박기여 나는 공장은 많이 못 보았습니다만, 모스크바에서 빵 제조공장을 견학하였는데 거기에서도 지금 여러 선생들이 말한 것과 같은 공장 작업장소의 깨끗함을 보았습니다. 이 공장에서는 하루 250톤의 빵을 제조하는데 5층에 올라갈 때까지 공장은 빈집 같았습니다. 즉 기계에 모두 널판지를 덮어 밀가루가 안 나도록 하였으며 여성노동자들의 노동복은 위생복과 꼭 같은 인상입니다.

최경덕 그런 것을 미루어볼 때 소련의 노동보호는 공장시설의 기계화에서 볼 수 있습니다. 일찍이 스탈린 대원수는 "우주 가운데 가장 귀중한 보배는 인간이다"라고 하였는데 소련의 기계화는 곧 인간이 가장 귀중한 자본이라는 스탈린의 말씀을 실현한 것입니다. 예를 들면 항도로 ×은× 실증이 생기는데 탄광에서는 노동자들의 경험으로 석탄콤바인을 사용하여 높은 능률을 올리고 있습니다. 칼리폰 공장은 정밀기계 공장인데 일명 노동공원이라는 이름까지 받고 있어 건물은 아주 과학적으로 되었습니다. 게다가 공장에는 10만의 수목이 울창하게 솟아 있고 일하는 것은 노는 것같이 생각됩니다. 그런데 이 시설은 국가적 예산에서 볼 수 있는데 4차 5개년 계획에서 종전의 5배를 지출키로 되어있습니다. 뿐만 아니라 사회보험에 전국적으로 지출하는 ××를 보면 제1차 5개년 계획에 있어서는 104억 루블이 지출되었던 것이 연년이 증가되어 1949년도의 사회보험 예산은 174억 9천 1백만 루블이라 합니다.

이것을 보아도 소련 노동자들이 얼마나 사회보험의 혜택을 받고 있는가는 잘 알 수 있을 것입니다. 그러므로 이러한 노동조건은 오직 사회주의 소련이 아니고는 찾아볼 수 없는 현상입니다. 소비에트 동맹에 있어서는 사람이 사람을 착취하는 일이 없고 노동자들이 생산하는 모든 것은 다만 조국과 인민 자체를 위하여서만 이용되기 때문에 노동자들의 노력이 크면 클수록 나라는 부강하고 인민의 물질 문화생활은 날로 향상될 수밖에 없는 것입니다. 다시 말하자면 오늘 소련 노동자들이 행복된 노동조건하에서 사회의 창조자로 적극적으로 일하게 된 것은 위대한 스탈린 대원수의 따뜻한 배려로서 전체 노동자들이 애국노동으로 쟁취한 성과라 할 것입니다.

노동자들의 거대한 증산 성과와 방법 및 진행 정형

사회　그럼 다음으로 소련의 노동자들이 진행하고 있는 사회주의 경쟁의 성과라든가 방법 또는 그 정형에 대하여 말씀해 주었으면 감사하겠습니다.

최경덕　소련에서의 사회주의 경쟁은 말하자면 전인민적 경쟁인데 이 운동의 높아가는 기세는 어떠한 힘으로도 막을 수 없습니다. 뿐만 아니라 이 경쟁이 소련을 제외한 어떠한 자본주의 국가에서도 발생할 수 없다는 것을 우리는 알 수 있습니다.

그러므로 사회주의 경쟁이 전인민적 경쟁으로 파급되어 앙양되는 사실은 사회주의 경제체제가 자본주의 경제체제에 비하여 얼마나 우월한가를 말하여 주는 것입니다.

최성택　그런데 또 알아야 할 것은 그와 같은 경쟁은 우리들이 지금까지 말한 그러한 노동조건이 보장되었다는 데서 그 진행의 큰 성과를 볼 수 있으며 또 노동조건의 만전을 기하였을 뿐만 아니라 각종 사회보험의 실시는 노동자들이 노동을 안심하고 할 수 있는 것으로 되어 각자 노동자들은 자각적으로 참가한다는 것을 우리는 볼 수 있었습니다.

최경덕 나는 그 예를 이번 여행에서 견학한 부분적 공장에서 들어보겠습니다.

저는 레닌그라드에 있는 스탈린 이름을 가진 다빙 공장을 견학하였는데 그때 선반공 로소 씨라는 노동자를 만났는데 그는 바로 작업 중이었습니다.

나는 그에게 당신과 이야기를 할 수 있겠는가 하고 물었는데 그는 "지금은 작업 중이므로 나중 휴식시간에 오시오"라고 하겠지요. 그래 나는 다시 말하기를 "그러면 당신은 일을 하면서는 말할 수 있겠습니다까."라고, 그것은 좋습니다. 일을 하면서 말하면 외국손님에게 실례가 될까봐 말을 못 했댔는데…… 라기에 나는 그때 얼마나 감탄하였는지 모르겠습니다. 그에게 나는 묻기를 당신은 벌써 1947년 6월에 1950년도 과제를 완수하였다는데 이에 대해서는 당신만이 가질 수 있는 어떤 비결이라도 있는지 만일 그런 비결이 있다면 그것을 나는 우리 조선 노동자들에게 전하고 싶다고 했습니다. 그러니 그는 미소를 지으며 다음과 같이 말하더군요.

생산에 비결이란 있을 수 없습니다. 다만 나는 다음의 세 가지 조건을 굳게 지킬 뿐입니다. 그것은 첫째, 480분을 완전히 노동할 것. 이러기 위하여 둘째로는 하루나 이틀 전에 나의 과업에 대한 계획을 치밀히 세우는데 내가 사용할 도구(스패너 같은 것을 사용하기에 게일 가까운 장소에 놓는 등)를 정비하는 것입니다. 이것은 480분을 완전히 노동에 돌리는 큰 조건입니다. 셋째로 일을 끝맺고 하루

3, 4시간씩 기술서적을 읽고 기사와 담화를 하여 기술과 경험을 일치시키게 합니다.

이렇게 말하면서 로소 씨— 동무는 노동영웅이란 누구든지 될 수 있는 것이지 절대로 특수한 사람에게만 국한된 것이 아니라고 하였습니다.

조백하 사실 그들은 그처럼 평범한 것 같은데 ×안하여 높은 성과를 올리거든요. 그런 것을 나는 교육방면에서도 많이 보았습니다.

이태준 저는 1946년 바로 조국 전쟁 직후 소련을 보았으므로 그후 복구된 오늘의 소련을 말하기는 힘듭니다. 그러나 그때에도 오늘과 같은 신속한 복구를 가져올 전망을 본 것만은 사실입니다. 그리고 보면 제가 말하는 소련은 오늘의 복구 속도에 비해 조금 차이는 있으나 노동자들의 애국열만은 다름이 없다고 생각합니다. 그때 나는 모스크바에서 직맹 문화부장의 안내를 받아 스탈린 트랙터 공장을 견학할 때 느낀 바를 말해보겠습니다.

공장문 어구에 들어서니 한편에는 파괴상태 그대로 통로만 남아있었고 사방이 폭탄 자리였습니다. 이런 속에서 노동자들이 일하는가 할 적에 처음에는 의심도 가졌습니다. 그러나 복도에 들어서자 나는 어떤 학교 교실에 들어선 듯한 감상을 느꼈습니다.

이에 대해서는 나중 서클 문제를 얘기할 적에 말하기로 하겠지만…… 복도를 지나 공장 안에 들어서니 그야말로 눈이 둥그레졌습니다. 가지 복구를 해 놓아서 좁기는 하나 여기서 노동자들은 모두 얼굴에 웃음을 띠고 명랑한 가운데서 분주히 일하고 있었습니다.

특히 이 공장에는 여성들이 많았는데 이들도 보통 남자에 비하지 못하리만큼 일을 하였습니다. 그래서 나는 생각하기를 이들이 어떻게 이렇게 작업장소도 좁고 불리한 조건 하에서 저렇게 일하는가라는 것을 생각할 적에 이것은 과연 소련 노동자들의 견고한 사상성에서 찾아볼 수 있다는 것을 나는 느꼈습니다. 노동자들이 참말로 이렇게 일할 수 있다는 것은 고상한 애국주의로 무장된 그 사상 자체가 벌써 노동에서 생활화되었다는 것을 나는 볼 수 있었습니다.

허성택 이태준 선생님의 말이 옳습니다. 전후 스탈린적 5개년 계획을 4년에 실행하자고 한 레닌그라드 노동자들의 호소와 또 어떤 데서는 3년에 실행하자는 등 사실들은 이 선생이 말한 사상이 노동에서 생활화된 데 근본이 있습니다.

이태준 나는 사실 그렇게 보고 그렇게 믿었습니다. 그런데 또 한 가지 말할 것은 공장을 보고 그저 내가 말하고 싶은 것은 소련 노동자들의 이러한 노동력과 증산의 성과는 아까 한참 얘기된 노동보호보다 각자 노동자들의 전투적 정신(노동의)에서 이루어진 결과라고 하고 싶습니다.

최경덕 노동의 전투적 정신. 좋은 표현입니다. 그럼 나는 방적공 즈트키흐라는 동무를 만났을 때 얘기를 합시다. 이 동무는 우수한 부리기-다 조직자로서 자기의 표어를 이렇게 내걸고 투쟁하고 있지요. 첫째 한 자라도 더 많이 짤 것. 둘째 보다 좋은 것을, 셋째 조금이라도 값싼 물건을 인민에게 제공할 것—이것이었습니다. 그는 이것을 실행하기 위해서

첫째 기계를 언제나 좋은 상태에 두며 때로 손질할 것
둘째 전체 노동자들의 표준조작법을 실시키로 할 것
셋째 매 개인의 작업 주위를 책임제로 깨끗이 할 것
넷째 새로 들어온 노동자에게 자기 경험을 아끼지 않고 전달할 것

이와 같은 표어 밑에 투쟁한 결과 과거 이 공장에는 30%의 2등품을 생산하던 것이 오늘날에 와서는 100%의 1등품을 생산하고 있습니다.

허성택 결국 그것은 노동자들의 창발적 의견의 대중화라고 볼 수 있는데 그와 같은 사실에 대해서 나는 칼리폰 공장 지배인과의 담화에서도 알 수 있었습니다. 그 지배인의 말에 의하면 생산제고의 방법은 무엇보다도 노동 규율을 옳게 적용하는 데 있다는 것입니다. 그러므로 이 공장노동자들은 이러한 원칙 밑에서 첫째 원가 저하를 위하여 원료를 제때에 준비하고 둘째 폐품을 던지지 말고 이용할 것을 표어로 싸우고 있는데 대개 노동자들은 자기 기계 앞에 일별로 또는 월별로 써 붙여 대중화시키고 있습니다. 그리고 그날의 최고책임량을 돌파한 노동자들은 공장 입구의 벽보에 그를 선전하여 다른 노동자들의 열의를 돋궈줍니다.

그러니 자연 다른 노동자들의 증산의욕이 높아가는 것은 어찌할 수 없는 사실이지요.

사회 그 외 다른 방법으로 생산혁신자들의 창의적 의견을 대중화시키는 방법이 없는지요.

허성택 그 외 이 공장에서는 지배인의 말을 듣건대 모범 노동자들은 생산의 비결을 안다, 그래 매일 밤 작업 비결 교환 좌담회를 열고 여기서 비결을 호상 교환하여 대중화시킨다는 것입니다.

조백하 그와 좀 같은 성질의 것. 현재 북반부의 공장에서도 실시하는 것 같은데……

최경덕 지금 공장에서 작업비판회 또는 의견교환 좌담회라는 명칭으로 실시되기는 하지만 그것으로 아직 부족합니다. 앞으로 직업동맹에서는 그러한 사업을 적극 해야 하겠습니다.

허성택 또 첨부할 것은 소련 노동자들의 왕성한 창의적 의견입니다. 노동자들의 창의품이 있기만 하면 곧 직장대회를 열고 그것을 검토한 다음 전국의 권위자로 구성된 발명위원회에 올려 보냅니다. 그러면 발명위원회는 그것을 다시 검토한 다음 진정적인 것을 전국에 널리 공개합니다. 이리하여 작년에만 하더라도 노동자들의 창의적 의견은 100만 건에 달한 것입니다. 그런데 아직도 우리 조선서는 부분적으로 노동자들의 의견을 무시하는 예들이 있는데 이런 생각을 버리고 적극 받아들이고 대중화시켜야 할 것입니다.

최경덕 그것은 우리들이 앞으로 해야 할 중요 과제입니다만 소련에서 그런 실례를 들자면 스타하노프 운동일 것입니다. 그런데 나는 이번 스타하노프를 만나보았습니다. 그때 그 동무는 자기의 일하는 방법을 여러 사람에게 모형을 놓고 설명하고 있었는데 나는 그를 만나자 이렇게 말하였습니다. "당신이 시작한 그와 유사한 운동이 우리 조선에도 전파되고 있는데 나는 조선노동자의 이름으로 당신에게 영예를 드린다. 그런데 당신이 일하는 비결을 좀 말하여 줄 수 없는가?" 하니까 그는 대답하기를 "나는 채탄부이다. 그래서 나는 내 작업의 성과를 올리기 위하여 생각하여본 결과 근본문제는 채탄추를 놀리지 않은 것이라는 것을 알았다. 이때까지 다른 사람들은 보통 채탄추를 두 시간 정도 놀렸으나 나는 이것을 6시간 완전히 사용한다"라고 하였습니다. 스탈린 선생은 말씀하시기를 "스타하노프의 특징은 그들이 문화적으로나 또는 기술적으로나 훈련된 작업에 있어서 정확성과 정밀성의 모범을 주는 시간이라는 것을 중히 여길 줄 알고 그러면서 다만 분分으로서만 아니라 초秒에 이르기까지 계산할 줄을 알아낸 사람들이다"라고 하였는데 과연 분초를 다투는 사람이었습니다. 나는 계속하여 스타하노프 동무에게 담화를 계속 하려는 때에 그만 미국 영국 등 대표들이 쏠려 와 말이 중단되었습니다.

허성택 그러니까 소련에서의 사회주의 경쟁이 승리하는 원인은 지금까지 말한 것처럼 노동자들이 자각적으로 참가

하는 데 있지만 또 한 가지 알아야 할 것은 이것도 갈리 폰 공장 지배인의 말인데 자부심을 가진 노동자들을 옳게 일하도록 하는 방법인데 즉 노동자들의 자부심을 옳게 고려하여 그에 맞도록 노력을 배치하는 문제입니다. 그러면 그 노동자의 책임량은 고도로 높아간다는 것인데 그때면 그를 우타르니크(모범 노동자)로써 공원 등 각처의 속보 벽에 선전하고 어느 정도의 단계에 가서 그 자부심을 청산하도록 하는 문제이었습니다. 사실에 있어서 직맹은 이처럼 노동자들을 교양 주고 또 노동자들도 고귀한 애국주의적 사상으로 무장되어 경쟁을 전개하기 때문에 1948년 말에 와서는 벌써 1950년도 과제를 완수한 공장이 2,000개에 달하였습니다.

소련 노동자들의 향상된 문화생활

사회　재미나는 말 많이 들었습니다. 그러면 다음으로 소련노동자들의 문화생활에 대해 말씀해 주었으면.

오장환　노동자들의 문화생활이라고 하면 가정 관계도 말해야겠으나 저는 우선 공장 내에서 활동되는 서클들에 대하여 말하려고 합니다. 서클의 종류로 말할 것 같으면 문학 서클, 연극 서클, 음악 서클이 우리들에게 제일 낯익은 말이지만 소련에서는 이의 과학이라든가 화학이라든가 각 부문별로 서클이 있습니다. 가령 탄광이라면 지질학

광학 서클이 있어 여기서 연구를 하지요. 여기서 성적이 우수하면 대학에 보낸답니다. 유명한 콘스탄스 시모노프는 스탈린 상을 다섯 번이나 받은 작가인데 그도 노동자였다고 합니다. 이러한 일은 앞으로 우리 조국에서도 가능한 일이지만 하여튼 널리 노동자들에게 서클을 개방시키고 있는데는 감격되는바 많았습니다. 고리키 문화궁전에 갔더니 오락이 조선과는 다르더군요. 그것은 모두 실제 생활과 결부되어 있는 대중적인 것이지요. 예를 들면 쇠해머로 쇳대를 치면 그 사람의 힘에 따라 바로 메타가 올라가는데 이것도 직접 생활과 결부시킨 건전한 오락 근로정신을 배양하는 오락입니다.

이같이 그들의 모든 것은 건설과 근로정신과 하나도 결부되지 않은 것은 없습니다 특히 여자들이 많이 구경을 해요.

그리고 잘 하는 때에는 박수갈채로 대환영이더군요.

이태준 오장환 동무도 말합니다만 서클은 참말로 광범위하고 또 서클의 역할과 그 발전 속도는 기막히게 빠릅니다. 내가 본 스탈린 트랙터 공장 이야기를 또 끄집어냅니다만 공장 복도에 들어섰을 때 낭하에는 많은 그림들이 붙어 있었습니다. 또 어떤 것은 독서하는 장면들이었는데 이것이 모두 서클원들의 손으로 제작되었다고 하는데 대체로 필치가 능란하다는 것을 알 수 있었습니다. 이 공장에서는 매 토요일 날 문학 서클 학습을 가지는데 이때는 반드시 중앙으로부터 작가를 초청하여 지도를 받는 상

당히 높은 수준의 동무들이 있습니다. 그리고 소련 노동
자들은 서클과 자기의 본신 사업을 혼동치 않습니다. 이
것은 무슨 뜻이냐 하면 어차피 재주가 있으면 본신사업
을 밀어 치우고 서클에만 열중하여 나중에는 이것도 저
것도 안 되는 폐단이 많지만 소련노동자들은 그렇지 않
습니다. 아주 건실히 걷고 있습니다.

최경덕 옳은 말씀입니다. 시방 소련에는 직맹의 산하에 8,000개
이상의 구락부와 문화궁전, 8,000개 이상의 완비된 도서
관, 대략 7만의 붉은 구석이 있는데 이와 같이 그네들은
자기의 문학기관을 갖고 있는 것이 커다란 힘입니다.

이태준 시설을 보면 참말로 그렇게 느껴집니다. 대체로 소련의
노동자들은 만인××가 되었다고 말할 수 있으리만치
그들은 각 분야에 걸쳐 높은 교양을 갖고 있습니다. 아마
이러한 과정을 통하여 머지않아서 노동자와 인텔리의
구별이 없어질 것 같더군요.

조백하 동감입니다. 그들이 서클을 운영하는데 있어서 또한 재
미있는 것은 가령 문학 서클에서 푸쉬킨에 대한 문제를
취급하는 날에는 그 방 안의 일체 장식을 전부 푸쉬킨에
관한 것으로 만들고 학습하는 것입니다. 그렇게 되니 분
위기부터 푸쉬킨으로 가득 차겠지요.

이태준 그와 같이 소련의 노동자들은 자기 생활 속에서 예술을
창조하는데 아주 ××합니다. 어떤 풍경화를 그려도 그
것이 기술적으로 부족하겠지만 그저 풍경이 아니고 자
기들이 일하고 있는 노동의 상태를 조화시켜 그리니까

그 그림을 보는 노동자들에게 실감을 주며 또한 예술적
교양을 높이워주는 동시에 증산 의욕을 북돋아줍니다.
그러므로 예술적으로도 아주 선진적이라고 말할 수 있
겠지요.

허성택 소련노동자들이 생산면에서나 문화면에 있어서 높은 성
과를 올리고 있다는 것은 그들의 사상적 건전성에 있다
고 봅니다. 즉 확고한 전망성과 공산주의에로 걸어가는
확신성이 그들로 하여금 생산문화 각 부문에서 모두 전
문가다운 교양을 갖게 되는 것이지요.

이태준 그렇습니다. 직장 도서실에서 책 읽은 것의 종류만 봐도
그런 면을 손쉽게 알 수 있습니다.

말이 좀 달라지지만 조선 노동자들은 아직 책을 이용하
는 열이 부족합니다. 황철에는 상당한 설비가 되어 있는
데 도서실의 책은 하나도 손때 묻은 것이 보이지 않는데
이것은 책을 이용하는 정도가 낮다는 것을 말하는 거고
흥남비료에서는 책에 손때 묻은 것을 보았는데 이것은
잘 이용하는 것을 말함이겠습니다. 그런데 소련 노동자
들의 도서실 이용률은 대단합니다. 그 중에서도 기술서
적 같은 것은 많이 읽히는 모양입니다.

허성택 기술 말이 났으니 말이지만 소련의 공장 기술학교에서
의 학습정형은 이론과 실제를 병행시켜 진행합니다.

처음 기본적인 이론 학습이 끝나면 기계 작업을 하여 실
습하고 또 때에 따라서는 필름에 촬영한 것으로 영화교
수를 받고 이것이 끝나면 공장으로 나가 실제 작업을 합

니다. 이러한 기술학교를 "프즈오"라고 말하는데 이의 목적은 노동자들로 하여금 생산과 이탈함이 없이 자기의 생산과제를 수행하면서 기술의 숙련과 일반적 문화 수준의 제고를 목적하며 동시에 새로운 최신의 기술을 가진 노동자들을 보충할 수 있는데 그 의의가 있는 것입니다.

최경덕 소련에서는 허선생 말씀처럼 근로자들이 지식을 소유할 수 있는 모든 길이 충분히 열려 있습니다. 이제 말씀하신 프즈오의 공적은 실로 위대한 것으로 실례를 든다면 레닌그라드에 있는 칼 맑스 명칭 기계제작소 노동자들은 1923년에는 5% 이상의 노동자가 겨우 4년제 교육을 받았댔는데 현재는 그의 60% 이상의 노동자가 중등 혹은 7년제 교육을 받은 사람입니다. 이와 같은 사실은 전후 5개년 계획 기간에 있어서는 그의 5년 동안에 프즈오 및 작업반 개인적 교육방법으로 7백만 명의 노동자가 훈련되었으며 기업소에 있어서는 자체의 힘으로 10만 명 이상이 자기들의 기술을 제고시켰습니다. 이 밖에도 개인 기술 전습 사업이 거듭되지요.

조백하 실로 소련 노동자들의 학습열은 대단한 것이었습니다. 그 실례를 우랄기계공장에서 볼 수 있었는데 여기에서는 3대 1의 비례로 여러 가지 양성소에 다니며 공부하고 있으며 또 대학의 통신학부의 공부를 하고 있습니다.

박기여 그러한 학습열이 누가 하라고 하여서 하는 것이 아니라 모두 자진적으로 하는 것이 우리들이 본받을 바입니다.

최경덕 그 중에도 모스크바의 카리폰 공장이 제일 높은 평가를 받고 있습니다.

조백하 기술학교는 대개 2년제인데 처음 1년은 주로 이론 교육을 받고 다음에는 실습을 주로 합니다. 이것이 끝나면 각자의 실력에 따라 공장에 나가게 되는데 이러한 조직은 노동자의 질적 향상과 양적 보장에 절대 필요한 것입니다.

허성택 소련 정부에는 노력 예비성이 있어 13세부터 18세까지의 어린 동무들을 위에서 말한 방법으로 공부를 시켜 공장에 내보내는데 하여튼 소련에서의 노동자양성 혹은 보다 높은 정도의 교양을 주는 조직은 굉장히 조직적으로 발전되고 있습니다.

최경덕 소련의 노동자들은 일반적인 학습도 하지만 그보다도 더욱 전문학습에 많은 힘을 기울입니다. 그들은 자기의 자격 제고를 생활화시키고 있으며 실제 자기의 학습으로 당당한 기사가 되는 동무는 상당히 많지요. 이것은 도서관에서 노동자들에게 이용되는 서적을 부문별로 보면 순문학서적이 50~60%, 20~30%가 기술에 관한 것이고 기타 약 20% 정도가 정치 경제 철학 서적이지요. 또한 그들의 서클이 얼마나 조직적이고 대중적인가 하면 전국 서클 콩쿨에는 라트비야같은 데서는 5,000명의 합창단도 나오고 일등 상금에는 50만 루블이나 주는 이러한 웅대한 것입니다.

최창석 이것은 서클 문제와는 조금 다릅니다만 학교에서의 체육도 노동자의 하루의 생활을 그린 그러한 체육이 있지요.

조백하 탁아소에서의 아이들을 가르치는 것도 건설 즉 인간이 갖고 있는 건설성을 북돋우기 위한 그러한 생활을 시키고 있지요. 그리고 공장 안에 자기 공장에 직접 관계되는 공업대학까지 갖고 있는데는 놀랬습니다.

최경덕 실로 소련의 노동자들은 자기들의 완전한 문화를 갖고 있을 뿐만 아니라 오늘의 소련 노동계급은 자기들의 문화를 창조하고 있다고 말할 수 있습니다.
우리 조선 노동계급도 이러한 데 도달하기 위하여 꾸준히 노력하여야 할 것입니다.

굳어지는 조소친선

사회 그럼 이만하고 어느 선생님 소련에 가서 느낀 소련 인민들의 조선인민에게 대한 우정이라 할까 그런 걸 말씀해 주었으면 고맙겠습니다.

오장환 소련 사람이 조선 사람을 보고 반가워하는 것은 조선 사람이 소련 사람에 대하는 감정에 못지않게 큰 것입니다. 내가 톰스크에 갔을 때의 일인데 어느날 거리를 지나노라니까 어떤 소련 사람이 나를 보고 손시늉을 하며 다짜고짜 끌겠지요. 나는 말도 통하지 않으므로 어리둥절하여 무슨 영문인지를 모르고 있는 때에 마침 조선 유학생이 지나가기에 그에게 무슨 영문인가를 물어보았더니 그 소련 동무는 조선에 왔던 비행사였다고 하더군요.

그런데 소련군 철회로 조선에서 떠나올 적에 조선인민들이 두 나라 깃발을 흔들며 어찌나 환송을 하여 주었는지 모른다고…… 더구나 떠나려 할 때 환송하는 조선인민들이 모여들어 내가 탄 비행기에 얼마나 사과를 실어주었는지 비행시간이 예정보다 늦어질 지경에까지 이르렀다는군요. 그래서 이 소련 동무는 내 얼굴이 조선사람 같으니까 데리고 가서 자기가 떠날 때 조선사람이 환송하던 것처럼 환영해주겠다고 가자는 듯이 하더군요. 그러나 나는 병중에 있는 사람이라 그렇게 놀 수 없다고 했더니 그는 내 대신 통역을 하여 준 학생들을 끌고 갔는데 후일 유학생들의 말에 의하면 큰 대접을 받았다고 합니다.

이것만 보아도 소련 사람들이 조선 사람에 대한 우정이 얼마나 깊다는 것을 잘 알 수 있습니다.

이태준　소련 사람들은 본시 마음이 순진하여서 반가운 사람을 만나면 어쩔 줄을 모르지요. 더구나 조선에 와 있다 간 소련 사람들이 본국에서 조선 사람을 만났을 때 일이란 감개무량하지요.

최경덕　지난해 내가 소련을 갈 때 차중에서 있은 일인데 소련의 젊은이 늙은이 할 것 없이 조선사람에 대한 환영이란 대단한 것이었습니다. 차중에서의 일이 인상에 남은 것은 소련 아이들이 나 있는데 바로 오더니 "보이즈트""우지

체" "카코이" "나쇼날" 하면서 자꾸만 말을 가르쳐주는데 어떤 때는 내가 잘 알아 못 들으니 짜증도 내면서…… 그러나 조금도 싫어하는 기색이 보이지 않더군요. 그리고 모스크바에 있을 때 어느날 공원에 나갔더니 어떤 할머니가 나한테로 와서 어느 나라 사람인가고 하기에 나는 조선사람이라고 했더니 그 할머니는 웃으면서 그런가고 하더니 꽃을 한아름 들어서 나에게 안겨주면서 나도 조선 사람을 잘 안다고 하더군요.

조백하 나는 모스크바 동양대학을 구경하였는데 그 학교에는 조선어과가 설치되어 있다는 것이었습니다. 이것은 조소 친선과 양국 문화 교류를 더욱 깊게 할 수 있다는 의도에서 인가봅니다.

허성택 오늘에 와서 벌써 조소 친선이란 생활화된 것이라고 나는 봅니다. 그러므로 이번의 조소 친선 및 문화교류순간은 보다 의의 깊고 앞날의 우리 문화의 발전에 있어서 큰 기대를 갖는 것입니다.

박기여 사실 그 순간을 통하여 더욱 두 인민 사이에 아름다운 우정의 열매를 맺을 수 있을 것입니다.

오장환 그렇고 말고요.

우리들은 지금까지도 그랬지만 이제로부터 더 문화 섭취에 노력해야겠습니다. 사실 우리들이 소련의 소설이라든가 희곡 영화 같은 데서 얻는 수확이란 큰 바가 있습니다.

최경덕 지금 여러분들이 말씀했습니다만 소련 인민들이 조선

인민을 대해주는 마음이란 각별합니다.

아까 조선생님도 말씀했습니다만 지금 대학에는 조선어과가 설치되는 곳이 많습니다. 또 여관 같은 데 가 있으면 이 조선어과 학생들이 자주 찾아와서 늘 여러 가지 이야기를 하고 갑니다. 이런 것을 볼 때 나는 감격되었습니다. 사실 조선이 소련 군대의 힘으로 해방되었습니다만 해방 후 만일 소련의 진정한 원조가 없었다고 하면 오늘과 같은 비약적인 발전은 있을 수 없습니다. 그러기에 나는 오늘의 이와 같은 발전은 오직 소련의 성의 있는 원조와 우리 민족의 영웅이며 영도자인 김일성 장군의 지도로써만 가능했다는 것을 강조합니다. 때문에 앞으로 우리는 더욱 조소 친선을 강화하여 선진 소련의 기술이며 문화를 더욱 섭취하기에 조선 사람 전체는 노력해야 한다고 봅니다.

사회 오늘 저녁 여러 선생님들이 바쁘신 짬을 내어 이처럼 좋은 말씀 많이 해주어 감사합니다. 그럼 오늘 저녁은 이만 합니다. 감사합니다. (일동 박수)

—『노동자』, 1949.10

오장환 생애 연보

1918년(1세) 5월 15일, 충북 보은군 회인면 중앙리(현재 회북면 중앙리) 140번지에서 아버지 오학근吳學根과 어머니 한학수韓學洙[1] 사이에서 4남 4녀 중 3남으로 태어나다. 본관은 해주海州이다. 어머니 한학수는 오학근의 후처로 그 사이에 3남 2녀를 두었는데, 오장환은 처음엔 서출庶出 2남이었다가 후에 한학수가 적출嫡出이 되면서 오학근의 4남 4녀 중 3남이 된다.

1924년(7세) 4월 1일, 회인공립보통학교 1학년에 입학하다. 입학 전에는 서당에서 한문을 배운 것으로 알려져 있다. 보통학교 3학년 때까지의 성적은 8~9점으로 비교적 양호한 편이었다. 당시 태도와 행실로서의 '조행操行'은 '을乙'이었고, 신체발육 및 영양상태는 '갑'으로 나타나 있다. 3년 내내 '도화圖畫' 부분에 10점을 받는 등 어릴 때부터 미술 분야에 두드러진 학생이

---

1 본관은 청주이고 초명은 영수였으나 후에 학수라는 개명된 이름으로 호적에 올라있다. 일부 연구자들에 의해 '한영수'라는 이름으로 알려져 있기에 밝혀 둔다.

었다.

1927년(10세) 4월 30일, 전학 차 회인공립보통학교를 자퇴하다. 5월 2일, 안성공립보통학교 4학년에 전학하다. 이곳에서 한 반이었던 시인 박두진과 동문수학하다. 이때 거주지는 경기도 안성군 읍내면 서리 314번지로 되어 있다. 안성은 해주오씨의 본거지이자 집성촌이 있던 곳이며 인근의 진사리에는 오장환의 선영先塋이 있다.

1928년(11세) 12월, 안성공립보통학교 학습회 학예부 아동문집에 '5년생(5학년)' 오장환의의 이름으로 어린이시 「밤」을 수록하다.

1929년(12세) 1월 2일, 오학근의 본처 이민석李敏奭이 서리 314번지 자택에서 사망하다.

1930년(13세) 3월 24일, 안성공립보통학교를 졸업하다. 재학 중 학업 성적은 8/10(4학년), 7/10(5, 6학년)로 중상위권이고, 여전히 미술 과목에 소질을 보였으나 '조행操行'은 을乙, 병丙, 병丙으로 나타나 있다. 출결상태는 좋은 편이 아니었고, 신체발육상태는 양호한 편이었다. 중동학교 입학시험에서 낙방하여 잠시 고향에 머물러 있다가 상경하여 중동학교 속성과速成科에 입학하다. 4월 15일자로 호적을 정리하여 회인에서 안성으로 옮겨오다.

1931년(14세) 중동학교 속성과를 수료하고, 4월 1일, 휘문고등보통학교에 입학하다. 이곳에서 스승 정지용을 만나고

학내 문예반 활동을 하다.

아버지 오학근의 본처가 사망한 지 2년이 되어 오장
환의 생모인 한학수와 재혼 신고를 하게 되다. 오학
근은 본처 이민석과의 사이에서 1남 2녀를 두었으나
부인이 죽고 큰 아들 의환이 결혼 후 자식이 없이 일
찍 죽었기 때문에, 자신과의 사이에서 3남 2녀를 낳
은 한학수가 이 시기에 적실로 바뀌게 된다. 그 사이
에서 태어난 오장환의 3남 2녀 형제들 모두가 동시
에 적출로 변경되다.

1932년(15세) 7월에 시「조선의 아들」, 8월에 시「발자취 찾아」를
『매일신보』에 발표하며 작품 활동을 시작하다.

1933년(16세) 2월 13일~3월 말까지 수업료를 내지 못하여 학교에
서 정학처분을 받다.

휘문고보에서 문예반 활동을 하며 교지에 글을 발표
하다. 1933년 2월 22일, 임시호로 발간된 『휘문』10호
에「아침」,「화염」2편을 수록하고, 11호에는「조개
껍데기」,「교외의 강변」두 편의 시와 탐정소설「그
들의 형제」를 발표하다. 12월,『조선문학』에「목욕
간」을 발표하고, 동시「눈」을『어린이』에 발표하다.
장시「전쟁戰爭」을 집필한 시기로 추정된다.

1934년(17세) 2월,『어린이』지에「바다」,「기러기」,「수염」등을
발표하다. 이 시기부터『조선일보』'우리 차지'란을
중심으로 지속적으로 동시를 발표하다.「첫 화학실
험」,「스케치」등 10편을『일본시단』에 일어시로 발

표하다. 8월, 『아이생활』에 「영국 동요 한 다발」이란 제목으로 「바람은 어떤 길로 불을까」 등 5편의 번역 동시를 수록하다. 9월, 김기림을 통하여 『조선일보』에 연작시 「카메라, 룸」을 발표하다.

1935년(18세) 1월 26일, '동경유학'을 사유로 하여 휘문고보를 중퇴하다. 학년이 오를 때마다 성적과 출석률이 계속 떨어지는 상태로, 3학년 1, 2학기 성적은 낙제점수를 받다가 결국 3학기를 마치지 못하고 자퇴하게 되다. 그러나 미술 과목은 여전히 성적이 좋았고, 취미는 연극이었다고 한다. 4월, 일본으로 건너가서 동경에 있는 지산중학교智山中學校에 전입하다. 1월, 장시 「전쟁」이 검열로 인해 51행을 '삭제 처분' 받다.

1936년(19세) 3월, 지산중학교를 수료하다. 11월, 『낭만』, 『시인부락詩人部落』 동인으로 참여하고 동인지를 본격적으로 제작하다. 민태규, 서정주, 김동리, 함형수, 김상원 등과 교유하며 문단 활동을 활발히 하다.

8월 29일, 서울 종로구 운니동 24번지로 호적을 옮겨 오는데, 『시인부락』 2집을 만들 때 이곳이 시인부락사의 주소가 되는 것으로 보아 오장환이 동인지 제작을 적극적으로 주도했음을 알 수 있다. 『낭만』 창간호에 장시 「수부首府」를 발표하면서, 이와 관여된 박세영, 임화, 이찬 등 낭만파 동인들과 교유하기 시작했으리라 추정된다.

장시 「전쟁」을 포함하여 시 60편을 모아 『종가宗家』

라는 제목의 시집을 '시인부락사'에서 발행하려고 하였으나 「전쟁」의 검열 문제로 어려워지다. 「성씨보姓氏譜」, 「성벽城壁」등의 시 작품과 함께 동화 「엿장수 할아버지」를 발표하다. 일본 유학 시절, 이상과 교유하다.

1937년(20세) 메이지대학明治大學 전문부傳門部 문과 문예과文藝科 별과別科에 입학하다. 동경 고엔사高円寺 3-270 오리온장オリオン莊이라는 곳에 거처를 구하다. 『자오선』 동인으로 참여하고 김광균, 이육사 등과 교유하다.

서정주에 의하면 이 시기 전북 출신인 황씨黃氏와 결혼하였으나 헤어졌다고 한다. 호적에는 황씨와의 혼인신고가 되어 있지 않다.

8월, 100부 한정본으로 제1시집 『성벽城壁』(풍림사)을 자비출판하다. 발행인은 카프 출신인 홍순렬洪淳烈로 표기되어 있다. 시집 안에 이병현의 판화〈해변〉,〈꽃〉과 김정환의 판화〈밤〉을 신다.

장시 「황무지」를 『자오선』에 처음 발표하는데, 이는 이후에 발굴된 「황무지」의 전체 장시(6장 550행)의 3연에 해당한다. 이 장시는 동인지 말미에 '차호완결次號完結'이라 되어 있으나 그 후속편이 시집에 수록되거나 발표되지 못한 채 있다가 1994년 말에 와서야 그 존재가 밝혀지고 2003년 1월에야 미발표장시로 세간에 발표되었다. 「종가」, 「해수海獸」등의 시 작품 및 「문단의 파괴와 참다운 신문학」, 「백석론白石論」

등의 시론과 작가론을 본격적으로 쓰기 시작하다.

1938년(21세) 7월 22일, 아버지 오학근이 종로구 운니동 24번지 자택에서 사망하여, 메이지대학을 중퇴하고 귀국하다. 아버지에게 상속받은 유산으로 서울 종로구 관훈동에서 '남만서방南蠻書房'이란 서점 겸 출판사를 시작하다. 희귀본, 정본, 진본, 호화판 등 구하기 어려운 책들이 전시되어 있고, 유럽에서 새로 출간된 회화집들도 구할 수 있어 문인, 화가, 음악가, 출판인 등 문화예술인이 서점을 자유롭게 왕래하다. 이곳에서 김광균, 정지용, 김기림, 이봉구 등의 많은 문인들과 교유하였으며, 서정주의 『화사집』(남만서고南蠻書庫)이나 김광균의 『와사등』(남만서점南蠻書店)과 같은 시집도 출판하다. 「The Last Train」과 「헌사獻詞 Artemis」와 같은 작품을 발표하다.

1939년(22세) 7월, 제2시집 『헌사』(남만서방)가 80부 한정본, 오장환을 발행인으로 하여 발간되다. 8월에는 함경남도 석왕사를 여행하면서 '오씨일족吳氏一族'이라는 발신명으로 이봉구에게 엽서를 보내다.

1940년(23세) 『매일신보』에 다섯 편의 「패랭이」 연작을 발표하다. 일본에서 사자업寫字業을 하다. 첫 부인과의 사이에 둔 아들이 죽었다는 사실을 임화의 편지를 통해 알게 된다. 이때 오장환은 다른 여인과 동거 중이었다. 이후 중국 등지를 방랑한 것으로 되어 있다. 정릉 입구 돈암동 105번지로 이사하다.

1941년(24세) 「연화시편蓮花詩篇」, 「귀촉도歸蜀途」, 「귀향歸鄕의 노래」 등을『삼천리』, 『문장』, 『춘추』 등에 발표하다. 「아벨의 자손」, 「성취탕醒醉湯」, 「화병花甁」과 같은 산문을『매일신보』에 연재 발표하다. 5월부터 투병생활을 시작하여 황달과 두통을 앓았다는 기록이 있으며, 후에 이러한 증세가 지병인 신장병으로 발전한 것으로 추정된다.『예세닌 시집』에 수록된 오장환의 산문「예세닌에 관하여」에는 일본군이 태평양전쟁을 일으키고 싱가폴을 점령하던 시절에도 일본에서 사자업을 하던 것으로 회고되고 있다.

1942년(25세) 「병상일기病床日記」 등을『춘추』지에 발표하다.

1943년(26세) 「정상의 노래」, 「양」 등을 발표하다.

1945년(28세) 신장병으로 입원 중에 해방을 맞다. 광복 직후 배인철 등과 함께 '인천신예술가협회'에 참여하여 시 낭독 행사를 하다. 「연합군 입성의 환영의 노래」를『해방기념시집』(중앙문화협회)에 수록하다. 시집『병病든 서울』에 수록된 시편들을 8·15를 기점으로 쓰기 시작하다.

1946년(29세) 2월에 결성된 조선문학가동맹에 가입하여 활동하다. 5월, 번역시집인『예세닌 시집』(동향사)을 출간하다. 「조형미전造型美展 소감小感」과 같은 미술평을 발표하다. 7월, 제3시집『병病든 서울』(정음사)을 발간하다. 8월, 종로청년회관에서 문학가동맹 주최로 시를 낭독하다. 10월, 이육사의 유고시집『육사시집』

을 간행하는데 참여하다. 같은 시기에 대전의 지식 인들이 발행한 잡지 『백제』에 관여하고 홍명희, 안 회남 등과 함께 작품을 발표하다. 12월, 김광현, 김상 훈, 이병철, 박산운, 유진오 등 해방기 일군의 젊은 시인들의 시를 모아 '전위시인'이라 명명하고 『전위 시인집』을 기획 출간하다.

12월 19일, 결혼하다. 『예술통신』사의 신문기사에 의 하면 1946년 12월 19일 오후 2시, 장왕인張王仁과 결혼 한 것으로 되어 있으나, 이는 장정인張正仁(본관 덕영 德永)의 한자 이름을 잘못 표기한 것으로 보인다. 호 적에는 다음 해인 1947년 2월에 결혼한 것으로 확인 되었다. 부인은 강화군 강화면 신문리 출신이다.

1947년(30세) 1월, 「성벽城壁」, 「온천지溫泉地」, 「어육魚肉」, 「경鯨」, 「어포魚浦」, 「역易」 등 6편을 증보하여 『성벽』 개정판 (아문각)을 발간하다.

조선문학가동맹이 주관한 '제1회 해방기념조선문 학상' 최종 후보로 추천되다.

「조선시에 있어서의 상징」, 「소월시의 특성」 등 본격 적인 소월 연구를 비롯하여, 정지용, 임화에 대한 평 론을 쓰다. 「새 인간의 탄생」과 같은 본격적인 미술 평을 발표하다. 5월, 남산에서 열린 조선노동조합전 국평의회 메이데이 기념식장에서 노동자들과 「승리 의 날」을 낭독하다. 6월, 제4시집 『나 사는 곳』(헌문 사)을 발간하다. 시집에는 최은석의 판화가 표지화로 사용되었고, 이중섭의 속표지화 및 이대향의 그림이 실려 있다. 이 시집은 간행순으로는 네 번째 시집이나 『병든 서울』에 수록된 시편들보다 이전에 쓰인 시편들이 주를 이룬다.

6월, 유현, 문예봉, 유진오 등과 함께 남조선문화단체총연맹의 문화공작대 파견에 참여하다. 문화공작대는 '인민을 위한 문화, 문화를 인민에게'를 표방한 문화대중화운동으로, 연극, 영화, 음악, 만담, 시낭송, 이동전람회, 사진전 등 각 분야를 망라하여 지방민을 위한 종합예술제를 기획하는 형태로 이루어졌다. 전국 단위 총 4개 공작대가 활동하면서, 150여 명 이상의 예술인들이 참여하였고, 오장환은 제1대, 경상남도 지역 문화공작대의 부대장 역할을 맡아 47명의 예술인들과 주로 부산, 김해, 진영, 진해, 밀양, 마산, 진주, 삼천포, 통영 지역에서 활동하다. 이곳에서도 오장환의 시, 「승리의 날」이 낭독되다. 인민들의 열광적 환호를 받았지만, 계속되는 검열과 공연 중지 명령, 폭탄테러사건이 발생하며, 이 문화공작대가 주관하는 행사 때문에 오장환은 구금되기도 한다. 남한의 정부수립을 앞두고 좌익계열에 대한 일제 검거령이 내리게 되면서 당국의 검거를 피해야 하는 상황에 처하다. 오랜 지병은 물론 테러단에 의해 다친 몸을 입원 치료할 필요도 있어 1947년 9월 이후, 인민 주권이 실현된 국가에 대한 열망을 가진 채

월북하다.

1948년(31세) 김광균, 박거영, 이병철, 이용악 등과 함께 미도파 건
너 대지백화점 2층(현 남대문로 2가 28)에 있던 '시낭
독연구회'에서 시를 낭독하다. 7월, 『새조선』에 발표
한 「남조선문화공작단기」 등의 글을 정리해 산문집
『남조선의 문학예술』(조선인민출판사)을 출간하다.
북조선 문학예술 총동맹 기관지 『문학예술』에 「2월
의 노래」 등을 발표하다. 남포의 소련 당국에서 운영
하고 있던 적십자병원에서 치료를 받다가 모스크바
시립 볼킨병원에 후송 입원하다. 1948년 말부터 다
음 해 중반까지 신장병으로 모스크바에서 치료받은
것으로 추정된다.

1949년(32세) 7월, 모스크바를 떠나 평양에 귀국하다. 이 시기에
『농민』, 『문학예술』, 『조소친선』, 『노동자』, 『민주조
선』, 『청년생활』 등에 주로 글을 싣다. 스탈린 탄생
70주년 기념출판으로 간행된 『영광을 스탈린에게』
(북조선문학예술총동맹)라는 공동시집에 작품을 발
표하다. 여기에는 임화, 박팔양, 이찬, 박남수, 박세
영, 안용만, 양영문, 강소천 등 수많은 시인들이 참여
하다. 「내가 본 소련 노동자들」이라는 주제로 『노동
자』지의 좌담에 참여하다.

1950년(33세) 6 · 25 한국전쟁 시기 서울에 내려와 김광균 등 문단
활동을 함께 했던 이들을 만나다. 5월, 제5시집이자
소련 기행시편들을 수록한 『붉은 기』(문화전선사)를

북에서 발간하다. 『문학예술』, 『조선여성』 등에 주로 작품을 발표하다. 『영광을 조선 인민군에게』(조선인민국 전선문화훈련국)라는 공동시집에는 「우리는 싸워서 이겼습니다」라는 오장환의 작품을 서시로 게재하고 있다. 여기에는 김귀련, 박팔양, 임화, 이용악, 안용만 등의 다양한 시인이 참여함은 물론 '아베즈멘스키'라는 소련 시인의 시도 함께 수록하고 있다.

1951년(34세) 5월, 「시골길」을 발표하다. 이 시는 3월에 창작하여 『조선여성』 5월호(통권3호)에 수록되었는데, 현재 알려진 것 중에 마지막으로 창작된 작품이다. 리투아니아어로 발간된 『조선시선집』에 「남포병원」, 「자유의 등대」 등의 작품이 수록되다. 지병인 신장병으로 사망하다.

1971년 1955년 6월 28일자, 생사불명 기간 만료로 누이인(姉) 열환烈煥이 5월에 실종 신고하여 호적에서 제적되다.

1988년 6월, 월북작가의 작품에 대한 해금조치로 오장환의 작품을 간행하는 것이 허가되다.

1989년 1월, 최두석 편 『오장환 전집』(창작과비평사, 전 2권)이 발간되다.

1990년 7월, 『한길문학』에 오장환의 장시 「전쟁」이 발표되다. 10월, 오장환의 연구서인 『오장환 연구』(시문학사)가 발간되다.

1996년 5월, 오장환이 태어난 충북에서 보은문화원과 보은신문사가 주재하여 제1회 '오장환 문학제' 행사가 개최되고, 해마다 기념행사가 열리고 있다.

2002년 2월, 1950년 5월에 북한에서 출간된 제5시집 『붉은 기』의 시편들을 비롯하여 오장환의 작품을 증보한 김재용 편 『오장환 전집』(실천문학사)이 발간되다.

2003년 1월, 『책과인생』에 오장환의 장시 「황무지」(6장 550행)와 육필원고가 공개되다.

6월, 「황무지」 미발굴본, 『예세닌 시집』의 번역시 등을 포함하여 오장환의 작품을 증보한 김학동 편 『오장환 전집』(새문사)이 발간되다.

2004년 10월, 김학동 저, 『오장환 평전』(새문사)이 발간되다.

2006년 『어린이』와 『조선일보』, 『조선주보』에 실었던 오장환의 동시들을 모아 도종환 편 동시집, 『바다는 누가 울은 눈물인가』(고두미)가 발간되다.

충북 보은군 오장환의 생가 옆에 오장환문학관이 개관하다. 해마다 9~10월에 오장환 문학제를 개최하며, 심포지엄, 백일장, 시 그림 그리기 대회, 시낭송 대회, 문학강연 등의 행사를 주관하다.

2008년 보은문화원을 주관으로 오장환문학상이 제정되다. 제1회 최금진 시인을 시작으로 매년 수상자를 배출하며 현재까지 이어지다.

2012년 오장환 신인문학상이 제정되어 현재까지 이어지다.

2018년 오장환의 탄생 100주년을 기념하여 대산문화재단 등에서 다양한 학술행사가 이루어지고, 보은에서 23회 오장환 문학제를 시행하다.

오장환 작품 연보

발표일자	제목	구분	발표지	비고
1928.12.24	밤	어린이시	아동문집	◇
1932.7.30	조선의 아들	시	매일신보	◇
1932.8.2	발자취 찾아	시	매일신보	◇
1933.2	아침	시	휘문	◇
1933.2	화염火焰	시	휘문	◇
1933.11	목욕간	시	조선문학	
1933.12	조개껍데기	시	휘문	◇
1933.12	교외校外의 강변江邊	시	휘문	◇
1933.12	그들의 형제兄弟	소설	휘문	◇
1933.12.20	눈	동시	어린이	◇
1990.7	전쟁戰爭(미발표유고, 1933년 경 집필한 것으로 추정)	시	한길문학	
1934.2.20	바다	동시	어린이	◇
1934.2.20	기러기	동시	어린이	◇
1934.2.20	수염	동시	어린이	◇
1934.7.21	자동차	동시	조선일보	◇
1934.7.22	종이비행기	동시	조선일보	◇
1934.7.24	애기꿈	동시	조선일보	◇
1934.7.25	소꿉놀이	동시	조선일보	◇
1934.7.26	맴맴	동시	조선일보	◇
1934.7.27	덧니	동시	조선일보	◇
1934.7.28	빨래	동시	조선일보	◇

1934.7.31	생철병정	동시	조선일보	◇
1934.8	영국 동요 한 다발	평론	아이생활	◇
1934.8	바람은 어떤 길로 불을까	번역동시	아이생활	◇
1934.8	달 속의 토끼야	번역동시	아이생활	◇
1934.8	어여 일어나거라	번역동시	아이생활	◇
1934.8	내가 어른이 되믄 말야	번역동시	아이생활	◇
1934.8	내 요는 조-그만 낚싯배	번역동시	아이생활	◇
1934.8.7	부엉이	동시	조선일보	◇
1934.9.5	카메라, 룸	시	조선일보	
1934.10	初メノ化學實驗(첫 화학실험)	일어시	일본시단	◇
1934.10	詩No.6(시 No.6)	일어시	일본시단	◇
1934.10	詩No.17(시 No.17)	일어시	일본시단	◇
1934.10	詩 No.11(시 No.11)	일어시	일본시단	◇
1934.12	烈カレタ心臓ヲ繕フ(찢어진 심장을 꿰맨다)	일어시	일본시단	◇
1934.12	野蠻(야만)	일어시	일본시단	◇
1935.1	女の心を貰ふ(여자의 마음을 얻는다)	일어시	일본시단	◇
1935.1	スケシチ(스케치)	일어시	일본시단	◇
1935.1	詩No.1(시 No.1)	일어시	일본시단	◇
1935.2	捕虜(포로)	일어시	일본시단	◇
1936.8.17	용남이와 앵두나무	동시	조선일보	◇
1936.8.24	새끼 고래와 바보고기	번역동시	조선일보	◇
1936.9.1	사공의 아들	동시	조선일보	
1936.9.2	꿈나라	동시	조선일보	
1936.9.3	박	동시	조선일보	
1936.9.4	여름밤	동시	조선일보	
1936.9.5	엿장수 할아버지	동화	조선일보	
1936.9.5	제비	동시	조선일보	
1936.9.6	거미줄	동시	조선일보	◇
1936.9.8	편지	동시	조선일보	◇
1936.9.9	숨바꼭질	동시	조선일보	◇

1936.9.10	해바라기	동시	조선일보	◇
1936.9.11	내 생일	동시	조선일보	◇
1936.9.13	파랑새	동시	조선일보	◇
1936.9.15	들녘새	동시	조선일보	◇
1936.9.18	섬골	동시	조선일보	◇
1936.9.19	별	동시	조선일보	◇
1936.9.20	염생이	동시	조선일보	◇
1936.9.25	메뚜기	동시	조선일보	◇
1936.9.26	맴	동시	조선일보	◇
1936.9.29	정거장	동시	조선일보	◇
1936.10.3	말 타고 소 탄 양반	동시	조선일보	◇
1936.10.10	성씨보姓氏譜	시	조선일보	
1936.10.10	역易	시	조선일보	
1936.10.13	향수	시	조선일보	
1936.10.13	면사무소面事務所	시	조선일보	
1936.10.13	가을	동시	조선일보	
1936.10.14	바다	동시	조선일보	◇
1936.10.15	선창	동시	조선일보	◇
1936.10.16	가는 비	동시	조선일보	◇
1936.10.17	둥구나무	동시	조선일보	◇
1936.10.31	물레	동시	조선일보	◇
1936.11	수부首府	시	낭만	
1936.11	성벽城壁	시	시인부락	
1936.11	온천지	시	시인부락	
1936.11	우기雨期	시	시인부락	
1936.11	모촌暮村	시	시인부락	
1936.11	경鯨	시	시인부락	
1936.11	어육魚門	시	시인부락	
1936.11	정문旌門	시	시인부락	
1936.11.20	연밥	동시	조선일보	
1936.12	해항도海港圖	시	시인부락	
1936.12	어포魚浦	시	시인부락	

1936.12	매음부賣淫婦	시	시인부락	
1936.12	야가夜街	시	시인부락	
1936.12	湖水	시	여성	
1936.12.4	휘파람	동시	조선일보	◇
1937.1	여수旅愁	시	조광	
1937.1.28~29	문단의 파괴와 참다운 신문학	평론	조선일보	
1937.2	종가宗家	시	풍림	
1937.4	백석론白石論	평론	풍림	
1937.4.29	늦은 봄	동시	조선일보	◇
1937.5	체온표體溫表	시	풍림	
1937.5.18	참새	동시	조선일보	◇
1937.5.19	앉은뱅이꽃	동시	조선일보	◇
1937.5.20	봉사꽃	동시	조선일보	◇
1937.6.13	선부船夫의 노래 1	시	조선일보	
1937.6.16	싸느란 화단花壇	시	조선일보	
1937.6.23.	매암이	동시	조선일보	◇
1937.7	『성벽』	시집	풍림사	
1937.7	월향구천곡月香九天曲	시	『성벽』	
1937.7	황혼	시	『성벽』	
1937.7	전설	시	『성벽』	
1937.7	古典	시	『성벽』	
1937.7	독초	시	『성벽』	
1937.7	花園	시	『성벽』	
1937.7	病室	시	『성벽』	
1937.7	해수海獸	시	『성벽』	
1937.11	황무지	시	자오선	
1937.11	선부船夫의 노래 2	시	자오선	
1938.1	적야寂夜	시	시인춘추	
1938.1	상렬喪列	시	시인춘추	
1938.4	The Last Train	시	비판	
1938.9	영회詠懷	시	사해공론	
1938.10	소야小夜의 노래	시	사해공론	

1938.11	헌사獻詞 Artemis	시	청색지	
1939.1	나폴리의 부랑자	시	비판	
1939.2	무인도	시	청색지	
1939.3	나의 노래	시	시학	
1939.3	애서취미愛書趣味	수필	문장	
1939.6	석조夕照:「석양夕陽」으로 개제	시	비판	
1939.7	『헌사』	시집	남만서방	
1939.7	심동深冬	시	『헌사』	
1939.7	북방北方의 길	시	『헌사』	
1939.7	영원한 귀향	시	『헌사』	
1939.7	불길한 노래	시	『헌사』	
1939.7	독서여담讀書餘談	수필	문장	
1939.8	할렐루야	시	조광	
1939.10	푸른 열매	시	인문평론	
1939.10.24	성탄제聖誕祭	시	조선일보	
1939.11.2~3	제칠第七의 고독	수필	조선일보	
1940.1	신생의 노래: 「산협山峽의 노래」로 개제	시	인문평론	
1940.2	방황하는 시정신	평론	인문평론	
1940.2.8~9	마리아	시	조선일보	
1940.3	구름과 눈물의 노래	시	문장	
1940.4	향토망경시鄕土望景詩: 「고향 앞에서」로 개제	시	인문평론	
1940.4	여정旅情	수필	문장	
1940.7	강을 건너	시	문장	
1940.7.20~25	팔등잡문八等雜文	수필	조선일보	
1940.8	강江물을 따라	시	인문평론	
1940.8.15	FINALE	시	조선일보	
1940.11.16	패랭이1	시	매일신보	◇
1940.11.19	패랭이2	시	매일신보	◇
1940.11.20	패랭이3	시	매일신보	◇
1940.11.22	패랭이4	시	매일신보	◇

1940.11.23	패랭이5:「봄노래」로 개제	시	매일신보	
1940.12	첫서리	시	조광	
1940.12	고향이 있어서	시	문장	
1941.2.14~20	아벨의 자손	산문	매일신보	◇
1941.2.26~3.1	성취탕醒醉湯	산문	매일신보	◇
1941.4	여정旅程	시	문장	
1941.4	연화시편蓮花詩篇	시	삼천리	
1941.4	귀촉도歸蜀途	시	춘추	
1941.5.24~6.4	화병花甁	산문	매일신보	◇
1941.10	영창咏唱	시	춘추	
1941.10	모화牟花	시	춘추	
1941.10	귀향歸鄕의 노래	시	춘추	
1942.7	비둘기, 내 어깨에 앉으라	시	춘추	
1942.7	병상일기病床日記	시	춘추	
1942.10.1	출근통신	수필	매신사진순보	◇
1943.3	여중의 노래: 「길손의 노래」로 개제	시	춘추	
1943.6	정상의 노래: 「절정絶頂의 노래」로 개제	시	춘추	
1943.11	양羊	시	조광	
	바다(1945.8.15 이전으로 추정)	산문	출처 미상	◇
1945.11	깽	시	인민보	
1945.11	연합군 입성 환영의 노래	시	해방기념시집	
1945.11	지도자	시	문화전선	
1945.12	병病든 서울	시	상아탑	
1945.12	종鐘소리	시	상아탑	
1945.12	이름도 모르는 누이에게	시	신문예	
1945.12	원씨媛氏에게	시	신문예	
1945.12	노래	시	예술	
1945.12.22	붉은 산山	시	건설	
1945.12.28	시단의 회고와 전망	평론	중앙신문	
1946.1.8	설날	동시	조선주보	◇

1946.2	다시금 여가餘暇를……	시	예술	
1946.2	내 나라 오 사랑하는 내 나라야	시	학병	
1946.3	산山골	시	우리공론	
1946.3	너는 보았느냐	시	적성	
1946.3	3·1 기념의 날을 맞으며: 「나의 길」로 개제	시	민성	
1946.3	입원실에서	시	인민평론	
1946.4	강도强盜에게 주는 시	시	민성	
1946.4.8	전쟁도발자를 적발摘撥	평문	현대일보	
1946.5	『예세닌 시집』	번역시집	동향사	
1946.5	나는 농촌 최후의 시인	번역시	『예세닌 시집』	
1946.5	평화와 은혜에 가득한 이 땅에	번역시	『예세닌 시집』	
1946.5	모밀꽃 피는 내 고향	번역시	『예세닌 시집』	
1946.5	작은 숲	번역시	『예세닌 시집』	
1946.5	봄	번역시	『예세닌 시집』	
1946.5	어머니께 사뢰는 편지	번역시	『예세닌 시집』	
1946.5	어릴 적부터	번역시	『예세닌 시집』	
1946.5	나의 길	번역시	『예세닌 시집』	
1946.5	소비에-트 러시아	번역시	『예세닌 시집』	
1946.5	나는 내 재능에	번역시	『예세닌 시집』	
1946.5	하늘빛 여인의 재킷	번역시	『예세닌 시집』	
1946.5	눈보라	번역시	『예세닌 시집』	
1946.5	망나니의 뉘우침	번역시	『예세닌 시집』	
1946.5	가버리는 러시아	번역시	『예세닌 시집』	
1946.5	예세닌에 관하여	평론	『예세닌 시집』	
1946.5.21	조형미전造型美展 소감小感	미술평	중외신보	
1946.6	어머니 서울에 오시다	시	신문학	
1946.6.9	석두石頭여!	시	현대일보	
1946.7	ГИМН:「찬가」로 개제	시	문학	
1946.7	다시 미당리美堂里	시	대조	
1946.7	『병病든 서울』	시집	정음사	
1946.7	팔월 십오일의 노래	시	『병病든 서울』	
1946.7	어둔 밤의 노래	시	『병病든 서울』	

1946.7	가거라 벗이여	시	『병病든 서울』	
1946.7	연안延安서 오는 동무 심沈에게	시	『병病든 서울』	
1946.7	이 세월歲月도 헛되이	시	『병病든 서울』	
1946.7	공청共靑으로 가는 길	시	『병病든 서울』	
1946.7	머리에	서문	『병病든 서울』	
1946.8	큰물이 갈 때:「장마철」로 개제	시	신천지	
1946.8	어린 누이야	시	협동	
1946.10.22	밤의 노래	시	동아일보	
1946.11	어머님의 품에서	시	신천지	
1946.11	삼단논법三段論法	평문	신문학	
1946.11.4	소	시	조선주보	
1946.11.19	성묘省墓하러 가는 길	시	동아일보	
1946.12	낙화송洛花頌	시	신천지	
1946.12	발跋	후기	전위시인집	
1947.1	『성벽』재판본	개정판 시집	아문각	
1947.1	첫겨울	동시	협동	
1947.1.1	손주의 밤	시	자유신문	
1947.1	조선시에 있어서의 상징	평론	신천지	
1947.1.8	지용사師의 백록담	평론	예술통신	
1947.2	새 인간의 탄생	미술평	백제	
1947.2	어린 동생에게	시	백제	
1947.2	벽보壁報	시	신조선	
1947.3	한술의 밥을 위하여	시	우리문학	
1947.3	농민과 시	평론	협동	
1947.3.25	임화 시집 『찬가讚歌』	평론	독립신보	◇
1947.4	시인의 박해	평론	문학평론	
1947.6	『나 사는 곳』	시집	헌문사	
1947.6	승리의 날	시	『나 사는 곳』	
1947.6	초봄의 노래	시	『나 사는 곳』	
1947.6	나 사는 곳	시	『나 사는 곳』	
1947.6	은시계銀時計	시	『나 사는 곳』	
1947.6	'나 사는 곳'의 시절	후기	『나 사는 곳』	

1947.6.3~6	민족주의라는 연막煙幕	평론	문화일보	
1947.6.14	시적 영감의 원천인 박헌영 선생	산문	문화일보	
1947.7.2	시를 추리며	평론	조금연월보	◇
1947.7.10	굶주린 인민들과 대면	산문	문화일보	
1947.7.10	예술제에서(5)	산문	민주중보	◇
1947.7.29	공작대工作隊에서	시	민주중보	◇
1947.8	봄에서	시	신천지	
1947.12	소월시의 특성	평론	조선춘추	
1948.1	자아의 형벌	평론	신천지	
1948.3	사무엘 마르샤크,「튀스터 씨」	동화시 번역	문학예술	◆
1948.3.16	북조선이여	시	조선신문	
1948.3.20	남조선문화공작단기: 『남조선의 문학예술』에 수록	평론	새조선	
1948.4	2월의 노래	시	문학예술	
1948.4	남포객사南浦客舍	시	조국의깃발	
1948.5.13	소비에트 러시아!	시	조선신문	
1948.7	『남조선의 문학예술』	산문집	조선인민 출판사	
1948.9	찬가讚歌	시	창작집	
1948.11.19	그대들 가시는가!	시	조선신문	◆
1949.1	갑산리	시	농민	◇
1949.1	탑塔	시	문학예술	◇
1949.1	차창에서	시	조소친선	◆
1949.2	남포병원南浦病院	시	영원한 친선	
1949.3	토지개혁과 시	평론	청년생활	
1949.6	비행기 위에서	시	문학예술	
1949.6	시작품과 소박성	평론	청년생활	◆
1949.10	김일성장군 모스크바에 오시다	시	조선여성	
1949.10	레-닌 묘墓에서	시	조소친선	
1949.10	김유천거리	시	노동자	
1949.10	내가 본 소련 노동자들	좌담	노동자	◇

1949.12	우리 대사관 지붕 위에는 우리의 깃발이 휘날립니다:「우리 대사관 지붕 위에는」으로 개제	시	영광을 스탈린에게	
1949.12	우리들의 문화란 선후감	평론	노동자	◇
1949.12.21	스탈린께 드리는 노래	시	민주조선	
1950.1	우리들의 문화 선후감	평론	노동자	◇
1950.2	국립 톰스크 병원	시	노동자	◇
1950.2	유엔조위朝委 배격排擊 명언록名言錄	평문	태풍	◇
1950.3	씨비리-달밤	시	조선여성	
1950.3	크라스노야르스크	시	문학예술	
1950.3	변강당의 하룻밤	시	문학예술	
1950.4	설중雪中의 도시都市:「눈 속의 도시都市」로 개제	시	문학예술	
1950.4	씨비리-태양	시	문학예술	
1950.4	연가連家	시	문학예술	
1950.5	올리가 크니페르	시	조선여성	
1950.5	모스크바의 5·1절	시	문학예술	
1950.5	『붉은 기』	시집	조선인민출판사	
1950.5	씨비리-차창	시	『붉은 기』	
1950.5	붉은 표지의 시집	시	『붉은 기』	
1950.5	살류-트	시	『붉은 기』	
1950.5	고리키 문화공원에서	시	『붉은 기』	
1950.5	"프라우다"	시	『붉은 기』	
1950.7	모두 바치자	시	조선여성	
1950.8	우리는 싸워서 이겼습니다	시	영광을 조선인민군에게	
1951.5	시골길	시	조선여성	◇

※ 기존 전집본에 수록되지 않아 이번 전집에 처음 실리는 작품들의 경우, '◇'로 표시해 두었다.
※ 작품의 존재는 확인하였으나 전집에 수록하지 못한 경우, '◆'로 표시해 두었다.

화보

오장환의 해방 후 모습. 유족이 제공한 사진을 오장환 문학관에서 촬영

서두

　오장환의 시대는 한국문학의 새로운 세대가 출현하여 활동하기 시작한 시대이다. 오장환은 이 신세대 중에서도 가장 일찍이 시에 눈을 뜨고 예술적 능력을 드러냈다. 11세에 어린이시를 발표하고 15세에 일간지에 시를 발표했던 그의 조숙한 언어 사용 능력은 당연히 모국어에 대한 관심을 증폭시켰지만, 오장환이 본격적으로 시창작에 몰두할 즈음에는 한국어 사용이 일정하게 제한되고 있었다. 이미 만들어진 것으로서의 한계지어진 삶을 받아들어야 했던 식민지의 신세대에게, 특히 문학의 삶을 운명으로 받아들이고 있었을 젊은 문인들에게 그 언어적 제한이 어떤 것이었는지는 새삼 눈여겨 보아야 할 역사적 조건이다. 오장환이 그의 문학적 초년기에 동시에 대한 관심을 집중적으로 드러낸 데는 이러한 현실적 억압을 상상적으로 탈출하려는 몸부림이 작용하고 있다고 해석할 수도 있는 것이다.

　그러므로 중일전쟁 이후 20대를 맞이하는 사람들의 망탈리테mentalité 같은 것이 문학에 어떤 영향을 미치고 있는가를 살펴보아야 할 것이다. 이 경험을 유력한 역사적 실증으로 가진 이들은 이른바 다이쇼大正 민주주의 (1911~1925(1931))가 끝나는 시기에 소학교 교육을 받은 세대이다. 다이쇼 민주주의란 무엇인가? 1차 세계 대전 이후 군주제의 파괴와 민주정의 대대적인 출발을 특징으로 하는 이 시기는 치안유지법(1925)과 만주사변(1931)에 의해 종말을 고한 것으로 알려져 있다. 종말은 무엇인가가 끝나고 또 다른 무엇인가가 시작되는 사건이다. 새로움을 예비하는 계기이기 때문에 부정성 속에서 희망을 보는 사건이기도 하지만, 민주주의의 종말은 그 새로운 시대의 출현을 부정적인 의미로 덧칠하기 마련이다. 1925년이나 1931년 이후는 조선의 식민지 지식인에게는 희망과 채찍이 함께 왔던 시기인데, 3·1운동 이후의 사회적 저항이 조직적으로 전개되는 동시에 치안유지법을 통해 압박이 가해진 때가 이때이다. 이 시국의 내용이 비단 1918년에 태어난 사람에게만 영향을 미쳤을 리는 없지만, 이 세대의 삶에 결정적 조건이 되었다는 것은 분명해 보인다. 그것이란, '조선적인 것'에 대한 부채의식을 특별히 갖지 않아도 되는 시기가 되었다는 뜻이다. 이를 반영하는 구체적인 사례를 하나씩 꼽는다면, 그 조선적인 것이 시대에 걸맞는 모습으로 재구성되어야 한다고 주장했던 시인이 1914년 생 김종한이고, 탈조선의 상상력을 강렬하게 외친 시인이 1915년 생 서정주이며, 그것을 봉건주의에 대한 비판으로 이어가고 있는 시인이, 바로 1918년 생 오장환이다.

조선의아들 吳章煥

「인제가면 언제와
어ー화어ー화ー
적々한 여름의한낫!
파릇々々 잠의밧헤
상여를메고가는 사람들
아ー그들의 行列만이
적막한 들길을 흔들뿐이다

「명년춘三月
쏫이피고 입히피면
어ー화어ー화ー
조선의 한아들은
江上에 고히々々 무치려간

다
말업시와서 살다
잠색가 늙도록
조선의쌍을 거루며
쌈과눈물을 뿌리고
永遠히이싸에 무치려간다
모ー든것이 성스러운 天使
갓고나
조선의 농부
옷도희고 마음도희다
소박한 조선의아들
오ー 저승에서는
安樂한꿈을꾸리

「조선의 아들」(『매일신보』 1932.7.30). 15세에 발표한 첫 시작품.

1.

2.

3.

4.

1. 「사공의 아들」(1936.9.1)　　2. 「편지」(1936.9.8)
3. 「별」(1936.9.19)　　4. 「정거장」(1936.9.29)

『성벽』(풍림사, 1937)/(아문각, 1946)

오장환의 제1시집 『성벽』은 1937년 8월 5일 인쇄되어 1937년 8월 10일 발행되었다. 발행자는 홍순렬洪淳烈, 발행소는 풍림사, 인쇄자는 조수성趙洙誠, 인쇄소는 중앙인쇄소이다. 가격은 1원이며, 100부 한정의 자비출판이었다. 질감이 두드러지는 한지를 본문지로 사용하고 미색의 판지를 표지로 사용하였다.

또 3점의 판화를 수록했다. 이병현李秉玹의 〈꽃〉, 〈해변〉 2점과 김정환金貞桓의 〈밤〉 1점인데, 이들을 이용하여 1부, 2부를 구별하기도 하였다. 『성벽』 재판본은 1947년 아문각에서 월북 화가 최재덕崔載德 장정으로 발간되었다. 연필로 성벽城壁의 모습을 앞뒤 표지 전체에 걸쳐 낙서하듯이 그렸고, 본문에서는 김정환의 판화 〈밤〉이 재수록되었다.

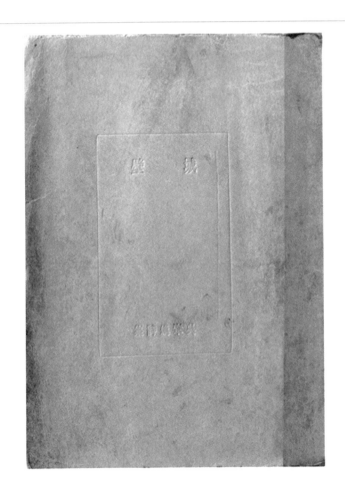

『성벽』(풍림사, 1937)

版權

吳章煥詩集 【城壁】

京城府雲泥町二四　　　著者　吳章煥

京城府慶雲町九六　　　發行者　洪淳烈

京城府慶雲町九六　　　發行所　風林社

京城安國町一五三　　　印刷者　趙洙誠

京城安國町一五三　　　印刷所　中央印刷所

昭和十二年八月五日　印刷
昭和十二年八月十日　發行

定價　一圓

〈꽃〉_이병현

〈해변〉_이병헌

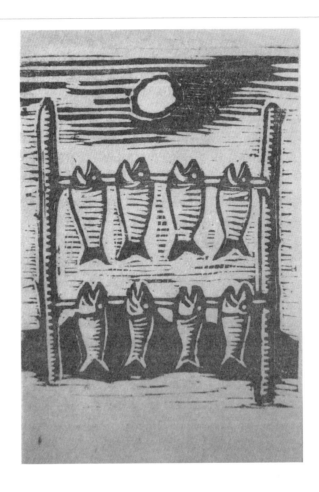

〈밤〉_김정환

『성벽』(아문각. 1946)

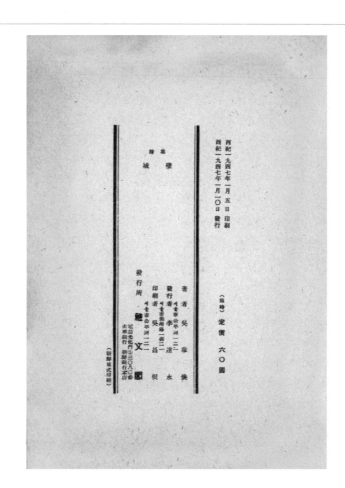

詩集

城壁

西紀一九四七年一月五日 印刷
西紀一九四七年一月一〇日 發行

〈詩集〉 定價 六〇圓

著　者　吳　章　煥
　　　　서울市公平洞二三
發行者　李　達　永
　　　　서울市鷹雨里一所二一
印刷者　吳　昌　根
　　　　서울市公平洞二三
發行所
雜文閣
　　　　京城光化門二三〇八番
　　　　去來發行　朝鮮銀行本店
　　　　〈朝鮮單式印刷〉

『헌사』(남만서방, 1939)

B6판. 66면. 시인의 제2시집으로, 1939년 남만서방南蠻書房에서 간행하였다. 서문이나 발문은 없고「헌사」·「할렐루야」·「불길한 노래」·「나폴리의 부랑자」·「나의 노래」·「심동深冬」·「상렬喪列」·「황무지」 등 17편의 시가 수록되어 있다.

오장환의 고향은 충북 보은이다. 옥천 옆에 있는 고장이고, 속리산으로 유명하다. 보은에서 서울로 나오기 위해서는 기차가 다니는 대전을 지나야 했다. 그래서 충남 대전에 있는 문인들과 어울리기도 했다. 대전은 서울로 올라가기 위해 거쳐야 하는 간이역이 있는 도시였다. 해방기에는 그 대전의 지식인들이 발행한 잡지『백제』에 관련하기도 했다.

고향은 보은이지만 자란 곳은 안성이다. 시인 박두진이 함께 공부한 친구이다. 그의 정신적 자원이 그곳에서 성장했다고 할 수 있다. 시「목욕간」의 무대가 그곳에 있었다. 그의 반봉건주의에 영향을 미치기도 했던 서자 족보가 그 시절에 적자로 수정되기도 했다. 그렇기는 해도 그의 정신 깊숙이 자리 잡은 어떤 콤플렉스 같은 것이 그로 하여금 사회적 반항아가 되게 했을 것이다. 사회적 체계라는 것이 고정된 구조처럼 보이면서도 변화의 시간 속에서 움직이는 것일 텐데, 그는 그런 움직임을 직접 몸으로 겪은 셈이다.

『헌사』(남만서방, 1939)

昭和十四年七月十八日　印刷
昭和十四年七月二十日　發行

著作者
發行人　吳　章　煥
京城府寛勳町一四六ノ二

印刷人　韓　東　秀
京城府連智町二〇〇番地

印刷所　秀英社印刷所

發行所　南蠻書房
京城府寛勳町一四六ノ二

『예세닌 시집』(동향사, 1946)

오장환이 모더니즘을 극복했느냐 아니면 그 한계에 갇혔느냐 하는 논점은 실상 필요 없는 것일지도 모른다. 그는 시의 형식과 내용이 끊임없는 자기 변화의 과정에 놓임으로써만 상호적인 긴장을 획득하고, 그래서 진정한 시로 살아남을 수 있다고 늘 생각하고 있었다. 그것을 그는 『예세닌 시집』 같은 번역을 통해서 실현해 보려고 노력하기도 했다. 달리 말해 그는 모더니즘 이전에 문학 자체로써 계속 어떤 한계를 부수려 했던 것이다. 이념적인 것의 변모도 그렇다. 그에게는 그 한계를 부수는 과정이 곧 시를 쓰는 과정이었다.

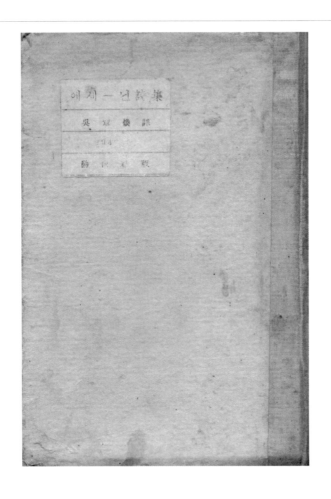

『예세닌 시집』(동향사, 1946)

에세―닌詩集

吳章煥印

1846. 5. 28. 初版
上製 1000部 刊行

값 40원

譯者 吳章煥

發行所 動向社

印刷 大洋社
서울市黃金町三丁目一二三

印刷人 金正源

『병든 서울』(정음사, 1946)

"8월 15일 이후로부터 지금까지 노래 부른 시인들이여, 그대들은 어떠한 노래를 불렀는가 다시 한번 생각해 보라. 물론 이 중에는 좋은 시를 그리고 옳은 정신을 보여준 이도 있었다. 또 전에는 별로이 눈에 뜨이기 어렵던 현실에의 적극 관심을 보이기도 하였다. 그러나 만약 시단이라는 게 있다면 이 시단에 흐르는 도도滔滔한 꾸정물 속에 그들의 힘은 너무나 약하다.

여기에서 절실히 느끼는 것은 우리의 당면한 긴급문제는 우리 동맹同盟의 대외적인 선언 강령보다도 성명서보다도 우리 동맹 안에 있는 멋 모르고 덤비는 형식주의자(결과에 있어서) 또는 가장 엄숙한 생활투쟁 속에서 노력을 게을리하여 저절로 되는 형식주의자(결과에 있어서)들의 청산이다.

새 사람이여 나오라. 모든 선배들이 일제의 폭압 밑에서도 굳세게 싸웠다는 것은 새빨간 거짓말이다. 그리고 진정 가슴에서 우러나오고 진정 노래하지 않으면 못 견딜 그런 때에 써진 것이 아니라면 이왕已往에 붓을 들었던 사람들은 이 중대한 현실에서 아까운 지면을 새 사람들에게 양보하라."

—「시단의 회고와 전망」, 『중앙신문』, 1945.12.28

『병든 서울』(정음사, 1946)

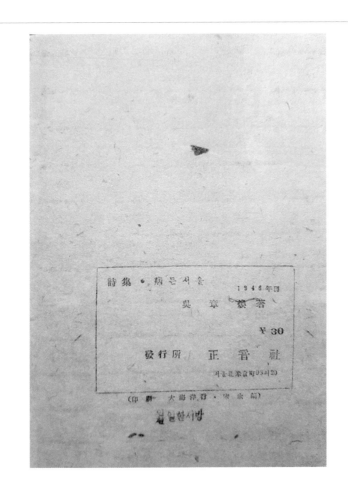

『나 사는 곳』(헌문사, 1947)

이 시집의 표지와 속표지는 당대 화가들의 그림으로 장식되어 있다. 휘문고보 후배인 최은석이 『나 사는 곳』의 표지에 목판화를 만들어 주었고, 이중섭이 속표지를 그려주었다. 이중섭의 그림은 그의 그림들 중에선 좀 특이한데, 부부싸움을 하고 나무 위로 달아난 아내에게 남편이 사랑의 행동으로 돌아올 것을 호소하는 모습을 그린 것이라고 한다.

한편, 오장환은 새로운 문학 윤리를 찾아가야 했던 1918년 생 사이에서 특별한 위치를 갖고 있다. 이 세대의 문인들이 대부분 중일전쟁이 발발하여 급변하는 시국을 거친 다음인 1939년 이후에 등단하고 있음에 비해 오장환은 이미 1932년에 등단하여 30년대 중반부터 활발한 동인 활동을 전개하고 있는 것이다. 그만큼 그는 돌올한 시인이지만, 동시에 30년대 후반의 국면에서 깊은 절망을 경험한 시인이기도 하다. 그래서 그는 이 침울한 현실의 한복판을 시의 언어 그 자체로서만 걸어가려 했던 듯한데, 이 시기에 씌어진 시(1939년 7월~1945년 8월)를 모은 시집 『나 사는 곳』의 후기에서 이렇게 쓰고 있다.

> 사랑하는 내 땅이여, 조선이여! 행동력이 없는 나는 그저 울기만 하면 후일을 위하여, 아니 만약에 후일이 있다면 그날의 청춘들을 위하여 우리의 말과 우리의 글자와 무력한 호소겠으나 정신까지는 썩지 않으려고 얼마나 발버둥쳤는가를 알리려 하였다. 그러나 이제 내 노래를 우리 앞에 어엿이 내놓게 될 때, 어이없다. '나 사는 곳'이 이러할 줄이야.

언어와 정신의 혹독한 시련이 있었음을 알려주는 진술이다. 시단의 삼재 중 한 명으로 일컬어지던 그가 썩지 않으려 발버둥쳐야 했을 정도로 삶과 역사의 중심을 상실했던 시대가 이때였음을 알 수 있는데, 이런 문학적 자의

식은 오장환의 이른 문학 활동이라는 특별한 조건에 의해 더 강제되었을 터이다. 눈이 가는 곳은 "만약에 후일이 있다면 그날의 청춘들을 위하여 우리의 말과 우리의 글자와 …중략… 썩지 않으려고" 발버둥쳤다는 구절이다. 1937년 중일전쟁 이후의 급변하는 정세 속에서 조선어의 지위가 위태로워지고 있음은 이미 설명했지만, 그 하나의 사례로서 시인이 겪었던 언어적 위기의식이 이 구절에는 고스란히 드러나 있다. 이 위기의식은 그러나 나약함의 징표라기보다는 역사적 강인함의 표현이라고 이해할 만하다.

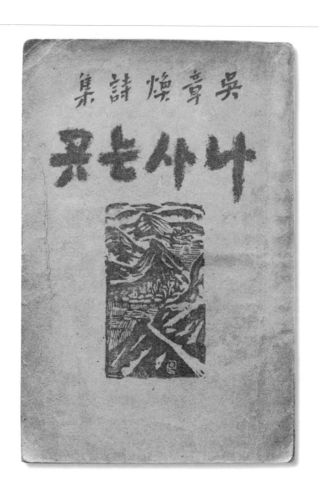

『나 사는 곳』(헌문사, 1947)

『나 사는 곳』(헌문사, 1947)의 속표지에 수록된 이중섭의 그림

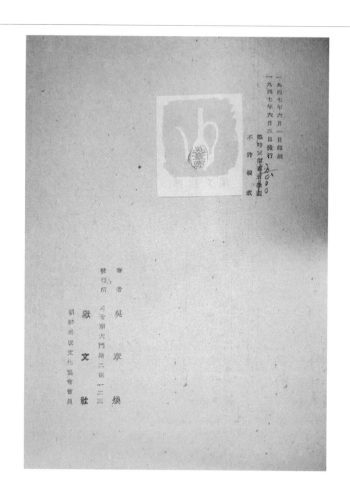

一九四七年六月一日印刷

一九四七年六月五日發行

臨時定價每册并登　五○○○

不　許　複　載

著　者　吳　章　燧

發行所　台南大門路二街一二三

獻　文　社

嘉義出版文化協會會員

『남조선의 문학예술』(1948)

『남조선의 문학예술』은 오장환이 해방공간에서 활동한 내용들을 잘 정리해둔 책이다. 이 활동과 관련하여 오장환의 심리적 움직임을 섬광처럼 보여주는 글은 「예술제에서」인데 이 글은 그의 '문화공작대' 활동이 야기한 심리적 변화의 한 양상을 드러내준다. 민중적 예술관을 선택하게 되는 심리가 표현되고 있는 것이다. 길지 않기 때문에 인용해본다.

상오 공연에는 부평釜坪 산하에 있는 철로, 해맹海盟, 금속노조 기타 관객 전원이 노동자 동무들이어서 나는 그들의 박수 (장)면마다 형언할 수 없는 눈물을 흘리었다. 이것은 감격도 아니요 흥분도 아니요 그저 안타까운 울음이라 할까. 나는 이 동무들의 박수를 ×하여 그들의 단순하고 또 지순한 전망을 뼈×프게 느끼며 어찌하야 무대에서 하는 동작을 이 이상 더 낫게 할 수 없을까 하는 욕심을 금할 수 없었다. 또 하나 여기에서 배운 것은 그들의 문화에 대한 감수성과 나와의 차이였다. 나는 아직도 감정에 ×하여 예술을 감상하는 태도가 다분히 즐기려 하는 편인데 이 동무들은 즐기는 것이 아니라 구하는 것, 절실히 구하며 찾으려는 것임에는 머리가 저절로 숙여지며 나의 아직껏 청산되지 않은 이러한 감정으로 나의 작품 제작상에 해가 미칠 것을 우려하며 또한 이러하였던 태도를 엄정히 자기비판하는 바이다. 동무들이여. 힘차게 움직이라. 그대들의 표정 하나하나에서 우리들은 동무들의 호흡과 동무들의 의사를 알고 있다. 그리고 또 이것을 무대에서 표현하고 작품으로 발표하는 것이 우리의 임무이기도 하다.

그가 쓴 글 중에 참고할 만한 것이 또 있다. 「민족주의라는 연막」이라는 글에서 행한 진술이다. 1947년에 쓰인 이 글에서 그는 정치적 개념에 압도되는 시를 비판하면서 이렇게 말했다. "요즘에 발표되는 시를 읽으면 누구의 작품을 막론하고 우선 정치색이 앞선다. '또야' 소리를 연발하며 읽게 되는 것은 거개가 정서와 감동이 통일되지 못하고 또는 무재주와 관념과 추상과 모호가 혼유하기 까닭이다." 요컨대 작문 공부가 제대로 되어 있지 않은 사람들의 정치시가 문제적이라고 그는 말하고 싶었던 것이다. 그가 강조하는 것은 바로 시적 문법을 구사할 줄 아는 능력이다. 그런데, 이 진술의 바로 뒷부분에서 그는 이런 주장도 덧붙인 바 있다. "요사이 흔히 읽히는 백남운 씨의 『조선사회경제사』 하나만 읽었던들 아니 그보다도 흔한 팜플렛이나 사리를 판단할 수 있는 사고력 하나만이라도 있었던들" 정확한 현실 판단 능력을 갖게 되었으리라는 말이 그것이다. 그가 주장하고 싶었던 것은 현실의 운동 원리에 대한 체계적인 이해의 필요성일텐데, 결국 이 작문공부가 지사적 분노나 행위와는 다른 어떤 것임을 아는 것이 곧 그 시의 기본 원리를 아는 것이라고 할 수 있다. 이 선택의 결과를 정리한 것이 바로 『남조선의 문학예술』인 셈이다.

『남조선의 문학예술』의 저본이 된 「남조선문화공작단기」(『새조선』, 1948.3.20)

手의 환영속으로 工作隊의 全員은 첫날은 感激받았다。

地方民戰에서는 隊員들의 宿所에까지 心痛를 하여 一一히 알선을 하였으며 民愛青年들은 自진하여 밤을 새워가며 警護의 任務를 담당하여주었다。

釜山에서 發刊되는 七八個의 日刊新聞은 단지 두개의 反動新聞을 除하고는 一齊히 新聞의 全面을 차지하는 歡迎과 소개의 記事를 揭載하였다。

그러나 이것은 우리들 人民大衆과 또 人民大衆의 利益을 옹호하는 側의 일이고 그 反面에 이놈들의 毒牙를 내밀어가지고 工作隊를 노리는것은 米軍政下의 行政官廳과 反動警察들이요 一線에 나서는것은 테로團의 活動이다。

第二次 蘇米共同委員會가 續開되어서 오는 暴力과 이를 祝福한다는 名目下에 움직이는 우리 工作隊들 이者들은 正面으로 누르지는 못하였으나 七月一日 二日 釜山에서 仝三日 東萊 仝四日 蔚山에서 이처럼 迎迷하지 그리고 가는곳마다 적지않은 反響을 일으키게 되니 마음이 便할 理 없다。

工作隊는 가는곳마다 晝夜公연을 爲하여 그 어려운 交通속에서 汽車를 午前세時 或은 네時에 타기도하고 就寢은 일상 거진 열한시가 넘어야하는 더러움을 받으며 왔다。

이 工作隊에 가담한 寫眞同盟의 同志는 途中의 重要한事實을 撮影하는것은 勿論 서울서 가지고온 南山에서의 寫眞 再開된 蘇米共同委員會의 그리고 우리 民主陣營 指導者들의 여러가지 귀중한 寫眞은 가는곳 民衆會議에마다 陳列하여 모두들에 궁금한 地方同志들의 마음을 풀게하였고 美術同盟에서는 이에 呼應하여 釜山 馬山 진주같은 大都市에서 長期間의 移動展覽會를 開催하였다。

또한 釜山府議員會에서는 각職場의 勞動者들과 그의家族들을 爲하여 하루에 한公연씩을 해야한다는 要請이왔다 우리隊員은 이리하여 아침 열시부터 시작

1948년을 맞으며 回顧와 展望

文學運動의 動態

安含光

北朝鮮文藝線 發足以來 極히 짧은 時日이였음에도 不拘하고 北朝鮮文學運動은 巨足의發展을하였다。日帝의 壓政밑에 隔斷되어지고 蘇縮되어졌던 우리의文學運動은 八·一五解放을 맞자 坊々谷々에서 噴火口같이 터져나와 祖國創建을 위한 一貫的任務를 擔當遂行함에 있어 巨大한 役割을 놀았다 北朝鮮의 모든 文學人은 統一的 組織하여 集結되어 人民들을 民主主義的으로 教育시키며 愛國心을 鼓動시키는 事業에 있어서 各自의 文學的手段을 通하여 最大의 獻身性을 發揮하였었다。이리하여 八·一五以後의 北朝鮮의 文學運動은 過去朝鮮文學史上 그 어느 時期보다도 가장

「붉은 기」(문화전선사, 1950)

　　한국의 운명과 오장환의 운명을 대응시킬 수 있을까? 그가 월북한 것인지 아닌지 정확한 판단은 유보되어야 할 것이다. 그는 우선 그의 지병을 치료할 필요가 있었고, 그를 위해 병원을 선택해야 했다. 그는 북의 치료시설을 택했고, 치료를 위해 소련에도 다녀왔다. 물론 그 선택에 정치적인 이유가 전혀 없었다고 말할 수는 없겠다. 그러나 인간의 모든 운명에는 의도한 것 이상의 어떤 힘이 작용하기 마련이다. 그 힘이 역사일 것이다. 누군가는 남에 있어야 했고 또 누군가는 북에 있어야 했다. 그 선택이 의도한 것이든 그렇지 않은 것이든, 지금은 그 행적들을 우리의 모든 가능했던 삶의 이념으로 보아도 될 때라고 생각한다. 가령, 그는 해방공간에서 젊은 문인들을 진보적 정치 이념으로 끌어오는 일에 앞장섰지만, 그와 함께 하지 않았던 또다른 삶의 동료들이 그와 항상 적대적이었다고 말할 수는 없다. 그와 함께하지 않았던 사람들을 대응시키는 일은 지금 어떤 하나의 관점으로 과거를 바라보는 모든 살아 있는 한국 문학 후배들의 몫일 뿐이다. 후배들에게는 후배들의 삶의 몫이 있는 법이다. 시간이 지나면서 우리는 관대해진 것일까? 아마 아닐 것이다. 오장환은 과거를 살았고, 후배들은 현재를 살고 있기 때문이다. 현재는 언제나 치열한 싸움터이다. 문학에 운명이 있다면, 그것은 언제나 문학의 언어들이 현재화되어 나타난다는 점일 것이다. 그 현재의 언어들은 내 앞에 있지 않고 후배들 앞에 있다. 그 언어들은 언제나 자기 논리로 충실한 언어들이다. 그것의 모든 모습을 인정하는 것이 문학의 운명이라면 운명일 것이다.

『붉은 기』(문화전선사, 1950)

詩集

붉 은 기

一九五〇年五月二〇日 印刷
一九五〇年五月二五日 發行

著者　吳　章　煥
發行人　安　舍　光
發行所　平壤特別市新倉里一七　文化戰線社
電話　三五九七番

印刷人　劉　鐘　燮
印刷所　平壤特別市里門里八五　文化出版社
電話　五二二一番

總販賣所　朝鮮中央販賣所
電話　四〇七一番

ㄱ-16452　　3000부　　定價65圓

『시인부락』1·2(1936)

A5판, 30~40면 정도. 1936년 11월 김달진金達鎭·김동리金東里·여상현呂尙玄· 서정주徐廷柱·오장환吳章煥·함형수咸亨洙 등이 창간한 시가중심의 문예동인 지이다. 편집인 겸 발행인은 서정주나 오장환과 역할분담이 있었고, 시인 부락사에서 발행하였다.

서정주와의 관계를 보여주는 시는 「귀촉도」이다. 세칭 생명파라는 이름을 가능하게 했던 동인지가 바로 『시인부락』이다. 『시인부락』에 수록된 시 「성 벽城壁」, 「온천지溫泉地」, 「어육魚肉」, 「경鯨」, 「어포魚浦」와 『조선일보』에 수록된 시 「역易」을 추가하여 시집 『성벽』의 재판본이 아문각에서 출간되었다.

귀촉도歸蜀途
— 정주廷柱에 주는 시

파촉巴蜀으로 가는 길은
서역 삼만리.
뜸부기 울음 우는 논두렁의 어둔 밤에서
길라래비 날려보는 외방 젊은이,
가슴에 깃든 꿈은 나래 접고 기다리는가.

흙먼지 자욱 — 히 이는 장거리에
허리끈 끄르고, 대님 끄르고, 끝끝내 옷고름 떼고,
어둑컴컴한 방구석에 혼자 앉아서
창窓 너머 뜨는 달, 상현달 바라다보면 물결은 이랑 이랑
먼 바다의 향기를 품고,
파촉의 인주印朱빛 노을은, 차차로 더워지는 눈시울 안에 —

풀섶마다 소해자小孩子의 관棺들이 널려있는 뙤의 땅에는,

너를 기다리는 일금 칠십원야一金七十圓也의 샐러리와 쬐그만 STOOL이 하나

집을 떠나고, 권속眷屬마저 뿌리어치고,

장안술 하룻밤에 마시려 해도

그거사 안 되지라요, 그거사 안 되지라요.

파촉으로 가는 길은

서역 하늘 밑.

둘러보는 네 웃음은 용천병病의 꽃 피는 울음,

굳이 서서 웃는 검은 하늘에

상기도 날지않는 너의 꿈은 새벽별 모양,

아 — 새벽별 모양, 빤작일 수 있는 것일까,

—『春秋』, 1941.4

『시인부락』1(1936). 창간호. 서정주의 주관으로 제작

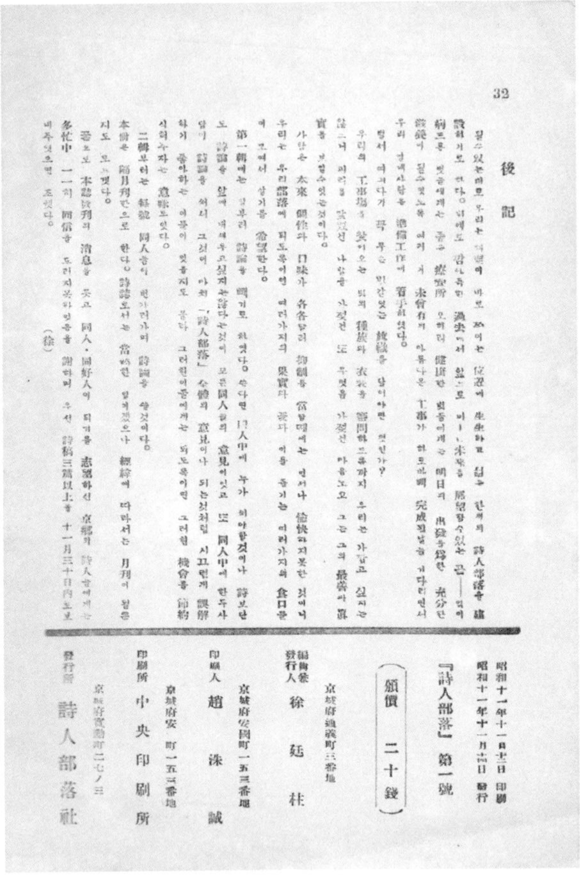

後記

(본문 세로쓰기, 판독 일부)

…… (徐)

昭和十一年十一月十二日 印刷
昭和十一年十一月十五日 發行

『詩人部落』第一號

頒價 二十錢

京城府樂園町一五三番地
編輯兼發行人　徐　廷　柱

京城府安國町一五四番地
印刷人　趙　㴐　誠

印刷所　中　央　印　刷　所

京城府寬勳町二七ノ三
發行所　詩　人　部　落　社

『시인부락』2(1936). 오장환의 주관으로 제작

後記

42

△벌써부터 企圖하던 朝鮮詩壇으로 [illegible] 모히나는 모양이다. 가을에 드러서붙이 [illegible] 詩誌設等 新刊同人詩外에 繼續하여 刊行되는 [illegible]文學 創作等 朝鮮으로서는 참으로 未曾有의 同人詩洪水時代가 現出하였다할것이다. 其中에도 注目되는것은 大部의 詩篇가 [illegible] 고있는事實이니 力量의問題는 [illegible]論하고 [illegible] 우리詩를 [illegible]하는 사람들로서는 얼마나 기쁜을 [illegible] 모르겠다.

오랫동안 [illegible] 無類한 虛榮과 拘束을 밟아가며 [illegible] [illegible] 情緖의 [illegible] 朝鮮의詩도 [illegible] 오롯다리 [illegible] 實力의 [illegible] 버린 것이다. (成)

△그렇게 [illegible]

「그러게 말이야」

「지금 [illegible]」

나 좀 [illegible]」

「[illegible] 한데나에 [illegible]」

(鄕潮의 [illegible]) (呂)

△第二輯은 頁數나 部數가 다 [illegible] 이번 [illegible] 同人中 [illegible] 第二輯原稿는 [illegible] 第一輯은 [illegible] 振替口座關係로 地方注文에 [illegible] 約二十部 [illegible] 一輯을 보 [illegible] 振替口座二六三四二番을利用해서 注文하시압. (成糕)

昭和十一年十二月二十八日 印刷
昭和十一年十二月三十一日 發行

『詩人部落』第二輯

頒價 二十錢

京城府通義町[illegible]番地
編輯兼發行人 徐廷柱

京城府安國町一五[illegible]番地
印刷人 趙洙誠

京城府安國町[illegible]番地
印刷所 中央印刷所

京城府[illegible]町二四番地
發行所 詩人部落社
振替口座京城二六三四二番

京城總販賣所
中央印書館

『낭만』(1936)

1936년 11월 9일 창간. 민태규·윤곤강·이병각 등으로 구성된 '낭만동인회'의 발표지였다. 창간호가 종간호이다. 체재는 국판 115쪽. 문인 17명이 쓴 시 31편을 실었다. 오장환의 장시 「수부」가 수록되었다.

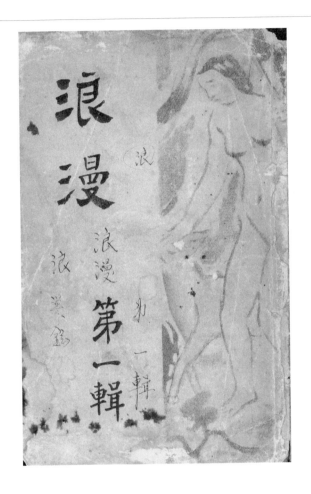

『낭만』(1936)

定價　八十錢
送料　四錢

昭和十一年十一月六日　印刷
昭和十一年十一月九日　發行

京城府載岩町三九九ノ八號
編輯兼
著作人　閔泰奎

京城府敦岩町三十二番地
印刷人　企鎭浩

京城府堅志町三十二番地
印刷所　漢城圖書株式會社

京城府敦岩町三九九ノ八號
發行所　浪漫社

京城府堅志町三十二番地
總販賣所　漢城圖書株式會社

『자오선』(1937)

『낭만』과 『자오선』에 오장환의 장시 「수부」와 「황무지」가 수록되었다. 이 장시 편들은 오장환의 아방가르드적 참여의식을 잘 보여준다. 전위의식은 전통과 현실에 대한 급진적 개조의식이기도 하다. 그것을 단절의식이라고 할 수 있는데, 모든 단절된 것들의 결합이야말로 폭력이기도 하다. 이 폭력에 대해 퐁티는 그 폭력에 대한 객관화야말로 폭력을 극복할 수 있는 길이라고 설명한다. 벤야민이 법보존적 폭력과 법정초적 폭력을 말하는 것도 같은 맥락일 것이다. 이것들은 모두 정치적인 한 순간을 지칭하지만, 아마도 한국사회는 바로 그 정치적인 것을 어떻게 시적인 것으로 넘어가는가의 문제에 관심을 두는 사회일 수밖에 없을 것이다. 무엇인가를 넘어서는 모든 지점에는 그것이 예술이든 정치든 사회든 항상 기존의 지배적 힘을 무화시키는 새로운 힘이 등장하게 된다. 이렇다는 점에서 오장환의 시는 그 정치적인 것과 시적인 것을 결합해서 볼 수 있는 하나의 실례를 제공한다. 그는 그의 시를 스스로 부정하는 폭력을 저질러왔다. 그것은 새로운 시각을 확보하기 위한 강렬한 힘의 폭력을 긍정하는 태도이다. 그것은 폭력을 기뻐하는 태도가 아니라 그 폭력을 냉정하게 처리함으로써 전혀 다른 삶의 지평을 열어 보이려는 태도이다. 가령, 그가 백석의 시에 대해 방언이 상징하는 바의 보수적 전통성을 비판한 것은 그런 폭력의 한 사례이기도 하다. 어떤 순간에는 그런 폭력을 적극적으로 행사하기도 해야 한다. 그래야 항상 고정된 체계를 넘어서는 새로운 지평을 열어볼 수 있다. 그가 왜 한국인들의 삶의 전통을 부정하려 하겠는가. 그가 전통을 부정했던 것은 그 부정의 폭력을 통해 전혀 다른 세계를 도모하고자 했기 때문이다. 사람들이 해방의 기쁨에 들떠있을 때 '병든 서울'을 이야기하고 『나 사는 곳』의 어떤 절망을 지적해두었던 것도 마찬가지다. 그 단절이 없으면 그는 아무것도 할 수 없다고 생각했다. 그리고 그것은 단지 한순간의 생각이 아니라 반봉건주의로부터 시작해 반자본주의로 나아간 그의 필생의 문학적 결과이기도 하다.

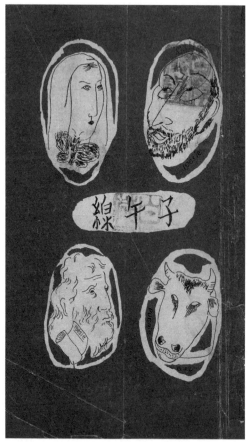

『자오선』(1937). 1937년 11월 10일 창간되었으나 창간호가 종간호가 되었다. 편집 겸 발행인은 민태규였고, 국판 57쪽으로 경성 자오선사에서 펴냈다. 동인으로 박재륜 · 서정주 · 김광균 · 이육사 · 신석초 · 이상 · 이병각 · 함형수 등이 참여했다.

정문旌門

염락廉洛 · 열녀불경이부충신불사이군烈女不敬二夫忠臣不事二君

열녀를 모셨다는 정문은 슬픈 울 창窓살로는 음산한 바람이 스미어들고 붉고 푸르게 칠한 황토 내음새 진하게 난다. 소저小姐는 고운 얼굴 방 안에만 숨어 앉아서 색시의 한시절 삼강오륜三綱伍倫 주송지훈朱宋之訓을 본받아왔다. 오—물레 잣는 할멈의 진기한 이야기 중놈의 과객의 화적의 초립동이의 꿈보다 선명한 그림을 보여줌이여. 시꺼먼 사나이 힘세인 팔뚝 무서운 힘으로 으스러지게 안아준다는 이야기 소저에게는 몹시는 떨리는 식욕食慾이었다. 소저의 신랑은 여섯 해 아래 소저는 시집을 가도 자위하였다. 쑤군 쑤군 지껄이는 시집의 소문 소저는 겁이 나 병든 시에미의 똥맛을 핥아보았다. 오—효부라는 소문의 펼쳐짐이여! 양반은 죄금이라도 상놈을 속여야 하고 자랑으로 누르려 한다. 소저는 열아홉. 신랑은 열세살 소저는 참지 못하여 목매이던 날 양반의 집은 삼엄하게 교통交通을 끊고 젊은 새댁이 독사에 물리려는 낭군을 구하려다 대신으로 죽었다는 슬픈 전설傳說을 쏟아내었다. 이래서 생겨난 효부열녀의 정문 그들의 종친宗親은 가문이나 번화하게 만들어 보자고 정문의 광영을 붉게 푸르게 채색하였다.

—『詩人部落』, 1936.11

「백석론」을 이해하기 위해서는 오장환의 시「정문」을 함께 읽어야 한다. 오장환과 같은 시대에 태어나서 성장한 세대들이 자신들의 삶에 대한 객관적 판단과 같은 것을 하기 시작했을 때는 만주국 설립 이후의 동북아 신체제에서 일본의 역할이 표나게 두드러진 시기이다. 조선적인 것을 넘어서는 한 계기로서의 '낭만 만주'라는 개인적 환타지나 '오족 협화五族 協和'라는 집단 이데올로기가 어떤 역할을 수행하고 있는가에 대해서는 이미 많은 연구들이 있다. 이 시기를 건너면서 오장환은 당시의 언어 상황과 관련한 의미심장한 진술을 하나 남겨 놓았다. 이 진술은 오장환에게만 해당되지 않고 당시의 전반적 언어 상황과 관련되기 때문에, 그래서 조선어 사용이 제한되던 시절에 문학을 배웠을 문인들 전반에 관련될 것이기 때문에 인용해 둘 필요가 있다. 「백석론」(1937)의 한 구절이다. 백석의 시를 비판하면서 그는 이렇게 썼다.

내 의견을 반대하는 사람은 신문학이니 새로운 유파이니 하며 그의 작품을 신지방주의나 향토색을 강조하는 문학이라고 명칭하여 옹호할 게다. 하나 그러면 그럴수록 이러한 사람들은 자기의 무지를 폭로하는 것이라고밖에 나는 볼 수가 없다. 지방색이니 무어니 하는 미명하에 현대 난잡한 기계문명에 마비된 청년들은 그 변태적인 성격으로 이상한 사투리와 뻣뻣한 어휘에도 쾌감과 흥미를 느끼게 된다. 하나 이것은 결국 그들의 지성의 결함을 증명함이다. 크게 주의主義가 될 수 없는 것을 주의라는 보호색에 붙이어 가지고 일부러 그것을 무리하게 강조하려고 하는 데에 더욱 모순이 있다.

백석의 『사슴』에서 "스타일만 찾는 모더니스트"를 지적하는 오장환의 논점은, 백석의 '지역 방언'이 내용상의 '소년기 회상'과 함께 결합되어 "외면적으로는 형식의 난잡으로 나타나고 내면적으로는 인식의 천박이 표시가 된다."는 것이다. 현대문명의 빛에 침몰하는 모더니즘 세대의 신기한 형식에 집중하는 문학적 태도를 비판하는 것은 그 형식의 핵심일 언어의 근본 기능에 대한 문제의식으로 연결되는 것이다. 이 글이 발표되던 때가 1937년이고, 그때는 조선어의 위기가 예감되던 때이다. 식민지 대만에서는 이미 한자 사용이 금지되어 있었고, 그 분위기를 읽어내면서, 조선어학회의 표준어 제정이 시급히 추진되었으며, 임화는 이런 정세 속에서 '통일된 표현을 가능하게 할 조선어'의 필요성을 강조하고 있었다. 오장환이 지역 방언을 신지방주의라고 비판하는 이유는 조선어가 상실될 수 있다는 그와 같은 식민지적 위기의식과 연결된다. 그는 지역 방언 이전에 근대적 통일 언어를 지키는 일이 시급하다고 생각했던 것이다. 「정문」 등을 통해 전통 풍습을 비판하는 그의 시가 모던 지향으로만 단순화될 수 없는 이유가 여기에 있다.

「백석론」. 『풍림』 1937년 4월호에 수록되었다. 전통과 근대의 관계에 대한 오장환의 생각을 알게 해주는 글이다.

片이다」假令, 濟州島이나 平安道에서는 명사 나무에도 꽃이 화려하다고 平安道에서는 함남方言으로 勿論이 것을 살필것이다. 「紫蔚나무」라는데 濟州島사람에게는 平安道의명사로밖에 안들리고 平安道사람으로가 가고하야 濟州島사람에게는 딴것이라 하는 것이 가느다란詩가될수있는것이

이와마한가지로 白石의追憶이 感覺이 청초롭한사람들은 結局, 그의이민시절을 그리고 自己네들의生活과 감정이어떠것이든지 너무나自身에게 집慎念을어버리면 또는 「싸石」지못하는 말하자면 未知의所談記를 如實이公衆앞에 萬一以上의바等을 暴白하는것이다. 讀者가信用하는不名譽한名譽의 詩人稱號를 없는것인가 推戴하고 詩壇의愛受讀者는 다시그들詩人들의 無知함을 詭地하것인가! 白石氏와 내意見을對하다사람은 暴露식힌것인가! 또 自己네

로부텨派流이니하야 그의作品을 新文學이니 새 낄거슨나는 참으로로운 제調이나文壇이다고 名稱하야응받變하고 鄕土色을强 나나는 것가지고 地方色이니 하나 가러면 地方色이니하야 그부둣가아고 새地方色이나하야 美名下에 그것은 또無凡庸이 現代歌編한 橫槽文明에摩耗비된 快와의쾌感美을 의白石氏의 格的이고 이상적사람으로에도 결局이것은 結局이들의 주며 無知와記한기될것이나 이것은 主義가질수없것을 性格의欲求를 證明 白右氏格을 갖가가까함이 에 면 主義로 일우어 그것을 하는것보다無知로 白右氏

그러하야 外面의으로나 나타나고 形式의龍種으로 나타나고 內 面에서이은으로나 認識의潤흉이 表示우이이 詩集속에 글句이살면것은데 新奇돼 라마는이래애 국법우한글句이나 그것은 純粹의羅列에 묏서뀐때

吳章煥

―(꿋)―

이봉구에게 보내는 편지

　새삼스러히 쓸 말은 없다. 나 잘 잇다. 서울 消息이니 집안 이야기니 모두 듯고 십지 않다. 君은 요새도 그 文學한다는 사람들과 자조 相從하며 잇다금 興味를 늣기는가? 난 아들까지 죽인 사람이 東京에 와서 잠자리도 便便찬히 배가 곱흐다. 가-끔 海寬이가 찾아주며 술에 밥에 멕일 때도 있다. 이곳에 있으면서도 서울 消息 曺秉球한테 崔永秀한테 종종 듯는다. 申英杰 이 그 사람도 잇다금 맛나나 破産前夜의 남작이라, 간혹 前에 가젓든 珍本類나 얻어내다가 내 옹색함을 풀 따름이다.

　처음 생각과 달리 아즉까지 '居候'노릇을 하고 잇다. 只今이라고 當場 길 밧게 나가 죄그만 新聞鋪를 두다리면 食饍에 對할 수 있으나 아즉도 그것조차 決行할 勇氣가 없다. 元來가 生活에 一定한 指標도 없는 爲人이 새삼스러히 자리를 박군다고 새로운 길이 틔일 理는 없으나 곰곰 생각하면 東京 온 失敗를 엇지 할 수 없는 협협함이다.

　勿論 生이나 生活에 對한 態度를 根本的으로 고치는 바에, 處所를 박군다든가, 時日의 經過를 기다린다든가 하는 것쯤은 何等 二次的인 問題도 되는 것이 안이엿지만 끝끝내 宿命的이라고 할 수 잇는 내 無爲와 無能, 거긔에 兼친 비굴로 因하야 別로히 나보다 나흘 것도 없는 너의들에게까지 쫏기여(그렇다. 나는 비굴한 나의 人格이 確實히 이곧에까지 쫏기어 왔다고 본다.) 거리 중천에 떠도는 생각을 하면 무척 안타까웁기도 하다. 或시 나를 웃는 놈이 잇다면 그놈은 무엇이 나보다 나흔 놈이냐.

　光均이는 내가 떠난 후(이것도 벌서 二十餘日前에 들은 이야기다만) 晩炯이게 보내는 便紙에 서울 잇는 벗들이 별송이 떠러지듯 하나하나 제게서 멀어진다 하엿다니 이곳에 와서 외로이 있는 나는 무에라 말하엿으면 좋으랴. 感傷. 그래 내 糧度라고는 쌘치망 밧게 없는 놈이 무에라 말하엿으면 좋으랴.

　서로 맛나면 죽일놈 잡듯이 辱도 하고 미워도 했으나 모다 罪없이 그리운

놈이다. 巴里, 쎄-느, 몸마르트, 샨제리제-, 부루-느.『캬비-나도 그 골목 小
學校를 다니였엇다.』

玄德이라도 좋다. 光均이, 成學이, 庸岳이, 너래도 좋다. 처음 몇 장까지는
누구라 指名하고 쓴 것도 아니다. 나는 이렇게 數없는(指名도 없는) 便紙를
쓰다가는 찟고 쓰다가는 찟고 하였다. 人間到處有靑山이라더니 나는 이곳에
와서도 술은 하로도 굶지 않엇다. 이러케 말하면 너는 내가 무슨 愛酒家로 알
른지도 모르나 事實 나는 그 쓴 술, 그리고 어지러운 술이 좋은 것도 아니다.

이곳에 와잇는지 한달이나 넘는 동안에 내게 消息을 傳하여준 사람이라곤
林和氏와 安曉星 이 두 사람밧게 없다. 事實인 즉 내 아들이 죽엇다는 소리도
林和氏의 便紙에서 보고 알엇다. 너는 내가 운 줄 아느냐. 운 줄 아느냐. 안해
되는 사람에게는 내 불상한(내가 이렇게 부를 수 잇다면) 안해된 사람에게는
그날로 卽時 慰勞하는 편지를 쓰려 하엿다. 그러나 三 四 年式이나(이것은 거
짓말이다) 別로 말도 안한 사람보고 무에라 쓰랴. 나는 그 사람이 나와 緣을
끈케 된대도 終是 마음이 괴로우리라. 이토록 서로 괴로워하며 가치 살고싶
지 않은 내 心情은 나 自身도 알 수가 없다.

꽃 한 송이 꺾어 香 내 한 번도 맛허보지 못한 내 아들이, 수놓은 토래버선
한켜레도 신어보지 못한 내 아들이 끗끗내 꽃상여에 담겨 가지도 못하고, 그
흉하고 식거머코 금칠 얼룩얼룩한 靈柩車에 실리여 재가 되엿겟구나. 내가
울엇다고는 아무보구도 말하지 마라. 젊은 자식이 젊은 자식이 아이예 울엇
다구는 말하지마라. 나는 어듸까지 不孝를 繼續 해야만 되는지 알 수가 없다.
불상하신 우리 어머니 언제 뵈옵거든 부듸 나 조흔 사람이라 慰勞해 드려라.

이곧에 온 지는 벌서 月餘이나 내가 求景한 것은 겨우 獨立展 두 번하고 八
田元夫 演出의 新劇과, 映畵로는 작크 페-데의 「떠도는 사람들」. 아모것도
내게 感銘을 준 것은 없다. 구태라 印象에 남는 것이라면 須田国太郎의 「海

龜」. 그 땅 우에도 발을 놓지 못하고, 流動하는 물우에 떠서 無表情하게 靜止하고 잇는 모양. 엇더케보면 無辺한 空間에 꺽구로 매달려 목을 움츠리고 잇는 듯한 늙은 거북이의 심정. 이것을 페소-스라 하기에는 健康치 못한 내게는 大端 히 어려어러웠엇고, 무척 水準이 떨어지는 朝鮮人畫家 틈에서 이쪽 사람보다 못지않게 좋은 作品을 보여준 金晩炯 · 石熙滿 두 사람, 丸山定夫의 熱演, 期待하든 映畫에서 어든 凡凡한 失望.

君아. 너는 요마즉 消息을 들으니 內需町 집을 팔엇다 하며 가회정 집 홍정에도 이문을 보앗다하니 큰마음 먹고 동경에 와보는 것이엇던가. 동경이 조타는 점은 언제보아도 무지무지하게 갓고십흔 책들이 만타는 것이다.

방 하나 세 어드면 눈딱-감고 讀書라도 하련만 나는 그것도 못하고 그냥 別 로히 마음에도 맛지 안는 자와 함께 세월을 보낸다.

그야 언처잇는 놈이 배부른 소리 한다면 그뿐이겟지만 어듸 사람의 마음이야 그런가.

여러 가지 쓰다보니 할말도 많으나 疲勞하야 이만 다음 便으로 미루어둔다. 光均이 庸岳이, 누구래도 좋다. 나 親히 지내든 사람 부듸 맛나는 대로 안부 전하고, 또 이 편지는 네게도 하는 것이지만 여러 동모에게도 하는 것이니 玄德, 成學, 光均, 庸岳, 맛나면 읽혀주고, 마즈막 付託은 君이 林和氏를 한번 찾아가서 내게 關한 詳細한 이야기 하고, 내가 便紙 쓰고 십흔 생각은 大端 간절하나 사실인즉 내 생활이 이러타고 報告 할 아모것도 없어 黙黙히 不答하는 것이니 그리 아시라고 傳하여주게. 또 付託하신 朝鮮口傳民謠集(金素雲)은 第一書房에 가면 新本이 있을듯하니 代金과 送料를 보내주시면 곳 사서 보내드리겟다는 말도 함께 傳하여주게.

내가 늘 너단 맛나면 鐵板이라도 뚜드리겟다고하였으니 거긔에 관한 우수은 이야기나 좀 할까. 내가 이곧에 온지 몇을 안되여 目黑區에 있는 軍需工場

에 가서 採用해주기를 청하였드니 요즘은 그것도 엇지 志願者가 많은지 昭
和 十三年 十月 現在까지 勞働한 사람에 限한다는 條件이 잇드라. 조금만 잘
못하엿드면 淑貞이와 東京 바닥에서 그지가 될 번하엿다.

庚辰年 四月 十一日

吳章煥 弟로

君의 健康과 아울러 家內의 平安을 빌며……

李鳳九 兄께

일

새삼스러히 쓸말은 없다. 나 잘잇다.

서울消息이니 집안이야기니 보다 듯고싶지안타. 君은 요새도 그 文學한다는

사람들과 자조 相從하며 잇다금 興味를 늣기는가? 난 아들까지 죽 國人사람이 東

京에와서 잠자리도 便ㅅ한히 배가 곱흐다. 가ㅡ금 海邊이가 찾어주며 술에 밥

에 멕일때도 잇다. 이곳에 있으면서도

서울消息 曹東振한테 崔永秀한테 죵죵듯

오장환이 일본에 머물면서 이봉구에게 보낸 편지. 사진은 오장환 문학제가 진행되는 보은 문화원 전시장소에서 촬영한 것이다. 오장환은 그의 첫 부인과 헤어지고 세상을 떠돌다가 일본에서 사자업을 한 것으로 알려졌다. 그 시기에 쓴 편지이다.

은다. 申笑浣이 그사람도 잇다금 맛나나

破産前夜의 男爵이라. 간혹 前에 가젓든

珍本들나 얻어내다가 내 용벅함을 풀때

름이다.

처음생각과는 달리 아즉까지 「居候노릇

을 하고잇다. 只今이라도 當場 길밧게나

가 최그만 新聞舖를 두다리면 덧덧한 食

饌에 對할수잇으나 아즉도 그것조차 決

行란 勇氣가없다. 元來가 生活에 一定한

指標도 없는 愛이 새삼스러히 차리를 받구

한다고 새로히 길이 회일 理由는 없으나 마음

생각하라면 東京은 失敗를 엇지 하수없는

例緖 生이나 生活이 對한 懇望을 根本

的으로 고치는바에, 痛痒을 받구단다가 무

時日의 經過를 기다린다는것이 안는것은 何

等의 革命的이라고 할수없는 내 無

眞理無能. 거기에 焦點 비를로 固하야 하 뒤로

리(이것이 내 틀렸던것이 있는) 너의 틀에게 까지 찾기에

(그렇다. 나 무 비롯한 나의 스럽이 雜棄히

이 몬가지 찾게 됏다 고 본다.) 거리 중에천에

떠도 노당구 쓸 안타가운 기로도 한다.

或시. 나를 돗는돔이 있다면. 그도는 무엇

이나 보다 나 돗는것이나.

光相이나 내가 떠나고 (이것도 벌서 二十載

이 前이 들든 이야기 다니) 閉個이게 본대느

便紙에 서울있는 벗들의 병음이 떠러리오

하나 하나는 제게서 멀어저 잇다 하였다 이글

들이서 最후까지 무에라 말하였으면

좋을고다. 感情. 그래 내 態度라고는 쌓거야

엇거있는가. 부에게 받히等이 厚道라고 그러

서로깊어지는 우에. 무어니 그디라는 李으라

도 없으다 모다 限잡이 그리움이 日록.

에一도. 동마로돌. 그람독 學校를 다이였었다.

각 바ー나도 그람록 學校를 다이였었다.

古德이라도 좋아. 先物가. 戒學가. 曾孫가.

너 때도 무아 저는 만약하기는 누구라 指

示하고 쌓것도 아니다. 나는 이렇게 敎갯

고 (쌓은돗었는) 便紙를 쓰다가는 문득 쓰다가

는 엇고있다가. 人의 題慶두니라고 다가

나는 이렇게 써야도 늘고 내가하여도 못지 맑었다.

이러게 안하면 되느 내가하우도 歷蕩宏으로

삶음이도 되도다구 薄棄 보느. 그 마음.

리 그러 큰돌이 좋우것도 아니다.

칠

이곳에 와 있는지 한달이나 넘어 동안에
내게 消息으로 便하여 준자라 하고 곧 林和氏
와 듣기도 두어번닷 하였다. 夢寐의 중
내가 듣기 구했다는 소리도 林和氏의 便紙
에서 보고 말겠다. 너는 내가 준 글이나
웃을 안느냐. 안해의 사람에게는 내 물
삼한 (내가 이렇게 부를 수 있다면) 안해된 사
람에게는 그것으로 卽時 慰勞하는 편지를
쓰려하였다. 그러나 三四年 前에서나
(이것이 事實이면)

팔

받도 않하 사람보고 무에라 쓰랴. 나는 그
나 같이 나와 緣을 끊게 된대도 終是 마음
이 펴리우리라. 이로록 서로 괴로워 하세
가 되살고 싶어지느냐. 내 재情은 나 自身도 알
수가 없다.
꽃 한舍이 피거나 晉내 한번도 맛 하지 못한
내 마음, 누굴로 래버린한리로도 신어보
기 못한 내 마음이 꽃잎에 봄살에 담겨
가 지도 못하고 그 흉하고, 식거리고, 끔찍

구

얼룩얼룩한 靈柩車에 실리에 재가 되엿것구
나. 내가 불었것다 고는 아무보도 말가자
마라. 접은자식이 젊은 女人이 아니에 흥
것다구는 말하지마라. 나는 너의까지 不
孝를 緣緣하야 말로 되어죽지 않구가 부되 나
산 우리 어버니 언제꼭 움거들 부되 나 죽음
사람이나 환영해 보내라. 불사라
이 곳에 온지는 벌서 月餘이나 내가
求景한 것은 겨우 獨立儀를 두번화고 人田

십

元 失海出가 新劇이라. 峨眉는 작고 이제의
"…는" 보것도 내게 感銘을
순겆을 끊다. 구태라 卽樂에 것이라면
國田太師의 "海港". 그 舞에 무에도 발을 春
지 못하다. 流動하는 물구에서 無表情하
靜止하고 있는 부분. 것서에 보면 急仁
空間에 꼭 女 달녀 못을 春하고 있는한
한 몸우 女女이의 心情. 이것을 되죠-그라
하기에는 健康치 못한 내게는 大變히 어려

십이

무지무지 하게 갓고십흔 책물이 안타는 것이다.
房하나 빌어드면 눈탑이 감고, 讀書하드라
간 나는 그것도 못하고, 그냥 헤로키며
그야 번쩍어잇는 놈이 音와 하게 歲月을 보낸다.
빈처지만 어되 사람의 바늘이나 그런가.
여러가지 쓰다보니 할말도 받으나 彼等
가야 이만 다 方便으로 되우어 둔다. 光埈이
富岳기 우구래도 좋다. 나 親히 지배 두나니

십일

거려 하엿고. 무척 水準이 떠러지는 朝鮮人
画家들에서 꾀 사장보다 못지 않게 끌이 있
品들 보내준 金娷烔 · 高鷃滿 누우라. 丸山定
夫의 翻譯 · 期待하는 映画 떠서어 두 것 又 한
失望.
君아, 너는 요사이 消息을 들고 肉弾
떠검을 心常니집혼정이고, 軍文을
보았다하니 큰마음 먹고 東京에 와 보는 거시
이언던가. 東京이 죠타는 黙은 언제 보는가.

십사

朝鮮은 傳氏語集(全集卷)의 第一書房에 가면
新刊이 잇을 듯하니 代金과 送料보내주시면
곳사서 보내 드릴것다 는말다. 하시게 事하여주
게.
내가 늘 너만 밋나면
리겟다고하엿스니 거거에 聞한 우수한 이야
기나 곳할것. 내가 이곳에 온지 멧을 안되어
目黑이 잇는 金需工場에가서 採用 해구는
淸하엿드니 요즘은 그것도 못지 志願者가

십삼

부되 만나는대로 안부전하고. 또 이편지는
네게두어亏것이 지만 너더들모에게두하는것
이나 克應 · 成學 · 光垀 · 庸岳 · 맛나면 안
레구足. 아므쪼록 付託은 君이 林和氏를
한번 찾어가서 내게 聞한 誤細한 이야기라
고. 내가 便紙쓰고 심흠갓은 大端 간절
하나 事쁄인즉 내 生涯이이런다 黙 報앗
할수야 는것은 없어. 不得하는것이나
그러아시다고 傳하녀주게. 또 付託하신

결혼식 기사

山골

사랑하는이여 빰을대이라 메마른 山골 외로이 핀 저 꽃에……
희디흰 바탕은 엷은 민들레물이 어리어
끝없이 애처롭지 않은가
누이야 또 내 사랑하는 사람아

그때는
추석마다 새옷 입고 우리 모다 아버님 산소에 성묘하던 일
지금도 이 길에 저 꽃은 말없이 피었다

온 철기를 아침마다 새로 피고 새로 피는 꽃 모양
너와 나 마음조이는 꿈길에 불타오르며
赤貧한 가난과 괴롬 속에 오히려 不平도 없이
꽃망울들 바람에 흔들리듯 조용조용 살지를 아니하느냐
무에라 불렀드라 그대여 생각하는가
이제는 이름조차 잊어가는 여기 이 꽃을……

마음 속에 안으라. 어린 아내야
숨타는 입을 다물고 네 향그런 모든 것에 묻히어 보라
오가는 길손마다 입맞초는 보드라움같이 이를 맞이하는 山과 들
머잖은 客地에 살고 있으며
닫다가도 고향에 들릴 수 있는 몸
아 너와 나 얼마나 타고난 복력福力에 즐거워야 하는가. 가득해야 되는가.

—『우리公論』, 1946.3

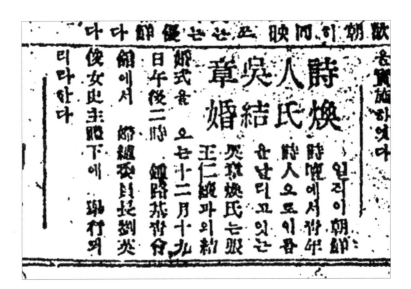

『예술통신』(1949.12.18)에 실린 오장환의 결혼식 기사. 신부 장정인은 그의 두 번째 부인이다.

「시골길」

오장환의 생애 마지막 작품이다. 이 시는 『조선녀성』 1951년 3호에 발표되었다. 이 잡지의 발행일은 1951년 5월 25일이다. 발행소는 '조선녀성사'이고 주필은 '리정순'이다. 발표시기는 5월이지만, 창작된 때는 작품의 말미에 인쇄되어 있듯이 1951년 3월이다. 시는 마치 오장환의 운명을 이야기하는 듯하다. 인민군 전사가 시골길을 지나다가 우물가의 처녀에게 물을 얻어마신다. 전쟁으로 파괴된 들판에는 농민들이 농토 복원작업을 하고 있다. 전사와 처녀는 애틋한 마음으로 바라보다 서로의 임무에 밀려 헤어질 수밖에 없다. "임무가 바쁘지만 않았으면"이라는 속말은 서로를 향한 마음을 더 간절하게 만든다. 오장환이 그의 새 나라에 대해 가졌음직한 생각의 한 켠을 이시는 투명하게 보여준다. '임무가 바쁘지만 않았으면' 그는 그의 급박하고 거칠어진 언어를 조선의 시적 천재답게 좀 더 세련되이 가다듬을 수 있었을 것이고, 그의 사소한 일상들을 더 자상하게 꾸려서 우리에게 전해줄 수 있었을 것이다. 그랬다면 그는 그의 신념이 새로 만난 땅을 기대에 가득차서 그려놓았듯이 새로 만난 사람들에 대한 사랑을 한껏 부려놓으면서 살아갔을 것이다. 그러나 그는 시의 전사처럼 새로운 삶의 희망을 미뤄두고 전쟁의 저편으로 사라져버린 채 이 서정시 한 편만을 마지막으로 남겨놓았다.

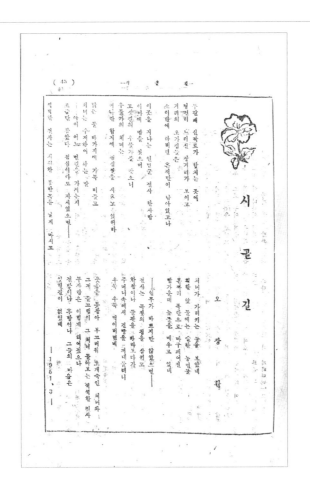

「시골길」(『조선녀성』, 1951.5)

오장환 전기 문학을 모더니스트로, 후기 문학을 리얼리스트로 규정하는 관점에서 볼 때 그가 모더니즘을 어느 정도나 극복했느냐 하는 문제는 우리 문학사의 특이한 정황과 관련된다. 일반적으로 모더니즘을 순수문학과 연관시키고, 그 순수문학이 카프의 정치성에 대한 반정립적 성격을 지닌 것으로 주장하지만, 이 주장은 모더니즘의 정치적 성격을 은폐하는 논리이다. 식민지 권력에 의한 카프의 해산은 우리 근대문학으로 하여금 일체의 정치적 내용을 배제한 반쪽의 근대성만을 탐구하도록 만들었다. 대신 모더니즘이 보장되었던 셈인데, 그 이후 30년대 모더니즘이 자신을 넘어서기 위해 새롭게 추구해야 할 길로 김기림이 내세운 것은 역사성과 사회성의 종합이었다. 그 실례로 김기림이 언급한 시인이 이상이다. 연구자들이 한국 모더니즘에 있어서 이상 이후의 인물로 김수영을 꼽는 것은 위와 같은 김기림의 의견과 동일한 맥락에서 모더니즘을 보기 때문이라고 할 수 있다. 그런데 그 사이에 오장환의 문학을 놓아두는 것은 어떨까?

N. 루만을 참고해서 말하면 한국 모더니즘은 근대 사회 속에서 하나의 자율적 자기생산 체계를 이루는 것이지만, 그 체계는 근대적 담론 영역을 넘어서는 지점까지 나아간다. 억압적 근대를 지양하려 했다는 사실이 그것이다. 물론 그 가능성은 시적 담론의 형태를 지닌 것이었지만, 오히려 그런 이유 때문에 한국 모더니즘은 자신의 지향점을 언어 스스로 더욱 발본화하도록 할 수 있었다. 체계는 자율적이기 때문이다. 자율적 체계로서의 모더니즘 문학이 자신의 외부 환경과의 관련 맥락 속에서 스스로를 창조적 추진력으로 밀어붙일 때 자기 체계마저 전복시키는 결과를 탄생시키는 것인데, 그것이 이상-오장환-김수영의 계보를 가능하게 한다고 할 수 있을 것이다. 다시 말하면, 모더니즘은 모더니즘에 머물러 있지 않고, 그건 리얼리즘도 마찬가지이다.

1930년대 한국 문학이 온전히 전前 시대의 문학에 대한 내재적 비판과 극복에 의한 것이 아니었다는 사실, 당대의 식민지 억압과 관련된다는 사실은 이후 한국문학으로 하여금 '사회성과 정치성에 대한 문학적 진술'이라는 논점에 집중하도록 한 동인이 된다. 억압된 것의 회귀가 나타나는 것인데, 모더니즘의 한계를 극복했느냐 아니냐의 논의도 궁극적으로는 문학이 어느 정도나 사회성과 정치성으로서의 현실적 효력을 가지고 있느냐 하는 문제의식에 닿아 있는 것이다. 당신의 시적 특징을 이야기할 수 있는 지점이 바로 이곳이라고 생각된다.

문학상의 리얼리즘과 모더니즘을 근대성의 관점에서 통합시키고자 하는 관점은 계속 존재했다. 이 관점에 따르면, 이전의 리얼리즘 문학이나 반근대적 전통까지도 모두 모더니즘의 이념에 속하는 것인데, 따라서 '모더니즘이 곧 리얼리즘'이라는 주장이 있다. 우리가 눈여겨볼 수 있는 것은 리얼리즘의 반모더니즘적 측면을 모더니즘으로 용해시켜버리는 논리가 아니라 반근대적 전통을 근대의 어떤 힘으로 포괄하려는 입론이다. 이런 근대론은 '망각으로서의 모더니즘'을 주장하던 니체와는 전혀 다른 관점에 있는 것이다. 두 영역을 통합하는 이러한 주장이 갖는 긍정적 착점은 오장환 문학의 현실성을 근대성과 관련하여 읽을 수 있도록 한다는 것이다. 그리고 이렇게 될 때 리얼리즘과 모더니즘의 대립을 근대성의 큰 틀로 묶을 수 있는 여지가 생기는데, 이로써 모더니즘이 한국 현대시사에서 차지하는 또 하나의 긍정적인 위치를 볼 수 있게 된다.

오장환 전집 제2권
산문

1판 1쇄 인쇄	2018년 11월 19일
1판 1쇄 발행	2018년 12월 3일

지은이	오장환
펴낸이	임양묵
펴낸곳	솔출판사

편찬위원	박수연 노지영 손택수
편집	조소연 이신아 최찬미
디자인	박민지
경영 및 마케팅	조인선
재무관리	이혜미 김용렬

주소	서울시 마포구 와우산로29가길 80(서교동) 4층
전화	02-332-1526
팩시밀리	02-332-1529
홈페이지	www.solbook.co.kr
이메일	solbook@solbook.co.kr
출판등록	1990년 9월 15일 제10-420호

ISBN	979-11-6020-063-8 (04810)
	979-11-6020-061-4 (세트)

• 이 도서의 국립중앙도서관 출판예정도서목록(CIP)은 서지정보유통지원시스템
  홈페이지(http://seoji.nl.go.kr)와 국가자료공동목록시스템(http://www.nl.go.kr/kolisnet)
  에서 이용하실 수 있습니다. (CIP제어번호:CIP2018029620)
• 잘못된 책은 구입한 곳에서 바꿔드립니다.
• 책값은 뒤표지에 표시되어 있습니다.